Salvo mi corazón, todo está bien

Héctor Abad Faciolince

Salvo mi corazón, todo está bien

Papel certificado por el Forest Stewardship Council®

Penguin
Random House
Grupo Editorial

Primera edición: octubre de 2022

© 2022, Héctor Abad Faciolince
© 2022, Penguin Random House Grupo Editorial, S. A. S.
Carrera 7 # 75-51, piso 7, Bogotá, D. C., Colombia
© 2022, Penguin Random House Grupo Editorial, S. A. U.
Travessera de Gràcia, 47-49. 08021 Barcelona

© Diseño: Penguin Random House Grupo Editorial, inspirado en un diseño original de Enric Satué

Printed in Spain – Impreso en España

ISBN: 978-84-204-6185-4
Depósito legal: B-13744-2022

Impreso en Gómez Aparicio, S. L., Casarrubuelos (Madrid)

AL61854

A Cecilia Faciolince, con el amor de un hijo descreído a su madre creyente

*Ita cor principium vitae & sol. Microcosmi
(vt proportionabiliter sol Cor mundi appellari
meretur) cuius virtute, & pulsus sanguis mouetur,
perficitur, vegetatur, & a corruptione & grumefactione
vindicatur: suum que officium nutriendo, fouendo,
vegetando, toti corpori praestat Lariste familiaris,
fundamentum vitae author ómnium.*

[*Así, el corazón es el principio de la vida, el Sol del
microcosmos (tal como el Sol, proporcionalmente,
merece ser llamado el Corazón del mundo), por cuya
virtud y pulsación la sangre se mueve, se perfecciona,
se vuelve nutritiva, y se defiende de la corrupción y la
coagulación; de modo que, cumpliendo con su deber de
nutrir, cuidar y alimentar todo el cuerpo, este dios
familiar es el fundamento de la vida y el autor de todo*].

WILLIAM HARVEY, *Exercitatio Anatomica
de motu cordis et sanguinis in animalibus*,
cap. VIII, 1628

*Mi corazón, leal, se amerita en la sombra.
Es la mitra y la válvula... Yo me lo arrancaría
para llevarlo en triunfo a conocer el día,
la estola de violetas en los hombros del alba,
el cíngulo morado de los atardeceres,
los astros, y el perímetro jovial de las mujeres.*

RAMÓN LÓPEZ VELARDE

El corazón, si pudiera pensar, se pararía.

FERNANDO PESSOA

Obertura

Aunque Luis fuera cura, como yo, muy pocas personas le decían padre. Yo le decía Córdoba, y casi todos sus amigos le decían Gordo. Ahora a él, al padre Luis Córdoba, le habían impedido regresar a nuestra casa en la esquina de la carrera Villa con la calle San Juan. Al fin se le permitía salir de la habitación compartida donde había pasado las últimas semanas, en la Clínica León XIII, pero no podía volver a su casa, a la casa donde vivíamos juntos desde hacía veinte años. Para él, eso era como un destierro, y para mí, su compañero y su mejor amigo, como un exilio que me impedía cuidarlo, como un divorcio involuntario que los dos estábamos obligados a aceptar. Mi único consuelo era que había encontrado un buen sitio donde refugiarse mientras esperaba a que alguien muriera para salvarlo a él. Su vida dependía de una muerte ajena, y este era un sacrificio que yo, aunque quisiera, no le podía ofrecer.

La casa adonde se fue a vivir Córdoba tenía cuatro cuartos, como cualquier corazón. Cada cuarto, al llegar de la luz de la calle, emanaba su propia sombra y su propio latido. No sé si todo el mundo sentía esa pulsación, pero yo la podía percibir. Las dos primeras piezas eran las más pequeñas y daban a un lado y otro del zaguán. Este era una especie de atrio cubierto con una pérgola y lleno de unos anturios tan rojos y brillantes que parecían artificiales. «Un rojo comunista», decía Luis. Teresa, la dueña de la casa, solía regarlos cada tres o cuatro días con un fervor que el Gordo, por compensar, llamaba bautismal. Más que hablarles, Teresa les rezaba a sus anturios y estos le respondían creciendo, haciéndole reverencias, floreciendo de rojo partisano, de blanco enfermera, y de un rojo tan pasado de rojo que se volvía negro, negro como la sangre que brota de una vena. El cuarto de la izquierda, pared en medio, era el dormitorio de los niños, Julia y Alejandro; el de la derecha, tras la otra pared, la pieza de los juguetes y los juegos. Fue esta segunda pieza la que Teresa vació por completo para que Córdoba la ocupara, y cuando él llegó consistía tan solo en una cama alta, de enfermo, un cuadro de santa Ana enseñando a leer a la Virgen, un armario vacío con olor a lavanda y un sillón de lectura con una lámpara de pie que dirigía su pantalla hacia un libro imaginario, invisible en el aire, a media altura, inundado de cálida luz.

Por el centro del zaguán, tras un portón de hierro con círculos de vidrio color vino, se entraba en el salón de la casa, que estaba dividido en dos espacios simétricos, casi como dos pulmones ovalados y del mismo tamaño. El salón respiraba con una brisa fresca, intermitente, que llegaba del patio central. Uno de los pulmones era la sala, con sofá, cómoda antigua, mesa de centro, una gran alfombra persa con diminutas celdillas rojas y un par de sillones; el otro era el comedor, con una mesa redonda de comino crespo, para seis personas, e incluso para ocho, si se apretaban un poco. En la madera de esa mesa las palabras vibraban con un tono profundo, franco, más de barítono que de tenor, más de contralto que de tiple.

Después del salón estaban los otros dos cuartos, frente a frente. El de la derecha era la alcoba conyugal. Allí dormía Teresa en una cama demasiado ancha para una sola persona, que ella miraba como se mira un féretro vacío, tanto al acostarse como al levantarse. Hacía varios meses que Joaquín, su marido, después de haberse enamorado de una jovencita de carnes firmes y frescas, había abandonado esa alcoba, ese vientre y esa cama. El cuarto de la izquierda era el más amplio de la casa y en cierto sentido el más importante: la biblioteca. Este había sido también el estudio y espacio de trabajo del esposo ausente, tapizado de arriba abajo con libros leídos, anotados, de combate, y presidido por un escritorio grande, de madera maciza, ahora ocupado casi por completo por un estorboso aparato de televisión, recién aterrizado allí desde la casa de Villa con San Juan, la de Córdoba, la que yo había aprendido a considerar también mía después de tantos años viviendo en ella con él.

Detrás del pequeño patio central, al fondo, se ocultaban las vísceras de la casa, esos espacios de los que se habla menos pero donde ocurrían, quizá, las cosas más vitales: una amplia cocina con comedor auxiliar, cuadrado, con una tapa de mármol blanco, donde todos solían desayunar y tomar el algo o la merienda; una despensa bien surtida, limpia y en perfecto orden; un lavadero luminoso, al sol y al agua, con su respectivo patio de ropas, dotado de seis cuerdas tensas paralelas para secar las prendas recién lavadas. Al Gordo le gustaba tocar esas seis cuerdas con la mano, como quien acaricia una guitarra. Después estaba el cuarto del servicio, espacioso, con ducha y sanitario, donde dormían Darlis, la empleada costeña, con su hija Rosa, a quien todos los demás, menos su madre, llamaban Rosina.

A esta casa del barrio Laureles se pasó a vivir, pues, mi entrañable amigo Luis Córdoba cuando su edad frisaba con los cincuenta años, un tiempo en que la mayoría de la gente, si no está loca, prefiere no tener aventuras ni mudarse de casa. Esto ocurrió el 8 de enero de 1996, lunes, después de que Córdoba hubiera pasado la Navidad y el Año Nuevo en el reparto de Cardiología de la Clínica León XIII de Medellín, y si pongo las fechas exactas no es porque las recuerde tan bien, sino porque las tengo apuntadas en un diario que yo llevaba en ese tiempo, del que, vaya a saber por qué, nunca me quise deshacer.

Dos días antes, Luis había sido autorizado por una junta médica a salir del hospital, con algunas condiciones:

debía guardar reposo casi absoluto, tomarse religiosamente sus medicamentos, no someterse a estrés ni a emociones fuertes y no hacer ningún esfuerzo físico. En particular, no podía agitarse ni subir escaleras, y debía estar preparado en todo momento para desplazarse rápidamente a la clínica cardiovascular para someterse a un trasplante de corazón en caso de que resultara un órgano compatible. En vista del grave deterioro de su insuficiencia cardíaca, solo un trasplante podía mantenerlo vivo. El doctor Juan Casanova, cardiólogo de cabecera de Luis, haciéndole honor a su nombre, le había dado a su paciente un último consejo, al tiempo que le picaba el ojo:

—Y, sobre todo, padre, una recomendación final: ni se le ocurra hacer el amor. Con nadie, ni siquiera solo.

De todos los requisitos anteriores había uno que Córdoba no podía cumplir: para llegar a nuestra casa de Villa con San Juan (en el cruce de dos empinadas lomas de Medellín), y a su habitación en el segundo piso, debía subir varios tramos de escaleras, de la acera a la puerta, primero, y luego del piso principal al de arriba. Nuestra casa era la menos apta para un paciente como él. Si no quería seguir internado en el hospital indefinidamente, era necesario buscar entonces una residencia de una sola planta donde pudiera esperar en calma el corazón que le sería trasplantado. Luis solía decir que no hay nada menos hospitalario que un hospital, y se devanaba los sesos pensando a quién podía pedirle posada sin sentirse abusivo ni incómodo.

Tuvo suerte. El mismo día que fue dado de alta con condiciones, sábado de la Epifanía del Señor, estando Córdoba en la dulzura de sus rezos, Teresa Albani, la dueña de la casa de los cuatro cuartos, llegó sin anunciarse y de repente. Había ido a visitarlo en el piso de Cardiología de la León XIII y le traía un ramillete de flores blancas. Luis no la esperaba, pero la cara se le iluminó como si hubiera llegado el ángel de la anunciación. Enterada de los requisitos que había para dejarlo salir, Teresa le ofreció de inmediato una habitación en su casa sin escaleras del barrio Laureles. El Gordo y Teresa eran buenos amigos desde hacía diez años; ella estaba viviendo la depresión y el duelo por el abandono de su marido, Joaquín Restrepo, también viejo amigo de Luis, y la casa amarilla y verde de Teresa, espaciosa y fresca, reunía las condiciones ideales para esperar allí, con mucha paciencia, a que apareciera el donante apropiado.

Un corazón apto para él, le había advertido a Luis el mismo doctor Casanova, no sería tan fácil de encontrar, por dos razones, su tipo de sangre, B positivo, no muy común, y el tamaño descomunal del padre Córdoba: 1,88 de estatura y casi ciento veinte kilos de peso. Si bien era cierto que en la Medellín de esos años sobraban los heridos y muertos por violencia, y por lo tanto había muchos donantes de órganos, casi todos ellos eran muchachos muy jóvenes, malnutridos y de baja estatura. Por estos motivos, Luis debía encontrar un sitio amable, sereno, donde estuviera a gusto, y donde pudiera quedarse todo el tiempo que fuera necesario hasta que se ganara la lotería de un donante compatible.

El lunes siguiente, una ambulancia condujo a Córdoba de la Clínica León XIII a la casa de Teresa en Laureles. Detrás de la ambulancia iba un taxi en el que yo, Aurelio Sánchez, Lelo, sacerdote cordaliano como Luis y compañero suyo desde los tiempos del seminario, llevaba una maleta con pocas mudas de ropa y tres grandes cajas con los equipos de sonido y video de Luis, así como montones de discos y películas. Llevaba también, apoyado en la silla de atrás del taxi, el inmenso aparato de televisión que entre Darlis y yo acomodamos en el escritorio. Estas últimas cosas representaban, seguramente, la parte más importante del equipaje de Luis y la razón de sus ganas de seguir viviendo: la música y el cine. «Mis juguetes», como decía él.

15

A

Antes de enfermarse él también del corazón, los re-cuerdos del Gordo pillaban a Joaquín desprevenido. Él mismo me lo dijo. Un aria de Verdi en la voz de Maria Callas que llegaba desde la lejanía de una ventana; un cuarteto de Mozart o una cantata de Bach en la sala de espera de un consultorio; una foto de Nastassja Kinski des-nuda, con su inefable ombligo, peligrosamente envuelta por una boa constrictor, en toda la plenitud de su belleza. Eran cosas así, me decía, las que lo devolvían a alguna tarde de ópera o de cine en nuestra residencia de curas sin sotana, en Villa con San Juan. Pero desde que supo que estaba enfermo del corazón, como su viejo amigo, los re-cuerdos de Luis se le volvieron continuos, obsesivos, me confesó Joaquín.

Antes no era así. Lo que más lo hacía pensar en él era ver una película que lo conmoviera o le gustara mucho, digamos *Youth* o *La grande bellezza*, de Sorrentino. Al ver esta última habría querido, con toda la intensidad de las cosas imposibles, que el Gordo estuviera a su lado viéndo-la también. Se imaginaba la emoción que habría sentido al volver a ver así, inundada de luz, esa Roma que tanto ama-ba, la Roma de su juventud a mediados de los sesenta, la de la Via Appia y el Collegium Cordialum, la de Fellini y Mastroianni y *8½*. Aunque también podía recordarlo por el motivo opuesto, cuando veía una película que no le gustaba nada y se decía a sí mismo que a Luis tampoco le habría gustado.

Esto le había pasado a Joaquín una vez en vida del Gordo, cuando al salir de *Pulp Fiction*, la famosa película de Tarantino, tuvo un alegato con un muchacho, Zuluaga, que estaba loco de entusiasmo por ese bodrio, por esa rellena de sobrados y sangre, y Joaquín había dicho agriamente que eso a él le parecía una despreciable banalización de la violencia, normalizada a través de la risa, y que estaba seguro de que a Luis —el crítico de cine que ambos más respetaban— tampoco le iba a gustar. El amigo acusó a Joaquín de ser un viejo anticuado, le alegó que al padre Córdoba, siempre juvenil y menos reblandecido y moralista que Joaquín, le iba a encantar esa obra maestra, ese camino que se abría hacia el cine del futuro, y le apostó mil pesos. Zuluaga perdió la apuesta, aunque nunca se la pagó ni Joaquín se la cobró, porque ese mismo domingo (Joaquín conserva todavía el recorte) el Gordo había escrito lo siguiente en su página de cine en *El Colombiano*:

> *Para Tarantino el amor es tan falto de interés como cualquier otra cosa en la vida, incluso la muerte. Da la impresión de que para el director nada importa realmente y que es lo mismo inyectarse heroína, comerse una hamburguesa Burger King o volarle los sesos a alguien. La diferencia entre humor y drama no existe y se supone que uno debería reírse con una masacre, con la aplicación en el corazón de una inyección de adrenalina, con dos bestias humanas sodomizando a un capo mafioso negro o con dos gangsters limpiando cuidadosamente un carro de los restos de cerebro de un compañero al que mataron por error.*

Joaquín me dijo que hacía años pensaba en él a veces, por la música clásica —que Luis le había enseñado a oír— o por el cine —que el Gordo le había enseñado a ver—, pero que nunca lo había recordado con tanta intensidad como cuando empezó a ser consciente todo el tiempo, de noche y de día, al dormirse, al soñar y al despertarse, de tener en el pecho un animal tembloroso y traicionero que se apretaba como un nudo y se movía al ritmo que le daba la gana, dándole puñetazos contra las costillas, vahídos en el cuello, o que a veces saltaba y le mordía el esternón y la garganta como un gato rabioso.

Joaquín me dijo que nunca había pensado en el Gordo con tanta devoción, o en sí mismo a través de su amigo, como cuando el médico que le hacía un cateterismo, un tal doctor Escobar, le dijo a la enfermera que por desgracia las coronarias del hombre estaban despejadas, pero que había algo interesante ahí, en las afueras de su corazón, en la válvula aórtica, y que le iba a inyectar epinefrina para acelerar las pulsaciones. Y lo hizo, a pesar de que la enfermera le dijo alarmada que mejor no lo hiciera, que le preguntaran antes a la cardióloga del señor, a la doctora Ocampo, si estaba de acuerdo.

—De acuerdo un carajo. Yo no trabajo aquí para pedir permisos —había mascullado Escobar con una mueca canina de dientes apretados.

La enfermera, entonces, le cogió una mano al paciente tembloroso e inerme que yacía en la camilla, y le preguntó:

—Don Joaquín, ¿cómo se siente?

Él la miró asustado y lo que contestó parecía más una súplica que una respuesta:

—Tengo miedo, me duele...

En ese mismo momento Joaquín sintió un sofoco que subía por la ingle y le invadía todo el cuerpo, un calor repentino en el tórax, los pies y la cabeza, oyó en el pecho que el corazón galopaba como una bestia desbocada, pensó que lo iban a matar en el quirófano, recordó a Luis veinticinco años antes, y, en ese preciso instante, pensando en él, el mundo se le fue.

19

Hay que decir, sin embargo, que esta historia no empieza con la muerte de Joaquín, y que es probable que tampoco termine con la muerte de él, ni con la mía. Hay que tener en cuenta que cualquier relato, cualquier película o cualquier novela, si se alarga lo suficiente, terminaría siempre de la misma manera, con la muerte de sus protagonistas e incluso de su mismo narrador. En ese sentido, el futuro es más inmutable y se conoce mejor que el pasado. Un final feliz, según el famoso epigrama de Orson Welles, es simplemente un final prematuro. El matrimonio de los novios que hacen valer al fin unos amores a los que todos se oponen ¿es un final feliz? El matrimonio, en realidad, es el comienzo de otro tipo de contrariedades que deben ser contadas en otra película.

Pensándolo más despacio, sin embargo, creo que el final malogrado de una vida consiste en que esta se termine antes de tiempo, antes de alcanzar —por ejemplo— el logro más alto que nos hemos propuesto. El fin que llega sin poder aferrar la aspiración más seria de nuestra existencia: tener un hijo, cultivar un jardín, ganar una batalla, escribir un libro.

El 12 de abril de 1945, a punto de alcanzar la victoria definitiva de los aliados contra los nazis, recién llegado de la Conferencia de Yalta, poco después de ser reelegido por cuarta vez presidente de Estados Unidos y posando para un retrato en acuarela que su amante le había comisionado a una pintora ruso-americana, Franklin Delano Roosevelt, más conocido como FDR, se quejó de un dolor lancinante en la parte de atrás de la cabeza, bajo el occipital. Dos minutos después, doblándose hacia adelante en su sillón, quedó inconsciente. Su médico de cabecera, que siempre acompañaba al presidente, hizo todo lo que estaba a su alcance para resucitarlo. Inyectó incluso una dosis de adrenalina directamente en el corazón de Roosevelt, como John Travolta en el pecho de Uma Thurman, pero todo fue en vano. El presidente FDR fue declarado muerto y no pudo ser testigo de la victoria contra los nazis, por la que había luchado durante años. Estos sí que son un final infeliz y una muerte injusta, por muy merecida que le haya parecido a su esposa, Eleanor, como castigo por su prolongada infidelidad conyugal.

De todos modos, insisto en que esta historia no empieza ni termina con la muerte, sino, más bien, con algo que la anuncia o la hace presentir de una manera aún más evidente de lo que es: con dos enfermedades graves. Con la enfermedad de Córdoba, hace tres decenios, y con la de Joaquín ahora, ambas del corazón. Cuando dos amigos se enferman de lo mismo, así sea a muchos años de distancia, la dolencia común los hermana aún más.

La afección de Joaquín (en realidad, una vulgar y corriente estenosis aórtica) no tiene demasiada importancia porque él sigue vivo, tal vez no sea esa válvula lo que lo mate, y es posible que, cuando lo operen a corazón abierto y le reemplacen su válvula obstruida por otra nueva de cerdo glotón o de vaca sagrada, regrese a la vida como nuevo, con la máquina reparada, como les gusta decir a los cirujanos cardiovasculares. La enfermedad de Luis, en cambio, sí es importante porque es el origen de esta historia, y pese a que no fue exactamente lo que lo mató, sí desencadenó los últimos eventos de su existencia, su apego apasionado a la vida cuando esta se esfumaba, sus ganas de convertirla en una segunda oportunidad, y la imprudencia final —llamémosla imprudencia— que condujo a su muerte prematura.

B

El mal de Córdoba tenía que ver con lo que él era de un modo esencial, es decir, de un modo muy visible, anímico y corpóreo: con su tamaño, su peso y su manera de ser. En palabras de una amiga nuestra, Sara Cohen, el Gordo era como un buey manso, tranquilo, lento, sedentario, y siempre estaba masticando alguna cosa, como si rumiara. Cuando no era comida —una galleta, un trozo de salchichón, un chocolate—, Luis comía papel. Sara recuerda, por ejemplo, esas tiritas agujereadas de las viejas impresoras de computador. Cada vez que el Gordo imprimía sus críticas de cine para el periódico, tenía la costumbre de desprender con cuidado esas tiritas para guardarlas arrugadas en el bolsillo y metérselas en la boca en cualquier momento de ansiedad. Luis tenía, además, estatura de basquetbolista, había llegado a pesar ciento treinta y nueve kilos, detestaba el ejercicio físico y, salvo en los últimos meses, nunca quiso renunciar a los placeres de comer en abundancia y de beber vino en buena compañía. «El cura epicúreo», como le decían sus enemigos en la curia.

Debo aclarar, sin embargo, que Córdoba era gordo, sin duda, pero no opulento. Tampoco majestuoso, por muy alto que fuera, y mucho menos imponente. Se dice que los altos mandan más que los bajitos, que ganan mejor sueldo y tienen mejor puesto, pero él no era un alto de ese tipo. Quizás era gordo para no parecer estirado, para darle sencillez a su porte de gran animal. Más que respeto, infundía ternura y era mucho más propenso a la risa que a la severidad. Era bonachón y buena vida y su mismo apetito descomunal no era ofensivo, porque más que voraz era constante, de comer casi permanente, como ya dije, más rumiante que depredador.

Que algo no iba bien en su corazón lo había descubierto por casualidad un pupilo suyo en los cursos de ópera y de cine, Fernando Isaza, que estaba terminando la carrera de Medicina. En el año 82, como casi todos los años, a Córdoba lo habían invitado a ir, como crítico profesional, al Festival de Cine de Berlín. Fue por esto que el joven Isaza, que estaba a un semestre de graduarse y que había visto en una revista especializada el último grito de la tecnología en estetoscopios, un Littmann de nueva generación, le pidió a Luis —entregándole en efectivo los dólares que costaba— que le comprara uno en Alemania, aprovechando el viaje a la Berlinale.

Al regreso de su viaje, el Gordo traía, como casi todos los años, un nuevo par de zapatones negros, número 46, que soportarían su peso, sus pies deformes y sus pisadas duras durante doce meses, varias libras de mazapán de almendras envuelto en chocolate y, esta vez, una cajita metálica reluciente con el fonendoscopio nuevo para su amigo, pupilo y pichón de médico Isaza. Antes de entregarle el encargo, en la luminosa sala de la casa de Villa con San Juan, los dos amigos hablaron un rato largo de cine, obviamente de cine, y de la película ganadora, *La nostalgia de Veronika Voss*, que Luis, antiguo graduado en Teología en Würzburg, pronunciaba a la manera germana, V(con una marcada V labiodental)erónica Foss. Yo iba y venía por la casa, en mis labores de fámulo, y pude registrar casi toda su conversación:

—Todo en el viaje parecía prepararme para ver esa película, para que me gustara —había dicho Córdoba con un asomo de entusiasmo que moderó de inmediato—. Pero no, no me gustó, aunque me habría gustado que me gustara.

—¿Y por qué la decepción? —preguntó Isaza probando el trozo de mazapán que el Gordo le acababa de ofrecer.

—Mira, a la ida, el vuelo de Lufthansa tenía que hacer una escala técnica en San Juan, porque en Bogotá, por la altura, no es posible despegar con los tanques llenos de combustible. Hay que llenarlos a nivel del mar. Y al salir de una salita desabrida en San Juan, en un corredor lleno de deprimentes luces de neón, ¿con quién crees que me cruzo y me sonríe? ¡Con Libertad Lamarque! Detrás de ella viene un grupo de portorriqueñas señalándola, muchachas de esas hablantinosas, alegres, muy caribes: «Tiene la piel lisita, debe de tener más de ochenta y parece de treinta». «¿Ochenta?», les contesta una especie de tía mayor que va con ellas: «¡Ciento diez o ciento veinte! ¡Cuando yo era chiquita ella ya tenía nietos!».

El médico sonríe mirando la caja del fonendoscopio, ansioso por abrirla. Luis, sin soltar la caja, rumia y paladea sus mazapanes, extasiado en ese sabor que mientras habla, lo devuelve a los años de su juventud en los largos inviernos de Alemania. Mastica y mira hacia el techo entornando los ojos como quien mira hacia el pasado, y habla con la boca llena, recordando:

—La novia de América, la Greta Garbo para este continente, Libertad Lamarque. El cine, un arte recién nacido, y envejecido ya, crea esas esfinges. Verla en esa salita, doblada, ocultando las patas de gallo tras unas gafas negras enormes, me daba no sé qué. Y cuando llego a Berlín, ¿quién es la presidente del jurado? Joan Fontaine, que en los cuarenta era ya la sombra de Rebecca. El tercer día voy subiendo las escaleras del Cine-Center y veo pasar un rostro conocido oculto también bajo grandes anteojos oscuros de aro blanco. Unos segundos después caigo en cuenta de que era Claudia Cardinale. Es más pequeña de lo que había imaginado, como si fuera una persona cualquiera, una vecina de casa que evoca de algún modo la figura de Claudia Cardinale. Envejecer es duro, y mucho más para las actrices, casi ninguna envejece bien. Fedora...

—Pero ¿y entonces qué? ¿Qué pasa con la película de Fassbinder, la que ganó el Oso de Oro? —pregunta Isaza, impaciente.

—A eso iba. Yo creo que Fassbinder sabía desde el primer día que se iba a ganar el premio mayor. Ya no estaba vestido como antes, de jeans y chaqueta de cuero, amanecido, con cara de haber bebido y fumado mucho la noche anterior, sino de saco, chaleco y corbata. Recién bañadito, oliendo bueno. Tenía la voz y el acento seguro de los triunfadores. Sus películas ya no son atormentadas piezas de autor, sino cine entregado al consumo universal. Fassbinder el desvelado, el borracho, el que iba a descansar tan solo cuando se muriera, convertido en cultura oficial.

—Bueno, eso es él, pero ¿la película?

—Es digna, tiene momentos muy bellos, como siempre en Fassbinder, y es un melodrama más, como otros de él. Lo malo es que esta vez el novelón le gana la partida al análisis de los sentimientos y de las relaciones humanas. *Verónica Foss* es una típica película de festival: elegante, fría, perfecta, pero que no logra su objetivo. Navega en las aguas de clásicos como *Sunset Boulevard* o *Fedora*, de Billy Wilder, pero no bastan estas alusiones para que esta actriz decadente me haya conmovido de verdad. Y lo lamento, porque ya sabes lo que me gustaba el Fassbinder de antes, el que nunca dormía.

Al fin el Gordo, al terminar su análisis de la película ganadora, se acuerda de la caja con el estetoscopio y la coge con una de sus manazas grandes y abullonadas. Se la acerca a Isaza, con doce dólares de vuelta, que sobraron, y una barra más de mazapán. El cuasi médico la abre con cuidado, como quien recibe una reliquia muy delicada, una porcelana antigua. Se pone los auriculares y se ausculta su propio corazón. Cierra los ojos. Habla:

—Es fantástico, Gordo. Si vieras la nitidez de este sonido; es como si tuviera cada aurícula y cada ventrículo de mi corazón en la mano, como si la sangre se estuviera colando por el túnel de mis orejas. Mira, póntelos, oye.

Luis había sido sonidista en una película de Víctor Gaviria, *La lupa del fin del mundo*, y todo lo que tuviera que ver con audífonos, música, gritos y susurros le fascinaba. Se puso el fonendoscopio y estuvo oyendo las pulsaciones y también la respiración de Isaza, sus murmullos, encantado con la máquina del cuerpo, que siempre nos parece silenciosa, y en cambio habla, murmura, borbotea. Por un instante se siente extasiado, nadando en las entrañas de su amigo. Yo había dejado de sacudir el polvo, desde una esquina de la sala. En un momento dado intercambian los papeles y el estudiante ausculta a su maestro de cine.

Unos segundos después la expresión festiva de la cara de Fernando cambia de repente, se vuelve seria, como si algo le hubiera extrañado, preocupado. Le pide a Córdoba que se quite la camisa, que quiere oír mejor, que inspire, que retenga el aire, que espire, que vuelva a respirar, que tosa. Apoya el nuevo juguete en el pecho, en la espalda, en el cuello. Después apoya la mano abierta sobre la tetilla izquierda de Luis. Luego la mueve y la deja un rato debajo de la axila del mismo lado.

—Ponme la mano aquí, Gordo, quiero que sientas algo.

Isaza se había desabotonado la camisa y le pedía a Luis que le pusiera la mano abierta sobre la tetilla izquierda. A continuación, le pidió que se la pusiera debajo de la axila del mismo lado. Y en seguida le dijo que hiciera lo mismo sobre las mismas partes de su propio cuerpo.

Cuando el Gordo puso su manaza derecha debajo de su axila izquierda, Isaza le preguntó:

—¿Lo sientes?

—Pues sí, claro, palpita. Por si no lo sabes, también los curas tenemos corazón.

—Sí, Luis, yo sé. Pero yo he aprendido que el corazón normal hay que sentirlo más en la tetilla que debajo de la axila. Además, hay algo raro en el ritmo, a veces da un paso más de la cuenta, o dos, te lo digo. No te alarmes, pero a veces hay como un latido inarmónico en las pulsaciones, creo que son extrasístoles del ventrículo izquierdo, aunque no estoy seguro. Tienes que ver un cardiólogo, Luis, y ojalá esta semana.

La gente, ante este tipo de noticias, reacciona con incredulidad, con tristeza, con estupor, a veces con rabia. A Córdoba no le dio tristeza ni estupor: le dio rabia. ¿Había cargado con ese aparato desde Berlín para esto? Qué se estaba creyendo este muchachito que ni siquiera era médico todavía. Se abotonó la camisa a toda prisa, de mal genio, se levantó bruscamente del sillón donde antes parecía tan cómodo y adujo cualquier ocupación urgente para despedirse. Se sentía muy bien y no pensaba hacerle caso a un aspirante a doctor que estrenaba estetoscopio alemán por primera vez en la vida, me dijo después. Al despedirse, ya cerca de la puerta de la calle, le soltó:

—Todos los corazones suenan distinto, Fernando. ¿Sabes cómo sonaba el de Sylvia Plath? *I am, I am, I am.* ¿Y sabes cómo suena el tuyo? Te lo acabo de oír: *pa-tán, pa-tán, pa-tán.*

—Puedes llegar a ser muy ofensivo cuando te da la gana, Luis —le dijo Fernando dándole la espalda. Luego volvió a mirarlo—: Yo no tengo la culpa de que estés enfermo, y, para seguir con tu chistecito, tu corazón me dice: *fu-mar, fu-mar, fu-mar.* Así que, si te gusta la vida, te aconsejo que dejes el tabaco de una vez y para siempre.

Más que cerrar la puerta, Córdoba la tiró. Rojo de cólera lo vi subir pesadamente las escaleras y oí que se refugiaba en su cuarto y pasaba el cerrojo. Al rato alcancé a oír que había puesto música de Bach, un oratorio. Era el tipo de música que rara vez ponía, y más como terapia que por placer. La oía tan solo cuando había tenido una emoción muy fuerte y necesitaba calmarse.

La enfermedad cardíaca de Córdoba, en efecto, fue confirmada unos años más tarde, cuando Luis se decidió al fin a consultar después de algo extraño y un poco disgustoso que yo mismo presencié. Ocurrió durante una gripa muy fuerte que tuvo y que lo redujo al cuarto y a la cama, afiebrado, durante varios días. Una mañana, estando yo con él en su dormitorio, Córdoba tuvo un acceso de tos muy violento. Medio asfixiado por la expectoración, se puso de pie y de repente algo pesado y consistente se fue a estrellar contra la pared. Era un gelatinoso coágulo de sangre medio envuelto en burbujas y flema. Yo limpié con papel higiénico la mancha roja y disimulé cuanto pude, pero desde ese día me propuse obligarlo a consultar y, aunque de mala gana, él accedió. Poco después se le hicieron los primeros exámenes en profundidad y se encontró la enfermedad que explicaba varios síntomas de Luis: cansancio al caminar, ahogos, mareos repentinos, mente un poco nublada en ocasiones.

Antes de definirla, debo advertir que esta puede parecer una metáfora gastada, un lugar común de película sentimental, una cursilería. Por lo mismo, en vez de fijarlo en palabras corrientes, prefiero hacer una descripción técnica del mal que lo aquejaba.

Hipócrates, en su aforismo 69, dice que «los obesos están más expuestos a la muerte repentina que los delgados». Otros médicos de la Antigüedad observaron que las personas de baja estatura viven más años, en promedio, que las altas. Es posible que estas observaciones tengan alguna explicación fisiológica. Según la *legge del cuore* (ley del corazón) del italiano Dario Maestrini, hay una relación entre la sangre que entra en el ventrículo izquierdo durante la diástole (cuando el músculo cardíaco se relaja) y la cantidad de sangre que el corazón está en condiciones de repartir a todo el cuerpo durante la sístole, cuando el ventrículo izquierdo se contrae y expulsa por la aorta la sangre oxigenada de la que vivimos y nos nutrimos los animales.

La fuerza normal del corazón y la medida más importante de su funcionamiento es la FE, que nada tiene que ver con la fe de los creyentes, sino que es la fracción de eyección, es decir, el porcentaje de sangre que se expulsa en cada contracción o, lo que es lo mismo, el volumen que queda de sangre en el ventrículo izquierdo inmediatamente después de la sístole. Esta FE, entonces, y Luis siempre decía, jocosamente, que él tenía un problema de fe, es la que nos indica qué tan sano está nuestro corazón. Recuerdo la cita en que el doctor Casanova nos explicó a Luis y a mí, en detalle, por qué la tal FE resumía muy bien su falla cardíaca. Me aprendí la lección y todavía puedo decirla de memoria. Me gusta repetirla como un buen alumno, de coro, pero si a alguien no le interesa cómo funciona un corazón, el centro vital de nuestro cuerpo, se la puede saltar.

En la medida en que un corazón sea capaz de expulsar siquiera la mitad de la sangre oxigenada que entra en su ventrículo izquierdo (proveniente de la aurícula izquierda y de los pulmones), la persona está bien. Una persona sana, en general, expulsa dos tercios de ese volumen, poco más o menos, o un 66 %. Si al ventrículo izquierdo le entran 100 cm³ de sangre oxigenada al relajarse, cuando el corazón se contrae o hace la sístole debe ser capaz de enviar al cuerpo 60 cm³ de esa sangre, es decir, el 60 % de lo que le entró. Un buen corazón humano bombea en cada sístole setenta mililitros, un poco más de cuatro litros por minuto. Con sesenta pulsaciones y en sesenta segundos, casi toda la sangre que tenemos en el cuerpo ha pasado ya a través del corazón y se ha oxigenado en los pulmones.

Quizás el problema de Córdoba tenía que ver con su tamaño o, mejor, con su peso, tal vez con una hipertensión no resuelta y muy probablemente con alguna condición heredada. El caso es que, en los tiempos en que Isaza lo auscultó por casualidad, él no estaba expulsando el 60 % de la sangre que recibía en su ventrículo izquierdo, sino, tal vez, solo el 45 %, o algo así. Años después, cuando al fin resolvió consultar después de la alarma del coágulo, su fracción de eyección solo llegaba al 40 %. Y al pasar más tiempo, cuando empieza esta historia y Luis entró a vivir en la casa de Laureles, lo que le quedaba de FE era apenas un 20 %.

Como el volumen de sangre total que necesita un cuerpo para seguir viviendo tiene que ser el mismo, el corazón de Córdoba había encontrado un mecanismo de compensación: dejar entrar más sangre de la normal durante la diástole. El problema era que, para dejar entrar más sangre, lo que debía hacer el corazón era relajar sus fibras y dilatarse, crecer. De tal modo, si en su corazón dilatado, en vez de 100 cm^3 cabían 150 cm^3, con el 40 % de FE podía llevar al cuerpo la misma cantidad de sangre oxigenada que antes. Y si solo expulsaba el 20 % de lo que le entraba, el volumen del ventrículo izquierdo tenía que ser aún mayor.

Cualquier cosa que uno escriba sobre el corazón se vuelve imagen y metáfora. Todo lo anterior, que en términos médicos se llama cardiopatía dilatada, puede decirse también en palabras corrientes, aunque no tan técnicas y precisas como las de arriba, y con el agravante de que van a sonar sentimentales: Luis tenía muy grande el corazón. Pero, al revés de lo que suele significar la expresión, un corazón grande no anuncia nada bueno. Por mucho que Cervantes haya dicho que «el que tiene mayor corazón es dotado de mayor valentía del que le tiene pequeño», en realidad no es así. Un corazón grande es el prólogo de la falla cardíaca, pues significa que día tras día sus músculos sufren más (crecen, se deben esforzar, se endurecen, pierden elasticidad) para conseguir llevar a cabo su función.

C

Unos veinticinco kilos antes de que se descubriera su falla cardíaca, Córdoba había encontrado una forma de vivir que, sin alejarlo del sacerdocio, no lo apartara tampoco de las tres cosas que más le apasionaban. Él creía, además, que apoyándose en sus gustos y pasiones podía ejercer a su manera lo que en la comunidad cordaliana se nos exigía como curas, es decir, el apostolado cristiano.

Esta posibilidad se le dio gracias a un regalo que vino envuelto en tristeza, con la muerte de su madre, doña Margarita, que había fallecido de repente —infarto agudo de miocardio— cuando Córdoba vivía en Manizales a cargo de una parroquia. El padre de Luis, al morir su esposa, anunció en tono tan triste como irrebatible que no volvería a pisar la casa donde habían vivido cuarenta años (la misma donde habían criado a sus tres hijos), que le traía tan buenas remembranzas de la vida con ella y, por lo tanto, ahora, tanta tristeza por su ausencia. El doctor Felipe Córdoba, médico de profesión, estando todavía en la clínica donde murió su mujer, le había pedido posada a la menor de sus hijas, Emilia, para no tener que regresar a ese caserón lleno de patios, de luz, de flores y escaleras y recuerdos que, por hermosos, ahora le dolían de un modo insoportable. No había querido ir siquiera a empacar la ropa ni a escoger los objetos personales que se quería llevar.

Emilia, casada con un publicista acaudalado, Alfonso Arias, tenía siete hijos y una casa grande. A suegro y yerno los unía una amistad sustentada, ante todo, por sus comunes opiniones políticas, ya que ambos eran miembros activos del Directorio Conservador. Y aunque a Emilia y su marido no les quedaba ningún cuarto libre en la casona de El Poblado, resolvieron que había un espacio que no se usaba nunca, la sala buena, la de las visitas importantes, que se mantenía cerrada casi todo el año. Bastó sacar los muebles siempre cubiertos por sábanas viejas, descolgar los paisajes bucólicos de marcos dorados y desterrar los inútiles adornos de porcelana para convertir aquel lugar en dormitorio. La cama (una cama de una sola plaza, pues su padre no quería volver a dormir en el lecho conyugal), además de otros muebles, los recuperó Emilia de la casa de Villa con San Juan, adonde fue sin su padre, seguida por un pequeño camión de trasteos en el que amontonó unas cuantas cajas, un escaparate, la cómoda matrimonial, el escritorio, la silla y los viejos libros de medicina que su padre ya no leía pero que seguían siendo el testimonio de una vida dedicada a curar a los enfermos.

Muerta la madre, la casona de Villa con San Juan, abandonada por el padre, quedaba vacía y a disposición de lo que Córdoba quisiera hacer con ella. Lina, la mayor de las hermanas, había muerto años antes, prematuramente, la misma semana en que Luis se ordenaba y decía su primera misa en Alemania. Emilia no tenía ningún interés en esa casa vieja y achacosa, situada en un sector pasado de moda del centro de Medellín, que se empezaba ya a degradar. En el mismo camión de mudanzas, como herencia de la madre muerta, se había llevado también la vajilla de porcelana bohemia, las bandejas y los cubiertos de plata, y uno que otro espejo u oscuro cachivache como muestra de que la familia llevaba más de un siglo sin pasar trabajos. El cascarón de la casa con el resto de enseres se lo cedía a su hermano cura, sin hacer sumas ni restas, como herencia de la madre.

Para poder vivir su apostolado como lo empezaba a entender, para no tener que darle cuenta de todas sus acciones a ningún reverendo padre superior, para poder preservar las escasas libertades que la ordenación y el sacerdocio le habían dejado, Córdoba resolvió entonces convertir la casa de su infancia, el caserón de Villa con San Juan, en una residencia donde pudieran vivir y convivir unos cuantos curas, seminaristas y misioneros cordalianos. No demasiados, en realidad, porque la casa era grande, pero tenía pocos cuartos. Lo mejor para él sería, si mucho, que allí vivieran dos curas, él y yo, y dos o tres seminaristas temporales más que pudiéramos escoger entre los dos.

Con esta idea le pidió una cita al provincial de los cordalianos.

Como todos nosotros, Luis había hecho en Europa, al ordenarse, votos de obediencia a sus superiores jerárquicos; también votos de castidad, pues había renunciado a tener esposa e hijos, y en general —en la medida de lo posible—, a la libido y las relaciones carnales, como si fuera un eunuco. Con esas condiciones había sido cura en una parroquia rural cerca de Múnich y en una parroquia urbana en Manizales. Los mismos votos lo comprometían a dedicarse al servicio de los demás y a que sus objetivos en la vida no apuntaran al lucro ni a ningún beneficio personal. Pero después de estas renuncias y sacrificios, y después de meditarlo muy bien, Córdoba había resuelto que no pensaba privarse de las otras tres pasiones que le quedaban, dos de ellas casi espirituales y la tercera —la que más le costaba confesar— muy carnal: la música clásica (especialmente la ópera), el cine y la buena mesa. ¿No había multiplicado Jesús los panes y los peces, no había convertido el agua en vino, no se había despedido de la vida con una última cena? Pues eso.

El fundador de nuestra comunidad, el beato Ángel María Corda, era un convencido de que había muchas maneras de ejercer el apostolado cristiano, y con unas viejas cartas de Corda en la mano Córdoba se presentó, muy compuesto y recién peluqueado, ante el provincial de los cordalianos de Medellín, el padre Hoyos, que para no estar solo se hacía acompañar de su secretario, un curita hipócrita y obsecuente cuyo nombre no quiero recordar. Los argumentos que les expuso eran ingeniosos, casi incontestables: para nuestro padre Corda era posible vivir la vocación religiosa incluso quedándose en la propia casa. ¿No había escrito él acaso una obra llamada *Religiosos en sus casas e instrucciones y reglas que da a los jóvenes que quieren vivir religiosamente en el mundo*? Pues bien, así mismo quería vivir el padre Córdoba, en la misma casa donde se había criado, y tan célibe como una doncella, pero ejerciendo el apostolado, haciendo su propia misión en la ciudad, en el mundo, a través de la enseñanza de los temas que lo apasionaban.

A esto, el secretario, mucho más conservador y celoso (en todos los sentidos de la palabra, incluso el de la envidia), objetó que él no veía en el cine contemporáneo, en el que sabía que Luis más se regodeaba, por no decir revolcaba, contenidos muy edificantes. Y que lo propio le parecía de óperas tan obscenas y libertinas como esa de *Don Giovanni* de Mozart, por no hablar de otras obras del mismo compositor, llenas hasta el vómito de asquerosas alusiones masónicas. El provincial le rogó al secretario que al menos dejara que Luis expusiera sus ideas y deseos hasta el final.

Córdoba siguió como si el secretario no hubiera abierto la boca y, en vez de pedir menos, pidió más, me contó después. Explicó que en esos tiempos en que los jóvenes desertaban de los templos y eran indiferentes a los servicios religiosos, había que ir a buscarlos adonde sí iban: a las salas de cine y de conciertos. Dio el ejemplo de uno de sus maestros en Italia, un jesuita, Angelo Arpa. Este había sido amigo personal de Rossellini, de Fellini, de Blasetti, incluso de Pasolini...

El provincial —insistía Luis—, que había estudiado en Roma y vivido en la Via Appia, en el Collegium Cordialum, con seguridad recordaba que antes regía una norma según la cual los clérigos no podían ir a espectáculos públicos, especialmente a cine. Pues bien, el padre Arpa era el que organizaba el cineforo en el Colegio Pío Latinoamericano. Allí les había llevado a ellos, seminaristas de muchos países, a Fellini y a Pasolini. Incluso este les había mostrado escenas de *El Evangelio según san Mateo* que luego no salieron en la versión oficial. El padre Arpa ejercía su apostolado a través del cine, e incluso había fundado una productora que sirvió de puente entre realizadores italianos y latinoamericanos. Así había producido *Era noche en Roma*, de Rossellini, y también...

Como el provincial parecía aburrirse con esa sarta de alusiones al cine, Córdoba volvió bruscamente al tema de la casa, en la que no pretendía portarse como un abad en su monasterio, sino como un siervo más de la comunidad cordaliana. Quería pedir, eso sí, con toda humildad, que le permitieran compartir la residencia con otro padre muy amigo suyo, Aurelio Sánchez, profesor de Biblia en la universidad, experto en literatura y en exégesis de obras profanas y sagradas, quien tenía, sobre todo, algo que a Luis le faltaba: una mente organizada de ecónomo y un sentido práctico de la vida. (Este, lo recuerdo aquí entre paréntesis, era yo, su mejor amigo, que había regresado hacía poco de Roma después de graduarme en el Pontificio Istituto Biblico de Urbe). Si le permitían acogerme a mí, a Lelo-Cura, como me dice la gente, el provincial podía escoger con nosotros a los otros hermanos, seminaristas o misioneros que cupieran en la casa, es decir, no más de cuatro o cinco en total.

Córdoba sabía que por esos días las finanzas de los cordalianos no estaban boyantes, y sabía también que tenían más solicitudes para el noviciado que cupos en el seminario de Envigado, por lo que a la orden le convenía mucho contar con una residencia adicional (gratis) donde acoger algunos pupilos. Por eso, el provincial se debatía entre la envidia de su secretario y la conveniencia general de la comunidad. Además, él sabía muy bien, y así se lo había dicho a algunos de nuestros compañeros, que esos dos amigos, Luis y Aurelio (el cineasta y el profesor de Biblia en la Pontificia), resultaban cada día más ingobernables dentro de los rígidos cánones de un convento. Si negaba el permiso se exponía, más bien, a que ellos se fueran de la comunidad e incluso a que dejaran los hábitos, como el tal fray Francisco Antonio Posada, de quien también le estaba hablando ahora el padre Córdoba (un fraile que había fundado el primer cine en Colombia, el Kinematógrafo o no sé qué, y se había salido), como una amenaza velada, lo que sería causa de mayor escándalo. Por eso, con cierto aire benévolo, pidió unos días para pensarlo. Luis sabía que esto, en la Iglesia católica, se acercaba mucho más a un sí que a un no, así que empezó a dar las gracias y a despedirse.

Quiso añadir o pedir algo más, una última cosita, cuando ya se levantaba de la silla: que en uno de los cuartos de servicio pudiera vivir una joven estudiante de Comunicación Social, huérfana y sin recursos, que ya ejercía como asistente, secretaria y factótum tanto de Aurelio como suya: Ángela María Chica.

Esto, al secretario, le pareció ya el colmo, y su cara se congestionó tanto que parecía que fuera a explotar como un neumático inflado más allá de su capacidad de resistencia. Sin poder contenerse, se levantó de su asiento y dijo con una voz que le salía aguda de la garganta, cargada de indignación:

—¡Así como existe el celibato eclesiástico, existe también la obligación de ponerse en condiciones de respetarlo! Todos los estatutos sinodales prohíben a los clérigos cohabitar con mujeres de edad inferior a cuarenta años. Díganos, Luis, ¿cuántos años tiene este angelito de nombre Angelita?

—Veintitrés, padre, pero es como una sobrina o una prima para nosotros, y por esta condición no debería dar lugar a sospechas.

—Si da lugar a sospechas o no, eso lo debe definir el ordinario, y no usted. ¡Su sola insistencia ya hace pensar en una relación concubinaria con la tal Angelita!

El provincial se limitó a sonreír y a hacer un gesto despectivo con la mano mientras decía una frase suficientemente ambigua:

—No creo que un provincial deba ocuparse incluso de los asuntos menudos de la servidumbre en cualquiera de las residencias. Eso lo dejaría a su conciencia, padre Córdoba, en caso de que apruebe ese embeleco suyo de vivir en casa propia.

Y se levantó él también para estrecharle la mano, dándole la espalda al secretario, que, rojo como un tomate y paralizado de ira, siguió de pie, tieso, de nalgas fruncidas y como si una goma muy pegajosa hubiera fijado sus zapatos al suelo.

Se vivían los tiempos de apertura mental del Concilio Vaticano II; el mismo padre Hoyos, como provincial, había asistido y participado activamente en la segunda conferencia de obispos del Consejo Episcopal Latinoamericano, Celam, en Medellín, en agosto y septiembre de 1968, famosa por defender algunas tesis en las cuales la Iglesia católica se comprometía a emprender métodos de educación y evangelización mucho más libres y abiertos a las manifestaciones culturales y sociales del mundo contemporáneo. Córdoba, que conocía bien los documentos de esa conferencia que había tenido lugar en su ciudad algunos años antes, se apoyaba, también, en citas de aquella que le daban la razón y que había consignado en los papeles que acompañaban su solicitud verbal. El apostolado no había que hacerlo siempre con el catecismo y las homilías dominicales; la vida cristiana se podía vivir y enseñar mostrando una película, ayudando a oír y a entender una sinfonía de Mozart, un oratorio de Bach, una ópera de Verdi o una película de Rohmer.

Días después, el padre provincial citó a Córdoba para aceptar la solicitud y las condiciones puestas por Luis. Podíamos hacer la prueba por un par de años, a ver cómo nos iba. Debíamos llevar una contabilidad y un registro estricto de los gastos; todo lo que sobrara de nuestros sueldos se devolvería a la comunidad provincial. Además le recomendó tener mucha prudencia, mucho recato, mesura en todo cuanto hiciéramos:

—Recuerda muy bien esto, Luis: sin escándalos. La Iglesia compadece e incluso ama al pecador, pero abomina el pecado, y, sobre todo, detesta el escándalo. Que sea como quieres, pero eso sí, te repito, sin escándalos.

A lo cual Córdoba había respondido con una sonrisa infantil, muy abierta y feliz, y una reverencia tan pronunciada que parecía que se estuviera despidiendo del mismísimo Pablo VI, el Papa de aquel momento, a quien había tenido el privilegio de conocer en Roma y de besarle la mano. Se había doblado tanto, me contó, que el botón de los pantalones saltó por el aire y fue a dar a los pies de la silla del secretario, que, por fortuna, no estaba presente. El provincial, comedido y discreto, fingió no haber visto el pequeño incidente, pero se despidió con un apunte indirecto:

—Ojalá en la nueva casa comieras un poco menos, Luis. Contra gula, templanza. Te convendría mucho bajar de peso.

El Gordo, cogiéndose los pantalones con la mano para que no se le cayeran, le prometió que haría todo lo posible por adelgazar. Ya una vez, en plena misa, al arrodillarse durante la elevación, había tenido el mismo accidente: se le había saltado el botón y se le habían caído los pantalones, afortunadamente debajo de la sotana. Pero aquella vez no pudo moverse de su sitio y tuvo que terminar la eucaristía en una quietud incómoda, con los pantalones enrollados en los tobillos. Apenas al finalizar la ceremonia se los había podido subir, haciendo contorsiones, con la ayuda risueña del sacristán.

En la casa de Villa con San Juan, si no me equivoco, vivimos los años más felices de nuestra vida. Yo madrugaba a celebrar misa en el convento de las adoratrices, de las cuales habíamos sido nombrados ambos capellanes. Más tarde iba a la Universidad Pontificia a dar mis cursos de Biblia. Córdoba a veces confesaba una que otra monja de las hermanitas de la anunciación, de vez en cuando casaba a una pareja de amigos que se lo pedían o bautizaba algún recién nacido, pero en realidad, más que de los oficios de presbítero, por los que, si mucho, juntaba alguna limosna, vivía de sus talleres y de sus pasiones más mundanas: el cine de todas las épocas y la música clásica, especialmente la ópera de Mozart y la italiana, Donizetti, Verdi, Bellini.

Teníamos una casa fresca, luminosa y limpia, adornada con todo aquello que nos gustaba: libros, muchos libros, obras de arte que nos regalaban amigos pintores, un equipo de música con amplificador, parlantes y tocadiscos de último modelo, que Luis podía encender a cualquier hora, no en los escasos momentos permitidos en una comunidad tradicional, y llenar la casa con la música más hermosa que se hubiera compuesto jamás, la de Mozart, de nuevo, pero también Beethoven, Mahler y Shostakovich, las canciones de Schumann, las sonatas de Brahms o de Chopin, los grandes conciertos para piano de Schubert, Tchaikovsky, Mendelssohn, Liszt, Luis A. Calvo y todo lo demás.

Luis era muy buen amigo de los directores del Instituto Goethe y del Centro Colombo Americano, Heinrich von Berenberg y Paul Bardwell, y ambos le ofrecían sus aulas para que diera cursos, bien remunerados, de óperas o sinfonías de Mozart, de cantatas de Bach, de historia del cine alemán, o del mejor Hollywood (John Ford, Joseph Mankiewicz, Billy Wilder, Alfred Hitchcock), o del italiano de la posguerra, o de lo que a él se le fuera ocurriendo año tras año. Llegó a tener también un programa de radio en la Emisora Cultural de la Cámara de Comercio. Muchos jóvenes de Medellín, que lo veneraban como profesor, lo seguían fielmente de un lado a otro, y en su compañía se formaban en materias que por lo general no se daban en las carreras universitarias tradicionales. En sus múltiples cursos no se presentaba nunca como cura, y esta información, que tampoco ocultaba, solo salía a relucir si se daba la casualidad de una conversación que llevara a algún argumento de tipo teológico o religioso. Ni Luis ni yo íbamos nunca de sotana, por aquello de que el hábito no hace al monje, y además porque, si bien venerábamos el sacerdocio, no nos gustaba su disfraz. Córdoba ni escondía ni exhibía su condición de sacerdote, tanto para no espantar a los anticlericales como para no atraer abejas que solo buscaran el néctar de la consolación del más allá.

También, un poco después de cambiar de ciudad, empezó a preparar y a escribir cada semana su página de cine para *El Colombiano*, que le pagaban relativamente bien. Los jueves, se decía en nuestra casa de Villa con San Juan, «se prendía el horno», y a partir de ese momento todo giraba alrededor de la página de cine de Luis, toda una sábana con distintos artículos que él escribía de arriba abajo, y hasta que no terminaba su tarea, debíamos guardar un silencio de retiro espiritual, incluidas las loras y los perros, que parecían respetar las horas creativas. La casa se sostenía, en cierta medida, con esa página, y por lo tanto todos debíamos ayudar a que saliera bien. Yo mismo, por la tarde del viernes, era el encargado de ir personalmente a entregar los artículos que Córdoba había pergeñado en dos días de trabajo concentrado e intenso. Después del parto, todo en la casa volvía a la risa y a la alegría: el Gordo había dado a luz su página, y hasta el otro jueves nos dedicábamos a la vida normal. Una vida cada vez más cargada de visitantes y amigos, pues alrededor de Luis fue creciendo un grupo de fanáticos del cine y de la música que nos visitaban para extender las clases oficiales con tertulias, audiciones musicales y proyecciones de películas raras.

Poco a poco, Córdoba se había convertido en el crítico de cine más respetado de Medellín, y quizás el más importante de Colombia. El André Bazin colombiano, lo llegó a bautizar Fernando Trueba en su *Diccionario de cine*, poniéndolo a la altura del fundador de *Cahiers du Cinéma*, incluso antes de que Luis fundara también, con un grupo de amigos del Colombo Americano, su revista de cine, *Kinetoscopio*, que llegaría después. En todo caso, en aquellos años, si los domingos *El Colombiano* se vendía mucho en casi todas las capitales y en numerosos pueblos del país, y no solamente en Medellín, esto se debía en buena medida a la página de cine que concebía en su mente toda la semana y paría en dos días. Confieso que algunas veces, como Córdoba no alcanzaba a ver todas las películas que había en cartelera, yo iba a ver algunas y se las contaba. Luego él hablaba de ellas y las criticaba como si las hubiera visto personalmente (nadie entendía a qué horas veía tanto cine ni hacía tantas notas), pero en estos casos se trataba del cine más marginal y de las películas más comerciales. También le ayudaba a veces haciendo consultas en bibliotecas y en enciclopedias, a partir de preguntas puntuales que él me entregaba en papelitos cuadriculados.

Además de Luis y yo, los primeros habitantes de la casa fueron una muchacha del servicio chocoana, Conchita (una gran cocinera, que había trabajado varios años haciéndole espléndidos manjares al obispo de Quibdó), y la chica Chica, Ángela María, Angelines, nuestra joven asistente, esta última solo algunos días a la semana. En cuanto a los seminaristas, el provincial prefería, al menos en los primeros años (y tal vez para evitar que nosotros dos pudiéramos tener alguna influencia negativa sobre ellos), que a nuestra casa vinieran a parar solamente los misioneros que llegaban enfermos de las selvas del Chocó. Nos pidió que ellos pudieran pasar la convalecencia con nosotros, como si tuviéramos más un sanatorio que una casa. Que descansaran allí y se curaran con calma de la disentería, la malaria, el dengue o cualquier otra de las extrañas fiebres tropicales que daban en la selva. Luis aceptó ese arreglo recordando siempre su principal condición: que yo nunca dejara de ser su ecónomo y compañero, porque él no se sentía capaz de administrar sin mi ayuda las cosas prácticas de la casa, como el mercado, las goteras en el techo, los daños de plomería o electricidad, el pago a la empleada del servicio, de la luz y el agua, nuestra comida y el cuido de los animales.

A Córdoba y a mí nos encantaban los animales de compañía. Poder acariciar un perro y creer que te entiende y que te quiere; sentir el ronroneo de un gato en el regazo; conversar con el eco de un loro; oír el canto del cortejo de un pájaro, incluso tras las costillas de su jaula; hipnotizarse con un pez ingrávido detrás de un cristal eran actos casi sensuales, placenteros y cotidianos. En la casa de Teresa, en cambio, no había mascotas. Yo se lo recordaba a Luis, a ver si conseguía hacerle sentir nostalgia de nuestra casa, de nuestro casto connubio curial. Lo único que había, en el solar de atrás de la casa de Laureles, era una tortuga muda e inexpresiva, con facciones de anciana venerable, que aparecía de vez en cuando, para felicidad de los niños, que daban alaridos al verla y le ofrecían hojas de lechuga y trocitos de manzana que ella a veces se comía y a veces despreciaba displicente. Cuando salía de sus escondites debajo de la tierra, llamaban al Gordo para que viera su coraza de ajedrez, la ponían patas arriba para mostrarle que era capaz de dar la vuelta y enderezarse después de patalear un rato. De nombre le habían puesto Rayo, por su parsimonia. Cuando no aparecía la buscaban gritando Rayo, Rayo, Rayo, pero se quejaban de su sordera y de que saliera solo cuando le daba la gana. No era gran cosa como animal doméstico. A mí Rayo me daba grima y a Córdoba le daba muy poco de que hablar. Lo único que podía decirles a los niños era que las tortugas envejecían muy despacio, podían vivir hasta doscientos años, y al final lo único que les daba era una ceguera paulatina y corazón cansado, hasta que este al fin se les paraba, aparentemente sin sufrir. Al parecer era muy conveniente tener sangre fría, vivir despacio y tener caparazón.

En la casa de Villa con San Juan, en cambio, tuvimos siempre animales de sangre caliente. Ha pasado mucho tiempo y es posible que mi memoria desfigure algunos de los detalles, pero Joaquín me ha pedido, no sé por qué ni para qué, que le haga la lista de los animales que convivieron con el Gordo y conmigo. ¿A quién podrá interesarle esta lista? A mí solo me da una especie de melancolía por tantas cosas y tantos afectos que desaparecen, como hojas que se pudren, como troncos sepultados en la arena por las olas del mar.

La gata que más quisimos era hermosa, negra azabache, elástica y ágil, muy vital. Una fiera doméstica, inolvidable, que Córdoba definía como «el perfecto resumen de una pantera». Siempre que Luis se levantaba de su sillón de lectura, ella pegaba un brinco y se sentaba allí mismo, en el vacío cóncavo dejado por él, como en busca del resto de su calor sobre el asiento. Cuando la adoptamos y bautizamos, los dos estábamos viendo, al mediodía, quizá la única telenovela que vimos completa en toda la vida. Era brasileña y no recuerdo bien los motivos por los que nos había enganchado tanto, pero el caso es que no nos la perdíamos. Era en blanco y negro y la protagonista se llamaba Zuca. Así mismo pusimos a la gata negra que ya no tengo claro de dónde nos llegó: Zuca. Por lo que recuerdo, la Zuca de la telenovela era la hija natural de una esclava negra con un hacendado, una mulata. La representaba una actriz, Glória Pires, que era bellísima, y creo que Córdoba estaba tan enamorado de ella como yo del muchacho que la cortejaba, Fábio Júnior. Alguien me dijo que después ellos se casaron en la vida real y tuvieron zuquitos. Nosotros nunca más volvimos a ver telenovelas y solo prendíamos la televisión a la hora de las noticias. También nuestra Zuca tuvo muchas crías negras y pintonas. A todos los gaticos los pudimos acomodar en buenas casas de familia. Los despedíamos siempre con una dote especial: un moño en el cuello, hecho con cintas coloradas, una bolsa de arena y una lata de atún.

Cuando Córdoba se iba de viaje, Zuca lo buscaba por un tiempo, ofendida, casi indignada, maullando de rabia, y luego se perdía. Una vez que Luis se fue a probar suerte como empleado de radio en la Deutsche Welle, en Colonia, quizás el peor error de su vida, del que más se arrepintió, Zuca se fue para siempre y nunca volvió. Al regresar el Gordo, nos quedamos con un hijo de Zuca, tan negro como ella, al que pusimos Recaredo, por el rey visigodo, pero que no había heredado el misterioso encanto de su madre, no sé por qué, tal vez por lo predecibles que resultan ser siempre los machos.

Tuvimos un perro pastor alemán, Lucas. Solía hurgar y lamer las botellas de cerveza medio vacías porque le gustaba la cerveza, claramente, haciendo honor a su origen. Una vez, por esa insana inclinación, se tragó una tapa de botella. La explicación de su persistente tos de perro, de su dolorosa inquietud diurna y nocturna, salió en una radiografía, y hubo que operarlo. La tapa era de Pilsen. En esa operación se nos fue casi el presupuesto de todo un mes, pero Lucas nunca volvió a ser el mismo. Por recibir a Lucas, precisamente, perdimos a Recaredo; cuando llegó cachorro el pastor alemán, Recaredo tuvo un ataque de celos incontrolable, con arrogancias violentas de macho, y, como eran del mismo tamaño, el gato atacaba a muerte al cachorro apenas destetado, hasta que un día casi le saca un ojo.

Entonces les pedimos a las monjas de nuestra capellanía, las adoratrices, que nos recibieran el gato por unos meses, al menos mientras Lucas crecía y aprendía a defenderse. Recaredo se adaptó muy bien a las monjas; tan bien que ellas, encariñadas con él, nos pidieron que lo dejáramos viviendo allá en el convento que tenían más arriba del Batallón Girardot. Las monjas tenían un gran huerto de hortalizas que por las noches era custodiado por una jauría de perros bravos que mantenían a raya a los reclutas del batallón, al parecer vegetarianos porque les encantaba robar legumbres en ese jardín. El problema en el convento fue la lascivia de Recaredo, pues, como es típico de todos los celosos, era también insaciable en su apetito carnal. Las monjas sabían cuándo llegaba de sus correrías nocturnas con las gatas del barrio porque los perros lo recibían corriendo y ladrando, enloquecidos de furia con el gato promiscuo, parrandero y trasnochador. Una de esas madrugadas, el recibimiento fue más bulloso de lo habitual, con peores aullidos, carreras y gruñidos de parte y parte. Al día siguiente, la monja encargada de encerrar a las fieras en su perrera diurna se dio cuenta de que esa vez el rey Recaredo no había podido escapar de los perros guardianes de la moral. De su vida disoluta no quedó ni el pellejo; solo mechones de pelo y algún rastro de sangre sobre una coliflor. Tal vez por esas cosas ahora se estila tanto castrar a las mascotas; es una costumbre terrible que incluso algunos animalistas practican, pero que Córdoba y yo nos negábamos de plano a cometer.

Tuvimos un tucán al que pusimos Publio Ovidio Nasón, por el narizón poeta latino. También tuvimos tres

47

pescaditos presos en una pecera improvisada en un morte-
ro de vidrio grueso marcado con un número de inventario
del laboratorio de Biología de la Universidad de Antioquia. Al pez negro y agresivo lo bautizamos Sir Francis
Drake, y a las dos bailarinas rojas, eternamente persegui-
das por el pirata, les decíamos Abelardo y Eloísa.

Después de Lucas tuvimos una perrita labrador dora-
do, de nombre Judy, por Judy Garland. Antes, o después,
ya no sé bien, tuvimos una gran danés que conseguimos
para cuidar el solar de atrás (porque a veces se metían la-
droncitos a robarnos las brevas y las manzanas). Le pusimos Gala, como la mujer que Dalí le sonsacó a Paul Éluard
(así son los amigos), y a quien el pacífico Buñuel abofeteó
una vez.

Hubo también una perra criolla, recogida, de aspecto
y nombre modestos, Pirula. Hubo lora parlera, Guillermina, pericos australianos, canarios… ya no me acuerdo de
más y no creo que nadie pueda hacer nada que valga la
pena con esta lista, aunque a mí me ha gustado revivir en
la imaginación todos estos animales que acabarán de morirse del todo solamente cuando yo me muera.

D

Cuando los médicos encontraron su arritmia, el corazón crecido, su obesidad medida en masa corporal, los tratamientos que le recetaron a Córdoba fueron tres: un marcapasos, régimen y ejercicio. Lo primero fue lo más rápido, lo más sencillo y lo más efectivo. Una mañana en la Clínica Cardiovascular de Robledo el doctor Medina le instaló debajo de la clavícula el aparato. Era de los primeros, no pequeñito como los de ahora, sino casi tan grande como un celular de los de hoy. Fue así como el ventrículo izquierdo de Luis no se volvió a desbocar sino que mantuvo su trote parejo y rítmico durante varios años. Sintió un alivio súbito desde el mismo momento en que se despertó de la anestesia, nos dijo muy feliz.

Una vez que lo dieron de alta, al día siguiente, toda la casa de Villa con San Juan se puso entonces en función de los dos tratamientos que faltaban, la gimnasia y la dieta. Muy temprano por la mañana, el Gordo se ponía la camiseta sin mangas y los shorts extragrandes que Angelines había encontrado en una tienda de prendas XL por El Poblado. El primer día yo estaba en mi cuarto, todavía en la cama, haciendo examen de conciencia, cuando de repente empecé a sentir que la casa se estremecía, como si se nos fuera a caer encima. Creí que era un temblor de tierra, porque las vigas de madera gemían y las columnas parecían mecerse desde sus cimientos en el fondo de roca maciza. El Gordo había recordado que de niño el único ejercicio que le gustaba era saltar el lazo con las vecinas, y se había comprado una cuerda para saltar. Cada brinco parecía una bala de cañón cayendo en el tablado de su cuarto, bum, bum, bum, que repercutía sobre toda la casa, bum, BUM, bum. Lucas ladraba, las loras puteaban, y la cocinera Conchita, desde adentro, preguntaba a los gritos:

—Don Luiiis, don Leeeelo, ¿qué está pasandoooo?

Aquello parecía el fin del mundo. En el cuarto de Luis, un elefante de ciento treinta y ocho kilos daba brincos y la casa temblaba. Pero todo pasó muy pronto, afortunadamente, porque después de veinte o treinta saltos Córdoba se cansó y bajó a desayunar, sudando, con una toallita verde detrás de la nuca, todavía en shorts, con las columnas dóricas de sus piernas al aire, velludo como una oveja negra y, por primera vez en muchos años, descalzo.

Al ver el desayuno, que consistía en un huevo hervido (amputado de yema, solo la clara dura), una galleta de soda simple, sin sal ni mantequilla, una tajadita esmirriada de queso blanco fresco, casi transparente, y un café negro sin leche y sin azúcar, el Gordo nos miró con cara de perrito castigado y empezó a masticar con una tristeza muda y un notable disgusto en las papilas. Yo trataba de que él no viera mi arepa con quesito ni mi cruasán con mermelada, pero era inútil porque me miraba comer como miran los niños pobres comer helado a los niños ricos. Intenté tragar lo más rápido que pude, llevé a la cocina mi taza y mi plato vacíos, me entretuve lavándolos y le di instrucciones a Conchita para el almuerzo, que no sería mucho mejor que el desayuno: media porción de pechuga de pollo sin sal, a la parrilla, abundante ensalada de lechugas y brócoli con vinagre y una gota de aceite y una galleta de soda. Nada de jugo; solo agua. Nada de postre: un tinto sin azúcar o con edulcorante.

—¿No le puedo hacer siquiera un arrocito blanco? —me preguntó Conchita.

—Ni riesgos —le dije yo—, son órdenes del médico y más nos vale cumplirlas si no queremos que Córdoba se nos enferme más.

Luis, en el patio, trataba de enseñarle a la lora Guillermina la palabra «dieta».

—Dieta, Guillermina, diga ¡dieta, dieta, dieta! —le repetía Córdoba una y otra vez, mirándola con cierta tristeza melancólica.

Pero la lora no le entendía bien, lo miraba con desconfianza, doblando la cabeza a un lado, y repetía otra cosa que Angelines le había enseñado antes, cuando la lora era joven y aprendía a hablar:

—Teta. ¡Teta, teta, teta!

Dos semanas después, cuando los brincos de Córdoba, un poco más largos que la primera vez, nos seguían despertando todas las mañanas con su rítmico temblor de tierra y vibración de vigas y cimientos, ocurrió algo que jamás me había pasado en mi larga convivencia con Luis, mi más querido condiscípulo y compañero desde los tiempos remotos del seminario mayor en Sonsón. La muchacha le había preparado de cena, según mis instrucciones, un trozo de bagre blanco hervido, sin sal, pero con mucho cilantro, dos papitas criollas también hervidas, con su cáscara (a ver si así se veían un poco más sustanciosas), y ensalada de puerros y tomate verde, con vinagre y dos gotas de aceite de oliva. Pero ocurrió que a mí me hizo arroz con almendras, hervido en caldo de costilla y cebolla, el cual desprendía un aroma exquisito, pernicioso, y en lugar de servírmelo en mi plato, como yo mismo le había pedido, puso toda una fuente colmada del suculento arroz en la mitad de la mesa, y equidistante entre el plato de Luis y el mío. El recipiente humeaba como una tentación, como un efebo desnudo envuelto en la neblina y los vapores de un baño turco.

Después de probar un trocito de su pescado desabrido, el Gordo, ni corto ni perezoso, entrecerró los ojos y alargó el brazo, cogió con avidez la cuchara de servir y, relamiéndose los labios, se sirvió en su plato no una ni dos, sino cuatro cucharadas de arroz con almendras. Agarró el tenedor con una avidez y un afán para mí desconocidos, y empezó a echarse vorazmente en la boca tenedores repletos de ese aromático manjar de los árabes. Yo lo miraba sin modular, pero después de ver subir y bajar su tenedor varias veces, a un ritmo de Pelton, me atreví a decirle, con mucha calma, pero con firmeza y con el índice señalando el plato:

—Córdoba, no debes hacer eso. Recuerda que tú tienes prohibido el arroz.

El Gordo soltó un largo resoplido, como desinflándose desde las profundidades de sus entretelas. Apoyó al lado derecho el tenedor y apretó con la mano izquierda el cuchillo hasta que los nudillos de los dedos se le blanquearon. De repente, muy despacio, abrió su manaza derecha y cogió con ella todo el arroz con almendras que todavía le quedaba en el plato. Dirigió el brazo hacia atrás, con el arroz empuñado, y me lo arrojó a la cara con ira y con toda la fuerza de que era capaz. Yo me vi de pronto con granos de arroz en los ojos, en las orejas, con trozos de almendra bajo la nariz, sobre el bozo, y por el cuello me resbalaban goteras tibias de grasa de costilla que se me metían por debajo de la camisa. Entre lágrimas alcancé a ver que Córdoba, con la zurda, empuñaba y blandía el cuchillo mientras me amenazaba:

—¡Y la próxima vez que me señalés con ese chuzo, te corto el dedo!

Sin decir una sola palabra me limpié la frente y los ojos lo mejor que pude con la servilleta y me levanté de la mesa dejando el plato intacto frente a mí. No quise mirar a Córdoba, así que no puedo saber qué cara estaba haciendo, si todavía de asesino de Hitchcock o ya de risa, de arrepentimiento o de placer de venganza. Fui al baño y me lavé con agua y jabón el estropicio de arroz con almendras, que se me había metido hasta por las orejas, y luego salí de la casa y me fui a caminar por el barrio, para intentar calmarme. En una cantina por las Torres de

Bomboná pedí una cerveza, dos cervezas, tres cervezas, y finalmente un aguardiente doble. En el piano sonaban tangos de Gardel y rancheras de José Alfredo. «Tú y las nubes me tienen loco, tú y las nubes me van a matar». «No me amenaces, no me amenaces...». Volví a Villa con San Juan cuando ya eran casi las diez de la noche y vi que la luz de la sala estaba encendida. Córdoba había puesto *La traviata* y se estaba tomando un whisky. Yo seguí derecho hacia mi cuarto, sin dejar que mis ojos se cruzaran con su mirada.

—¡Lelo! —me llamó cuando me vio pasar—. Lelo, vení. No quiero que estemos bravos, perdoname. Tomate un whisky conmigo.

Entré en la sala cabizbajo. Me sirvió un whisky en las rocas, y yo, que ya venía medio prendido con mis cervezas y mis aguardientes, me senté frente a él, todavía sin hablar, y un poco mareado por la falta de costumbre de tanto alcohol. El Gordo, con los ojos cerrados, echaba la cabezota hacia el respaldo del sillón y seguía la música con una mano. Mirándolo, tan feliz y tan tranquilo, recordé algo que me había dicho varias veces: «La música sustituye la realidad, que a veces es insoportable». Al rato se puso a tararear el aria que estaba cantando Maria Callas:

Sempre libera degg'io / folleggiare di gioia in gioia, / vo' che scorra il viver mio / pei sentieri del piacer. / Nasca il giorno, o il giorno muoia, / sempre lieta ne' ritrovi, / a diletti sempre nuovi / dee volare il mio pensier.

Luego, cuando entraba el tenor, cantaba con él, con Alfredo, muy contento, y como si yo ni siquiera estuviera ahí:

Amor è palpito / dell'universo intero, / misterioso, misterioso, altero, / croce, croce e delizia. / Croce e delizia, delizia al cor...

A continuación la Callas daba armónicos alaridos: *Gioir, gioir, gioir!* ¡Gozar, gozar, gozar! Pues sí, Córdoba parecía estar gozando, o gozaba mucho, porque al fin me

53

dijo, mirándome a los ojos, cuando la Callas terminó su aria en una iiiiiiii agudísima:

—Lelo, se acabó la dieta. Voy a volver a comer normalmente. Se acabó también el ejercicio, antes de que tumbe esta casa a los brincos. Si me muero por esto, me muero contento. Además, lo que pasó nunca había pasado, y nunca más va a volver a pasar... Digo, lo que me pasó hoy en la mesa contigo. Ese no era yo. Perdón.

Joaquín sostiene, y yo estoy de acuerdo con él, que si todavía hay algo de afición por la ópera y sobre todo por el buen cine en Medellín, e incluso en Colombia, buena parte de esto se le debe a Luis Córdoba y a unos cuantos pioneros más que en la segunda mitad del siglo xx abrieron cineclubes, salas de cine de arte, fundaron revistas especializadas y páginas de crítica cinematográfica en los periódicos.

—En cierto sentido —me dice—, Luis era el cine para nosotros. Él era las películas que veíamos y, sobre todo, las películas que no habíamos podido ver porque «no las traían». El Gordo era el que nos hacía dudar o nos confirmaba en nuestros gustos, el que nos explicaba con palabras sabias por qué sí y por qué no. Aunque a veces estuviéramos en desacuerdo, ese desacuerdo no era para despreciarlo o imponer nuestra opinión sobre la suya (ni la suya sobre la nuestra), sino para confirmar el hecho incontrovertible de que el juicio estético es siempre precario e irremediablemente dudoso, inseguro, nunca definitivo y totalitario como la sentencia final de un juez supremo o de un Papa infalible.

Esos acuerdos y esas discrepancias se ventilaban a partir de la página de Luis en el periódico, que era, sin lugar a duda, la más importante del país. Salía todos los domingos y los amantes del cine la esperaban con ansias cada semana. La mayoría de ellos compraba *El Colombiano* solo por esa página, pues el resto del periódico no les importaba. También estaban las revistas, claro, la de Alberto Aguirre, *Cuadro*, o la de Andrés Caicedo, Mayolo y Patricia Restrepo, *Ojo al Cine*, aunque estas no duraron mucho, y al final la que se impuso y sobrevivió fue la que el Gordo emprendió con sus amigos: *Kinetoscopio*.

Antes de la llegada de Córdoba al periódico, lo único que tenían en *El Colombiano* sobre cine eran los anuncios pagados de las películas, que ponían varios exhibidores, especialmente los de la distribuidora Cine Colombia, y un pequeño recuadro que se publicaba en una página interior titulado «Clasificación moral de las películas», el cual hacía, de acuerdo con sus ideales sexófobos, retrógrados y fanáticos, el presbítero Jaime Serna Gómez, que firmaba con el pomposo seudónimo de Dr. Humberto Bronx. Para no ir a tener problemas con la Arquidiócesis, ni con los muy godos dueños del diario, ese recuadro debería conservarse en la página que le ofrecían, le advirtió al Gordo Darío Arizmendi, el jefe de redacción. Luis le contestó que a él esa clasificación le parecía tan anticuada como la censura, tan deplorable como el *Index librorum prohibitorum*, que después del Concilio la Iglesia había resuelto no volver a publicar, y que, por lo tanto, esa «clasificación moral», en la que había un renglón que incluía «películas prohibidas para todo público» (que en general coincidían con aquellas que tenían alguna escena de sexo), le parecía un rezago anacrónico y un feudo antiguo de curas tradicionalistas que se oponían a las enseñanzas del Vaticano II y estaban obsesionados con el sexto mandamiento. Para Córdoba, tanto el señor Serna como el doctor Bronx estaban mandados a recoger, pues no eran otra cosa que los últimos eructos de monseñor Builes, maestro de todos ellos. Arizmendi había estado de acuerdo, pero le había dicho al Gordo, picándole el ojo:

—Así es, padre Luis, pero si queremos que no nos molesten con esta página, hay que echarles carnita a los leones.

Córdoba había sonreído, había asentido con la cabeza, pero le había advertido que —como efectivamente ocurrió después muchas veces— mientras que en el recuadro de «Clasificación moral de las películas» alguna podía situarse en el renglón de «prohibida para todo público», era posible que él elogiara y recomendara esa misma película como imprescindible, o al menos como la mejor que había en cartelera esa semana. Arizmendi había asentido contento, limitándose a decir:

—Mejor todavía...

Un papel parecido al que Córdoba quería desempeñar en la ciudad lo habían tenido también otros curas (varios de ellos jesuitas) en Italia, en España y en México. De Italia él citaba con frecuencia a sus muy recordados maestros Angelo Arpa y Nazareno Taddei; de España, a Manuel Alcalá, que les había transmitido la pasión por el cine a los sevillanos; de México, a Julián Pablo, un cura que le caía muy bien a Luis Buñuel, «por ser frívolo y por ser dominico». El gran director español le tenía tanto aprecio que lo había nombrado varias veces asesor suyo en asuntos teológicos para sus películas, además de «intérprete de sueños», especialmente cuando el aragonés soñaba con la Virgen María, pues al parecer nada le parecía más erótico que esos cuadros de la Virgen en los que ella lo único que mostraba era un pie, o en los que manaba un chorro de leche de un túrgido pezón.

Buñuel, en sus memorias, cuenta que a veces por su casa pasaba «el padre Julián, un dominico moderno, excelente pintor y grabador, autor de dos singulares películas.

En varias ocasiones hemos charlado sobre la fe y la existencia de Dios. Como en mi casa tropieza con un ateísmo sin fisuras, un día me dijo:

»—Antes de conocerlo, había veces en que sentía vacilar mi fe. Desde que hablamos juntos, se ha reafirmado.

»Yo puedo decir otro tanto de mi incredulidad. ¡Pero si Prévert y Péret me viesen en compañía de un dominico...!».

Julián Pablo, además, había dirigido un magnífico cineclub en el CUC (Centro Universitario Cultural), en donde muchos jóvenes mexicanos empezaron a ver cine de arte. Compartía con el Gordo, también, una gran compasión por las mujeres que tenían que dedicarse a mostrar o a vender su cuerpo para vivir. Muchas de ellas, al salir de los cabarets después de un estriptís, buscaban al padre Julián para que las confesara, para que las perdonara, y él lo hacía sin falta, a la hora que fuera, incluso a las tres de la madrugada, porque ellas sentían que tenían mucho afán en deshacerse de sus pecados mortales, aunque fueran tan rutinarios y repetitivos que en pocas horas los volverían a cometer.

De este Julián Pablo he podido averiguar con amigos mexicanos que había dirigido películas y series de televisión, una de estas conducida por Carlos Fuentes, que era buen amigo suyo, y que a la muerte de su amigo Buñuel, con quien hablaba de dogmas y de teología, pero más del misterio de la amistad, había sido el depositario de sus cenizas (otros decían que también de su corazón disecado y conservado en formol), que escondía en algún lugar secreto del convento de los dominicos. Supe también que el padre Pablo tenía, como yo, predilección por los jóvenes de su mismo sexo y que no se abstenía siempre de los placeres de la carne, incluso con algunos de sus discípulos seminaristas que luego llegarían muy lejos en la enseñanza de la Filosofía y la Teología en varias universidades de México y de Estados Unidos.

Aquí debo añadir que Córdoba, con mucha discreción y con permiso del padre provincial, ofrecía también asistencia espiritual a masajistas y prostitutas del centro de Medellín. De qué manera ejercía mi amigo este apostolado, sin embargo, yo no lo sé bien. El asunto, en una ciudad tan mojigata como la nuestra, podía llegar fácilmente a ser un escándalo de madre y señora mía, así que siempre se manejó a la sombra y en secreto. Solamente sé, por alusiones y chismes de varones putañeros, que algunos hombres, entre ellos un amigo cercano de Víctor Gaviria, Johnny Ceballos, habían jurado oír la voz inconfundible del Gordo detrás de las paredes de un burdel. Lo que estas personas no sabían, y yo sí, es que Luis no dedicaba esas horas a la lujuria, sino a la piedad. Y el que no me quiera creer esto que no me lo crea, y ya está.

Hay un detalle indirecto del que puedo dar fe (porque Córdoba me lo contó y porque yo mismo conocí a su pequeño protagonista) y que da indicios de sus actividades puramente evangélicas durante sus correrías por los burdeles. De esas mañanas por Guayaquil, el barrio de tolerancia de la época, le había quedado el recuerdo de un niño, hijo de una de aquellas prostitutas, que tenía un oficio bonito y bien particular. Como por las tardes y noches las mujeres no podían faltar al trabajo, y como el cine aquí, salvo algunos domingos, nunca ha sido matinal, el niño (que tenía una memoria prodigiosa) era el encargado de ver por ellas todas las películas que pudiera. Y por las mañanas o temprano por las tardes les contaba a las putas las películas que ellas no habían podido ver. Se las contaba con pelos y señales, con movimientos de la cámara, con besos apasionados, con amoríos y traiciones, con carros que persiguen ladrones a toda velocidad, con aventuras en la selva y en la nieve, con diálogos casi completos, con palabras que se aprendía a la perfección. Y mientras las chicas se lavaban el pelo o se pintaban las uñas, en el duermevela de una siesta postprandial, el niño contaba y contaba con sus propias palabras las imágenes, y era conocido en todo Guayaquil como «el niño que cuenta películas», y a veces, si no estaba en el cine por la noche, se paseaba por las cantinas del barrio e iba ofreciendo por las mesas de hombres borrachos:

—Señor, perdone, ¿le cuento una película? La que quiera, dígame un título y yo se la cuento. A cien por película, solo a cien.

Y así también se mantenía, y se ganaba unos pesos, contando películas en las cantinas, repasando viejos films que se sabía de memoria, entre ellos algunos clásicos, repitiéndolos con otros detalles que se le venían a la cabeza mientras los contaba, o que incluso se inventaba, o los trasladaba de otras películas que venían a cuento y se podían combinar. Córdoba vivía tan fascinado con ese niño que una vez había hablado con Sergio Cabrera y le había sugerido el tema a ver si entre los dos hacían un guion y le proponían a algún productor realizar esa historia que también a Cabrera le había parecido encantadora. «El niño que contaba películas», se llamaba el proyecto, que nunca se concretó.

Fue en esos primeros años en nuestra casa, en los que el tiempo transcurría en un ambiente de estudio, lectura, cine, música, cuando Luis obtuvo de una parroquia alemana los recursos técnicos y económicos para dirigir un mediometraje documental que se le había ocurrido hacer. El tema tenía que ser religioso, naturalmente, pero Córdoba encontró la manera de que fuera mucho más actual e interesante que eso. Se trataba de hacer el retrato realista, o mejor, de mostrar las vidas paralelas de dos párrocos rurales: uno en una parroquia de clase obrera en las afueras de Viena, en Austria, y el otro en las afueras de Medellín.

Si no me equivoco, la idea se le ocurrió una tarde en que vimos, con un pequeño grupo de amigos, una vieja película de Bresson, en blanco y negro, *Diario de un cura rural*, inspirada en la famosa novela de Bernanos. Yo la había visto hacía mucho tiempo, y ya había olvidado los detalles, pero cuando la terminamos de ver, proyectada sobre una pared blanca en el patio de la casa de Villa con San Juan, recuerdo vívidamente lo que el Gordo le dijo al grupo de amigos:

—Yo conozco, aquí en Medellín, en el barrio del Corazón, por Robledo arriba, a un cura tan guapo y tan santo como el protagonista de esta película. Se llama Carlos Alberto Calderón.

Desde esa tarde, la idea de hacerle una película al padre Calderón, que también era amigo mío, se le volvió obsesiva. Lo primero fue que empezamos a invitarlo todos los viernes a comer con nosotros, al mediodía, los frisoles con chicharrón que nos hacía Conchita. Recuerdo que Carlos Alberto llegaba en su Vespa azulita, me parece verlo, a eso de las doce y media. Tenía una barba negra y poblada, una presencia muy hermosa y viril, una voz suave que parecía acariciar las palabras, y esas caricias sonoras se metían hondo en las orejas ajenas. Era hermano, además, de uno de los asistentes habituales a la casa, Luis Fernando, cinéfilo consumado, y de otro muchacho que había sido vecino mío durante algún tiempo en el barrio Aranjuez, Julio Jaime, Jota, el hombre más simpático y servicial del mundo, que por cualquier favor que me hiciera lo único que me pedía a cambio era la bendición. Este Jota admiraba tanto a su hermano cura que no le decía Carlos, sino Ídolo.

Córdoba había dejado muy buenos amigos en Alemania, de sus años de formación en Würzburg, y sabía que un antiguo condiscípulo suyo, con quien se había ordenado el mismo día, trabajaba ahora en una parroquia en las afueras de Viena. Con la idea de presentar las vidas contrapuestas de esos dos curas, el austríaco y el del barrio del Corazón, la película se fue configurando en la cabeza de Luis, y de vez en cuando me leía en voz alta pedazos del guion que se estaba imaginando realizar, y hasta me permitía meter la cucharada cuando se trataba de asuntos doctrinales. La propuesta pasó el filtro de la congregación alemana y la película se pudo hacer. Lo que Córdoba y yo no sabíamos entonces era que realizar ese modesto documental en honor de un cura bueno podía desatar la envidia, la ira y la más atroz persecución por parte de un cura malo. Tal vez por hacerle un bien al pobre Carlos Alberto, le hicimos un gran daño, sin saber las consecuencias que le traería.

Los momentos más importantes de la vida sacerdotal de Córdoba estuvieron teñidos, más que de alegría o celebración, de desconsuelo y desencanto. La primera tristeza empezó a incubarse un mes antes de salir para Roma a estudiar Teología como parte de su formación final antes de ordenarse. Conocer Roma, el Vaticano, la Capilla Sixtina, el Castel Sant'Angelo, las esculturas de Bernini, el *Moisés* de Miguel Ángel, la *Piedad*, el Coliseo, la Galería Borghese y sus jardines, los cuadros de Caravaggio, la Piazza del Popolo, el Trastevere, el Tíber mismo, la Fontana di Trevi, las colinas, el Foro, el Panteón, había sido el sueño de su vida durante los años de adolescencia y primera juventud en el seminario. Antes de salir para Roma hacía largas listas de lo que quería ver, y estudiaba cada obra o cada sitio en las viejas guías y enciclopedias que había en el seminario de Sonsón.

Pero antes de que Córdoba viajara a la Urbe, a su padre se le ocurrió que, como en Italia Luis iba a tener que caminar tanto entre su residencia y la Universidad Lateranense, y de un lado a otro por todos los monumentos de Roma, por la Via Appia y la Aurelia, por el Campidoglio y el Palatino, era importante que primero se operara los pies. Lo habló con un condiscípulo suyo, ortopedista, y entre los dos resolvieron que lo mejor era una cirugía. Con mayor razón porque de Roma les habían advertido que los novicios, además de sus estudios de Teología, tenían que participar también en caminatas y acampadas con un grupo de boy scouts.

Como Córdoba tenía los pies planos, sin puente, y al mismo tiempo era pesado y alto (quizá por la falta de ejercicio, desde que era muy joven empezó a tener sobrepeso), y como no encontraba en Colombia zapatos que le sirvieran, los dedos de los pies se le habían retraído y deformado. Luis vino de Sonsón a Medellín para la operación y el especialista, en varias horas de quirófano, le enderezó los dedos más torcidos y le puso entre las falanges algunas platinas para estirarlos y devolverles una forma parecida a la original. La operación había sido, se suponía, un éxito, y el joven Luis había salido para Roma cuando las heridas parecían sanas.

A los dos días de llegar al Cordialum, la residencia de la comunidad donde habría de vivir en los próximos años, al quitarse en la noche los zapatones de cuero rígido mandados a hacer a la medida en Rionegro, y tras un día de largas caminatas por las maravillas de una ciudad que le había parecido mucho más hermosa que sus sueños y que todas las fotos y pinturas que había visto de ella hasta el momento, sintió un dolor lancinante y un olor fétido que iba muchísimo más allá de lo que se podía esperar de un día de peatón. La hinchazón y los dedos enrojecidos, las palpitaciones en las plantas y la sensibilidad al tacto de toda la región le anunciaron que algo ahí no iba nada bien.

Al amanecer lo despertaron el sudor, la fiebre altísima y el dolor insoportable. Hubo que llevarlo al *pronto soccorso* y, ante un vistazo rápido del médico de turno, internarlo de inmediato en el hospital, con chorros de antibióticos en vena e incluso con el temor de tener que recurrir a una amputación si los signos de necrosis en los dedos se acentuaban. Así que en vez de caminar por la Roma soñada, por la Roma del soneto de Quevedo que se sabía de memoria (*Buscas en Roma a Roma, ¡oh peregrino!, / y en Roma misma a Roma no la hallas…*), las primeras dos semanas en Italia las había pasado Córdoba aislado, solo y sin hablar una sola palabra de italiano, en un deprimente cuarto de hospital que tuvo que compartir con un viejito siciliano que tenía gangrena en las extremidades y a quien vio someterse a dos amputaciones, para nada, porque una noche de gritos, delirios y dolores acabó por agonizar y morir a su lado, tan solo o incluso más solo que él, que a duras penas lo pudo acompañar con algunas oraciones en latín y en castellano.

Tras la muerte del viejo, a él también lo sometieron a una amputación, afortunadamente no tan radical como la de su vecino. El segundo dedo del pie derecho se había necrosado por completo y había que sacarlo. «Lo que no sirve se bota», dijo Luis, pero nadie le entendió. Lo operaron, le cortaron el dedo, y Luis en su cuarto, con la pierna levantada, se miraba ese pie huérfano, con apenas cuatro dedos, con el temor de que las amputaciones siguieran ampliándose y subiendo, como había pasado con el siciliano, hasta que sobreviniera la muerte inevitable y solitaria. Afortunadamente la infección cedió y el resto de sus dos pies se salvó. Quedaba apenas ahí ese vacío, esa ausencia perenne, que para él se convirtió no en una cicatriz, no en una carencia, sino en la demostración de que pese a todo podía seguir caminando por Roma e incluso, luego, por las montañas, con su grupo de scouts. Yo, mucho más pesimista que Luis, no lo entendía así, y sufría tanto por él —en la distancia— como él gozaba con su pie sin un dedo.

«Deja de ser quejetas, Lelo —me escribía—. Si me hubieran amputado el dedo gordo, que es el que nos impulsa al caminar, todavía tendrías derecho a lamentarte por mí. Pero ese segundo dedo ahí no sirve para nada, o al menos a mí nunca me ha hecho falta. Estoy tan bien que ya me pude vincular al grupo de boy scouts y la semana entrante vamos a hacer una excursión de cuatro días en las montañas del Tirol. Estoy caminando mucho mejor que nunca con mi pie de cuatro dedos».

La ordenación, en Alemania, que ocurrió el 20 de junio de 1970, cuando el Gordo había vuelto a bajar de peso y tenía apenas veinticuatro años, llegó también teñida de desgracia, al menos desde mi punto de vista, no tanto desde el de Luis, que en ese entonces, y siempre, fue mucho más devoto y mucho más resignado que yo a cualquier calamidad. Exactamente el mismo día en que Luis celebraba en Würzburg su primera misa, el 28 de ese mismo mes, le llegó, en forma de telegrama, el mazazo de la noticia de la muerte de su hermana mayor, Lina, en Medellín.

La enfermedad y muerte de Lina, vistas desde la perspectiva de hoy, podrían tener algo que ver con la misma compulsión del Gordo con los alimentos. En esos días no lo podríamos haber notado, ni él ni yo, pues Luis entonces estaba más entregado que nunca a la vida del espíritu, no era tan glotón como llegaría a ser y estaba más convencido que nunca de que haber escogido el camino del sacerdocio era un acierto que para él significaría algo así como la felicidad permanente, entre otras cosas porque le ayudaba a moderar y mantener a raya todos sus deseos.

Después de los años de preparación en Roma y en Alemania, después de muchas pruebas y sacrificios que había sabido superar con satisfacción, Córdoba se había ordenado en un luminoso y tibio mes de junio. Sus padres y sus dos hermanas planeaban volar a Europa para la ocasión. Semanas antes del viaje, sin embargo, las dolencias de Lina se agravaron y nadie pudo cruzar el charco. Lo curioso es que yo sentí más desilusión y tristeza por él que él mismo, al menos aparentemente, pues Luis, y no me explico cómo, al menos desde la distancia de sus cartas, pareció haber tomado todo con un sereno estoicismo antiguo, con un desapego budista, más que con resignación cristiana.

Lina estaba casada con un empresario adinerado de Medellín, don Jaime Mora de la Hoz, que era precisamente quien iba a costear el viaje y los pasajes de toda la familia para asistir a la ceremonia de ordenación. Lina y don Jaime tenían una niña de cinco años, Margarita, que era la adoración de Córdoba, porque los tíos sin hijos alcanzamos una especie de paternidad vicaria con los hijos de nuestras hermanas, y también porque Margarita se había ganado aún más su afecto por la dulce manera de ser que tenía, por su belleza y por su simpatía. Pero, precisamente a raíz del nacimiento de la niña, o al menos después de dar a luz, a Lina le había ocurrido algo bastante misterioso: una parte de su cuerpo se había descompensado. Al principio pensaron que solo había sido la dieta que se solía hacer después del parto, los cuarenta días de quietud y gallinas que algunas parteras recomendaban, o el apetito que viene con la lactancia, pero no. Resulta que Lina no podía parar de comer. Tenía un hambre voraz, a toda hora, insaciable, incontenible. En los cinco años desde el nacimiento de su niña había pasado de ser una joven y bella madre de sesenta kilos a convertirse en una matrona enorme que tenía que cambiar de talla de ropa cada semestre y que ahora pesaba más del doble que antes del embarazo.

Había sido una obesidad paulatina, incontrolable. Parecía un globo que se iba inflando y rellenando de un modo incomprensible. Su extraña gordura había pasado de mórbida a extrema y no se detenía. No había consejos, bromas, advertencias, regaños, fuerza de voluntad o castigos que detuvieran sus ganas de comer. Su marido había hecho de todo, con médicos y psicólogos, pero la manía de tragar de Lina no paraba. Habían terminado por no volver a salir para librarla de tentaciones en restaurantes, reposterías, supermercados, tiendas; le habían puesto candado a la despensa y a la nevera de la casa, para evitar que comiera quesos, fiambre, parva, jugos, colaciones, refrescos. Pero fuera como fuera, de alguna forma, llamando por teléfono a pedir comidas a domicilio, sobornando a las muchachas, incluso robando en los graneros, escondiéndose en la cocina de las casas de las amigas, Lina encontraba la manera de acceder a la comida. Al fin le habían diagnosticado una anomalía, tal vez un tumor benigno o una malformación en el hipotálamo que, sin embargo, los médicos no se ponían de acuerdo en cómo tratar. Una operación en esa parte del cerebro era de mucho riesgo. Y mientras tanto la glotonería de Lina le había afectado también el corazón, la tensión arterial, el movimiento, casi como un anuncio de lo que muchos años más tarde le ocurriría a su hermano.

Y poco después de haber tenido que cancelar el viaje a Europa ocurrió lo inesperado, o quizá lo que podía esperarse de un cuerpo que en pocos años se había desbocado de un modo tan extraño: Lina se murió de repente, como si hubiera reventado de tanto comer, porque por el esfuerzo de seguir irrigando ese cuerpo que ahora eran dos cuerpos para él, su corazón cansado dejó de palpitar. El mismo día y casi al mismo tiempo en que Córdoba celebraba su primera misa, pocos días después de su ordenación. De hecho la dijo, la terminó, y recibió el telegrama con la noticia.

En este punto me veo obligado a decir que por los días de la muerte de Lina, mientras estaba también yo estudiando para ordenarme en el seminario de nuestra comunidad en Sonsón, recibí de Luis una carta en la que me planteaba serias dudas sobre el libre albedrío y, por lo tanto, sobre el concepto del pecado. Al fin y al cabo, si no somos libres, no podemos pecar. Él me lo expuso así: si el diagnóstico más firme de los médicos era que Lina, su hermana, había enfermado por un tumor benigno en el hipotálamo (un craneofaringioma era el término que usaban los especialistas), es decir, en la zona del cerebro que regula el hambre, la sensación de saciedad, el regreso del apetito, ¿éramos libres de verdad si a veces teníamos impulsos incontrolables que nuestra mente, nuestro cuerpo, nuestra oscura alma nos dictaban? A veces ese mismo tumor benigno, en vez de afectar la sensación de hambre o de llenura, el sentido del gusto, podía afectar los sentidos de la vista o del oído. Hay pacientes que, a raíz de ese mismo tipo de craneofaringioma, quedan sordos o ciegos. Decirles a esos pacientes que no ven por falta de voluntad, o que no oyen porque no se esfuerzan lo suficiente, ¿no era lo mismo que pedirle a Lina que no comiera aunque tuviera siempre sensación de hambre y nunca de llenura?

De manera análoga, en la misma carta, Luis me preguntaba si no serían los suicidas por completo inocentes al cometer su último acto, dictado por alguna extraña conexión neuronal o por un exceso o una carencia de neurotransmisores. Sí, esos suicidas a quienes estábamos obligados a no decirles misa de difuntos y a no permitir que los enterraran en sagrado. Los mismos pecadores de la carne ¿no podían ser ellos víctimas de un apetito sexual inmoderado que eran incapaces de controlar porque sus hormonas tienen niveles tan altos que la voluntad más firme no consigue oponerse? ¿No era por eso, precisamente, que algunos santos de la Antigüedad se habían emasculado? Y los santos de cuerpo íntegro, aquellos que nunca transgredieron ni con el pensamiento los preceptos del sexto y del noveno mandamientos, ¿no podrían tener quizás un poco menos de mérito propio, y no podría explicarse su serena castidad por una simple carencia de estímulos internos? Elogiamos su continencia, la fuerza que mostraron para no caer nunca en tentación, pero ¿no sería posible que no sintieran impulso alguno del cual tuvieran que contenerse? Sin tener en cuenta, además, el azar de las circunstancias concretas en que a cada uno le toca vivir.

Un cónclave de sumos sacerdotes pone a prueba a dos jóvenes de veinte años para saber cuál de ellos es más casto y cuál de ellos más apto para el sacerdocio. A uno lo encierran en un harem de hermosas y desnudas mujeres jóvenes; al otro (el preferido por el más sumo de los sumos sacerdotes), en un asilo de ancianas a punto de morir por decrepitud. El segundo sale invicto y al primero se lo acusa de ser un lascivo, un lujurioso. ¿Es justo el veredicto del jurado? No voy a contestar estas preguntas, que son muy obvias para un heterosexual, pero que para mí resultan más complejas y abstrusas. De todos modos me he permitido apuntarlas aquí porque no creo que estén completamente fuera de lugar y porque a veces en la religión que profeso les pedimos mucho, quizá más de lo que pueden dar, a estos dos conceptos: el libre albedrío y la voluntad.

E

Todavía puedo ver a Teresa, la joven señora italiana, unos ojazos negros abiertos de par en par, asomada a la ventana de la sala, esperando con ansiedad. Una ambulancia blanca y roja acaba de detenerse frente a esa ventana. El taxi en el que voy, grande, viejo, verde, acaba de parar también detrás de la ambulancia, y yo puedo ver desde la ventanilla que esa misma mirada ansiosa se ha vuelto dulce al abrir la puerta de la casa. Veo avanzar una nariz recta, imponente, y bajo ella unos dientes perfectos, alineados, que parecen hacer fila para dar la bienvenida con una sonrisa franca, angelical.

Me quedo dentro del taxi para no interrumpir ese encuentro. No es a mí a quien esperan esos ojos, esos dientes muy blancos, esa voz armoniosa de contralto con un levísimo acento extranjero, sobre todo en las erres, que se alargan un poco, y en las eses, que zumban si se atraviesan entre dos vocales. Cuando la joven señora italiana sale, a Luis lo están bajando en andas de la ambulancia. En el esfuerzo de los camilleros se nota lo que pesa. Aunque él insiste en que puede caminar, lo obligan a sentarse en una silla de ruedas. Es el protocolo, le informan, y es obligatorio entrarlo así, arrastrado, hasta su dormitorio.

Teresa deja abierta la puerta y no para de sonreír mientras se seca las manos en el delantal con cierto nerviosismo. Luego se acerca, estira los dos brazos y se agacha para abrazar a Luis como si fuera un hermano herido llegado de un viaje muy largo, con un gesto (eso sentí en el momento) que parecía un poco más que amistad y un poco menos que amor, y que por eso pensé que era hermandad. Sus brazos no lo abarcan y su cabeza de pelo negrísimo, ensortijado, se apoya en el pecho del hombre grande, gigantesco, que quisiera levantarse de la silla de ruedas para saludar como es debido, pero los enfermeros se lo impiden con una mano firme en el hombro. Córdoba tiene ganas de llegar, de alejarse de la ambulancia y de los enfermeros, de instalarse al fin en esa casa sin enfermos, sin escaleras, limpia, y con tres niños que acaban de salir y revolotean alegres alrededor de las luces de la ambulancia, mirando con curiosidad la silla de ruedas y el equipaje del recién llegado, que yo empiezo a sacar con ayuda del taxista.

Algunas de sus cosas pesan bastante, sobre todo el inmenso aparato de televisión, y entre los dos las vamos bajando y metiendo mientras Teresa y Luis, en el camino, se dicen frases cariñosas en italiano, sobre cómo se siente él, sobre los niños, sobre lo felices que están el uno y la otra de compartir la misma casa. Las movemos hasta dejarlas en el zaguán, donde una espigada y hermosa muchacha mulata, Darlis, las recibe con una sonrisa que parece la copia de la sonrisa de Teresa. Lo que al taxista y a mí nos pesa mucho, a Darlis parece no pesarle nada, pues levanta las cajas como si estuvieran llenas de plumas y no de libros y de discos. Las lleva —rápida y eficiente— un poco más adentro, a la derecha, donde está el cuarto que va a ocupar Luis en los próximos días, semanas o meses, no se sabe, el tiempo necesario hasta encontrar un corazón que sea compatible con su tipo de sangre, con su genética y, sobre todo, con su tamaño. Darlis es tan ágil y flexible, se mueve con tal elegancia felina que yo pienso «es la versión sapiens y colombiana de Zuca, a Córdoba le va a encantar», pero no digo nada. Desde ese mismo día, y cada día, a cualquier hora, le dijo a Luis el cardiólogo, el doctor Casanova, tiene que estar preparado para que lo llamen de un momento a otro a decirle que corra, que vuele a la Clínica Cardiovascular, que apareció el corazón adecuado para el trasplante.

Después de depositar la televisión, con ayuda de Darlis, sobre el escritorio de la biblioteca, ya no tengo pretextos para quedarme más tiempo. Quiero abrazar a Córdoba, que ya está sentado en el sillón que hay en su cuarto, antes de irme, pero me despido de él como siempre, desde el umbral, sin tocarlo, con frases que carecen de drama o siquiera de calidez, algo así como «hablamos más tarde» o «a la noche te llamo», cualquier cosa que le reste importancia al hecho de que una larga pareja de célibes se esté separando, y no por motivo de un viaje circunscrito a unas fechas definidas, sino para una aventura extraña que ninguno de los dos sabe cómo va a terminar.

Regreso en el taxi, abatido y tranquilo al mismo tiempo, pensando que en esa casa fresca de Laureles, con dos mujeres hermosas y tres niños, Luis va a estar cómodo, contento de convertirse de repente en una especie ya no de cura, sino de padre de familia. El viejo taxi trepa con esfuerzo, muy despacio, por el final empinado de la calle San Juan y el taxista me deja a la puerta de nuestra vieja casa, llena de escaleras, cachivaches y recuerdos, ahora más grande y silenciosa que nunca sin la música de Luis, sin su vozarrón de bajo operístico, sin sus películas y sus artículos, sin sus rezos apenas murmurados, sin su maravilloso apetito que despertaba el mío, tan pobre, sin las visitas ruidosas de sus amigas innumerables y sin su alegría a prueba de arzobispos y calamidades. La misma casona donde nació, la de los Córdoba, la de sus padres y hermanas, en la que compartimos dos decenios tranquilos, y que ahora ocupo yo solo con Angelines, nuestra asistente de siempre, la misma de la que el secretario del provincial, con su mente retorcida («piensa mal y acertarás»), con su conciencia de ladrón que juzga por su condición, dice que no ha sido otra cosa que nuestra moza, la barragana y concubina de ese par de curitas disolutos, perversos y desobedientes: Córdoba y Aurelio, el Gordo y Lelo, Luis y yo.

71

Pocos meses antes de la llegada de Córdoba a la casa de Laureles, en un caso típico, de manual o de telenovela, Joaquín se había enamorado de una muchacha de veintidós, bastantes años menor que él, Camila, Camila Ángel, una chica «de buena familia», es decir, rica, de tetas enormes, es decir, operadas, que lo llevaba de viaje a sus innumerables inmuebles de montaña, de lagos o de mar, porque se le había metido en la cabeza que él, Joaquín, era el hombre de sus sueños, un joven bien vestido y bien hablado, aspirante a escritor, que había estudiado en Italia, un país que a ella le parecía el más *fashion*, así decía, el más hermoso, el más cálido y, sobre todo, el más sensual de la Tierra.

Sobra decir que, once años atrás, Joaquín le había jurado a Teresa amor eterno, que se la había traído de sus armoniosas colinas toscanas a vivir en este matadero, en este barullo tropical, en este enredo, que hasta se había casado con ella (por exigencias familiares) por la Iglesia, un horror para él, y que una noche trágica, unos cuantos meses después de repartir el amor y la cama entre dos mujeres, le había tenido que contar a Teresa que estaba más enamorado de otra, de Camila, que de ella, y que, aunque se moría de culpa y de pesar, se iría a vivir con la otra, con Camila, en su penthouse de El Poblado, pero que no la iba a abandonar, que nada les faltaría, que iba a trabajar duro para que a ella, a Juli y a Jandrito no les faltara nunca nada en la vida, lo podía jurar.

Teresa, como es obvio, lo mandó a comer mierda en la mismísima porra, todo esto dicho en italiano, *ma vai a cagare, sei uno stronzo, figlio di puttana, cosa credi che io sia, la tua serva, vaffanculo, fai subito le valigie, pezzo di merda, fetente...* Y luego, en español, no lo hagas, qué estás haciendo, nadie te puede amar más que yo, piensa en los niños al menos, te estás tirando tu vida al mismo tiempo que me destrozas a mí, a Juli y a Jandrito. Todo en vano, los insultos y los ruegos: Joaquín se había ido por la puerta principal (la misma que Córdoba atravesaría en sentido contrario pocos meses después), con un maletín de ropa interior y camisas limpias, dejando atrás sus libros, sus niños, su casa sencilla y fresca, su dulce mujer florentina, celestial como Beatrice, a cambio de la ilusión de un amor loco, tropical y juvenil que le devolviera las ganas de joder y de vivir.

La casa amarilla y verde de Laureles se había sumido entonces en el asombro del abandono, en la incertidumbre del presente y el futuro, en la tristeza de una voz que falta, una presencia que ya no se presenta, un padre ausente que intenta inútilmente compensar su ausencia con fines de semana de juegos, carantoñas y exceso de regalos. Y a esa casa entristecida, pero fresca y luminosa aún, había entrado Córdoba, el mejor de mis amigos y la persona más capaz que yo haya conocido de convertir la tristeza si no en alegría, al menos en tranquilidad.

La llegada del Gordo, para Teresa, con su voz profunda y su aire de paterfamilias, resultó ser una maravilla desde el primer día. Ahora había al fin una presencia masculina que le hacía falta, y además podía desahogarse con él, en italiano, y contarle los cambios paulatinos e incomprensibles que ella iba notando en el comportamiento y en la psicología de su exmarido. Habían bastado pocos meses y un cambio de barrio (El Poblado era el barrio elegante de Medellín) para que de repente Joaquín se creyera de mejor familia que la esposa con quien había vivido once años. Hasta quería que los niños, el par de niños que eran de los dos y que ellos habían educado con comodidades pero austeramente, subieran también de estatus. Les compraba zapatos y ropa de marca que antes nunca se habrían permitido, primero por el precio y segundo porque les parecía una ridiculez vestir a los niños como para un aviso de publicidad. Le decía a Teresa que no se los siguiera mandando tan mal vestidos, porque su ropa normal le empezó a parecer andrajosa cuando los llevaba a los ambientes de la familia de su concubina, a los juegos de polo y los partidos de tenis del Club Campestre.

Joaquín se había vuelto insoportable, se lamentaba Teresa con razón. Hasta quería cambiarlos de colegio, a uno en el que se hablara todo el tiempo en inglés, y se los llevaba los puentes o las vacaciones a sitios fastuosos, a haciendas con piscina, a casas de lujo en la laguna de Ayapel, a fincas con cascadas y ríos cristalinos que Teresa ni siquiera sabía que existían, con caballos y juegos infantiles y niñeras de uniforme blanco, y no sé qué más lujos que, para ella, eran una burbuja absurda, en un país lleno de pobres, y pésimos ejemplos que producirían en los niños una completa distorsión de la realidad. Cuando Joaquín salía con esas ridiculeces de la ropa fina, los tenis de cierta marca, las vacaciones en unidades cerradas frente al mar, Teresa (al regreso de los niños) tenía que sentarlos y explicarles dónde estaban parados, quién era esa tal Camila que tenía enloquecido a Joaquín con sus millones, y quién era ella, quiénes eran ellos, y quién era en el fondo su papá. Ella a veces no lo reconocía; ahora estaba siempre tan bronceado como Julio Iglesias y hasta había adoptado una forma de hablar de niño rico («pasamos *demasiado* bueno en el Caribe», decía) que no le sentaba nada bien.

F

En los días o semanas sucesivos a su llegada a la casa de Teresa, cuando yo llamaba a Córdoba a preguntarle cómo le había ido en su primera noche, en su primera semana, en su primera quincena, en su primer mes en Laureles, siempre me hablaba de lo cómodo y contento que estaba, de lo bien que le sentaba a su pecho estar lejos del ambiente tétrico del hospital, sin el perpetuo olor a desinfectante ni la rítmica alarma de los aparatos, durmiendo profundo, casi siempre, sin miedo, y siempre con alguna anécdota de su nueva casa y su nuevo papel de padre de familia. Algunas me hacían mucha gracia.

—Imagínate que esta mañana Teresa, después del desayuno, mientras nos tomábamos un cafecito más, me contó que esa madrugada ella se estaba bañando con el niño, con Jandrito, los dos desnudos bajo la ducha, y que en un momento dado el niño se había quedado mirándole los senos detenidamente, con mucha atención, con los ojos muy abiertos, hasta que le preguntó, muy serio e intrigado: «Ma, ¿las mujeres tienen dos corazones?».

Se habían reído mucho con la ocurrencia del niño, pero al instante Teresa, tras un sorbo más de café, recobrada cierta seriedad, había dicho, mirando la taza, que si tuviera dos corazones le donaría uno a él. Hasta le comentó, me dijo Luis, que era raro que tuviéramos dos riñones, dos ojos, dos manos, dos pulmones, pero solo un corazón.

Yo le dije que si lo suyo fuera de riñón, también yo le donaría uno de los míos, y que Teresa tenía razón en lo de un solo corazón.

—Los pulpos, sin embargo, tienen tres —me dijo Luis, que en sus semanas en el hospital había leído bastante sobre el corazón—. Tal vez a los pulpos se les puedan hacer trasplantes de corazón entre ellos, al menos entre familiares, sin matar a nadie.

Luego me contó que el dibujo más antiguo de un corazón tenía más de diez mil años, y estaba pintado en una cueva de Asturias, la cueva del Pindal, en el norte de España, en el centro del pecho de un mamut.

—Los mamuts eran como elefantes peludos, y tenían su probóscide —me explicó—, y a este le dicen «el elefante enamorado» por ese corazón rojo que todavía parece palpitar en su pecho. Los hombres antiguos ya sabían que los mamíferos tenemos un solo corazón, en la mitad del tórax, y si se lo dibujaron al mamut en su sitio exacto, por algo habrá sido, tal vez por su importancia y al mismo tiempo por su fragilidad.

Al colgar, yo me quedé repasando esa misma idea de las cosas únicas o repetidas que tenemos en el cuerpo: es curioso que los hombres tengamos dos testículos y un solo pene. Un solo cerebro, aunque partido en dos hemisferios con funciones distintas, y una sola alma, según se nos enseña, indivisible e inmortal. Cinco dedos en cada mano y en cada pie. Pero de nada tenemos tres, ese número mágico que tanto nos atrae, y en ese sentido era aún más extraña y más única la idea cristiana de la Santísima Trinidad. Le hablé a Luis de esto que había pensado cuando fui a visitarlo uno o dos días después, y me dijo que él también había meditado sobre el asunto y que incluso había llegado a la conclusión de que —en realidad— podría decirse que tenemos dos corazones.

—¿Cómo así? —le pregunté yo.

—Estuve mirando unas láminas sobre su funcionamiento y me di cuenta de que el corazón único, en últimas, son dos bombas netamente separadas por una pared. Esa pared no permite para nada la comunicación entre las dos mitades. El corazón de la derecha recibe sangre negra, sin oxígeno, de las dos venas cavas, y luego expulsa esa misma sangre oscura hacia los pulmones. Y, de los pulmones, la sangre roja, fresca, brillante, oxigenada, entra en el corazón izquierdo, primero a la aurícula, luego al ventrículo izquierdo por la válvula mitral, y de ahí se expulsa a todo el cuerpo. Si por casualidad hay alguna fuga, alguna comunicación entre el corazón derecho y el izquierdo (algunos bebés nacen con malformaciones así), es el desastre, porque la sangre negra se mezcla con la roja, y eso no es bueno para la oxigenación del cuerpo entero. Lo que son dos no se puede volver uno. El corazón derecho no puede estar comunicado con el izquierdo de ninguna manera.

—Entonces ahí también la dualidad, Córdoba, el bien y el mal. Lo agotado que apunta hacia la muerte, y lo aireado que apunta hacia la vida.

—Sí, algo así. Aunque mis observaciones son más fisiológicas que simbólicas, Lelo. Por mucho que a veces coincidan. Fíjate que un amigo mío alemán decía esto: *«Zwei Kammern hat das Herz, drin wohnen die Freude und der Schmerz».*

Le pedí que me lo tradujera, y él me lo apuntó en un papelito que guardo todavía en la agenda de ese año, escrito de su puño y letra en alemán y en castellano. En español dice: «Dos aposentos tiene el corazón: en uno vive la alegría, y en el otro, el dolor». Luego siguió desarrollando su teoría sobre los dos corazones físicos:

—De hecho, le pregunté a mi cardiólogo si le parecía un disparate lo que había pensado y me dijo que no era una mala observación, aunque ellos lo decían de distinta manera: los corazonistas, ¿se podrá decir así?, dicen que hay dos circuitos en el cuerpo. El primero manejado por el lado derecho, y el segundo, por el izquierdo. En el pulmonar se oxigena la sangre para que llegue oxigenada al lado izquierdo a través de la aurícula izquierda.

Y, efectivamente, en el corazón hay un tabique que separa los dos circuitos. Cuando hay algún defecto en este tabique (comunicación interventricular o interauricular) se origina un cortocircuito por el paso de la sangre de un lado a otro.

—Bueno, Córdoba, esas palabras técnicas a mí me confunden un poco. Yo lo entiendo como si hubiera cierto maniqueísmo también en el cuerpo, un principio de vida y otro de muerte, pero sin el de muerte no existiría el de vida, y viceversa.

—Cada loco con su tema, Lelo. Yo en estos momentos pienso mucho más en la bomba que en el bien y el mal. Y trato de entender cómo me pueden cambiar esa bomba, eso es todo.

Y como la voz de Luis empezaba a tener —yo siempre se lo notaba, lo conocía muy bien— un cierto tono de mal humor, preferí irme por las ramas y distraerlo leyéndole algo que había descubierto yo también, algo sobre esa bomba, pero que hablaba de ella de un modo más sonoro, más poético y menos hidráulico. Es de un escritor español, Juanvi Piqueras, y dice así:

El corazón es, ante todo, una palabra. Majestuosa, si quieres, palpitante, pero palabra sola al fin y al cabo. Y tiene manías de lo que es. Como es sonoro, empieza con una c. Oclusiva, tajante, para marcar con un golpe su ritmo líquido de ensueño y, si la miras bien, la c es un paréntesis que no se cierra. La erre le da algo así como un temblor de arritmia que se parece al miedo, al terror. La a la tiene en el preciso centro, y anuncia la esperanza de cierto equilibrio. La zeta se desliza como un resbalón o como un cisne negro que regresa teñido de la sangre que en sí mismo lleva. Las oes son como ruedas, pozos cargados de gozo, planetas donde todos los días es de noche. La n es la quietud que nos espera, el paréntesis mudo que se cierra.

Luis, mientras me oía leer, me miró concentrado, después sonriente. Al final se puso serio y se hundió en un silencio tan hermético que me levanté y me fui sin despedirme siquiera. Creo. Tal vez recuerdo mal.

Ya desde los primeros días en su nuevo hogar supe que fueron los niños, espontáneos y francos, los únicos que protestaron por el cambio más notorio que ocurrió en su casa tras la llegada del Gordo. La comida, de repente, desde el primer almuerzo, se había vuelto sosa. No solo no tenía sal, sino que se acabaron los postres. Hasta los jugos de frutas que acompañaban la comida ya no sabían dulces porque el azúcar había sido desterrado de la cocina. Teresa, además de darle instrucciones a Darlis de no volver a usar nunca ni sal ni azúcar ni panela, había cogido las bolsas y los tarros donde todavía quedaban restos de lo mismo y los había vaciado y disuelto por el desagüe donde se lavaban las trapeadoras.

—¡Para que quede claro que de hoy en adelante en esta casa no se sala ni se endulza nada!

Eso había dicho con la voz más tajante que se le hubiera oído jamás.

El puesto principal de la mesa redonda —el que miraba al verdor de las matas del patio— ya no lo ocupaba Joaquín, sino otro tipo de padre, un cura, aunque este no llevara sotana ni echara sermones, y tan solo introdujera la novedad de decir suavemente, antes de empezar a comer, un breve rezo: «Bendícenos Señor a nosotros y a estos alimentos que recibimos de tus manos, por Cristo, Nuestro Señor», después de lo cual los demás comensales debían decir «Amén».

Luis me contó que Juli, antes de que él llevara una semana en la casa, había dicho un día, cuando se sentaron, que ella iba a bendecir la mesa. Que juntó las manos y bajó los ojos, imitando el gesto devoto de Córdoba, y dijo muy solemne:

—Bendícenos Señor a nosotros y a estos alimentos TAN SOSOS que recibimos de tus manos...

Y esa vez, como muchas otras veces desde que el Gordo había llegado, el comedor se volvió a llenar de esa risa que hacía falta desde cuando Joaquín se había ido de la casa. La cara de Teresa, que en los últimos meses había adquirido cierta expresión amarga de viuda, y que se había perfilado hasta quedar en los huesos con el adelgazamiento paulatino de todo su cuerpo, había recuperado, desde la llegada de Luis, cierto ánimo y chispa en los ojos y en la sonrisa blanca de dientes perfectos. Y aunque ahora los alimentos fueran sosos, como decía Juli, a la madre se la veía comer de nuevo con bastante apetito. Luis, una noche, un poco para justificarse, les había dicho:

—La sal es veneno, niños, convénzanse de eso. Si yo no hubiera sido tan salado en la vida, ahora no estaría aquí sentado como un bobo esperando un corazón de repuesto.

Por eso los niños, que en los primeros días se quejaban de que la comida no supiera a nada, al notar la mejoría de la madre, y también la de Luis, que adelgazaba y caminaba y respiraba mejor cada día, dejaron de protestar y solamente se referían a eso para tomarle el pelo al Gordo, y para obligarlo a que les regalara sus confites dulces, pero sin azúcar, que tenía escondidos, como el goloso incurable que era, en la mesita de noche. Después de la broma en la bendición de la mesa, Julia aclaró que lo había hecho solo por charlar, porque en realidad ahora el arroz sabía a arroz, el pollo, a pollo y el pescado, a pescado, y que en cambio antes todo sabía a lo mismo: a sal.

Al poco tiempo de llegar a la casa, Luis le había pedido un favor a Teresa, en privado. Más que un favor era una pregunta: ¿no sería posible, no le parecería bien, que Darlis y Rosina se sentaran a la mesa con ellos? A él le resultaba cada vez más antipática esa costumbre paisa de segregar a la gente del servicio y, peor, a sus hijos, a comer de cualquier modo en la cocina, o en el cuarto de ellas, o sentadas en el patio. Teresa le había dicho que ya se lo había pedido muchas veces a Darlis, pero que ella no aceptaba porque decía que no sabía comer con todos esos cubiertos y que la carne, por ejemplo, le sabía mucho mejor si se la comía con la mano.

Córdoba, sin embargo, se ofreció a hablar nuevamente con Darlis, y a los pocos días los almuerzos y las comidas reunían en la mesa ya no a cuatro personas, como antes, sino a seis, y el solo hecho de ser todos comensales había producido de inmediato una camaradería especial. Con un gesto tan simple había más igualdad en el trato, un ambiente más festivo y normal en toda la casa, que no se limitaba a las horas de las comidas sino que se prolongaba el día entero.

Alejandro, el niño, miraba atónito, desde abajo, desde muy abajo, a ese gigante que se había instalado en el cuarto que antes era el de los juegos. Todos sus juguetes habían sido desterrados a varios sitios dispersos (la despensa, baúles de mimbre, el vestier de la mamá, el cuarto de Darlis y Rosina). Así se lo había contado Jandrito a los amigos del kínder, según nos comentó luego Teresa:

—Hay un gigante viviendo en mi casa. Nos cuenta cuentos, nos pone películas, nos canta canciones y nos da confites que no hacen daño.

El niño, de algún modo, creía que de repente se había pasado a vivir en un cuento. A él y a su hermana les impresionaban la voz del cura y la manera de hablar del gigante. A veces jugaban a imitar su voz, y para hacerlo se metían en la boca una fresa o una bola de papel. Porque les parecía que Luis hablaba siempre con la boca llena, como si la lengua fuera tan grande que no le cupiera entre los dientes y el paladar.

La mejor parte, ya no para el niño sino para todos los que vivían en la casa de Laureles, era que ese gigante contaba historias que los dejaban con la boca abierta, cantaba, silbaba, recitaba poemas de memoria, ponía óperas a todo volumen y por la noche invitaba a toda la familia, empezando por Darlis y Rosina, a que vieran películas que eran «aptas para todo público», aunque a veces en ellas aparecieran parejas desnudas haciendo el amor.

Lo que más impresionaba a Jandrito era el tamaño de las manos y de los pies del Gordo. Cada dedo, le parecía, tenía el calibre de un tabaco, de una zanahoria, y los zapatos eran tan grandes que al niño le resultaba imposible salir a caminar con ellos, como hacía antes con los zapatos de Joaquín. Como Alejandro tenía una pierna más corta que la otra, la derecha, y en el pie de ese mismo lado tenía solo cuatro dedos, Luis lo miraba cojear, cuando corría o caminaba descalzo, con infinita ternura. Un día se había caído aparatosamente al tratar de correr detrás de las dos niñas, Julia y Rosina. Lloraba en el suelo, humillado y desconsolado, hasta que Córdoba lo levantó, lo sentó en sus rodillas y se quitó él también los zapatos. Levantó el pie derecho y se lo mostró al niño.

—Mira —le dijo—. De ahora en adelante puedes decir que hay algo que me heredaste a mí.

Jandrito había mirado fascinado el pie del gigante, raro, gastado, pero grande y fuerte, y había dejado de llorar.

Esos niños crecían paganitos, sin primera comunión ni historia sagrada, sin nada que implicara creencias religiosas en su vida. «Son como judíos sin circuncidar», había dicho Sara, nuestra amiga hebrea. Luis, en todo caso, no tenía el menor interés en evangelizarlos. Él había bautizado solo a Julia, la mayor, y no había preguntado si Rosina y Alejandro estaban bautizados o no. Para él, ellos no eran mejores ni peores que los niños bautizados; no se les notaba si algo les quedaba, o no, de la pátina del pecado original. Actuaban como todos los niños y hacían las mismas preguntas de los niños. Un día, al desayuno, Julia tuvo una curiosidad:

—¿Es verdad, Luis, que tú crees en Dios?

—Yo sí, por supuesto —le contestó Córdoba—. ¿Y tú?

—¿Yo? Yo no sé. ¿Qué es Dios?

—¿Tu papá y tu mamá no te han dicho qué es Dios?

—Bueno, me han dicho que es una cosa en la que creen algunas personas como los curas o mi abuelita.

—¿Ellos te dijeron que era una *cosa*?

—No sé si cosa. Algo.

—¿Algo?

—Sí, algo que si quiere crea el mundo y si quiere lo destruye. Que crea los animales, por ejemplo las cebras, haciendo así. —Y aquí Julia chasqueó dos dedos.

—Para mí Dios es eso, pero muchas otras *cosas* también —dijo Luis.

—¿Como qué cosas?

—Como tú, y este café y el pan con mantequilla y mermelada tan rico que te estás comiendo (sobre todo por la mermelada, que yo tengo prohibida).

—¿Yo soy Dios?

—Una parte. Yo lo veo en ti.

Entonces Julia se levantó muy contenta y corrió a decirle a Jandrito:

—¿Sabes qué? Yo soy Dios.

—No digas bobadas. El papá ha dicho que Dios no existe, ni el diablo tampoco; así como no existen ni los unicornios ni los fantasmas ni las brujas.

—Pregúntale a Luis y verás que él dice que yo soy Dios.

Alejandro comprobó, poco después, que según el Gordo los tres niños de esa casa eran «manifestaciones de la divinidad», él, Juli y Rosina. Jandrito no entendió bien qué era eso de «manifestaciones de la divinidad» y en la siguiente visita de su padre a la casa le estuvo hablando a este sobre Dios. Aunque Joaquín sabía que Luis nunca había sido de esos curas que se dedican a aumentar el rebaño de su Iglesia, como si fueran ganaderos, cuando tuvo la oportunidad de hablar con él delante de los niños aprovechó para dejar sentada su posición, como quien no va a permitir la invasión de un territorio que considera propio. Con mucha calma le dijo a su viejo amigo algo como esto (que Córdoba me contó en su momento y Joaquín me confirmó hace poco):

—Sabes, Luis, yo siempre he sido un ateo manso, muy poco militante. No me interesa que nadie se convierta al ateísmo. ¿Sabes por qué? En buena medida es para no ofender a mi mamá, que sufre con mi ateísmo. Por eso últimamente, cuando me preguntan en público si creo en Dios, yo he optado por esta respuesta: «Yo creo que mi madre cree en Dios». Lo hago para que ella no sufra. Pero yo no creo en nada de eso, y lo mismo les digo a los niños si me lo preguntan. En vez de Dios, prefiero hablarles del big bang, del origen del universo, del origen de la vida en la Tierra y de la evolución de las especies. Tengo una visión del mundo, digámoslo así, científica y no teológica. No creo tampoco en la vida después de la muerte, pues pienso que nos morimos del todo y para siempre, igual que los mosquitos y las vacas. Y no solo no creo en Dios, sino que tampoco lo siento, ni lo necesito para explicar las cosas que existen.

—Sí, doña Natividad a veces me ha mencionado ese asunto —contestó Luis—. Yo le he dicho que no es necesario que la gente crea en Dios para salvarse. Basta que sea buena y que se porte bien. He conocido ateos que son mejores personas que muchos creyentes.

—Hace poco leí una observación que me parece que vale la pena tener en cuenta —siguió diciendo Joaquín—. Es una simple pregunta indirecta que se hace un pensador: «Nunca he entendido por qué hay gente que piensa que Dios prefiere a los que creen en Él». Hay creyentes que conciben a Dios como si este fuera el jefe de un partido político, o como si fuera un monarca en el que es obligatorio creer y al que hay que venerar y darle muestras de sumisión. Supongo que el Dios en el que tú crees es menos vanidoso, menos inseguro...

A Córdoba, en realidad, le interesaban muy poco las polémicas teológicas. Para él las demostraciones de la existencia de Dios eran solo intuitivas e indirectas. Quizá por eso le dijo:

—Para mí la música de Bach, sus cantatas, o algunas melodías de Mozart, o la existencia de seres humanos como estos niños, o la belleza de algunos cuadros pintados por hombres, o de algunos versos escritos por místicas son la demostración de la existencia de Dios. No voy mucho más allá. El arte, la belleza son una guerra declarada a la brutalidad y al desamor, y por lo tanto son el reflejo del amor, que es la manifestación más clara y palpable de la existencia de Dios. Lo verdaderamente misterioso no es la enfermedad ni el mal, sino la salud, la bondad y la belleza. En cuanto al big bang y a la evolución, si son como los plantea la ciencia, siempre podré decir que Dios creó tanto el big bang como la evolución. Nada me impide pensar que esto forme parte del ingenio infinito o de la sabiduría infinita de Dios. También pienso que Dios creó la mente humana de manera que en ella hubiera ciertas creencias que brotan de forma natural en todas las culturas: la fe, la esperanza, la caridad. ¿No te parece extraño que la evolución haya creado el concepto mismo (dejemos de lado la existencia), tan solo el concepto de Dios?

—Claro, Gordo, si uno cree en Dios puede decir y creer lo que quiera sobre él. Puede incluso pensar que Dios inocula en algunas mentes, como la mía, la absoluta convicción de que no existe. Pero esa es una argumentación circular que no es ni verdad ni mentira, pues no hay manera de demostrar que es falsa ni que es verdadera. Es indemostrable, carece de pruebas, e incluso un creyente podría decir, si quisiera, que Dios oculta las pruebas al corto entendimiento humano.

—Te repito, Joaquín —insistió Luis, ya un poco cansado—, que yo no me baso en argumentos lógicos. En Dios no se cree con la cabeza sino con el corazón. Es lo que dice Pascal, que tenía una cabeza privilegiada, no carente de exquisita lógica matemática, pero atendía a los latidos de su corazón.

—Pues las corazonadas se tienen o no, Luis. Y mi corazonada me dice lo mismo que mi razón: que no hay Dios —le respondió Joaquín.

—Supongo que hay corazones mejores que otros para percibir a Dios, así como hay radares, antenas o telescopios que oyen o ven más lejos. El mío, por lo pronto, es más grande que el tuyo.

Con este chiste un poco cruel, la conversación terminó en una risa compasiva por parte de Joaquín y en una sonrisa triste por parte de Luis, que sabía muy bien que en su caso, y para su salud y supervivencia, no había nada peor que tener un corazón así.

G

Ser cura y tener culpa es casi la misma cosa. Ninguno de nosotros está a la altura de lo que se nos pide, que es, salvo muy pocos casos de verdaderos santos, imposible. Joaquín nos entiende porque lo único católico que perdura en él es esto mismo, la culpa, la culpa por haber abandonado a su mujer y a sus niños hace ya muchos años. Pero, dicho esto, creo que los laicos, los que viven en el siglo, los que nacen, crecen, se reproducen y mueren, nunca acaban de entendernos a nosotros los sacerdotes, los presbíteros (que es la palabra precisa para designarnos), ese grupo que decide apartarse del mundo, nacer, crecer, curar y morir sin reproducirse, entregados de corazón y de voluntad a un placer que quienes no pertenecen a nuestra categoría no conocen: la continencia. Abstenerse del sexo no es suicida, como lo sería abstenerse de agua o de comida; renunciar a la reproducción y a buscar pareja, con convencimiento absoluto, con la decisión firme de perseverar en este propósito, produce una serenidad que los lascivos no conocen, o conocen tan solo en la vejez avanzada, cuando hablan, aliviados, de la paz de los sentidos. El mismo Buñuel lo decía así cuando escribe que lo único bueno de envejecer es que desaparece ese angustioso y terco e insaciable apetito sexual. El animal ha muerto, o casi muerto, decía otro.

En mi caso específico, como en el de muchos otros colegas míos (casi el veinticuatro por ciento de los curas, según una estadística secreta, incluido algún benemérito Papa por ahí), que somos al mismo tiempo homosexuales y sacerdotes, la entrada en la vida religiosa quería representar

87

un remedio para la concupiscencia. O para esa desviación, así se decía, en particular. Nací en un tiempo y en una familia en los que la homosexualidad se consideraba una perversión o como mínimo un desorden grave y un pecado inconfesable. Al escoger la vida sacerdotal y la castidad que entre los católicos se nos exige a los ordenados, la vocación representaba una manera de salvarse, de no practicar las inclinaciones desviadas, de no hundirse en el pantano de lo dañado y pecaminoso, envolviéndose en cambio en la gracia divina de la abstinencia sexual. Yo entré con el deseo firme de ser casto y bueno, con el propósito de suprimir para siempre los deseos torcidos que desde la más temprana adolescencia descubrí en mí con horror. Como mis deseos se inclinaban hacia lo más prohibido, otros varones, lo mejor para mí era renunciar por completo al deseo, sepultarlo debajo de la sotana como si esta fuera una coraza de acero infranqueable, una toga de asbesto que me aislara del fuego del deseo y del infierno. En la lectura de Freud también hallaba la ilusión de que esos deseos, más que reprimidos, serían sublimados a través del trabajo religioso o del trabajo didáctico o creativo. Por muchos años lo intenté con todas mis fuerzas, pero solo ahora, al final de la vida, debilitado el fuego, puedo practicar con menos tormentos esa supuesta sublimación del deseo sexual. Apenas en los últimos tiempos he sido capaz de predicar con la palabra y también con el ejemplo, aunque esto me llega demasiado tarde, después de haber pecado mucho de palabra, de obra y de omisión.

En este libro no trato de contar la historia de mi deseo, pero lo voy a hacer aquí, lo más brevemente posible, porque me parece necesario ser honesto en estos apuntes, y claro en mis perplejidades y en mis dudas.

Mi infancia son recuerdos de un padre que va y viene. Períodos de trabajo estable y abstinencia alcohólica, por un lado, y rachas de borrachera cotidiana, golpizas a mi madre y tremendos castigos físicos para mí, «a ver si aprende a ser hombre este niño afeminado, apocado, mariquita», por el otro. De niño yo vivía en un hueco oscuro sin encontrar en ninguna parte mi destino; fuera de los maltratos de mi padre, en el colegio me decían mosquita muerta, mosca zonza, atembao, porque yo vivía como en las nubes, decían. Los primeros doce años de mi vida se fueron en ese suplicio intermitente, el del sobrio que en cualquier momento vuelve a ser borracho. Entre todas las vivencias de mi niñez, la más traumática era la del maltrato de mi padre a mi madre. Me interponía yo, y entonces me maltrataba a mí. Luego se arrepentía de repente, conseguía trabajo en algún pueblo cualquiera del país, mandaba por nosotros (los cuatro hermanos, yo el mayor), se volvía buen padre y todo parecía funcionar por un tiempo. Hasta que perdía el trabajo, empezaba a beber como un cosaco y nos abandonaba, desaparecía. Nos tocaba llamar a una tía que teníamos en Medellín, y ella, haciendo maromas, nos traía otra vez a la casa de la abuela. Vivir allá, en Aranjuez, en una casa llena de gente, tíos, primos, abuela, era horrible. El pago de mi madre consistía en tener que cocinarle a todo el mundo de la noche a la mañana: a sus cuatro hijos, a los hermanos, a los arrimados, a la abuela, a la tía, que era la única que traía dinero y la única buena en esa casa.

En Aranjuez quedaba, y queda todavía, el santuario de san Nicolás de Tolentino, regentado por la comunidad de los agustinos recoletos. A esa parroquia íbamos a misa los domingos mi familia y yo. Todos los lunes, día de san Nicolás, llegaban buses de escalera de muchos municipios de Antioquia, llenos de peregrinos que venían a oír misa a la iglesia, a recoger agua bendita de la pila para llevar a sus enfermos, y a comprar las bolsitas de panecillos redondos de san Nicolás de Tolentino. Era un buen negocio porque el agua del santo, se decía, era muy milagrosa y el pan muy sabroso. Los agustinos recoletos tenían, quizá tengan aún, su seminario cerca de Manizales, en la vereda La Linda, y

ellos, para incentivar nuevas vocaciones, cuando se acercaban las vacaciones iban a visitar a los vecinos que estábamos terminando primaria, a los que estábamos por empezar el bachillerato, y nos invitaban a pasar una semana en
La Linda. No era gratis, había que pagar, y mi tía, muy
generosa como siempre, animada por los agustinos, me fi-
nanció estas vacaciones en Manizales, y yo me fui para allá.

Pasé tan contento en esas vacaciones, me sentí tan libre lejos de mi opresiva familia, de mi padre violento, de
mis tíos inútiles, que volví con muchas ganas de irme para
allá a hacer el bachillerato y tal vez, después, también el
noviciado. Me había sentido feliz en esa tregua vacacional
con los agustinos. El colegio era grande, luminoso, con
canchas de fútbol, de básquet, de pelota vasca, con piscina... Había de todo: aquello para mí era un lujo y pasé
encantado, en un mundo nuevo y ordenado que no conocía. Llegué diciendo que me encantaría irme para allá.
Tuve la suerte de que por esos mismos meses mi padre
consiguió un trabajo en la fábrica Imusa, la de las ollas, y
entre las condiciones del trabajo le ofrecieron darme una
beca para irme a estudiar al colegio de los agustinos recoletos en La Linda. Era una parte del sueldo.

Tuve un primer año maravilloso y feliz en el seminario
menor de estos padres. Por primera vez en la vida me sentí
libre y alegre, a pesar de la disciplina tan estricta. Los dormitorios eran espacios enormes con catres separados por
mesitas de noche, todo con techos muy altos. Había duchas
calientes en espacios largos abiertos; todos los jóvenes nos
duchábamos juntos, pero en calzoncillos. El cura que nos vigilaba dormía en una habitación con vidrios desde donde
dominaba todo el dormitorio. Ahí reposaba con su piyama
talar blanca, como una bailarina albina tras las paredes
transparentes de una pecera. En ocasiones nos levantába-
mos a la misa, al desayuno, lavada de dientes, y de pronto,
al volver, encontrábamos camas vacías, el colchón doblado, todo empacado. Un par de compañeros habían sido

expulsados del seminario. ¿Por qué? Después nos enterábamos de que cuando los padres veían comportamientos extraños, de cercanía física, entre dos compañeros, los despedían en el acto, pero nosotros no sabíamos exactamente lo que había pasado. Atábamos cabos o nos enterábamos en los rumores y cuchicheos del recreo.

Ya en el primer año, siguiendo las indicaciones de unos compañeros en el recreo, que habían explicado por señas cómo se hacía, aprendí a masturbarme. Por la noche lo practiqué y sentí que levitaba y me pegaba del techo, de ese techo altísimo del seminario, y volvía a bajar. Fue un descubrimiento fantástico. Pero lo hacía siempre solo. Pensando en muchachos, sí, pero nunca con nadie porque sabía que eso sería la cama vacía, el colchón doblado y la expulsión del seminario. Yo estaba muy contento ahí, y ya pensaba en que algún día me iba a ordenar.

En el segundo año también estuve contento. Al librarme de mi padre me liberé yo también, y resulté ser de los mejores estudiantes. Era el segundo de la clase, solo por detrás de un muchacho, Jaime García, que llegó a ser obispo. Me eligieron capitán de la selección de fútbol, era el mejor jugador de pelota vasca, un deporte exótico que me encantaba. Desperté. Lo que necesitaba era libertad y estar lejos de la fatiga de la familia, de su opresión. Nunca percibí que allá se permitieran relaciones homosexuales. Eran curas españoles y colombianos. Eran muy deportistas. Tenían un equipo de fútbol tan bueno que competía con el Once Caldas, el de primera división, y allá entrenaban. A dos curas jóvenes hasta les ofrecieron contratos en el Once Caldas: al padre Mora, delantero, y al padre Quintero, portero. De lo buenos futbolistas que eran. El padre Quintero, en el arco, volaba y paraba casi todos los goles. Pero ellos no aceptaron, preferían el sacerdocio al fútbol profesional, aunque ganaran menos.

Cuando iba yo a empezar el tercer año de bachillerato con los mismos agustinos recoletos, mi padre, que llevaba tres años en Imusa, resolvió morirse de repente y se nos volvió a dañar la vida. Nos dejó tirados, en la inopia de nuevo, y yo sin beca. Me tocó volver a la casa repleta del barrio Aranjuez, a los tíos vagos, la abuela enferma, los primos arrimados, la madre cocinera, la tía proveedora. Ya no había plata para volver a La Linda; no había nadie que me pudiera pagar el seminario en Manizales. Pero como ya se me habían despertado el deseo y la vocación de ser sacerdote, y como mi tía lo sabía, ella empezó a buscar algo. La familia de mi madre era de Gómez Plata, un municipio en la diócesis de Santa Rosa de Osos, que era la más grande de Colombia, se decía entonces, pues incluía hasta Yarumal, abarcaba muchos municipios, era enorme gracias a la angurria de monseñor Builes. A través de parientes, la tía logró hablar con unos sacerdotes amigos que me consiguieron una beca para seguir mis estudios en el Seminario Conciliar de Santa Rosa de Osos.

Apenas llegué allá empecé a notar cosas muy extrañas. El seminario de La Linda, el de Manizales, era un espacio abierto con vistas maravillosas al nevado del Ruiz. Tenía pasillos anchos, despejados, y entraba mucha luz, porque estaba rodeado de vidrio, y a través de todos los cristales se veían paisajes increíbles de los Andes. El de Santa Rosa, en cambio, estaba forrado en ladrillo, era hermético y oscuro, como encerrado en sí mismo. Aunque quedaba en la misma cordillera, estaba como enterrado en la humedad del páramo, sumergido en una hondonada tétrica, sin vistas a ninguna parte, rodeado de ladrillos desnudos carcomidos por la lama, el moho y la intemperie. Solo frío y niebla, espacios sin aire y sin ventanas, sin ventilación; nada miraba al exterior y, al salir, tampoco se podía respirar: era como una cárcel, la cárcel diseñada por el espíritu sórdido de monseñor Builes, a quien se veneraba como un santo, el santo más tenebroso que pueda uno pensar.

A diferencia de La Linda, en el colegio de Santa Rosa de Osos no había deportes por ninguna parte. No había canchas de nada, ni siquiera de ping-pong. El cuerpo era una desgracia, un recipiente inmundo que tan solo servía para ser castigado. De las clases a la capilla, de la capilla a las clases, a los dormitorios de luz macilenta y enfermiza, de las lagañas de las pesadillas a la tortura de las duchas heladas. Era una vida muy encerrada, muy fría; había algo extraño en todo el ambiente asmático que se respiraba. A pesar de ser un seminario inmenso, uno se sentía estrecho, agobiado. Todo era asfixia, angustia. En un ala de ese edificio, tras la mole enorme de ladrillos, quedaba el seminario menor; en la otra ala, al frente, el mayor, y en el medio de los dos seminarios, la capilla, que dividía los dos espacios como una boca abierta, como un oscuro bostezo que nos iba a tragar. Ambos edificios se comunicaban por un corredor, más bien un túnel, el pasadizo tenebroso que llevaba del infierno pequeño al infierno grande.

Era costumbre, pero también obligación, que todos los alumnos escogiéramos un director espiritual, con quien cada cual se confesaba, vaciaba sus cuitas, sus dudas, sus asuntos. Yo ya iba en tercero de bachillerato, en todo caso, y había crecido con los padres agustinos. Ahora no era tan solo el bobo, el atembao, era más cosas, me gustaba pintar, me gustaba leer, me gustaban los deportes (que en aquel lugar no había cómo practicar), muchas cosas en mí habían florecido. Y allí las camas también eran seguidas, una al lado de la otra, como en los dormitorios de La Linda. Una noche noté que me despertaban del modo más extraño; una mano en la mitad del cuerpo me tocaba las partes. Era un compañero, que cuando lo vi, me hizo shhh con el dedo, y regresó a su cama. El visitante nocturno era un chico de por allá, de un municipio del norte, y le decíamos Pechoelata, porque era muy flaquito y tenía plano el pecho, esmirriado. Era feo y carecía de cualquier atractivo. Al otro día, en el recreo busqué a Pechoelata, le pregunté por qué me había hecho eso, aunque a mí, para ser franco, no me había disgustado esa curiosa forma de despertarme, por lo menos mientras solo sentí la mano, antes de ver la cara tan fea del dueño de esa mano. Entonces él me invitó y me dijo que esa noche me haría señas para irnos juntos a los baños, y allá me iba a explicar de qué se trataba. Era fácil y parecía muy natural salir a los baños de más lejos. Allá llegué, y Pechoelata estaba esperándome; cerré los ojos para no ver ese asco de muchacho; hubo tocadas, nada trascendental, un abrazo sin pantalones. Pero yo quedé con la conciencia de que había cometido un pecado bastante grave. Total, después de mucho meditarlo, decidí confesarme, pero no con mi director espiritual, porque me daba vergüenza con él, sino con otro padre. Busqué otro sacerdote, y este, cuando empecé a confesarme en el confesionario, al oír el tema, me dijo que algo así se tenía que hacer con mucho más cuidado, detenidamente. Que suspendiéramos ahí y que pasara por su celda esa tarde y allá, solos y más tranquilos, me oiría en confesión, me aconsejaría despacio, con suma calma.

Esa misma tarde, después de clases, fui a su celda y allá me arrodillé ante él, que estaba sentado en un taburete. Me hice a un lado. Me indicó que no, que me arrodillara de frente, que lo mirara a los ojos. Comencé mi relato; se recogió la sotana. Cogiendo mi cara con las dos manos, me reclinó la cabeza entre sus piernas. Habla, decía, cuéntamelo todo, desahógate, así estarás más tranquilo, y me sobaba la cabeza. Yo quería abreviar, pero él empezó el interrogatorio. Dime más en detalle cómo se tocaron tú y el otro, ¿se desvistieron? ¿Qué se tocaban? ¿De qué manera? Confía en mí. Mira, esto hazlo sin ningún temor, todo lo que hiciste con él lo puedes hacer conmigo para saber cuál es el grado del pecado. Me pidió que le bajara la braexaceta de los pantalones, que lo tocara tal como había tocado a Pechoelata, exactamente del mismo modo, para él poder entender bien lo sucedido. Yo me asusté, me di cuenta de que aquello era muy raro, me paré rapidito y me fui de ahí corriendo, no entendía lo que estaba pasando, no lo podía creer.

La ansiedad era muy grande. Pensaba: voy a encontrar mi colchón enrollado, me van a expulsar, se va a enterar mi familia, me van a echar también de la casa. Era mucha la angustia, pero pensé en mi director espiritual, que era el rector del seminario menor, una persona que parecía mucho más correcta, y resolví recurrir a él y contárselo todo.

Estuve largo rato en el confesionario con el rector del seminario menor. Le conté lo que había pasado primero con Pechoelata y luego con el confesor. Mi director espiritual fue comprensivo y amable, me oyó en silencio, me dio la absolución, me dijo que tranquilo, que no me preocupara, que a mi edad esas cosas pasaban. Ya no recuerdo qué me puso de penitencia, seguro una bobada. Sin embargo, a partir de ese momento, su trato cambió bastante, se fue volviendo muy amigo mío, cada vez más cercano. Me buscaba, era amable, incluso afectuoso conmigo de un modo físico. Yo, que siempre había carecido de afecto paterno, le agradecía su cariño, que nunca llegaba a ser ambiguo. Cuando estaba en vacaciones iba a visitarnos a mi madre y a mí, y me invitaba también a ver a su familia. Había con el rector muchos abrazos, mucha cordialidad. Como mi padre jamás me había dado abrazos, sino palizas, a mí me encantaba, sentía placer, era algo que me parecía maravilloso, algo que me había hecho siempre mucha falta.

Pero todo dio un giro; digamos que al hombre se le fue la mano. Una vez el rector fue por mí a la casa y me contó que su familia tenía un negocio de baños termales, donde había saunas y daban masajes, y uno podía sumergirse en aguas frías y calientes, medicinales, aromáticas, con productos muy buenos para la salud y la piel. Yo quise ir a conocerlos, porque era una gran novedad para mí; estuvimos varias horas, yo en pantaloneta de baño todo el tiempo. Al final pasamos a los camerinos para vestirnos de nuevo. Él se desnudó delante de mí, y me indicó que yo también lo podía hacer. «Hay circunstancias en las que se regresa a la inocencia del paraíso y la desnudez no es pecado», dijo. Luego me abrazó y me empezó a tocar. Le dije que no; que no me molestaba, pero que yo nunca haría eso con un sacerdote, le aclaré. Él me dijo que estaba dispuesto a dejar el sacerdocio, si era necesario, para poder abrazarme. Su afirmación me sorprendió, y hasta llegó a fastidiarme. Luego comencé a darme cuenta de que en el seminario, en ese ambiente encerrado y opresivo, ese asunto era lo más corriente, lo más normal.

Había un trajinar constante, un flujo de menores del seminario menor al mayor por las noches. Niños y jóvenes hacían visitas furtivas a los mayores. El pasadizo húmedo y oscuro llevaba de unas camas solitarias a otras en pareja, y como había tantos seminaristas y curas implicados, existía una especie de pacto en el que muchos se hacían los que no veían, con tal de no ser vistos tampoco. Espiando vi que mis compañeros adolescentes se pasaban al otro edificio noche tras noche. En el seminario mayor, claro, vivían los estudiantes que iban más adelante, de más edad. Algunos de ellos ya eran diáconos y podían disponer de celdas muy pequeñas, pero independientes. Entonces allá iban mis compañeros del menor. Por un diácono me enteré, tiempo después, de que durante el seminario él había tenido un amante del mayor, cuando hacía el bachillerato, y que había pasado esos años en pareja, como la cosa más normal, en una habitación propia. Me contó que su caso no era raro, que allá esa era una costumbre bastante habitual y más que tolerada, porque involucraba a los que obedecían y a los que mandaban, porque no hablar del uno era el seguro del otro.

Yo ya tenía claras mis inclinaciones, pero no estaba dispuesto a hacer nada con un sacerdote. Me parecía indecente, por los votos que ellos ya habían tomado. Mi último año en ese seminario, antes de salirme, fui testigo indirecto de las prácticas de otro cura, de apellido Moon este, de origen irlandés, que tenía un cargo apenas por debajo del rector del menor. Este sabía mucha literatura, y la enseñaba bastante bien. Nos hablaba de Joyce, nos hablaba de Beckett, nos obligó a aprendernos de memoria poemas de Yeats, y a no decir yits, sino yeits. *When you are old and gray and full of sleep, / and nodding by the fire, take down this book* (*Cuando estés vieja y gris y somnolienta, / cabeceando ante el fuego, toma este libro...*).

Era flaco, delgado, calvo, muy espabilado y sensible. Entre nuestros compañeros había un niñito muy bonito, tan lindo que le decíamos el Niño Jesús. Regordete, de bucles rubios y ojos azules, como las estampas. Mis compañeros decían que el padre Moon se comía al Niño Jesús. Y eso no parecía extrañar a nadie. Al único que le extrañaba era a mí. Todo allá era de ese tamaño. El tal padre Moon era una loca furibunda, voleaba esa sotana, se meneaba más que la Tongolele, tenía arrebatos de rabia, hasta las pecas cafés se le volvían rojas, y las mechas rojizas que le quedaban se las teñía de rubio, del mismo rubio del Niño Jesús. Por todo esto decidí, en el cuarto año, que no volvería al seminario de Santa Rosa de Osos, porque yo quería ser sacerdote, sí, pero honesto, casto, en especial con otros sacerdotes. Me parecía muy hipócrita que tuviera que confesarme, muy compungido, de mis pajas, pero que no hubiera problema en que el padre Moon se comiera por la noche al Niño Jesús, y al otro día de madrugada, por supuesto sin tiempo para confesarse, estuviera celebrando misa y consagrando y haciendo la elevación. A mi amigo el rector y director espiritual le insistí en que nunca lo haría con un sacerdote, y decidí retirarme de ese seminario. Pasaron varios años hasta que yo mismo, trabajando intensamente, me pude costear por mi cuenta el seminario de los cordalianos, que era más limpio, más parecido al de los agustinos recoletos, y fue el lugar donde conocí a Luis y al fin me pude ordenar con toda la intención de vivir mi sacerdocio en perfecta castidad. Que no lo haya conseguido es otra historia que no creo que vaya a contar.

Pero ¿cómo se puede renunciar al deseo, al amor corporal, al beso, a la caricia y al orgasmo?, me preguntaba Joaquín en estos días, cuando nos reunimos para hablar, como siempre, de Córdoba. Creo que él ni siquiera sospecha que los deseos que a mí me han atormentado a veces no son de los que llevan a la reproducción, o si lo sabe disimula muy bien, porque me dijo:

—Lelo, ¿no te das cuenta de que a la vida vinimos programados por la naturaleza, o por Dios, si así lo quieres, para sentir el deseo irresistible de unirnos a otro cuerpo, de acariciar, besar, oler, morder, penetrar, morirnos brevemente en el clímax, en la superación efímera del individuo, en la disolución de dos en uno? Si no existiera ese programa ciego, no nos reproduciríamos y la especie humana se habría extinguido hace mucho. Que yo sepa, no hay animales célibes. O si los hay, no es por su propia voluntad, sino por mala suerte: machos relegados que no consiguen aparearse porque si se acercan a las hembras los matan otros machos más fuertes. Erich Fromm, que psicoanalizó a varios jesuitas en Cuernavaca, dijo una vez algo así como que el deseo de fusión entre dos personas es la fuerza más poderosa que existe; hasta más grande que el hambre. Para él, es la pasión fundamental, el impulso que nos mantiene unidos, que crea la familia y la sociedad. Y no alcanzar esa unión, para este experto en las cosas del corazón, lleva a la locura o a la destrucción, bien sea de uno mismo o de los otros.

—Sí, me doy cuenta —le respondí—, y no vayas a creer que los curas, con siglos de celibato obligatorio, no hayamos tenido tiempo, y tentaciones, como para no meditar largamente sobre eso. Doctores tiene la Iglesia. El argumento de Fromm no es ninguna novedad para nosotros, y hasta ha habido teólogos ilustres que han dicho cosas muy parecidas, sobre todo en la Iglesia oriental, en la que piensan que para muchos clérigos es mejor casarse que abrasarse. De hecho, el celibato, desde el mismo Pablo de Tarso, no es un mandamiento, sino un consejo. Un consejo que solo acatan quienes sienten que van a recibir la gracia de poder vivir en la virginidad. Para entenderlo, tú tendrías que experimentar el arrobamiento celeste del celibato, la sublimación del amor dirigido a un oscuro objeto del deseo que se convierte en un amor pánico, total, hacia todas las cosas, todas las personas, la creación entera, o hacia eso que nosotros llamamos Dios. Además nosotros hacemos un sacrificio que nos beneficia porque, como dicen las Escrituras, somos «eunucos por el reino de los cielos», como si la condición virginal anticipara la vida paradisíaca, porque aunque yo crea que la carne va a resucitar en el más allá, será una carne sin apetito, sin impulsos sexuales ni reproductivos, o de ningún otro tipo, será un cuerpo angelical.

»Date cuenta —seguí— de que la vida de pareja, tras la satisfacción de los sentidos, se convierte muchas veces en un martirio, en una cascada de resentimientos y recriminaciones mutuas, en una cadena de celos y traiciones, de infidelidades imperdonables y perdones parciales, de mezquindades por plata, por herencias, porque se prefiere o se detesta a uno de los hijos, por sospechas y verdades, sacrificios, adulterios, una montaña de líos, exageraciones, abismos sentimentales que nosotros no conocemos o conocemos solamente en el confesionario. Los curas, si nos casáramos, estaríamos dedicados medio tiempo a rencillas conyugales, a ridículas penas de amor, a líos del corazón, a socorrer a los hijos en sus penas y dificultades, en vez de dedicar todo el tiempo disponible, como es nuestro deber, a los asuntos de nuestros fieles y de Nuestro Señor.

En ese momento me acordé de una historia y fui hasta mi escritorio para traer una cajita de caoba que me había dejado Córdoba de herencia. Era una cajita rusa, con una bailarina de ballet pintada en la tapa. La chica salta, alarga los brazos en un brinco ingrávido y su tutú se levanta hasta descubrir los muslos. El pie derecho, en punta, está a punto de apoyar en el suelo una esponjada zapatilla roja. Se la mostré a Joaquín:

—Antes de la operación, Córdoba me dijo que me quería regalar esta cajita rusa y me contó la historia de una amiga suya, Katia Sergueevna, una bailarina de ballet a quien le habían presentado en Viena. Ella había conocido en San Petersburgo a un estudiante colombiano, comunista, que hacía un doctorado en Medicina, y se habían casado. El nombre del marido no lo recuerdo. Con el tiempo ellos habían salido de la Unión Soviética y se habían instalado en Austria, ella como bailarina profesional y él como ginecólogo y obstetra. Un día, Katia, Katechka como él le decía, había ido a buscarlo al pueblo donde Córdoba trabajaba de párroco, cerca de la frontera con Alemania, muy angustiada. Había venido de Moscú un amigo de ella, un exnovio, habían tenido una aventura de una sola noche y ella estaba embarazada. Su duda más angustiosa era si debía confesárselo al médico, a su marido, que, entre otras cosas, en la cama era bastante desganado y ausente. Tenía ya tres meses de embarazo, el colombiano estaba feliz de tener un hijo, al fin, pese a sus coitos fríos y muy esporádicos, pero ella no soportaba el sentimiento de culpa. Córdoba, después de interrogarla sobre sus sentimientos hacia el exnovio (ella no lo quería, no le importaba) y hacia el marido médico (lo adoraba), le aconsejó que nunca dijera nada, que ese hijo era de su esposo, desde ese mismo instante y para siempre. ¿Ves? Nosotros estamos para dar esos consejos, pero no para vivir y sufrir esas historias de telenovela, que nos alejarían del sentido de nuestra vida, que consiste en tranquilizar las almas de nuestros feligreses.

Esta cajita, tras más de veinte años de felicidad conyugal en el silencio, se la envió Katia de regalo a Córdoba como una muestra de su agradecimiento.

Joaquín sonreía, en parte satisfecho y en parte escéptico con mis explicaciones y ejemplos, pero, después de un momento de reflexión silenciosa, en su mente surgían otras objeciones:

—Ahora que lo pienso, Aurelio, te digo que yo siempre sentí pesar, tristeza por la vida de Luis, por las cosas que no llegó a vivir. De ti no hablo, para no meterme en tu intimidad. Pero creo que el Gordo no llegó a conocer jamás los abismos, sí, ustedes los curas hablan de abismos, pero yo digo las cimas, sobre todo las cimas del orgasmo femenino, tan lejano, ay, y tan inmensamente superior al de los hombres. Son esas cimas, creo, las que explican la infidelidad de Katia, y muchas otras.

—¿Y cómo iba a conocer Córdoba esos abismos o esas cimas, ni tampoco vos, siendo los dos varones? —le objeté a Joaquín.

—Bueno, tienes razón, no a conocerlos. Quise decir a presenciarlos, a saber que existen porque tú se los produjiste. Mira: el Gordo nunca tuvo la dicha de saber (no aprovechó la vida para averiguarlo) que hay mujeres con orgasmos de colores, con alucinaciones visuales que no saben describir bien y a duras penas pueden medio contar (y solo en el mismo instante sucesivo al clímax) con palabras imprecisas y un alma fascinada, ensimismada en sus sentidos ampliados: ríos y lagos de color amatista que se esparcen como una nube húmeda o una corriente tranquila sobre el aire o el techo del cuarto.

Joaquín gesticulaba, como queriendo mostrar con las manos cómo se derramarían los colores del orgasmo femenino sobre el techo de mi propia celda. Luego siguió así:

—O los cambios milagrosos y súbitos en el sabor de la boca. ¿Sabes que la saliva de algunas mujeres se les vuelve aún más frutal y aromática que nunca cuando tocan el cielo?

—No tenía ni idea —le dije.

—¿No? Y qué tal el sorpresivo rosario de palabrotas engarzadas que brotan de una boca siempre inmaculada convertida de repente en una culebra de improperios sin nombre, durante toda la duración del éxtasis...

—Tampoco —dije casi con rabia—, pero eso me parece menos fisiológico, menos poético y menos interesante.

—Entonces oye esto —insistió Joaquín—: a veces ocurre una inesperada emisión de chorros cristalinos y tibios, como una catarata de agua pura, potable, que brota del más secreto manantial de la vida, y no de la vejiga, un hontanar inesperado del que mana agua como una inequívoca señal de deseo absolutamente realizado y satisfecho. Una especie de eyaculación femenina, Lelo, compuesta de agua pura, de agua bendita, haz de cuenta de pila bautismal.

—Ahí ya veo un lío con las sábanas, lujurioso amigo —le comento con cierta repulsión.

—Entonces algo igual de hermoso, pero más etéreo e higiénico —me dice Joaquín—: la progresiva fragancia a trufas que se va instalando en las axilas a medida que el trabajo del pene o de la lengua consiguen sacar esos aromas del pozo sin fondo que hay dentro de la tierra de la hembra. O las lágrimas de felicidad, involuntarias, de conmoción profunda, que ruedan copiosas y en silencio, en oleadas que llegan a empapar los senos temblorosos y a confundirse con el perfecto sudor compuesto por las aguas mezcladas de dos que se han amado hasta la muerte.

Yo me rascaba la cabeza ante tantos aromas, secreciones, sensaciones, visiones. El exceso verbal de Joaquín casi conseguía perturbarme, y hubiera querido parar ahí, pero a él ya no lo paraba nadie.

—O los paisajes nunca vistos por los machos, pero descritos por ellas mientras se les aparecen y desaparecen ante su vista fantasiosa, en ese mismo instante privilegiado, solo de ellas, vedado a los hombres, que se compone de alucinaciones domésticas, sencillas, digamos un patio con una fuente de la infancia, y peces de colores en la fuente, todo visto con absoluta nitidez mientras gritan en convulsiones casi epilépticas. Esas, sí, esas y muchas otras manifestaciones del inconmensurable orgasmo femenino, que al cuerpo torpe y primitivo del hombre le resultan siempre un misterio ajeno y desconocido.

—Creo —le respondí yo, un poco apabullado ante su oratoria orgásmica femenina— que algo parecido solo lo hemos conocido nosotros, los de la casta sacerdotal, en el éxtasis místico que han descrito algunas de nuestras monjas mejor dotadas para la expresión verbal, que han intentado poner en palabras lo inefable. Habrás visto —seguí diciéndole—, en Roma, la maravillosa escultura del *Éxtasis de santa Teresa* de Bernini, que no es más que la transcripción en el mármol de las palabras de nuestra venerable hermana de Ávila, una mujer tan portentosa como las mujeres orgásmicas de las que acabas de hablarme, e incluso, perdóname que te lo diga, mucho más.

Pensé en levantarme y en ir a la biblioteca a buscar un libro de poemas de santa Teresa o de san Juan de la Cruz, para leerle un trozo de poesía amorosa, y mística, que contrarrestara con creces, y con los versos más puros de nuestra lengua, su oratoria pagana y efectista. Luego me dije que no era necesario. Que yo me sabía de memoria algunas partes del *Cantar de los Cantares* y que también ahí había aromas, imágenes y descripciones poéticas que superarían su prosaico paganismo con palabras sagradas. Tan lujuriosas como las suyas, si se las leía literalmente, pero con un erotismo menos ofensivo.

—Óyeme esto —le dije— y no vayas a pensar que es poesía lúbrica, aunque sea amorosa. Es poesía mística, y habla de la unión del alma (la esposa), que es la que habla, con el amado (o el esposo), que es Dios. Tal vez algún día logres entender que «el espíritu no puede ser saciado por la carne», como decía un gran filósofo mendicante. No te confundas y escucha esto que me aprendí de memoria desde los tiempos del seminario de Sonsón, el de los cordalianos:

Esposa: ¡Que me bese con besos de su boca! Buenos son tus amores más que el vino. Tus ungüentos despiertan mis sentidos. Tu nombre es un ungüento derramado. Por eso te aman las doncellas... Mientras reposa el rey en su lecho, exhala mi nardo su aroma. Mi amado es para mí un manojo de mirra que mora entre mis dos pechos.

Esposo: ¡Ay, qué hermosa eres, amiga mía, qué hermosa! Tus ojos son palomas.

Esposa: ¡Ay, qué hermoso eres, amado mío, y qué dulce! Nuestro lecho florido. Yo rosa del campo y azucena de los valles.

Esposo: Como lirio entre los cardos es mi amada entre las doncellas.

Esposa: Como manzano entre los árboles silvestres es mi amado entre los mancebos. Me ha metido en la cámara del vino; levantó contra mí una bandera de amor. Rodeadme con vasos de vino, cercadme de manzanas que enferma estoy de amor. Reposa su izquierda bajo mi cabeza y su derecha me abraza...

Esposo: ¡Ay, qué hermosa eres, amiga mía, ay, qué hermosa! Tus ojos de paloma entre tus guedejas, tu cabello como un rebaño de cabras que suben ondulantes al monte Galaad. Tus dientes como rebaño de ovejas trasquiladas que salen del baño, todas con sus crías mellizas y sin machorras entre ellas. Como un hilo de carmesí tus labios y tu hablar pulido. Son tus mejillas mitades de granadas. Como torre de David es tu cuello, tus dos tetas como dos cabritos mellizos pastando entre azucenas. Toda eres hermosa, amiga mía, tacha no hay en ti. Robaste mi corazón, hermana mía, esposa, robaste mi corazón con uno de tus ojos, con una de las perlas de tu cuello. ¡Cuán dulces tus caricias! Más que el vino y el olor de tus amores, mejor que todas las cosas aromáticas. Panal de miel destila de tus labios, esposa, y miel y leche es tu lengua y el olor de tu ropa como perfume de incienso. Eres jardín cercado, amiga mía, esposa, huerto cercado, fuente sellada. Tus plantas son un jardín de granados con fruta de dulzuras, de alheñas y de nardos, de nardos y azafrán, de canela y cinamomo, de todos los árboles del Líbano. Eres fuente que mana a borbotones, fuente de aguas vivas.

Esposa: Levántate, cierzo; ven también tú, austro. Oread mi jardín, que exhale sus aromas; viene a mi huerto el amado, a comer de sus frutos exquisitos.

Esposo: Voy, voy a mi jardín, hermana mía, esposa, a coger de mi mirra y de mi bálsamo; a comer la miel virgen del panal, a beber de mi vino y de mi leche. Venid, amigos míos, y bebed, y embriagaos, queridos.

Sabía que sacar a relucir el *Cantar de los Cantares*, igual que hubiera sido sacarle el *Cántico espiritual* de san Juan de la Cruz, era un arma excesiva, pero no hallé otra forma de callarle la boca a Joaquín ni de explicarle que el matrimonio con Dios, para nosotros, los de la casta sacerdotal, es incluso más intenso que el coito conyugal o adulterino para ellos, los terrenales, los demasiado terrenales, que no comprenden los sacrificios luminosos que hacemos ahora para ganar un paraíso muchísimo más grande y bello y hondo y duradero después.

—Ustedes los terrenales son como niños, Joaquín —le dije para terminar—. Incapaces de no comerse un confite ahora, aunque les prometan cien después. Ojalá fueran, como nosotros, ajenos a la impaciencia y capaces de esperar. Además, el amor a Dios es el premio en sí mismo, la virtud en sí misma, que no es nada distinto a la felicidad.

Cuando Joaquín se fue, sin embargo, me invadió otra vez la duda, y la culpa. La duda de si todo esto no será un engaño nuestro, una ilusión de nosotros los curas, una patraña del discurso que no refleja nuestras angustias y sensaciones más hondas. Y la culpa por no haberle hablado a Joaquín más abiertamente de nuestras dudas y nuestras caídas, porque esta libre elección del celibato es libre, sí, pero muy cuesta arriba, sobre todo para algunos tan débiles como yo. Débiles y desviados, como antes decía. No se lo dije, no fui capaz de hacerlo, pero una vez que le entregue estos apuntes él se va a dar cuenta a la perfección de lo que siento y pienso. Verá que yo no he sido el casto e inexperto que se imagina; que los curas, si queremos, o si no podemos evitarlo, también vivimos tanto como él. Incluso mucho más que él.

Joaquín, en el fondo, es bastante ingenuo. Él dice que el santo padre y los curas no deberíamos hablar de la sexualidad porque no la conocemos ni la practicamos. Dejando de lado el confesionario, que nos hace expertos en todas las variedades, posiciones y enredos que hay en esta materia, la inmensa mayoría de nosotros, alguna vez en la vida, hemos caído, hemos abandonado el estado virginal, y esas ocasiones jamás desaparecen de nuestra memoria, por pocas y breves que hayan sido, o incluso quizás justo por ese motivo.

H

Teresa y Luis se habían conocido en la Cámara de Comercio de Medellín, la del centro, donde él daba un curso sobre el neorrealismo italiano. Ella estaba recién llegada de Florencia con Joaquín, su novio paisa, e intentaba introducirse de alguna manera en el diminuto mundillo cultural de la ciudad. No tenía trabajo todavía, apenas estaba aprendiendo a hablar español y le pareció cómodo asistir a un curso en el que al menos iba a entender todo lo que se decía en las películas. Ya las había visto casi todas, pero no le importaba repetirlas, porque eran clásicos. Joaquín mismo, que ya conocía a Luis desde antes de irse para Italia, la había animado a que se matriculara en ese curso con el tipo que más sabía de cine en Colombia.

Al principio del curso, Teresa no sabía que Córdoba era cura. Joaquín no se lo dijo. Sabía solamente que había estudiado en Roma, que hablaba muy bien italiano (como algunas películas no tenían subtítulos, él mismo las iba traduciendo en voz alta, en simultánea), que había hecho cursos de cine allá, y que incluso había estado varias veces en los estudios de Cinecittà, donde había conocido personalmente a Fellini, a Pasolini, a Rossellini.

Una tarde, cuando el curso ya tocaba a su fin, Luis anunció que quería terminar la serie del neorrealismo con una película que era todo lo opuesto al realismo, pues se trataba de una reconstrucción muy personal, casi teatral, de un mito griego y de una tragedia de Eurípides. Les había mostrado, entonces, una película producida por Rossellini y realizada por Pasolini, *Medea*, que en realidad tenía muchos menos diálogos que imágenes, casi todas ellas hechas en estudio. Antes de empezar les había contado que la actriz principal, Maria Callas, era su amor platónico desde los trece años, cuando se había ganado una bicicleta de carreras en el bazar del Colegio San Ignacio y la había vendido para poderse comprar todos los discos de ópera en que cantaba la Callas. Y para que supieran qué era una voz, de la mano de la mayor cantante del siglo XX, y qué era el «bel canto», les había puesto una grabación del aria *Casta Diva*, unos siete minutos y medio de una belleza profunda, única, inaudita, en el sentido de que nunca antes y quizá nunca después se había oído una interpretación tan sublime.

Córdoba les había repartido a todos fotocopias de la letra que cantaba la Callas en esa aria de Bellini y les había explicado que Norma, la sacerdotisa druida protagonista, se dirigía a la luna como si fuera una diosa, una Virgen, a la que le pedía luz, protección, valor y paz. Para la tierra, la paz que hay en el cielo.

En el caso de Teresa, que no era particularmente aficionada a la ópera de su país, esta breve audición había sido como si le quitaran un velo de los ojos y tapones de los oídos. Había reconocido, de repente, la belleza que había detrás de eso que para ella, antes, era una gritería antinatural y sin sentido de actores y actrices gordas que daban alaridos todo el tiempo, aunque estuvieran agonizando.

Casta Diva, che inargenti
queste sacre antiche piante,
a noi volgi il bel sembiante
senza nube e senza vel.
Tempra, o Diva,
tempra tu de' cori ardenti,
tempra ancora lo zelo audace,

spargi in terra quella pace
che regnar tu fai nel ciel. *

Después, casi como en un anticlímax, al menos para Teresa, les había proyectado el film de Pasolini. La película le había parecido muy rara, muy lenta. Tal vez era, como había dicho el profe en la introducción, lo que Pasolini llamaba «cine de poesía». Si era así, ella prefería el «cine en prosa» de *Ladrones de bicicletas*. Además no lograba identificarse con esa furia de celos de la protagonista, ya que Teresa, hasta ese momento, no los había sentido así nunca en la vida. Quizá por eso le había parecido tan absurdo que Medea sacrificara a sus hijos solo para castigar al padre de esos niños, al marido que la engaña.

También había advertido que, en general, los demás asistentes al taller se aburrían bastante durante la proyección, y que el Gordo, desconsolado, los veía bostezar. Lo bueno era que, con el rabillo del ojo, Teresa había estado viendo otra película, privada esta vez, pues notaba que el profesor se conmovía mucho cuando la protagonista, Medea-Callas, intervenía, y cuando la cámara mostraba su perfil de diva, sus altivas facciones de sacerdotisa o de hechicera griega. Era como si el profesor todavía se derritiera de amor por la magnífica soprano, *la Divina*, que había fallecido unos ocho o nueve años antes.

---

* *Casta diosa, que argentas / estas plantas antiguas y sagradas, / vuelve a nosotros tu hermoso semblante / sin nubes y sin velo. / Templa, oh Diosa, / templa tú unos ardientes corazones, / también templa el celo audaz, / esparce en la tierra la misma paz / que haces reinar en el cielo.*

En todo caso, repito, Teresa no sabía que Córdoba era cura, y mucho menos que yo también fuera cura, pues a mí ni siquiera me conocía.

Lo vino a saber un día que subió a la residencia de Villa con San Juan y nos encontró a Córdoba y a mí concelebrando una misa para nadie (aunque estuviéramos ataviados con todos los ornamentos) en el altar que de vez en cuando improvisábamos en la sala de la casa. Yo había llegado un par de días antes de las misiones en el Chocó y me estaba recuperando de un ataque de fiebres palúdicas. En realidad, Luis había querido celebrar la misa para pedir por mi salud y pronta mejoría, pues yo apenas si podía estar en pie, con fiebres que iban y venían, con desaliento, inapetencia y escalofríos que se sucedían a un ritmo caótico. La malaria, esta vez, me estaba pegando más fuerte que nunca.

Angelines, nuestra asistente, le había abierto la puerta a la italiana y la italiana había quedado atónita, de piedra, al vernos con nuestras estolas y túnicas bordadas, con mi alba de encaje de los días de fiesta, concelebrando esa extraña misa sin ningún feligrés.

«Levantemos el corazón», estaba diciendo Córdoba y yo le contestaba, sentado, porque no era capaz de ponerme de pie, «Lo tenemos levantado hacia el Señor», cuando la italiana asomó la cabeza. No interrumpimos nada. Luis solo se sonrió por un instante mientras decía «En verdad es justo y necesario».

Teresa se unió a la ceremonia y se ponía de pie y se sentaba en los turnos adecuados, pero no entonaba los salmos ni respondía las oraciones y tampoco se arrodilló durante la elevación ni se acercó a comulgar en el momento de la comunión. En realidad ella no se sabía las palabras de la misa en español y habría tenido que adivinar lo que estábamos diciendo para contestar oportunamente en italiano. Cuando al fin llegamos al «podéis ir en paz» y nos quitamos los ornamentos, Teresa nos pidió perdón por haber irrumpido así, *all'improvviso*, pero le recordó al Gordo que él la había citado a las once para prestarle unos discos de ópera. Luis, que vivía en las nubes, elevado, y era distraído para ese tipo de compromisos, lo había olvidado por completo.

Ese día Córdoba y yo desempolvamos nuestro viejo italiano de seminaristas en Roma y Teresa aceptó quedarse a hacer penitencia con nosotros. Ya en el postre, que, me acuerdo, era dulce de natas con pasas y a ella le gustó mucho, pues no lo había probado nunca antes, nos contó que estaba embarazada, aunque todavía no se le notara, y que la familia de Joaquín, su novio, sobre todo la madre, doña Natividad, les estaba exigiendo que se casaran «para que no tuvieran un bebé paganito». Joaquín no quería casarse porque, según él, el matrimonio era inútil cuando dos personas se amaban, y el amor, en su concepto, marcaba el principio y la duración de la juntanza, ya que el desamor implicaba su final. Casarse, en últimas, era compartir casa, y eso ellos ya lo hacían en la casa de Laureles que acababan de comprar con ayuda de un abuelo italiano de Teresa, *il nonno* Antonio. Mucho menos se quería casar por la Iglesia, como pedía su madre, porque él no solo era ateo, sino que odiaba a los curas y todo aquello que oliera a sacristías o a sotanas. Al mismo tiempo, para doña Natividad, un matrimonio civil era lo mismo que nada, así que últimamente la relación con la suegra se había deteriorado en ese tira y afloje en el que Teresa intentaba convencer a Joaquín de que se casaran, no porque ella quisiera ni porque fuera importante, sino precisamente porque no tenía importancia y hacerlo sería darle un gusto y una alegría a la madre, a su anciana madre, y no podía ser que ahora ellos resultaran más fundamentalistas que ella y más darwinianos que Darwin.

Nos contó también, un poco para moderar y explicar lo que acababa de contar de su novio, que el arzobispo de Medellín, ahora también el cardenal más joven de la Iglesia, había hecho expulsar a Joaquín de la Universidad

Pontificia Bolivariana por publicar un artículo injurioso en contra del Papa Juan Pablo II. A raíz de esa expulsión se había ido a Italia, y, gracias al castigo de la echada, que acabó siendo una bendición, se habían conocido en Florencia, donde ambos estudiaban, él Letras y ella Pedagogía. Por esa casualidad, había añadido sonriendo, ella vivía muy agradecida con el cardenal ese, y debido a todas esas vueltas ella ahora vivía en Medellín y estaba ahí sentada comiendo con un par de curas que no se le parecían mucho a los otros curas que ella conocía, en Italia o en Colombia.

Su historia nos dio pie para contarle que su novio y nosotros habíamos sido víctimas de la misma persona, ese arzobispo nefasto, el cardenal innombrable. El tipo, desde nuestra juventud y los años del seminario, cuando todavía no era monseñor ni obispo ni nada, y mucho menos cardenal, tenía ya fama de mal fario, es decir, que el solo hecho de pronunciar su nombre, de verlo, de estrecharle la mano traía mala suerte. Ese tal, como se llame, nos había perseguido con saña también a nosotros, a Luis por dedicarse al cine y a la ópera, esas frivolidades, según él, y a mí por algo que no fui capaz de confesar ahí (por compartir con él mi predilección por los muchachos), y preferí reemplazar por desacuerdos doctrinales en mis clases de Biblia en la Facultad de Teología de la misma universidad de la que habían expulsado a Joaquín.

Es más, yo recordaba bien el episodio de la expulsión de esos muchachos, que eran tres o cuatro, entre ellos también una mujer, Emma, o algo así. Recordaba el artículo incriminado, que se titulaba «La metida de Papa», y le conté a Teresa que en esa ocasión, por primera vez desde la fundación de la universidad y de la Facultad de Teología, los estudiantes de esta última, y algunos profesores, entre ellos yo mismo, habíamos hecho una huelga para protestar por la expulsión de esos muchachos, que, es verdad, habían escrito algo muy ofensivo contra el Santo Padre, pero no dejaban de tener derecho a expresar su desacuerdo con una epístola del Papa que tenía que ver, precisamente, con uno de los temas más delicados y polémicos que había dentro de la Iglesia: su posición frente a la sexualidad, y en este caso, la de los casados por la Iglesia. ¿No éramos casi todos los curas, en últimas, unos célibes atormentados por el deseo y las tentaciones de la carne? Teresa me interrumpió, sonriendo:

—Joaquín siempre dice que su único premio literario es haber sido expulsado de una universidad católica por un artículo.

El origen de todo el debate, recordaba muy bien yo, había sido la encíclica *Familiaris consortio*, en la que el Papa polaco aceptaba a regañadientes que podía haber algo de placer en el sexo matrimonial, sin que este gusto fuera inherentemente pecaminoso, siempre y cuando no se perdiera de vista que ese placer era solo el camino ideado por el Creador para un fin más alto, la procreación. En ese sentido, el único control de los nacimientos que la Iglesia permitía era el método de la abstinencia periódica, durante las fases en que se sabía que la esposa podía ser más fértil.

El Papa Juan Pablo II retomaba ahí otra carta de uno de sus predecesores, Pablo VI, la *Humanae vitae* o la *Encíclica de la píldora*, como también se la conoce, en la que se hacía el elogio del autocontrol del hombre durante los periodos fértiles de la mujer, pese a que, según san Agustín, ese era un «método de rufianes» para evitar el verdadero fin de la sexualidad, la procreación. La abstinencia periódica, para el Papa, se convertía en una especie de «ejercicios espirituales» para las parejas casadas, pues mientras evitaban el sexo se acercaban el uno al otro de otras maneras menos corporales y más puras. La píldora, en cambio, era una técnica inhumana que convertía a la mujer en «utilizable» durante todo el mes y todo el año, y la volvía víctima de los instintos incontrolados del macho. En cuanto al condón o al *coitus interruptus*, el método de Onán, ni siquiera los mencionaba, y el marido que mirara a su esposa solo como objeto de concupiscencia estaba cometiendo un pecado en su corazón.

Joaquín y los otros muchachos expulsados hacía más de un lustro habían opuesto a esta visión bastante conservadora de la Iglesia un punto de vista carnavalesco, casi cínico. Decían, más o menos: ustedes, Papa y curas y esposas y esposos católicos, se lo pierden, pero nosotros vamos a gozar el sexo con desenfreno, sin miedos ni culpas ni censuras. Esa era, me parecía a mí, una actitud muy juvenil, incluso muy adolescente e inmadura, pero no dejaba de tener su gracia y su razón de ser en un tiempo en que los métodos anticonceptivos habían liberado el comportamiento de las mujeres. Ya las mismas estudiantes de la universidad no sentían como obligatorio lo de llegar vírgenes al matrimonio, y se acostaban con quienes les daba la gana —como antes hacían los hombres, aunque con prostitutas— sin perder su prestigio ni ser calificadas de fáciles, de casquivanas o de rameras. El desdén de la Iglesia por los métodos anticonceptivos tenía que ver con esto, y de lo mismo discutíamos a veces en mis clases en la Facultad de Teología. ¿Qué éramos, qué somos los sacerdotes, en últimas, si no eunucos para el reino de los cielos, según la abstrusa fórmula de Nuestro Señor?

Fue a partir de esta visita, de esta conversación, y por la coincidencia de haber sido perseguidos por el mismo jerarca, que terminamos poniéndonos de acuerdo con Teresa y Joaquín en que Córdoba y yo los casaríamos en la parroquia de Jesús Nazareno, pasando por alto que Joaquín se declarara ateo y Teresa, agnóstica, con una ceremonia dirigida más a complacer a la madre de Joaquín y sobre todo a eso que llamábamos, mirando el centro del cuerpo de la adorable Teresa, «el fruto de tu vientre», ya de varios meses, y que todavía no sabíamos si iba a ser varón o mujer. Meses después se supo que quien venía en camino era Julia, la primogénita, a quien Luis bautizó en la misma parroquia, para felicidad de su abuela y madrina, doña Natividad.

A Córdoba, como era lo típico en los hombrecitos de nuestra generación, lo habían educado para ser muy macho. A su padre le preocupaba un poco la predilección del hijo por la ópera, y su animadversión por todos los deportes. Alguna vez había oído decir a unos amigos en el Club Unión que «la ópera es el fútbol de los maricones», y el doctor Córdoba se preguntaba si la predilección de su mujer por el melodrama, por el canto lírico y la zarzuela no era una influencia nefasta para la masculinidad de su hijo, para su identidad sexual. Aunque había hablado personalmente con los padres jesuitas, los del Colegio San Ignacio, donde estudiaba el Gordo, para pedirles que intentaran influir en él de modo que practicara algún deporte, tenis de mesa, voleibol, básquet, algo, así fuera canicas, había sido inútil. Luis era torpe en los juegos y se cansaba muy pronto de correr, por sus pies planos. Prefería irse a leer en la biblioteca, conversar con otros niños alérgicos a la brusquedad de la competencia, hundirse en fantasías y ensoñaciones.

Su pasión por la ópera, que empezó desde la infancia, sería una constante de toda su vida, incluso de su vida de seminarista en Antioquia, en Italia y en Alemania. Recuerdo muy bien que cuando éramos compañeros de curso en el seminario del beato Corda, en Sonsón, Córdoba escribía críticas de ópera, a partir de los discos nuevos que su madre le mandaba desde Medellín. Las firmaba con un anagrama de su nombre, Tulio Corrales de Varbozábal, pero dejó de hacerlo, muy compungido, cuando todos sus vinilos de ópera desaparecieron un día. Nunca se supo si aquello había sido robo (cosa muy rara y demasiado específica, ¿ladrones aficionados a la ópera?, en un colegio cerrado al exterior) o simplemente una confiscación de nuestros superiores, tal vez inducidos por el mismo padre de Córdoba, que no soportaba esos efluvios cantores de su hijo. Luis, en todo caso, era tan bueno que con nada se hacía mala sangre y soportó ese robo sin aceptar las sospechas que yo mismo le soplaba al oído, de que más que robo eso parecía un decomiso. Al contrario, en una carta a su madre que yo llegué a leer muchos años después, le decía: «Es posible que Dios haya dispuesto que mis discos desaparecieran para alejarme de esta pasión por la música que quizá me estaba distrayendo de lo más importante en el camino del sacerdocio. Tal vez no me convenían mucho, ya que Dios hace bien cada una de sus cosas».

Esa hermosa pasión, sin embargo, nunca decayó y era parte de su esquiva felicidad. Pocos meses después, Córdoba supo que en el Teatro Colón de Bogotá se iban a dar dos funciones únicas de la ópera *L'elisir d'amore*, de Donizetti, con el tenor Ferruccio Tagliavini. Desde que lo supo, Luis estuvo ahorrando semanas para comprar el pasaje en bus desde Sonsón y la boleta de entrada, y les estuvo rogando más de un mes a nuestros superiores cordalianos para que lo dejaran asistir. Desde el seminario le escribe a su madre (su única aliada en esta afición inocente) lo siguiente: «El mes entrante debuta en Bogotá una estupenda compañía de ópera, con piezas maravillosas y el gran tenor italiano Ferruccio Tagliavini, con quien están muchos de los discos que se extraviaron aquí. Voy a ver si logro el permiso del R. P. Superior, ya que es una rara (y tal vez última) oportunidad de ver algo así. Sé bien que la congregación no es muy proclive a que sus hijos vayan a espectáculos de teatro. Dios proveerá». Eran tan rígidas y despiadadas las normas de la Iglesia en esa época que esto les parecía un pasatiempo frívolo y mundano, no apto para religiosos. Después de muchos ruegos y negociaciones, al fin, lo dejaron viajar a Bogotá por tierra, unas catorce horas de camino, y asistir a la ópera. La dicha por esa experiencia le duró meses. En una carta a sus amigos les contaba su conmoción al oír al tenor Tagliavini, considerado por don Otto de Greiff uno de los más grandes del momento. Cuando se sentía decaído, yo mismo lo presencié, cantaba una de las arias más famosas de *L'elisir d'amore*, *Una furtiva lagrima*, y con la misma tristeza del canto se consolaba.

Años después, cuando de Alemania lo trasladaron a Austria una temporada, ya ordenado sacerdote, su pasión por la ópera no había disminuido. El problema era que, si bien a esas alturas podía disponer de un poco más de libertad, no tenía el dinero suficiente para ir a la ópera de Viena. Encontró, sin embargo, un medio para poder asistir cuando había temporada, que él mismo me contó cuando vivíamos juntos en Villa con San Juan: vendía sangre. Exactamente así, vendía su propia sangre. Como en esa época las donaciones de sangre no estaban reguladas en Austria, y se pagaban, Córdoba llegó a hacer hasta dos donaciones semanales en distintos sitios de la ciudad para reunir el dinero que costaba la entrada.

Al padre no le había gustado nunca, tampoco, el hecho de que su hijo creciera solo entre mujeres, hijo único varón (y menor) entre dos hermanas y una madre que lo mimaban más de la cuenta. Eso, pensaba el doctor Felipe Córdoba, lo estaba volviendo demasiado débil y sensible. Pero había otra cosa que el padre, en cambio, aprobaba ingenuamente, y fue la que alimentó su otra pasión en la vida, y que de algún modo agravaba esas «tendencias femeninas» del niño que tanto lo preocupaban. Como sus hermanas le llevaban siete años, la mayor, y cinco la menor, su madre había ideado algo para que ellas, ya en plena adolescencia, pudieran ir a cine con sus novios sin despertar sospechas ni poner en riesgo su integridad en un sitio oscuro que, esto era tan obvio que no había que decirlo, se prestaba para tentaciones, toqueteos, besos o malos pensamientos llevados a la práctica al amparo de la penumbra de las salas. Era por este motivo que le había dado a Luis el oficio de chaperón de sus dos hermanas mayores cuando estas iban a cine con los novios. Ellas tenían el permiso, siempre y cuando fueran en compañía de su hermano, que debía estar a su lado en todas las funciones. Y Luis tenía instrucciones explícitas de vigilar el comportamiento impecable de las chicas. El padre, por su lado, lo llevaba a veces a ver películas de vaqueros, o de guerra, o de aventuras, con el fin de «formar su carácter». Y al mismo tiempo el Gordo tenía que ir con las niñas a películas románticas, a películas rosa, a películas de amor y de familia. Luis fingía aburrirse en estas cintas de mujercitas, y en cambio —a mí me lo dijo cuando ya éramos viejos amigos— le encantaban. No era extraño que le tocara ver dos veces la misma película romántica, una vez con Lina y otra con Emilia. Protestaba de dientes para afuera por tener que repetir esos novelones, y sin embargo era eso lo que le permitía descubrir sutilezas en la psicología de los personajes, en el montaje de las historias, que a veces estaban bien hechas, con técnicas nuevas y eficaces.

La influencia femenina fue fundamental para la formación de Córdoba en la música lírica y en el cine de corte íntimo y romántico, en comedias de enredos amorosos, en transgresiones adulterinas o desobediencias justificadas a los padres que querían imponer cierto tipo de bodas y alianzas familiares. Al contrario, resultaron inútiles los esfuerzos del padre por llevarlo al estadio a ver partidos de fútbol, por volverlo hincha de algún equipo o siquiera aficionado pasivo del juego. En realidad, también al doctor el fútbol lo tenía sin cuidado, dedicado como estaba de lleno a su ciencia, al ejercicio de la medicina. Y el Gordo percibía en su padre el mismo aburrimiento profundo que él sentía en los partidos, con lo que se sabía perdonado de antemano por los bostezos de su desinterés.

I

Tal vez el poema que más recitaba Luis, y que muchas veces decía (entero o en fragmentos) cuando le preguntaban por su estado de salud, era una poesía de Eduardo Carranza: «Soneto con una salvedad». Lo había encontrado al principio de su enfermedad en la *Antología de la poesía colombiana* de Andrés Holguín, y desde esa primera lectura había querido aprendérselo de memoria, o, mejor dicho, *by heart*, pues al hablar de esto prefería comentarlo en inglés. Córdoba lo iba diciendo de corrido poniéndose la mano derecha sobre el pecho y exagerando un poco las rimas y los movimientos de los ojos para que se viera hacia dónde dirigía la memoria la mirada:

> *Todo está bien: el verde en la pradera,*
> *el aire con su silbo de diamante*
> *y en el aire la rama dibujante*
> *y por la luz arriba la palmera.*
>
> *Todo está bien: la frente que me espera,*
> *el agua con su cielo caminante,*
> *el rojo húmedo en la boca amante*
> *y el viento de la patria en la bandera.*
>
> *Bien que sea entre sueños el infante,*
> *que sea enero azul y que yo cante.*
> *Bien la rosa en su claro palafrén.*
>
> *Bien está que se viva y que se muera.*
> *El Sol, la Luna, la creación entera,*
> *salvo mi corazón, todo está bien.*

Después de haberlo oído varias veces, Darlis, que siempre le ponía mucho cuidado, se atrevió al fin a preguntarle:

—¿Y qué quiere decir *palafrén*, don Luis?

El Gordo estuvo un momento en silencio, y luego tuvo que reconocer:

—No tengo ni idea, Darlis. Debe de ser algo así como un florero de vidrio, porque dice que es «claro», pero lo voy a buscar en el diccionario.

Otra vez que volvió a recitarlo, Darlis le salió con esta pregunta:

—¿No le parece muy egoísta, don Luis, creer que todo está bien menos su corazón? A mí, por ejemplo, me duele la espalda cuando barro, y eso tampoco está bien, ni está bien que en mi pueblo no haya acueducto ni agua potable.

—Cuando uno está enamorado es así, Darlis, el amor se convierte en el centro del universo.

—Será por eso que los enamorados me han parecido siempre tan bobos —dijo Darlis.

—Pero fíjate bien que, a lo mejor, cuando el poeta dice que su corazón no está bien, lo que está diciendo es que todo está mal, pues si está mal el corazón, nada puede estar bien, o por lo menos no hay manera de aprovechar lo que esté bien.

—Pues yo pienso que nadie debería dejarse esclavizar por el corazón —lo contradijo Darlis.

—El corazón no solo bombea sangre, Dar. La dictadura del amor uno la acepta con mucho gusto.

—Es un enredo toda esa palabrería sobre el corazón, que si el latido, que si el amor, que si la memoria, que no sé qué más. Pero bueno. ¿Ya me averiguó al fin qué es *palafrén*?

—Ay, Darlis, qué pena, aunque busqué, ya no me acuerdo bien. Decía algo muy raro, algo de un caballo manso, que en el contexto del poema no me resulta nada comprensible. Lo que pasa es que los enamorados llegan a usar palabras sin saber lo que significan. Tal vez Carranza solamente buscaba alguna cosa que rimara con «bien», y nada más. Era lo único que necesitaba para terminar el soneto.

—¿Y no podría ser un caballo blanco adornado con rosas? —preguntó Darlis.

—Pues también —admitió Córdoba, asombrado por la lógica sencilla de la muchacha.

Luis me contaba que, fuera de la convivencia que tanto le gustaba con las dos madres y sus hijos, a la casa de Laureles llegaba de vez en cuando la abuela de los niños, la paterna, que iba a visitar a sus nietos, pero que también se sentaba a conversar con él y se interesaba por su salud y en general por el mercado y los gastos de la casa. A ella le preocupaba que Joaquín no cumpliera sus compromisos de padre responsable y se ocupaba de que nunca fuera a faltar nada en la casa de sus nietos.

La madre de Joaquín, doña Natividad, llegaba en cualquier momento del día o de la noche y se podía saber que había venido porque tocaba el timbre sin paciencia y sin tregua. Cuando le abrían, saludaba entusiasta y entraba a toda marcha apoyada en un carrito de supermercado, directo hasta la cocina, donde depositaba las bolsas con su contribución a los víveres de la casa. Estaba tan arrugada que tenía arrugas en las arrugas, y para el Gordo su apariencia revelaba una edad indefinible entre los setenta y los noventa años, aunque al mismo tiempo se le notaban una energía, un don de mando y una laboriosidad de persona muchísimo más joven.

Doña Natividad llegaba en un viejo Mercedes 180, azul oscuro, todavía reluciente, que había sido elegante y distinguido en tiempos ya pasados (el *Eleg-antes*, le decía ella), y conducido por un chofer joven, siempre de saco y corbata, de nombre muy literario, Víctor Hugo, que le abría solícito la puerta de atrás a su patrona y corría luego al baúl del carro para sacar a tiempo el carrito de supermercado, de modo que la señora, tras ponerse de pie lenta y aparatosamente, pudiera depositar en la canasta de rejillas su cartera, dos o tres bolsas de compras marcadas con el nombre de Joaquín (por mucho que Joaquín llevara meses sin vivir ahí), el bastón metálico plegable y una agenda muy gorda en la que apuntaba todo lo que tenía que hacer, en largas listas negras que iba tachando con bolígrafo rojo a medida que iba cumpliendo las tareas pendientes.

Lo más curioso era que esta señora, me contaba Córdoba, desde que lo veía, no hacía más que hablarle del Espíritu Santo, e intentaba consultarle, a él que era sacerdote, si le podía explicar, por favor, los caminos torcidos que tomaba la tercera persona de la Santísima Trinidad, que, en su opinión, la Iglesia mantenía muy descuidada. Doña Natividad parecía vivir, al mismo tiempo, con los pies en la tierra y muy pendiente de las cosas prácticas, pero también elevada en elucubraciones religiosas que tenían algo de delirio lunático.

Casi siempre, cuando iba de noche, un poco antes o un poco después de la hora de la cena, le pedía a Darlis que le trajera algo de comer, en general alguna cosa muy sencilla, como «un plato de arroz blanco con un huevito frito blandito encima» (y lo ordenaba así, con triple rima, «un huevito frito blandito»), y siempre el mismo trago para beber, que en este caso era bastante insólito para una mujer de su edad, «un vasito de whisky en las rocas, pero sin soda», tenía que ser «sin soda», a lo que Darlis —que la miraba con cierta desconfianza porque le parecía muy confianzuda— le contestaba siempre lo mismo:

—Pues será sin agua, doña Natividad, porque soda no hay.

—Pero al menos el whisky no se habrá acabado, ¿o sí? —preguntaba la suegra de Teresa, levantando mucho las cejas.

Y Darlis tenía que reconocer que en la alacena había tres botellas, siempre del mismo tipo (Macallan Single Malt de doce años), dos sin abrir y otra a medio empezar, aquellas que la misma señora Natividad traía cada quince días, «para que nunca falte, niña, porque es que en una casa decente puede faltar de todo, azúcar o sal o mantequilla, que para eso están los vecinos si se acaban, pero no puede faltar una botella de whisky, y que no sea del más barato, porque ese solo sirve para destaquear cañerías». Y ni siquiera se terminaba nunca de tomar su vasito de whisky sin soda, sino que se lo hacía servir con la única intención de humedecerse tres o cuatro veces los labios arrugados y pintados de rojo, para comprobar que había suficiente y que no había perdido su aroma, ya que whisky debería haber siempre pero siempre en una casa decente, «pues una nunca sabe quién puede venir a hacer visita, de pronto el presidente de la República, o García Márquez, o el director de Caracol Televisión, y a ellos, como al Sumo Pontífice y al padre Luis, les gusta siempre el whisky».

En caso de que el Gordo no estuviera visible, doña Natividad se sentaba en la sala con el trago en la mano, muy recta, muy compuesta, y mandaba a Darlis a que le llamara por favor al padre Córdoba, y cuando este venía con su paso pesado a saludarla, ella de inmediato se ponía a hablarle del Espíritu Santo y de las formas extrañas, disfrazadas, en que a este le gustaba manifestarse, como, por ejemplo, bajo la forma de un cura sin sotana que venía a ocupar en esa casa el puesto de su hijo, de Juaco, que así le decía a Joaquín, casi en el mismo momento en que este había resuelto, vaya a saber por qué, abandonar la casa de su esposa y de sus hijos.

—¿Usted no cree, padre, que esas son cosas del Espíritu Santo?

Hablaba siempre, preocupada, como buscando motivos para disculpar a su hijo, del hecho incomprensible de que Joaquín se hubiera separado de Teresa, de un día para otro, con lo buena y dulce esposa que era su nuera italiana, e intentaba defender o entender su decisión, más que con argumentos, sacando a relucir los caminos extraños, los largos rodeos con que el Espíritu Santo se manifestaba en la tierra, a veces con apariencia de mal, a veces con apariencia de bien, pero una, decía ella, una no debe juzgar nunca por las apariencias, que son tan engañosas, y el padre mismo sabía bien que Jesús podía aparecerse allí vestido de rey o de mendigo, nunca se sabe, y por eso es necesario recibir a los mendigos como si fueran reyes y a los reyes como si fueran mendigos, aunque no sé si usted habrá notado, padre, que ya los mendigos no son como los de antes, ahora les falta cierta dignidad que no perdían nunca.

—Cómo estará la patria que hasta los mendigos son más pobres que antes, o, para serle sincera, ahora son miserables, cuando en mis tiempos eran solo pobres.

Y mientras hablaba de mendigos y del Espíritu Santo, llamaba también a los gritos al chofer, a Víctor Hugo, y le decía subrayando las palabras, al tiempo que las iba apuntando en la agenda:

—Víctor Hugo, no me vaya a dejar olvidar que le prometí una camisa limpia a ese señor que pide limosna a la salida de la iglesia de Santa Teresita, ese de barba blanca y mirada tan limpia, que pide una moneda con tanta dignidad y tanta gracia: «Deme, por favor, para la cuota inicial de un café con leche», ¿qué le parece, padre? Yo he pensado dejarle una parte de mi herencia en el testamento, pero no he tenido lugar de ir a la notaría a ponerle un punto más a ese documento, que ya es bastante largo.

Una vez despachados el tema y el apunte sobre los mendigos, doña Natividad regresaba a su obsesión verdadera: el Espíritu Santo.

—¿Usted, padre Luis, no ve la mano del Espíritu Santo en el hecho de que Joaquín se haya ido de aquí casi al mismo tiempo que usted llegó porque necesitaba una casa sin escaleras y un estudio luminoso para escribir sus artículos de cine? Yo creo que el Espíritu Santo intervino, y me da pena decírselo, en su corazón, con el fin de que estos nietos míos tan hermosos no crecieran sin padre, sino con un padre ejemplar como usted, ¿no le parece? Porque mi hijo es muy buen hijo, pero no muy buen padre.

El Gordo la miraba atónito sin saber qué contestar, si bien le parecía un poco egoísta de parte de la señora considerar que una enfermedad tan grave del corazón podía ser conveniente tan solo porque a sus nietos les convenía. Por tal motivo se quedaba callado y la miraba en silencio, esbozando una sonrisa ausente, o si mucho le contestaba con evasivas del tipo:

—A mí lo que me parece es que usted sabe mucho más del Espíritu Santo que yo, doña Natividad.

—Qué voy a saber yo, padre, si yo no lo entiendo. Lo que pasa es que me parece muy bueno que a mis nietos no les falte una figura masculina, como me faltó a mí, que soy huérfana de padre. ¿No le parece que es algo hermoso de parte del Espíritu Santo? Él se ha dado cuenta de que en este país lo que más falta son padres.

—Pues en caso de que todo esto haya sucedido por intervención de Él —le contestaba el Gordo—, dígale por favor que entonces me proteja en el día del trasplante, para poder volver aquí a acompañar a su nuera y a sus nietos.

—Claro que se lo pido, padre Luis. Pero dígame: para usted ¿qué es el Espíritu Santo?

Y Córdoba, arrinconado, se sentía obligado a contestarle algo de tipo más filosófico o teológico:

—A mí me parece, doña Natividad, que el Espíritu Santo, en el hermético espacio de la Trinidad, es el encargado de brindarnos consuelo. Creo también que es la figura femenina, o la parte más femenina de la Trinidad. Esa era al menos la idea de un monje muy especial, Abelardo, que al lado de una monja a la que mucho amaba, Eloísa, fundó una comunidad religiosa a la que ellos dieron el nombre de Paracleto, o también Paráclito, allá por el año mil y pico. Y este Abelardo, uno de los nombres más ilustres de la filosofía medieval, en su *Historia de mis calamidades*, consideraba que el Espíritu Santo, a través de la música, era el artífice del gran consuelo. Por eso para mí, doña Natividad, la música es la manifestación material del Espíritu Santo, que aporta a mi vida, y a la vida de todos, el gran Consuelo. Y basado en esto yo, siguiendo a Abelardo, le llamo Paracleto o Consolador.

A lo cual la madre de Joaquín se limitaba a asentir, con la boca abierta, y embelesada con la sabiduría de su interlocutor. Sé que era por respuestas así que le gustaba visitarlo y sentarse a conversar con él, que sabía mucho más de todo que casi todo el mundo.

Como no podía moverse demasiado, ni mucho menos correr, el Gordo les proponía a los niños juegos de movimiento, pero quietos.

—¡Vamos a jugar escondidijos mentales! —les decía, lleno de entusiasmo.

Los niños ya habían aprendido en qué consistía el juego, que se desarrollaba estando todos sentados alrededor de la cama de enfermo de su cuarto. Para jugarlo, les decía el Gordo, había que ser muy honestos, saber perder y no decir mentiras. Cada uno pensaba un sitio de la casa en el que se iba a esconder, y los demás, por turnos, iban diciendo dónde los estaban buscando: «Debajo de la mesa del comedor», «en la despensa», «detrás del sofá de flores de la sala», «en el hueco del escritorio del papá», «tapado con las sábanas sucias en el canasto del lavadero», y así. Ganaba el último en ser encontrado, igual que si lo hicieran en la realidad.

También practicaban juegos de memoria, con listas de palabras, «de La Habana viene un barco cargado de... frutas», e iban diciendo frutas por turnos, hasta que uno no decía ninguna en diez segundos y quedaba eliminado. Después había que repetir todas esas frutas en el mismo orden en el que las habían dicho, y el Gordo siempre les ganaba con un sistema mnemotécnico que tenía, por lugares, y que una vez les explicó. Hablando de trucos, Luis se sabía también actos de magia, y el más miedoso de todos era el de parar el corazón. En este había que tomarle el pulso y mientras tanto les hacía creer (incluso a Teresa y a Darlis, que participaban también en las sesiones de magia) que él, con la sola fuerza de su pensamiento, era capaz de detener su propio corazón. Y así lo parecía, pues mientras alguien sentía el pulso en la muñeca, el Gordo les pedía que le dijeran cuándo lo paraba, y al hacer una seña con la cara, en efecto, el corazón dejaba de latir en la muñeca. Esto divertía mucho a los niños, pero angustiaba a Darlis y a Teresa, que le rogaban que no jugara con eso, que lo dejara de hacer. Un día, al fin, el Gordo les mostró que para hacer el truco se ponía una papa cruda debajo de la axila del brazo donde le tomaban el pulso, y en el momento de parar el corazón simplemente presionaba la papa, y ahí oprimía una arteria, él no sabía bien cuál, y aparentemente el corazón dejaba de latir.

También doblaba cucharas con el calor de un dedo, como Uri Geller, adivinaba cartas, hacía desaparecer monedas y lograba que una naranja se pudriera con una mancha verde de moho que tenía la misma forma de Suramérica. De muchos de estos trucos no les daba la solución.

Una tarde, después de que les hizo a los niños varios juegos de cartas que estos habían disfrutado a los gritos, Luis me contó que al quedarse solo con Teresa, esta le dio las gracias por la alegría maravillosa que su presencia había devuelto a esa casa de Laureles, tan lúgubre y decaída después del abandono de Joaquín y antes de que él llegara.

—No hay nada que agradecer, Teresa. Yo también, desde que vivo aquí, he dejado de pensar noche y día en mi muerte, concentrado más bien en la vida nueva y vibrante de estos niños. No sabes la vida que me dan esos tres chiquitos con los que ahora convivo. A mí se me había olvidado lo bonita que puede ser la vida en familia, la vida con los niños, bueno, y la vida con ustedes, las dos madres, a las que tanto admiro.

—A mí también se me había olvidado esa alegría —dijo Teresa—. Pero por otro motivo: por la amargura de que Joaquín se hubiera ido, de que él hubiera rechazado esta vida que a mí me parecía y me sigue pareciendo linda. Es como si él hubiera logrado contaminarme con su obsesión de que la vida familiar es aburrida, monótona, asfixiante. Y yo antes no lo creía así. Desde que estás acá, lo he vuelto a recordar.

—Teresa, déjame preguntarte algo muy personal. A ti, después de esa experiencia triste que has vivido, ¿todavía te parece bueno el matrimonio? Tal vez ahora pienses que solo se presta a abandonos y pesares.

—Mira, Gordo, el mejor negocio que puede hacer un hombre es casarse con una mujer. Solo nosotras somos capaces de un sacrificio casi místico por amor. Lo que tú has sacrificado por Dios, nosotras muchas veces lo hemos sacrificado por nuestros maridos. Tal vez esto no vuelva a pasar en el futuro; así como las vocaciones sacerdotales están en crisis, creo que también la vocación de esposa, de ese tipo de esposa que yo fui, está entrando o por lo menos debería entrar en crisis. Creo que algo así no me debe volver a pasar, ni a mí, ni a ninguna mujer. Y, sin embargo, a veces me doy cuenta de que, si me enamoro, no es imposible que yo caiga en la misma devoción, sí, devoción, en algo parecido a la devoción que le tuve a Joaquín. Si te gusta la vida familiar, y la compañía de una mujer, y de niños, deberías aprovechar ahora. Yo creo que en el próximo siglo esto se va a acabar.

Desde muy pronto, y no solo por los trucos o por las preguntas sobre las palabras raras en las poesías, Darlis y Córdoba desarrollaron una relación muy especial. Luis recitaba, por ejemplo, *Tabardo astroso cuelga de mis hombros claudicantes / y yo le creo clámide augusta.* Darlis se reía y exclamaba:

—¡Solamente entendí que algo le cuelga, don Luis!

—Es que esos versos son casi una jitanjáfora, Dar.

—¿Una qué?

—Una jitanjáfora. La palabra la inventó un poeta cubano, Mariano Brull, pero la puso de moda don Alfonso Reyes, que era un sabio, y después se han hecho muchas jitanjáforas. Algunas son famosas, como las de Cortázar, que las llamaba glíglico: *Cada vez que él procuraba relamar las incopelusas, caían en hidromurias, en salvajes ambonios, se enredaba en un grimado quejumbroso y tenía que envulsionarse de cara al nóvalo, sintiendo cómo poco a poco las anillas se espejunaban, se iban apeltronando, reduplimiendo...*

Darlis se reía mucho sin entender nada, solo intuyendo cosas que pensaba, o malpensaba, sin decirlas, y se sonrojaba por detrás o por encima de su piel morena.

Cuando le ponía a Darlis una de las arias más trilladas, pero que más le gustaban, de *Las bodas de Fígaro*, cantada por una famosa soprano suiza que él había tenido la oportunidad de oír personalmente en Viena, Edith Mathis, le iba traduciendo a Darlis las palabras del italiano, para que no pensara que eran también jitanjáforas, sino, en este caso, una lengua real, la más hermosa y musical que existe, y con significado claro. Para él era importante ponerle la parte de las dudas amorosas cantadas por Cherubino, que le servían como insinuación:

> *Voi che sapete che cosa è amor,*
> *donne, vedete s'io l'ho nel cor,*
> *donne, vedete s'io l'ho nel cor.*
> *Quello ch'io provo vi ridirò,*
> *è per me nuovo, capir nol so.*
> *Sento un affetto pien di desir,*
> *ch'ora è diletto, ch'ora è martir.*
> *Gelo e poi sento l'alma avvampar,*
> *e in un momento torno a gelar.*
> *Ricerco un bene fuori di me,*
> *non so ch'il tiene, non so cos'è.*
> *Sospiro e gemo senza voler,*
> *palpito e tremo senza saper.*
> *Non trovo pace notte né dì,*
> *ma pur mi piace languir così.*
> *Voi che sapete che cosa è amor,*
> *donne, vedete s'io l'ho nel cor,*
> *donne, vedete s'io l'ho nel cor,*
> *donne, vedete s'io l'ho nel cor.*

Claro que esto, para sentirlo, había que oírlo, porque las palabras son lo de menos, pero de todos modos Córdoba se las traducía a Darlis, así: *Vosotras que sabéis qué es el amor, / mujeres, observad si está en mi corazón, / mujeres, decidme si está en mi corazón. / Lo que yo siento os lo voy a decir, / para mí es nuevo y no consigo entenderlo. / Siento un afecto lleno de deseo, / que ora es felicidad, ora es martirio. / Me hielo y luego siento que el alma se me quema, / y en un momento me*

vuelvo a helar. / Busco un bien que está fuera de mí, / no sé quién lo tiene, no sé qué es. / Gimo y suspiro sin querer, / palpito y tiemblo sin saber. / No hallo paz ni de día ni de noche, / pero me gusta languidecer así. / Vosotras que sabéis qué es el amor, / mujeres, observad si está en mi corazón, / mujeres, decidme si está en mi corazón. El Gordo traducía cada verso con los ojos en blanco y, al terminar la línea, enfocaba la vista para ver si tenían algún efecto en Darlis, y la miraba intensamente a los ojos hasta notar que ella se sentía también turbada y casi arrebatada con los mismos sentimientos de Cherubino y, tal vez, del mismo Luis, por mucho que le pareciera improbable que existiera un cura enamorado, y menos de ella, que se sentía pobre, simple y sin educación.

Durante mis visitas, Córdoba me consultaba, con cargos de conciencia, con dudas de todo tipo, si me parecía bien, si no estaba abusando de una posición de poder al coquetearle a Darlis de forma tan abierta, y yo le decía que sí, al principio, y luego que no, que decididamente no, que tranquilo, pues me ponía a pensar en esa espada que colgaba de un hilito y apuntaba directo a su corazón. ¿Qué poder podía tener un moribundo? Y ¿quién era yo para juzgarlo y molestarlo por lo que estaba sintiendo ese mismo corazón enfermo?

Lo que le pasó a Córdoba con Darlis fue algo muy íntimo, pero creo que no hago mal en contarlo, al cabo de tantos años. Son cosas que le pasan a todo el mundo, y a los curas también, si tienen suerte: enamorarse. Debo entrar en sus secretos más recónditos, porque sin esas honduras no se entiende esta historia. Mañana lo pienso escribir con más detalles, después de dar la clase sobre los evangelios apócrifos en la universidad. No puedo perder más tiempo y la tengo que acabar de preparar ahora mismo. Vuelvo a lo sagrado, aunque estoy seguro de que este material profano puede resultarle útil al que quiera entender la novela de Córdoba. Tan útil como los evangelios apócrifos para entender los canónicos, pues aquellos a veces nos revelan el lado más carnal y descarnado, más humano, de Nuestro Señor. Si yo firmara esto que escribo con mi nombre y apellido de cura, sería un escándalo, sería casi considerado como el sacrilegio de un sacerdote que revela secretos de confesión, pero si lo cuenta algún otro, será visto como el erotismo normal y corriente de los laicos, de los lascivos que viven en el mundo como animalitos, siempre en pos de satisfacer su deseo, incapaces de toda continencia.

Si yo hubiese sido el confesor de Córdoba, no lo podría contar, pero como no lo fui nunca, sé, y garantizo, que Luis (al menos hasta el momento en que conoció a Darlis) respetó siempre el voto de castidad. Si no estoy mal, y salvo algunos episodios con pajilleras españolas en los cines de Roma, Córdoba no había conocido mujer. Luis aspiraba, como decía san Jerónimo, a que «el corazón fuera, verdaderamente, el templo de Dios». Él no era como yo, que he caído y me he levantado tantas veces que ya ni las cuento. Tal vez ni siquiera le costaba tanto como a mí respetar ese voto. Pero después de medio siglo de continencia y control, el despertar o el renacer erótico que se produjo en Córdoba fue explosivo y tumultuoso. A un cura como yo no le está permitido escribir así. ¡Joder!, como dicen en España, a los curas nos tienen maniatados y con bozal a toda hora. ¡Que se jodan!, como decimos aquí, yo no pienso renunciar a ser el ventrílocuo explícito de esta historia, y el ventrículo sano de Luis. Pero ahora debo suspender para irme a preparar mi clase de historia sagrada. Es mi deber.

Después de oír lo anterior —que le leí ayer—, Joaquín me consulta que qué son las tales pajilleras españolas de los cines de Roma. Me río por teléfono cuando me lo pregunta, y luego se lo explico: eran unas señoras de cierta edad, y se decía que españolas, por su acento, que se paseaban por ciertos cines romanos y, cuando veían algún hombre solo sentado en su butaca, se acercaban a él, se sentaban a su lado y le susurraban al oído: «*Vuole una sega?*». Esto quiere decir, «¿Quiere una paja?». Y si el hombre accedía, a cambio de mil liras o algo así, procedían a bajarle la bragueta, a apoderarse de su pájaro con suma devoción, y a hacerle con gran destreza y rapidez el trabajo ofrecido. Llevaban pañuelitos de papel para disimular al menos un poco las espasmódicas emisiones de semillas humanas.

En nuestro colegio algunos novicios decían, obviamente en secreto, que existían pajilleras incluso más devotas, a quienes llamaban las pajilleras santas, ya que su trabajo se hacía de un modo bastante más libidinoso y sacro, pues de alguna manera (la cosa no me consta y no puedo explicarla bien) se introducían el miembro del cliente debajo del peludo sobaco, y su ejercicio consistía en sobar el pájaro metido en la axila mediante el movimiento de hacerse una y otra vez la señal de la cruz, con velocidad creciente, hasta que el cliente se venía en santos borbotones. Estas eran las pajas preferidas por los miembros más devotos del Cordialum, porque consideraban que el pecado y el perdón se hacían con la misma mano. Allá pasaba lo mismo que se dice aquí, que el que reza y peca empata.

J

En esa primera visita de Teresa a nuestra casa de Villa con San Juan (y ni siquiera después, cuando la casamos con Joaquín), yo no tenía aún la suficiente confianza con ella como para contarle el problema más grave que haya tenido nunca con la institución de la Iglesia y con el mismo arzobispo innombrable. Fue algo muy tormentoso, muy molesto y muy triste, que tiene consecuencias incluso en mi vida actual.

La cosa ocurrió hacia el año..., no sé bien. Hay que contarlo en un orden muy estricto para que se entienda. Lo primero que hay que decir es que desde que yo llegué de Roma me vinculé como profesor de Biblia en la Universidad Pontificia, que es propiedad de la curia de Medellín. Yo me había licenciado en el Pontificio Istituto Biblico, de los padres jesuitas. Este instituto quedaba, y queda todavía, en Piazza della Pilotta, frente a la Universidad Gregoriana, a tres cuadras de la Fontana di Trevi. Allí aprendí todo lo que pude sobre historia y exégesis del Antiguo y del Nuevo Testamento. Los estudios básicos consistían en aprender latín, griego y hebreo, además de alguna lengua más antigua, bien fuera sumerio arcaico, o arameo (la lengua materna de Jesús) o copto, para poder acceder a los cursos de hermenéutica más avanzados.

Modestia aparte, modestia, apártate, yo fui buen estudiante, y volví lleno de entusiasmo, con firmes intenciones de ser buen profesor, y también de sublimar, a través de la ciencia bíblica, mis bajos instintos. Me asignaron una cátedra importante, la de Sagradas Escrituras, que abarcaba los cuatro años de los estudios básicos de Teología. Estaba bien psicológicamente, convivía en paz con Córdoba en Villa con San Juan, tenía unos treinta años, disfrutaba de todo mi vigor físico y mental, no nos faltaba nada y yo preparaba mis clases con cuidado. Voy a admitir algo: a veces mis cursos terminaban con un sonoro aplauso. No una vez ni dos, sino muchas, en votación secreta, fui elegido como el mejor profesor de la facultad. Los estudiantes me querían y respetaban sinceramente, aunque yo era muy estricto en los exámenes, no era un profesor madre, no todos pasaban mi materia, algunos repetían. Lo mínimo que se le puede pedir a un teólogo es que lea con suma atención los textos sagrados. Lo digo con sinceridad, porque la verdad no es orgullo: el mismo decano me dijo alguna vez que yo tenía un talento, un don (y los dones son los dones): el don de saber enseñar, de ser claro, de hacer que mis discípulos se apasionaran por los estudios bíblicos.

Un año hubo entre mis alumnos uno bastante mediocre. Era varios años mayor que sus compañeros, casi de mi edad, o incluso mayor, pues se había ya graduado en abogacía. No era seminarista sino un laico clerical, aspiraba a ser cura por vocaciones tardías; advierto desde ahora que nunca recibió la ordenación. Ya dije que yo no regalaba la nota, tenía mis ideales y soñaba con que mis estudiantes se formaran bien y salieran bien preparados. Si querían ser sacerdotes, que al menos no fueran curas ignaros. Pues bueno, este abogado perdió la materia; quería ser presbítero, pero no estudiar, quería el prestigio del sacerdocio sin sus dificultades de formación. Como perdió, tenía que habilitar. No voy a apuntar su nombre verdadero; digamos que se llamaba Arturo Gil.

La habilitación, para facilitarle las cosas, a pedido de él, se la hice en la casa de Villa con San Juan, con tiempo ilimitado para contestar. Este Gil llegó un día por la mañana, untuoso, muy humilde, y me traía de regalo una loción. Le dije que no era ético, que yo no podía recibirle nada. Eso lo puso más nervioso. Lo único que puedo hacer —le dije— es entregarte el examen, darte tiempo para que lo contestes con toda calma, calificarlo con justicia, y ya veremos si lo pasas o no. Le suministré una Biblia normal, sin comentarios, de modo que no tuviera la ayuda de las notas a pie de página. Arturo sudaba, se rascaba, escribió cosas que nada tenían que ver con las cuestiones que se le preguntaban, puras bobadas y lugares comunes. En resumen: perdió el examen otra vez.

A los pocos días llegó a nuestra casa de repente, sin avisar, el provincial de los cordalianos. Dijo que había recibido una llamada de monseñor Restrepo Uribe, un príncipe paisa, el Magnífico Rector de la Pontificia. Había una acusación muy grave contra Aurelio Velásquez. En la Facultad de Teología había otro cura, compañero nuestro, de nombre Ómar Velásquez; yo soy Aurelio Sánchez. El provincial, para ganar tiempo, se había pegado de esa inconsistencia; le había dicho al rector que entre los cordalianos no había ningún Aurelio Velásquez.

La acusación la había hecho un alumno, un tal Arturo Gil, que decía haber visto al profesor Aurelio Velásquez, hacía pocos meses, entrar en un motel del centro de Medellín acompañado de un estudiante de Teología. Gil sostenía que había esperado un tiempo detrás de un poste frente al motel. Al cabo de media hora o algo así había visto salir al profesor, que había cogido un taxi que se dirigió hacia el norte. Y pocos minutos después había salido el joven estudiante, que se fue a pie. El tal Arturo le había contado esto al decano, el decano al rector, el rector al arzobispo y el arzobispo había dado al rector la orden de investigar. De ahí la llamada al provincial.

No dudé en confesarle a José Fernando, el provincial, que el culpable era yo; que yo era el que había entrado al motel. Él me dijo que esas cosas no podían pasar. Usó incluso una frase un poco jesuítica que me aprendí: «Si no puedes ser casto, sé cauto. Como no fuiste ni una cosa ni la otra, vamos a ver qué podemos hacer». El provincial y toda la comunidad se portaron bien conmigo; fueron compasivos, digámoslo así. Era una falta, sin duda, pero el estudiante que había entrado al motel no era un menor de edad, no era alumno mío ese semestre, y si habíamos hecho algo detrás de esas paredes no había sido a cambio de nada. Lo que fuera que hubiera pasado había sido por mutuo acuerdo libre entre dos adultos. El provincial me aconsejó pedir una licencia no remunerada y me fui unas semanas, por motivos de salud, a las misiones de Acandí, en Urabá. Creímos que con eso el arzobispo se olvidaría de mí, soltaría la presa, había problemas más grandes en la arquidiócesis. Pero no fue así. Aunque lo tuvo en remojo por un tiempo, un día volvió a la carga.

De todas maneras, antes de irme para Acandí, con la angustia y el remordimiento quitándome toda la paz de la conciencia, le pedí una cita al sacerdote en quien más confiábamos Córdoba y yo: Carlos Alberto Calderón. Él, además de cura, era también psicólogo y tenía un consultorio en la calle Girardot. Me dio la cita el mismo día que se la pedí, y de parte suya solo encontré comprensión. Mientras le abría mi corazón, yo le rogué que, además de oírme como psicólogo, me escuchara también como sacerdote. «Todo lo que te diga aquí, además de que te lo diga como psicólogo, te pido que me lo oigas también en confesión, y al final, si te parece, me des la absolución», le dije. Él lo hizo así, con toda la generosidad de la que siempre fue capaz.

Unas semanas más tarde, poco después de volver de las misiones de Acandí, Angelines me dijo, muy preocupada, que habían llamado a decir que debía presentarme a una cita con el arzobispo. Debía estar en el último piso de Villanueva tal día y a tal hora, en la sede de la curia arzobispal.

Esa mañana me encomendé a todos los santos y me fui para allá. El prelado, obviamente, me tuvo en capilla mucho tiempo, más de una hora. El mismo viejo truco de poner nervioso al inferior, haciéndolo esperar. Primero me tuvieron de pie en una antesala sin sillas. Luego me pasaron a un predespacho donde sí me podía sentar, pero era un ambiente cerrado, sin ventanas, tan silencioso y hermético que parecía el cubículo de espera, más que de un despacho, de una cárcel, la última antecámara de un condenado a muerte. Al fin me orientaron por un corredor estrecho y me hicieron entrar al despacho arzobispal por una puerta secreta, disimulada en una estantería de libros. El arzobispo estaba sentado ante su escritorio y tenía en la mano lo que parecía un puñal. Un poco más de cerca vi que era un abrecartas con mango de marfil y una hoja reluciente que parecía de oro y lanzaba destellos con la luz de una araña que había en la mitad de la oficina. Durante un tiempo no me habló ni me hizo sentar, como embebido en la apertura lenta, minuciosa, de numerosos sobres de correspondencia. Abría cada carta muy despacio, como si nunca tuviera que rasgar ninguna. Echaba un vistazo a cada papel sacado de la oscuridad de su envoltura, levantaba una ceja, suspiraba. Yo no me atrevía ni siquiera a carraspear para recordarle mi presencia. Esperaba de pie con las manos en la espalda. Al fin se dignó a levantar la vista, me midió de arriba abajo, y dijo tuteándome, casi como si estuviera hablando con un niño:

—¿A qué te dedicas, Lelito? Puedo decirte así, ¿verdad?

—Enseño Biblia en la universidad, su excelencia.

—Eso he sabido, sí. Sabrás tú también que al arzobispo de Medellín le corresponde la presidencia del consejo superior de la universidad, ¿no?

—Lo sé muy bien, su excelencia.

El arzobispo siguió enarbolando su abrecartas y abriendo despacio su correspondencia. Lo más humillante era tener que soportar en silencio su estudiado desdén y la altanería repelente que emanaba de cada uno de sus gestos. Hundió el botón de un timbre con su índice de uña reluciente de manicura y al instante se presentó un asistente de sotana y actitud sumisa a quien le pidió que hiciera venir a uno de sus obispos auxiliares, el vicario de asuntos religiosos, o algo así. Al momento llegó otro de los obispos, haciendo reverencias, y le informó que monseñor Escudero había tenido que salir para un asunto urgente. El arzobispo me miró a mí, sin despedir a su auxiliar, y me dijo:

—Te vas a presentar con monseñor Abraham Escudero en cuanto te llamen a su despacho.

Luego miró al obispo que había entrado y le dio estas instrucciones:

—Acompaña a Lelito a la salida, no sea que se nos pierda por ahí en algún cuarto oscuro. He sabido que le gustan los cuartos oscuros, y eso que no es fotógrafo. Ya monseñor Escudero está enterado de lo que tiene que hacer con él.

—Su excelencia —dije yo, y salí detrás del obispo auxiliar.

Unos días después recibí la cita para presentarme ante monseñor Escudero. Llegué con tiempo y monseñor, que me conocía de años atrás, salió de su despacho y me dijo al oído:

—La cosa es muy grave, Aurelio. El arzobispo me está respirando en la nuca. Él no va a estar presente, pero sí su vicario episcopal y un notario.

Poco después me hicieron entrar y, efectivamente, había cuatro personas: el vicario episcopal, tieso como una escoba; el mal estudiante que me había acusado, Arturo Gil; monseñor Escudero, y otro padre en calidad de notario. Este estaba sentado a una mesa en la que habían habilitado una máquina de escribir muy antigua. El notario era bastante más viejo que la máquina de escribir. Me sentaron al lado del vicario episcopal y le dieron la palabra a mi acusador.

El tal Gil empezó diciendo que yo era un magnífico profesor, pero que él había tenido, por pura casualidad, la desgracia de presenciar, frente a un motel en la calle Bolivia, el motel Unicornio, para más señas, que su sabio profesor de Sagradas Escrituras entraba en este acompañado de un estudiante a quien él había visto en la misma Facultad de Teología donde estudiaba. El nombre del joven no lo recordaba. Intrigado por algo tan insólito...

El notario, que tecleaba sin parar, le pidió que hablara un poco más despacio. Arturo siguió:

—Intrigado, me dispuse a esperar un tiempo, a ver si sacaba algo en claro de un comportamiento tan insólito por parte de un sacerdote, y una media hora después vi salir a mi profesor, que paró un taxi, el cual se dirigió hacia el norte. Poco después salió también el muchacho con quien había entrado el susodicho profesor. Yo le comenté estos hechos a mi confesor, y él me aconsejó que se lo dijera a mi director espiritual, quien a su vez me sugirió comentarlo con el decano de Teología, y el decano se lo dijo al rector, y el rector al señor arzobispo. Eso es todo lo que tengo que declarar.

El vicario episcopal, como mirando al vacío y sin dirigir la cabeza hacia mí, preguntó:

—¿Qué tiene que decir a esto el padre Aurelio?

—Lo que acaba de decir Arturo es verdad. Efectivamente yo salí de un motel en la calle Bolivia, en el que había estado con otra persona, pero no tengo por qué decir qué hice allá. Mi entrada en ese lugar pudo haber sido para el mal, o pudo haber sido para el bien. Me veo obligado a decir, sin embargo, que el señor Gil aquí presente perdió mi materia en la universidad el semestre pasado, y perdió también el examen de habilitación, que a petición suya le hice en mi propio domicilio.

En ese momento, el tal Arturo me interrumpió y dijo que eso no era verdad, que él había pasado todos los exámenes. Yo anoté que eso era muy fácil de verificar en los registros de calificaciones de la universidad. El notario tecleaba ruidosamente sin parar. Gil, ante mi propuesta de verificar las calificaciones, se descompuso. Dijo que tal vez había tenido conmigo un problema de evaluación, pero que eso no tenía nada que ver con el testimonio que él estaba dando. Yo pensé en recordarle también lo de la loción, pero me abstuve.

El estudiante, cada vez más acalorado, se puso a hacer inferencias sobre lo que yo podía haber hecho o no en el motel. Tomó aire y soltó, en tono de jurista acusador:

—A usted lo vi entrar y salir de un sórdido recinto, de los que se suelen utilizar en esta ciudad para cometer, al amparo de sus sucias paredes, distintos actos nefandos. Adulterios, relaciones prematrimoniales, ayuntamientos con prostitutas. Pero el peor de ellos, y el más antinatural, es el que se comete con personas del mismo sexo, que en su caso, además, tiene el agravante de ser con un discípulo.

Yo pregunté si aquello era una venganza o un juicio, y que si era un interrogatorio jurídico canónico, tenía derecho a que alguien me asistiera. Monseñor Escudero explicó que era solamente una diligencia que el señor arzobispo le había encomendado que hiciera en presencia de testigos, que si el proceso seguía adelante yo podría tener asistencia jurídica, pero que por ese día declaraba terminada la audiencia. Más adelante me comunicarían si habría lugar a otra audiencia o no. No fue nada muy largo, como se puede ver, ni muy dramático. Al salir, monseñor Escudero volvió a susurrarme:

—No te preocupes. Esto después no pasará de ser un mal recuerdo.

En Medellín era vox populi que el arzobispo sin nombre, que a esas alturas, si no me equivoco, todavía no era cardenal, tenía también claras inclinaciones por los muchachos imberbes, apenas en la flor de la juventud. Yo sabía de estas secretas preferencias suyas, de las que se quejaban algunos seminaristas, pero que para mí constituían la faceta menos perversa y dañina del obispo, tal vez la única que lo hacía más humano y menos arribista, más frágil y menos calculador. Curiosamente, como ocurre muchas veces en la jerarquía eclesiástica, el hecho de ser gay no lo hacía menos homófobo, al contrario. Si algo abominaba públicamente el cardenal era la homosexualidad. Saberlo, por supuesto, no me hacía esperar nada bueno ante el castigo que se venía.

Ya monseñor Escudero le había dicho al arzobispo el resultado de la audiencia. Su único comentario, me habían contado, fue el siguiente:

—¿Quizá Lelito y su amigo entraron al motel solo para una siesta, en un irreprimible ataque de somnolencia? Usted siempre tan benevolente en sus pensamientos, monseñor. ¿No le hizo aclarar bien lo que pasó? De verdad que me decepciona. Algo haré yo mismo, en vista de su incompetencia.

Y lo que se le ocurrió hacer fue maquiavélico y torpe a la vez, porque quiso poner a prueba a nuestro mejor amigo, de quien ya he hablado, el mismo a quien yo había visitado para pedirle consejo y confesarme, Carlos Alberto Calderón, un párroco poco menos que santo sobre el que Córdoba, además, acababa de rodar su documental para la televisión alemana. Todo esto lo tenía que saber el prelado, que tenía espías y soplones por toda la ciudad.

Resulta que el arzobispo, que detestaba y envidiaba al mismo tiempo a Calderón, porque lo consideraba partidario de la teología de la liberación, quiso aprovechar la situación para echarlo a él, que para ese entonces también era profesor en la Pontificia, aunque no en la Facultad de

Teología, sino en la de Medicina, en Bioética. Allí, al parecer, había estado defendiendo algo que el arzobispo condenaba: lo de los bebés probeta, que para él era manipulación de embriones, y la doctrina decía que todo embrión era un ser humano hecho y derecho, y todo lo demás, que en últimas se conecta con la doctrina católica contra el aborto. Eso era lo de menos. Lo de más era que el padre Calderón era popular, la gente pobre lo quería, y además lo invitaban a dar cursos y seminarios por el mundo entero, y eso al arzobispo lo ponía fuera de sí. Que un ínfimo párroco de su diócesis fuera una autoridad más invitada que él a hablar de Medellín por todas partes, eso era inadmisible e inaudito.

Se diría que esto no tenía nada que ver con mi caso, y así es, pero ese hombre retorcido encontró una forma de matar dos pájaros de un tiro. Citó a la misma oficina de la curia a Carlos Alberto, para hablar del tema de los bebés probeta y de no sé qué denuncia que había por malversación de fondos (una infamia) en el barrio del Corazón, donde él era un párroco venerado por la comunidad. Lo que sigue fue lo que nos contó Carlos Alberto a Córdoba y a mí, el mismo día de la audiencia con el arzobispo.

El arzobispo, nos contó, estaba blandiendo un abrecartas de oropel en el vacío, como si fuera una espada que cortaba el aire espeso de su despacho, o él un director de orquesta que dirigiera una música muda y violenta al mismo tiempo. Había estado sin hablar un buen rato, fingiendo mirar papeles y mostrando en el rostro más desprecio que rabia. Después de unos minutos había suspirado, tomado un papel del escritorio, y lo estuvo contemplando y leyendo durante un rato. Carlos Alberto seguía de pie sin saber qué hacer, pero con esa serenidad profunda de las personas buenas que no tienen nada que ocultar. El arzobispo, al fin, se levantó con el papel en la mano y empezó a hablar al mismo tiempo que se lo entregaba.

—Usted comprenderá que, después de sus debidamente denunciadas opiniones sobre la fecundación in vitro, su puesto como profesor de Bioética en la Universidad Pontificia está en entredicho. Qué digo, está, en este momento, declarado insubsistente de manera definitiva. La carta que le acabo de entregar, que aún no he firmado, va dirigida al rector y en ella le ordeno declararlo a usted expulsado del claustro desde el mismo momento en que la misiva sea recibida. Hay justa causa para su destitución y esta será inmediata y sin ninguna indemnización.

Aquí hubo otra pausa mientras Carlos Alberto leía, atónito, el contenido de la carta dirigida a monseñor Restrepo Uribe, el rector. En ella Carlos Alberto se enteraba de que, además de defender la fecundación in vitro, también intentaba seducir algunas estudiantes de Medicina y, como si fuera poco, las invitaba a salir, a beber y a comer, apropiándose indebidamente, para tal efecto, de los pobres recursos de su mísera parroquia del Corazón. Satisfecho de ver la palidez creciente de Calderón, el arzobispo le dio la espalda, tomó otro papel del escritorio y también lo estuvo acariciando y contemplando un rato. Suspiró otra vez, antes de hablar de nuevo y de volver a mirar al padre Calderón:

—Esa otra carta tampoco tiene firma, pero al final de ella está su nombre escrito a máquina. Si usted accediera a firmarla en este momento, Carlos Alberto, yo estaría dispuesto a guardar en mi cajón, bajo llave, y sin ninguna intención de volverla a sacar en el futuro, la carta que ahora tiene en sus manos, la de su destitución como profesor. En esta otra carta se expone un asunto que usted conoce a la perfección, por ser el confidente del implicado, y amigo también de ese gordito, su compañero de vida, que al parecer intenta halagar su vanidad con una película en que, me cuentan, lo pinta a usted como un santo.

El arzobispo alargó la mano derecha para recibir de las manos de Carlos Alberto la carta en que se lo echaba del cargo de profesor, al tiempo que, con la izquierda, le entregaba la segunda carta, que debería firmar para evitar su despido.

—Ingenuo que soy —nos dijo Carlos Alberto—, yo creía que era una carta pidiendo perdón y retractándome de mis opiniones sobre la fecundación in vitro y los bebés probeta, pero qué va. Lo que tenía en mis manos era tan sucio e infame que no habría podido ni siquiera imaginarlo.

La segunda carta era una denuncia muy detallada contra otro sacerdote, contra mí, contra Aurelio Sánchez, profesor de Biblia y colega de Calderón en la misma universidad.

—En esa carta yo mismo te acusaba, Lelo (pues mi nombre y mi título, profesor titular de Bioética, estaban escritos al final de la carta), de una serie de actos asquerosos y repetitivos con una manada de estudiantes de Teología, todos varones, con los cuales establecías relaciones sexuales en distintos moteles de la ciudad, a cambio de recibir buenas notas en los exámenes de exégesis bíblica. Solo una mente muy retorcida podía haber redactado esa carta llena de calumnias y de detalles totalmente falsos, sórdidos y asquerosos. De tus actos de seducción repetida y del acoso insistente a tus discípulos, sostenía la carta, yo era testigo directo o tenía informaciones serias y fidedignas al respecto, por ser vos mi paciente, y por ser además confidente o director espiritual de algunos de los estudiantes implicados. La denuncia en tu contra, que el arzobispo pretendía que yo le firmara ahí, ante sus ojos, estaba dirigida por mí a él mismo: Excelentísimo Señor Arzobispo de Medellín, con su nombre y apellidos y títulos y todo lo demás.

Lo inesperado ocurrió en ese instante. Después de leer la carta, después de releerla frotándose los ojos porque no podía creer que pudieran escribirse tantas mentiras juntas, y en las mismas narices del arzobispo, sin que le temblaran las manos y sin decirle ni una sola palabra, Carlos Alberto había rasgado y roto en cientos de pedacitos la misiva que el arzobispo pretendía hacerle firmar para salvarse de su destitución, y también de su salida ignominiosa, porque esa era la otra amenaza, de la parroquia del Corazón. Una lluvia de recortes blancos como nieve había caído sobre la alfombra morada del arzobispo, y el padre Calderón le había dado la espalda y se había ido sin despedirse, sin la menor fórmula de cortesía, y de Villanueva se había venido en la Vespa hasta nuestra casa para contárnoslo, sin hacer ningún alarde, debo aclararlo, de su valentía frente a uno de los jerarcas más poderosos de la Iglesia universal. Nos lo contó como si simplemente le hubiera dado una lección a un adolescente mentiroso disfrazado de obispo.

Córdoba se había puesto pálido a medida que Calderón nos contaba el final de la historia y de su entrevista con el cardenal. Cuando Carlos Alberto se detuvo, sonriente y satisfecho, como si solo nos hubiera contado una travesura infantil, el Gordo se puso de pie. Muy despacio, muy enfático y como deletreando cada palabra para que se entendieran bien su importancia y su urgencia, nos sorprendió a los dos y nos hizo estremecernos en unas sillas donde dejamos de caber:

—En este mismo momento, Carlos Alberto, y sin esperar ni un minuto más, te vas a esconder en el rincón más oscuro de este mundo. Ese hombre es capaz de cualquier cosa y tiene amigos y compinches en antros tan sucios que nadie se los puede siquiera imaginar. Voy a pedirle a uno de los novicios que se lleve esa Vespa de aquí para tu parroquia, ahora mismo, y que la deje allá. No puede estar en la puerta de esta casa ni un minuto más. Vos tenés como veinte hermanos, ¿no?: entonces decime en la casa de cuál de ellos te vas a esconder, pero no mañana ni esta noche: ahora mismo. Y de aquí no vas a salir por la puerta, sino por el solar. Te vas a ir bien lejos, y ojalá fuera de Medellín, fuera de Antioquia, fuera de Colombia: lo más lejos que podás.

Solo en ese momento, Carlos Alberto y yo nos dimos cuenta de las dimensiones de lo que había hecho en el despacho del arzobispo. Parecía un desplante de un héroe romántico anticuado, pero, según Córdoba, había sido un suicidio. De inmediato empezamos a concebir, temblorosos, un plan de fuga que esa misma noche se concretó y terminó en un apartamento en Cartagena al amanecer y luego en meses de exilio en Suiza. Pero eso es lo de menos; eso no fue lo peor. Lo peor fue que en el camino de llegada a la casa de la parroquia del Corazón, esa misma tarde, cuando apenas estaba cayendo el sol, Amaranto, el novicio con el que Córdoba había mandado la Vespa al barrio de Carlos, subiendo por la carretera al mar arriba de Robledo, fue atracado para robarle la moto, y en el forcejeo, eso dijo la policía, por no dejársela robar, le pegaron dos tiros en el pecho, uno a la altura del ombligo y otro en la cabeza. La bala atravesó el casco azul de Carlos Alberto. Que el móvil fuera el robo quedaba demostrado por el hecho de que los ladrones se habían llevado la Vespa azul a toda velocidad y se habían perdido entre las callejuelas del barrio del Corazón. Ese querido barrio al que Carlos Alberto nunca pudo volver.

La primera noticia que salió en la radio fue que habían matado al muy querido padre Calderón, tan respetado en su comunidad, por robarle su conocida Vespa italiana azul. Al día siguiente se supo que no había sido él la víctima, sino un novicio misionero, un muchacho alto, guapo y juicioso nacido en Carepa, Amaranto Mosquera, a quien, sin pensarlo, Córdoba le había dado la misión más peligrosa de su vida.

K

La unión corporal, antes que la espiritual, entre Córdoba y Darlis empezó casi por casualidad, y yo me sé de memoria todos los detalles. Me los sé de memoria, lo aclaro, porque me los he imaginado muchas veces, a partir de algunos hilos sueltos que he podido anudar y completar a lo largo de los años. El primer dato que supe fue que había en esa casa de Laureles un lujo, o algo que en esos días no se usaba por acá, un lujo lujurioso, si se quiere, aunque nada excesivo ni grotesco —como se verá—, que consistía en una costumbre que Teresa había importado no se sabe si de Italia o de Tailandia o de alguna otra parte del ancho mundo. Se trataba, en principio, de un camastro alto, o más bien de una camilla plegable que se sacaba al patio los martes por la tarde, si hacía buen tiempo, para una ceremonia placentera que curas como Luis o como yo no nos habíamos permitido jamás.

Desde mucho antes de que Joaquín abandonara a Teresa y a los niños, todos los martes al atardecer llegaba un mohán que se decía fisioterapeuta y que se disfrazaba como tal, siempre de blanco hasta los pies vestido, pero que era tan solo un masajista tegua que en el patio y por turnos les hacía un masaje de cuerpo entero a la señora y al señor de la casa. El hombre era hábil, musculoso, con los bíceps tatuados de dragones, y sabía manejar las manos, aunque a la piel sensible de Joaquín le parecía un poco exagerado y brusco en los resoplidos y en los estrujones para, decía él, «deshacer nudos de nervios bajo la epidermis». El principal problema que tenía, para decir la verdad, es que era bastante carero, al menos considerando el ajustado presupuesto del hogar, y la cosa era evidente a la hora de pagarle, pues los dueños de casa en general tenían que juntar hasta la menuda de la alcancía para acabar de cumplir con su tarifa, ya en la primera penumbra de la noche, y a veces incluso le quedaban debiendo una parte para el martes siguiente. Tal vez fue por eso que una tarde en que el hombre no se presentó ni llamó a disculparse —y Teresa y Joaquín mostraban su desilusión y desconcierto mirando el reloj correr y la camilla vacía—, Darlis se ofreció a hacerles lo mismo, o algo muy parecido, a mitad de precio.

—Dos por uno —les dijo.

—¿Y es que usted también es masajista, Dar? —le preguntó Teresa.

A lo que la muchacha costeña contestó que «eso que ustedes llaman *masaje*, nosotros en Cereté le decimos *sobar*, y sobar, lo que se dice sobar, yo sí sé, porque eso de masaje me suena a amasar, que también sé, pero no a las personas, sino el pan y las arepas».

Según les contó Darlis cuando ya empezaba a sobar a Teresa, que ni corta ni perezosa se había tendido bocabajo en la camilla, su padre había sido sobandero en el pueblo, y ella había aprendido de él el oficio, mirándolo sobar, y estaba muy dispuesta a sobarlos a los dos, siempre y cuando la cosa no se hiciera al sol y al agua, en el patio, como acostumbraba ese tal *fisioteracuentas*, sino más bien en la penumbra de un cuarto, y con canciones viejas de su pueblo, que era la música con la que su papá hacía siempre las curaciones. Si se procedía con recato y lo dejaban en sus manos, ya los señores dirían si sabía hacerlo o no.

Y resultó que Darlis era mucho mejor sobandera que el masajista amasador, el cual, a partir de ese primer martes de Dar, fue despedido con cualquier pretexto y perdió el par de clientes para siempre.

Cuando Córdoba llegó a vivir en la casa, el ritual de los martes seguía vivo, al caer la tarde. Y no solo los martes,

152

sino cualquier otro día si por algún motivo Teresa estaba tensa o necesitada o simplemente con ganas de recibir «una sobadita», como le decía Darlis a su trabajo extra, que como extra que era se le pagaba aparte y era para ella un sobresueldo bienvenido que le alegraba la quincena.

Uno de los problemas de Luis con su insuficiencia cardíaca era que los pies y las piernas se le hinchaban, por lo que a veces, mientras oían una ópera o veían una película, levantaba las piernas encima de un taburete que intentaba elevar un poco más con ayuda de un cojín adicional. Y uno de esos martes, al terminar la faena con Teresa, que, ya muy relajada, salió a tomar cerveza con unas amigas, Darlis se ofreció, y así se lo dijo, a sobarle los pies a don Luis para que se le deshincharan.

—Mire que mi papá era muy experto en eso, padre, y a él lo buscaban muchos hinchados en Cereté y en otros pueblos de la Costa, porque tenía una mano que parecía rezada para rebajar la inflamación de cualquier parte del cuerpo, y hasta la del alma. Yo creo que mi papá, si estuviera por aquí, sería capaz hasta de sobarle el corazón, y a lo mejor lo aliviaba, digo yo.

Córdoba había mirado a Darlis con una mezcla de estupor y vergüenza, casi con miedo, pensando sobre todo en la deformidad de sus pies, en su dedo faltante, que no le gustaba dejar ver porque nunca habían vuelto a ser normales después de aquella operación que le habían hecho un mes antes de salir para Roma, hacía ya muchos años. Intentó ganar tiempo, sin obedecer a su primer impulso de decir que no, porque en el fondo se moría de ganas de decir que sí.

—Gracias, Darlis, pero no sé si se pueda. Lo voy a consultar en estos días con el cardiólogo a ver qué opina.

La muchacha lo miró largamente con su sonrisa comprensiva de ángel, y sacó del bolsillo del delantal un papelito doblado:

—Aquí mismo tengo el teléfono de su médico, padre, mire: doctor Casanova. Me lo dio doña Teresa por si había una emergencia con usted. Ya mismo le marco y se lo paso.

Sin esperar respuesta, Darlis se dio la vuelta y se escabulló en la cocina como brisa del mar. El Gordo, sorprendido, caminó despacio detrás de la muchacha hasta el teléfono que había en la cocina. Ella misma había marcado el número y preguntó por el doctor Juan Casanova. Cuando este se puso al otro lado, le dijo:

—El padre Luis Córdoba le quiere consultar algo. Ya se lo paso.

Y le entregó la bocina a Luis, que no tuvo más remedio que hacer la consulta sobre el sobijo en los pies. El doctor Casanova le contestó que no le parecía mala idea, y que eso en el gremio se recomendaba con un nombre muy pomposo: masaje linfático, y podía servir para mover los fluidos que se acumulaban en las extremidades, por la insuficiencia cardíaca y por falta de circulación. Que si no le hacía bien, con seguridad no le iba a hacer daño. Que ensayara tranquilo. Al final el médico se permitió un chiste que hizo sonrojar a Córdoba hasta las orejas:

—Eso sí, don Luis, no se le vaya a ocurrir que sea masaje con final feliz, que ese voltaje es muy alto y no lo va a soportar su ventrículo izquierdo.

Córdoba se quedó sin palabras. Cuando me lo contó me dijo (como ya me lo había dicho anteriormente) que no le gustaban los chistes de doble sentido de su médico. Pero al teléfono solo había atinado a murmurar unas gracias balbucientes, y devolvió a la base el auricular.

Cuando colgó, al mirar la cara expectante de Darlis, asintió con la cabeza, mientras allí mismo elaboraba la disculpa mental (que más tarde, sintiendo escrúpulos de conciencia, intentaría reconciliar conmigo) de que aquello no era voluptuosidad ni lujuria ni libertinaje, sino parte de su tratamiento. Luis caminó entonces, todavía rojo y cabizbajo, hasta el cuarto de Darlis, donde también Teresa se hacía los masajes últimamente, y, mientras la muchacha prendía las velas aromáticas y destapaba los aceites que usaba para sus sobijos, él se sentó en la orilla de la cama y se fue quitando con mucha dificultad sus inmensos zapatones alemanes, número 46, sus deprimentes medias carmelitas desteñidas, hasta quedar descalzo, y se acercó temeroso, como quien se asoma a un abismo, a la camilla en la que Darlis acababa de extender una toalla de rayas azules y blancas.

—¿Sí aguantará conmigo esta cosa? —dijo el Gordo, mirando con incredulidad las esmirriadas paticas metálicas del catre—. Acuérdese que yo peso más de cien kilos, Darlis.

—No estoy tan segura, padre. ¿Sabe qué vamos a hacer? Mejor acuéstese en mi cama, que esa sí aguanta —y Darlis quitó la toalla de la camilla y la extendió sobre la cama.

—¿En su cama? ¿Segura? ¿No le da asco?

—¿De qué me va a dar asco, padre? Y yo sé muy bien que usted se baña todas las mañanas. Ningún cuerpo limpio me da asco. ¿A usted no le enseñaron, pues, que todos los hijos de Dios somos iguales?

—¿Usted cree, Darlis?

—No es que lo crea, don Luis, sino que estoy segura. Acuéstese pues ahí, cierre los ojos y deje de alegar tanto. Ah, y desabróchese la correa, que tengo que quitarle los pantalones.

—No, Darlis, eso sí no. Ni riesgos.

—El problema de ustedes los paisas, don Luis, empieza por una cosa muy simple: por el miedo al cuerpo. Les da pena estar desnudos. Viera la lidia que me dio desnudar a don Joaquín; en cambio, doña Teresa se me desnudó desde el primer día, porque ella dice que en Italia el mar está cerca de todas partes. Nosotros en la Costa no somos así. Será por el calor, pero vivimos casi empelota desde que nacemos, y nos parece normal que la familia entre y salga desnuda de la ducha. Así que hágame un favor, desnúdese sin pena, y cierre tranquilo los ojos, que yo no me voy a detener a mirarlo. He visto muchas cosas mejores y peores en esta vida. Además le voy a cubrir lo que más lo avergüenza, sus vergüenzas, como dicen ustedes, con este trapito limpio que parece un sudario. —Y al decir la palabra *sudario* se carcajeó.

El Gordo le obedeció en todo, menos en lo de cerrar los ojos. Tampoco se quitó los calzoncillos. La muchacha, entonces, sacó de la cómoda un antifaz negro de tela muy suave y se lo acomodó entre la frente y la nariz, para que estuviera más tranquilo a oscuras. Después puso un casete con una música de acordeones y tambores, rítmica y triste al mismo tiempo, una música que Córdoba no conocía, y que más que con palabras se cantaba con sílabas, con vocales muy largas, con melodías simples que se repetían una y otra vez, como una especie de mantra.

Aiiiiauuauyenta aiiiiauuuuayenta maluuujusuuu-
culenta ayyyyauuuauyenta maluuujusuuuculenta...

Los pies deformes y martirizados de Luis, con los dedos en gatillo, se asomaban por fuera del borde de la cama, y Darlis se sentó frente a ellos en un banquito de ordeñador que trajo de la sala, donde se usaba como escabel para los pies. Su voz suave y limpia acompañaba, pasito, la misma melodía del parlante. Se embadurnó y frotó bien las manos con un aceite que olía a resina de eucalipto mezclada con cítricos. Al Gordo le llegó hasta la nariz ese aroma y agradeció no ver nada mientras Darlis empezaba, muy despacio, a acariciarle un dedo, otro dedo, otro dedo, hasta llegar al dedo gordo, luego a su planta plana y maltratada, a su empeine tumefacto, a los talones jamás tocados por manos de mujer, a los tobillos cargados de fluidos estancados, al líquido acumulado en sus pantorrillas que al fin parecía drenar hacia sus muslos, su vientre, sus riñones. Así, sintiendo en los pies y en las piernas un descanso que no sentía desde los años olvidados de la infancia, sin saber cómo ni cuándo, se quedó dormido. Cayó en un sueño espeso, sereno, un sueño tan profundo y placentero que, cuando al fin recordó, más de una hora después, tan solo lo pudo comparar con esa serenidad uterina anterior a la memoria y anterior a la luz. Anterior, incluso, me dijo, a la vida; un sueño como aquel que solo experimentamos cuando estábamos muertos todavía, antes de nacer, se dijo en silencio mientras se incorporaba de la cama como un resucitado.

Al quitarse el antifaz vio la cara sonriente de Darlis, con sus dientes blancos y parejos, muy cerca de la suya, y los labios carnosos de la muchacha, que murmuraban, juntándose y explotando en las pes, y en un tono casi burlón:

—Podéis ir en paz.

Y lo único que atinó a decir Córdoba, él mismo me lo contó, le salió en latín:

—*Deo gratias.*

A Córdoba le encantaba ver correr a los niños por el patio, por los corredores, por toda la casa, con todo el aliento del mundo, sin cansarse y como si el cuerpo no les pesara. También le gustaba ver a Darlis barrer, trapear, limpiar, lavar la ropa, tender las camas, cocinar, todo como hecho al mismo tiempo, y sin quejarse, sin suspirar, sin resoplar de cansancio. Le gustaba que a veces Teresa bailara con los niños y les enseñara pasos de flamenco, zapateos y aleteos de las manos, repicar de castañuelas, y luego posiciones difíciles de yoga y de pilates, y estiramientos que la hacían parecer de caucho, con una flexibilidad que era casi de circo y que ni siquiera los niños podían imitar.

Muchas veces había pensado, e incluso lo había dicho en alguna entrevista, que lo que para él era el sacrificio más duro del sacerdocio no consistía en renunciar a la libido, a los placeres de la carne, sino renunciar a la paternidad. A Luis, como a Truffaut y como a tantos otros directores que le gustaban, le encantaban los niños, y se entendía con ellos muy bien. De hecho, cuando vivíamos juntos en Villa con San Juan, su mayor alegría anual era la visita de mis sobrinas de Bogotá, las músicas, les decía él, pues cuando ellas venían a pasar con nosotros las vacaciones, Córdoba se podía dedicar a ponerles películas, a enseñarles a oír música, y a salir con ellas a comprar golosinas por el centro. Y ahora que vivía en Laureles con tres niños, la mayor dicha para él en esa casa, lo que más lo alejaba del pensamiento del trasplante, era la presencia de esos loquitos que jugaban, corrían, le preguntaban cosas, y veían cada película y oían cada ópera con una inocencia y una maravilla que eran al mismo tiempo curiosidad y dicha.

Con Rosina, la hija de Darlis, Luis había desarrollado una relación incluso más estrecha que con los otros dos niños. Los hijos de Teresa, al fin y al cabo, tenían padre, tenían a Joaquín, que venía a verlos o se los llevaba unos días todas las semanas, mientras que el padre de Rosina era solo una referencia lejana, un tipo sin nombre siquiera, un profesor de inglés que vivía en Guayaquil, al cual esta hija no le importaba nada. Ni Darlis ni Rosina hablaban nunca de él, por lo que a Córdoba le resultó casi natural instalarse poco a poco en el papel de padre putativo.

Darlis no hablaba mucho de su vida personal, pero Luis había logrado sacarle, con paciencia y cuidado, los datos más importantes, y a veces me contaba algunos. Aunque parece educada en Suiza, me decía, por lo pulcra y discreta que es, Darlis nació en una familia campesina y creció en una finca en las afueras de Cereté. Su padre,

Justo Garrido, tenía una pequeña finca en la que cultivaba yuca, berenjena, patilla (como le dice Darlis a la sandía), melones y mangos. Su especialidad eran las frutas y la familia al completo salía todos los sábados al mercado de Cereté, cuando había cosecha, a vender los productos. La persona más importante de la casa era la abuela paterna, que había llegado a ser auxiliar de enfermería, pero se había muerto cuando Darlis tenía apenas doce años. Fue ella la que les enseñó al padre y a Darlis a dar sobijos para cierto tipo de dolencias. Esa abuela era antioqueña, y la única que tenía estudios, pero el resto de la familia era toda de la Costa y sin estudios formales. El padre, alto y fuerte, pero muy sereno y pacífico, se había casado en segundas nupcias con Emelina, la madre de Darlis, que era una mujerona enorme, negra azabache, con mucho carácter, y era la que mandaba en la casa, en especial después de la muerte de su suegra. Emelina, de joven, había tenido un cuerpo bellísimo, antes de engordarse con los años, y ese cuerpo lo habían heredado las dos hijas, María Antonia, la mayor, y Darlis. Sobre todo la mayor, me dijo Córdoba, que la vio alguna vez, era perturbadoramente hermosa, tanto que trabajaba de modelo en Medellín, y parecía una reina africana, eso me dijo. Darlis también era bonita, pero menos grande, con menos curvas, digamos que tenía una belleza más discreta, menos llamativa, que no se le notaba tanto cuando estaba vestida.

En el carácter, Darlis había salido más al papá que a la mamá. Era conciliadora, alegre, evitaba las peleas y hasta las discusiones, y sabía desaparecer y volverse invisible cuando la situación lo pedía. Joaquín me contó que cuando llegó a trabajar con él y con Teresa, recién regresados ellos de Italia, Darlis era muy joven, de apenas diecinueve años, y muy tímida. Poco a poco se fue dando cuenta de que en esa casa no tenía nada que temer, pero al principio era muy callada, algo arisca, muy prudente, apenas abría la boca, aunque en su timidez nunca dejara de ser amable

159

y dulce. Antes del nacimiento de Julia, por los días del matrimonio de sus patrones, había resuelto irse a vivir con la hermana modelo, en vez de dormir en la casa de Laureles, pero no había dejado de ir todos los días, incluidos los sábados, a trabajar. En esa ausencia fue cuando conoció al profesor de inglés ecuatoriano, se enredó con él y empezó a crecerle la barriguita. El hombre se la llevó de vacaciones a Machu Picchu, el primer viaje de Darlis fuera del país, y allá la perjudicó (así decía ella), en lo que él consideraba que era el ombligo del mundo y, por lo tanto, un sitio privilegiado para hacer el amor sin precauciones. Cuando el tipo se fue, más o menos de huida, a su nativa Guayaquil, Darlis les contó lo ocurrido. Teresa le pidió que volviera a vivir a la casa de Laureles, que tuviera su bebé allí, y que ya se las arreglarían entre todos. Así fue como Rosina nació, y era apenas unos meses menor que Julia. Las dos niñas crecieron juntas, casi como hermanitas. Darlis no se amargó por ser madre soltera, al contrario. Teresa decía que a Darlis, con su niña, se le acentuaron aún más el buen humor, la sonrisa, la serenidad, y hasta ejercía una especie de maternidad para dos. A veces las mujeres amamantaban juntas, y hasta intercambiaban las niñas, para que fueran hermanas de leche, como se decía en Cereté.

Teresa contó una noche que cuando Darlis llegó a la casa no sabía cocinar y que por eso al principio se ocupaba tan solo del aseo. Después fue niñera, sobre todo niñera. Había terminado el bachillerato en Cereté, pero no tenía plata para pagarse una carrera, tenía que ayudar en la casa y defenderse sola. Teresa le enseñó a Darlis todo lo que sabía de cocina, y la alumna resultó tener más talento que la maestra. Córdoba podía quedarse horas hablándome de los platos de Darlis, de su sazón. Yo a veces pienso, incluso, que Darlis lo enamoró más en la mesa que en el colchón de los masajes. Según el Gordo, que de comer sabía mucho, lo que mejor le quedaba a Darlis eran los garbanzos y las lentejas. A él lo sorprendía que pelara tanto los garbanzos como las lentejas, uno por uno. Los garbanzos los hacía con mucho tomate y hojas de espinaca, y al parecer le quedaban inigualables, yo nunca los probé. Las lentejas al curry y coco, con una mezcla de especias que ella misma se inventó. Los domingos hacía arepas de huevo, magníficas, con un tris de carne molida y hogao de cebolla y tomate, según Córdoba, las mejores que se había comido en la vida, aunque él solo se podía comer media. Las berenjenas a la parmesana, una receta de Teresa, le quedaban mejor que a la patrona, y desde que empezaban a humear en el horno el Gordo se ponía nervioso y salivaba como un animal. Ese aroma no lo podía resistir. Y el pollo relleno, y las kaftas, los quibbes, que había aprendido en un viaje tardío a Cereté, cuando ya le importaba cocinar y les había pedido la receta a las turcas del pueblo. Recuerdo que Córdoba me dijo una vez:

—¿Sabes una cosa, Lelo? No es verdad que el amor entre por los ojos; el amor entra por la boca.

Esa combinación tan especial, una niña bonita a quien criar, Rosina, que hacía soñar a Luis con la paternidad; una madre soltera que lo cuidaba amorosamente, que lo tocaba y acariciaba con gusto, que era dulce y alegre en su trato, y muy agradable de ver, de oler y de mirar, y con quien además podía conversar como con una amiga íntima, y una cocina que avivaba en el Gordo su más antigua fuente de placer corporal fueron, pienso yo, los motivos que enloquecieron a mi amigo de amor y de ganas de vivir una vez más. Todo muy físico, muy palpable y muy real, que junto se le convirtió en una obsesión espiritual. Aunque, pensándolo bien, había algo también de tipo psicológico. Como Córdoba se sentía una carga, un lisiado, un minusválido, y lo era, le resultaba más fácil confiar en la relación, digámoslo así, con una persona que viniera de una clase más pobre, más popular. Pensaba que al menos de ese modo, si las cosas llegaban a darse, le podía ofrecer a ella cierto bienestar y seguridad que no había conocido. Estas cosas, lo sé muy bien, no se suelen decir en el amor, porque parecen cálculos mezquinos, pero cuentan y existen y todo el mundo las sabe.

L

Si yo he conocido de verdad algún cura santo y bueno, este era Carlos Alberto Calderón. Lo único que podía resultar verosímil, pero no cierto, en las calumniosas acusaciones que contenía aquella carta de despido del cardenal era que Carlos era un hombre joven y muy atractivo, de barba cerrada y pelo largo, como un cantante de rock, que no iba a sus clases de sotana, sino en bluyines y conduciendo su Vespa, y que muchas alumnas suspiraban al oír hablar con tanta propiedad a un hombre tan guapo, de delicados modales, ademán sincero y sonrisa involuntariamente seductora. Pero solo algunas mentes retorcidas, como la del arzobispo, suponían que era obvio que Carlos Alberto se aprovechara de su apostura para conquistar estudiantes. Al menos Córdoba y yo sabíamos a la perfección que esto era falso. Si bien es cierto que no todos los curas, empezando por mí, estamos hechos para el celibato, creo que Carlos Alberto era uno de los pocos que estaban plenamente preparados para ejercerlo sin muchos esfuerzos ni sacrificios. Él era un convencido del servicio a los demás, y no solo no era indelicado con los poquísimos recursos de su parroquia, que estaba en un sector paupérrimo de la ciudad, sino que ayudaba de su propio bolsillo, con lo poco que tenía, a sus parroquianos y feligreses más miserables.

El verdadero motivo de la animadversión del innombrable, y de su persecución permanente, como ya estaba claro, era la envidia, una envidia que había desembocado en odio e incluso en algo más. La razón de su odio vengativo y mentiroso no era ni siquiera política, pues Carlos

Alberto no era un fanático ni un militante de ninguna ideología aparte de un profundo y sincero sentimiento cristiano, sino que todo se reducía a los celos que el encumbrado y poco querido obispo sentía por un cura sencillo amado por sus feligreses e invitado por curas y obispos de todo el continente, entre ellos el célebre Hélder Câmara, a hablar de sus experiencias de trabajo pastoral en los barrios pobres donde ejercía su sacerdocio. El arzobispo no entendía que colegas obispos brasileños, mexicanos, nicaragüenses invitaran a hablar a ese curita joven e inexperto, y no a él, doctor de la Gregoriana, que de verdad podía discurrir con autoridad y conocimiento profundos sobre la extensa y compleja diócesis que le había sido encomendada por el Papa polaco: Medellín.

En el terreno ideológico, el cardenal había tenido un enemigo y némesis mucho más directo. Su vida había sido curiosa y misteriosamente paralela con la de otro cura mucho más famoso que Calderón: Camilo Torres. El cardenal y Camilo eran contemporáneos y ambos habían estudiado al mismo tiempo en el Seminario Conciliar de Bogotá. Cuando Camilo se fue a la Universidad de Lovaina, donde se doctoró, el futuro arzobispo se fue a Roma, donde hizo también el doctorado. Y mientras Camilo fundaba, a su regreso, la Facultad de Sociología en la Universidad Nacional de Bogotá, el futuro cardenal era profesor de Teología en el seminario mayor donde los dos habían estudiado. Así fueron creciendo, primero, la simple rivalidad, pero poco a poco, de parte del futuro prelado, el odio y la envidia, y en general la inquina en contra de Camilo. Uno iba por el camino de las jerarquías y el ascenso en la curia romana, mientras que el otro se acercaba más y más a la gente común, hasta llegar al límite extremo de entrar en la guerrilla y morir en el primer combate que le tocó, en el que ni siquiera alcanzó a disparar ni un solo tiro, según se decía. Uno en el seminario, el otro en la selva; uno en los despachos y palacios de la curia romana, y el otro en las cárceles donde estaban detenidos los curas rebeldes y los dirigentes sindicales.

Esta rivalidad, después de muerto Camilo —el arzobispo de Medellín necesitaba siempre tener un enemigo en quien pensar, una encarnación del demonio a quien combatir—, había sido trasladada a su relación con Carlos Alberto. Por mucho que Calderón fuera bastante más pacífico y menos combativo que Camilo (jamás habría tomado las armas contra nadie), el cardenal lo tenía entre ceja y ceja, lo vigilaba, hacía lo posible por humillarlo. Pero Carlos Alberto era imposible de humillar, pues para él estar con los más humildes y humillados era una vocación, incluso un anhelo. Y, por otra parte (cosa que lo hacía aún más invulnerable), su preferencia por los pobres, lo había meditado y dicho muchas veces, no se manifestaba a través de la militancia política, y mucho menos guerrillera, nunca por medio de la violencia, sino siempre tratando de seguir el ejemplo pacífico de la vida de Cristo. «Yo nunca he conseguido imaginarme a Jesús empuñando una espada o un arma contra los romanos, contra los filisteos, contra nadie. De verdad que no me lo puedo imaginar». Ante declaraciones así, como al arzobispo le quedaban pocos caminos por donde atacarlo, el único que le quedó fue el de la ira irracional y ciega. Y al no tener motivos para expulsarlo, inventárselos, o al menos consolarse (si Carlos Alberto hubiera firmado la carta contra mí) pensando que su enemigo podía ser tan mezquino, calculador y traicionero como él siempre había sido y como seguiría siendo hasta el final de su vida.

Algo que sí sabía el arzobispo, cuando ocurrió todo esto, era que Córdoba acababa de terminar, al fin, ese documental con el que se había obsesionado y cuyo protagonista era nada menos que el mismo Carlos Alberto Calderón. Ese mismo hecho, que uno de los curas que más abominaba en su diócesis resultara ahora incluso héroe de una película europea, creo yo, motivó los pasos sucesivos que fueron madurando en la mente perversa del arzobispo.

El dinero donado por los católicos alemanes, unido al apoyo de la comunidad cordaliana en Austria, había permitido que el documental se filmara en Viena y en Medellín. La película, titulada *Priester am Rande der Großstadt* («Curas en las afueras de la gran ciudad»), como ya lo he mencionado, hacía el relato sobrio de dos vidas: la de un párroco alemán en un barrio obrero de las afueras de Viena y la de un sacerdote colombiano en el pobrísimo barrio del Corazón, en Medellín.

Contratado para el documental de Luis vino a Medellín un prestigioso camarógrafo y fotógrafo alemán, Michael Ballhaus, que había rodado películas con Fassbinder (*El matrimonio de Maria Braun* y *Lili Marleen*, por ejemplo), y quien más tarde estuvo también rodando con Von Trotta, Coppola, Scorsese —*Gangs of New York*— y otros. Cuando vino a Medellín, además de hacer la fotografía y la cámara en el documental de Córdoba, Ballhaus había dado también un taller en el Instituto Goethe, al que Luis asistió como alumno, pero también como traductor. Para los jóvenes con ansiedad de llegar a ser directores de cine o de fotografía, esta breve experiencia fue importante y les dio a sus vidas la confianza en que todo era posible, incluso rodar películas en Medellín con uno de los mejores fotógrafos del mundo.

En ese documental, Luis y Carlos Alberto fueron filmados por Ballhaus montando a caballo por caminos de herradura de la vereda El Llano del barrio del Corazón, entre cañadas y montañas, adonde el párroco local iba a visitar a los enfermos y a llevarles la comunión. La miseria de las afueras de Medellín no era comparable con la digna austeridad de las afueras de Viena, pero el cura Calderón ejercía sus funciones con igual empeño y dignidad que su colega austríaco, o quizá con más.

Este último iba a visitar a sus enfermos y a llevarles el viático en su carro particular, un BMW, y llegaba a pequeños apartamentos muy dignos, que en Colombia serían considerados de clase media-alta. El primero se desplazaba a pie, en la Vespa o a caballo para llegar a las veredas más lejanas con el consuelo de la comunión. Sus feligreses vivían en casuchas, sin atención médica, sin siquiera agua corriente, en medio de las montañas. El austríaco era apoyado por las jerarquías de su región, mientras que el colombiano era perseguido —supuestamente por izquierdista y partidario de la teología de la liberación— por el arzobispo de su ciudad, el hombre duro que le había ofrecido su salvación a cambio de traicionar y hundir a uno de sus mejores amigos.

El decano de la Facultad de Teología, en todo caso, recibió órdenes del rector, que a su vez las había recibido del arzobispo, de deshacerse de mí. Como el decano y yo habíamos hecho una buena amistad a lo largo de los años, me rogó que renunciara antes de que él tuviera que cumplir la orden recibida. Era mejor que en mi hoja de vida dijera «renunció por motivos personales» que «destituido por justa causa». Yo acepté su consejo y renuncié. También a Córdoba le pareció mejor y él mismo empezó a hacer gestiones con amigos en otros sitios para encontrarme clases en mi misma especialidad.

Lo curioso es que este castigo, de algún modo, me consoló. Era un castigo merecido, no por el episodio del motel como tal —un acto irreflexivo, tal vez, y libidinoso, sí, pero también puro, porque lo dictaba el amor por otro cuerpo que consentía en ser tocado y en tocar el mío—, pero sí por mi incapacidad de ser fiel a los votos que había jurado libremente cumplir. Yo debía luchar, quizá, desde mi cátedra y mi conversación, por defender mis convicciones e incitar a reformar de manera integral un voto imposible de cumplir para casi todos los sacerdotes, que nos llevaba a cometer adulterio en nuestro corazón, cuando no en nuestro cuerpo, por incapacidad física y mental de seguir una regla contra natura. Pero mientras esa regla no se reformara, debía intentar ser fiel, con todas mis fuerzas, a ese juramento, e incluso arrepentirme cuando lo infringía. Mi deber consistía en acometer una tarea casi imposible: convencer a la jerarquía de la Iglesia de que la regla de la virginidad absoluta era mucho más contra natura que mis mismos deseos, que contra natura no podían ser, pues se daban naturalmente en muchísimas personas que estaban dentro y fuera de la religión.

El celibato debería ser una opción por la que puedan inclinarse algunos sacerdotes, si así lo quisieran, pero no todos. Debería ser un voto optativo, como la soltería en los seglares, pero no obligatorio. El arzobispo de Canterbury, por ejemplo, jefe de la Iglesia anglicana (en la que el celibato no es obligatorio), impulsa la idea de que las mujeres y los gais puedan ser curas y obispos.

En todo caso, mientras todo esto no cambie en los estatutos jurídicos de nuestra Iglesia, yo debía someterme, entonces y ahora, a lo que había jurado cumplir. Y si caía a veces, por incapacidad de contenerme aun con toda mi fuerza de voluntad, debía ser prudente, cauto ya que no casto, y nunca escandalizar. Hipócrita, sí, esa es la palabra, pues la hipocresía, como bien dijo un aforista francés, es un homenaje que se le rinde si no a la virtud, por lo menos a la letra de la ley eclesiástica.

El espíritu demoníaco del obispo (de quien se sabía perfectamente que era tan poco casto como todos nosotros) había hecho conmigo, sin pretenderlo, un acto de justicia, y la justicia siempre acaba por convenir. En el cardenal se cumplía lo mismo que dice sobre el diablo una novela de Juan Villoro que leí hace poco: «Soy esa fuerza que siempre quiere hacer el mal y acaba provocando el bien». Nuestro padre Corda lo decía con un símil más agropecuario: «El mal es la boñiga del bien».

Porque tampoco podría afirmar que el castigo, es decir, la horrenda injusticia cometida en contra de Carlos Alberto, él sí un cura santo y cabal, lo haya hecho indigno o infeliz. La tragedia de los malos cuando nos hacen una maldad es que esa maldad se convierte, tarde o temprano, en nuestra misma redención. Los malévolos, por mucho que hagan el mal, consiguen el bien (al menos ese es el único sentido que yo le veo al mal en el mundo), y por eso la maldad termina sumida, como en el caso de ese hombre que llegó a ser postulado a Papa en Roma, en la más absoluta abyección. Como escribió Jota Jota, uno de los catorce hermanos de Carlos Alberto: «El arzobispo puso su poder al servicio de la envidia, la amenaza y el chantaje, utilizando su astucia para disimular lo que llegó a ser una verdadera inquisición criolla, con la que pudo atormentar hasta el martirio a los curas más valiosos de su diócesis. Pero una vez ascendido a cardenal, lo único que pudo hacer en Roma fue intentar seguir dañando a otros mientras sufría los estragos de la enfermedad que lo mató, la que le contagiaron sus dóciles y lúbricos mancebos en el seminario mayor de Medellín».

Siempre se habla del daño que hizo Pablo Escobar y en general el narcotráfico en Medellín. Siempre se dice que la mezcla de mafia, guerrilla, paramilitares, delincuencia común convirtió a Medellín, en los años ochenta y noventa, en la ciudad más violenta del mundo. Esos factores son fundamentales, sí. Lo que no se cuenta es que el arzobispo católico de la ciudad más católica del país, por esos mismos años, destruyó el tejido religioso de los barrios más pobres, retirando a los párrocos más comprometidos con sus propias comunidades. A los que conocían las familias, las penas, las angustias de la pobreza. Ellos sabían qué era lo que llevaba a algunos, desesperados, a entrar en grupos y bandas de delincuencia, a trabajar como mulas de los narcos o a venderse como sicarios a sueldo de la mafia. Ellos lo entendían y en muchos casos lo habrían podido evitar, si los hubieran dejado en su lugar, pastores de su rebaño, en aquel sitio que amaban y donde eran amados, al lado de sus pobres. Pero de ahí, por fanatismo o por envidia, los había desterrado el cardenal. La Iglesia católica, por culpa de la intransigencia de ese arzobispo arribista, abandonó al pueblo de Dios y lo dejó sin nada, sin Dios y sin ley, como se dice popularmente. Una tragedia más entre muchas otras tragedias.

No puedo dejar en punta el destino de ese amigo inolvidable, Carlos Alberto Calderón, después de su exilio en Suiza. Ya he dicho que Calderón encarnaba el tipo de entrega a la vida cristiana y evangélica que ni Luis ni yo pudimos alcanzar jamás. Que casi ningún sacerdote puede alcanzar. Él era, para nosotros, la imagen del santo, la del verdadero discípulo de Jesús, que no seguía en teoría las enseñanzas del Evangelio, sino que las vivía. Su deseo era vivir desde abajo, ya no para los pobres, sino con los pobres. Imitaba de verdad la propuesta de Jesús. Quizá por eso en Suiza, tan limpia, tan próspera, tan ordenada y perfecta, no se había sentido nunca bien, y había tolerado el bienestar de allá, la tibieza de su vida regalada, no como un consuelo, sino como un sacrificio más. Cansado, pues, del sacrificio del bienestar, decidió volver, pasara lo que pasara. Su coherencia a toda prueba era una cachetada para el jerarca más alto de Colombia, que viéndolo vivir en el ideal verdadero del cristianismo lo seguía odiando, ya no desde Medellín, sino desde su nuevo cargo en Roma.

«Yo quiero, por vocación, vivir mi sacerdocio desde los más pobres, y no quiero tener problemas con el cardenal. Por otra parte, siento la necesidad de vivir desde abajo y en el anonimato», declaró alguna vez.

Ante la imposibilidad de volver a su amado barrio del Corazón (el cardenal lo había prohibido terminantemente), al lado de sus pobres, Carlos Alberto, a su regreso al país, acudió a un obispo amigo, el de Sincelejo, a quien le pidió que lo enviara a la parroquia más alejada y miserable que tuviera, aquella a la que ningún otro cura quisiera ir. Esto coincidió con que el párroco de Morroa, un pueblo en el culo del mundo, había sido echado casi a palos del lugar por haber embarazado a una muchacha del pueblo. Allá llegó Carlos Alberto, a rescatar la mala fama de todos los curas del mundo, portándose como un verdadero representante e imitador de Jesús.

Pocas semanas después, los parroquianos habían despejado toda duda y empezaron a quererlo y a apoyarse en él, en sus enseñanzas, que se expresaban mucho más en los actos, en el cariño, en la generosidad, que en los sermones. Calderón no predicaba tanto con la palabra como con los hechos, llevando enfermos a los hospitales lejanos, atendiendo las necesidades de los más desamparados, marchando al lado de los perseguidos injustamente, declarando iguales a todos, los pobres y los ricos, los terratenientes y los peones, los contrabandistas y los ladrones, las matronas antiguas y las putas.

La actividad económica más importante de Morroa eran los telares y las artesanías cosidas en algodón. Era un pueblo tierra adentro, pobrísimo, apartado del mundo, adonde nadie iba por lo lejos que quedaba. A duras penas tenía una maltrecha carretera destapada que en invierno se hacía intransitable, lo que los aislaba hasta el final de las lluvias. Sus habitantes eran famosos por lo bien que sabían tejer hamacas. Yo conservo todavía una estola tejida y bordada, con la misma técnica de las hamacas, que Carlos Alberto le mandó a Luis de regalo desde Morroa. Es de unos colores vivos, deslumbrantes, que no se han desteñido treinta años después. Esos tejidos en algodón y esas hamacas, la mayor belleza que se producía en el pueblo, llegaron a ser, sin embargo, lo que acabaría con la feliz experiencia del buen Calderón en ese ardiente lugar de la Costa.

Poco a poco, él se fue dando cuenta de que todas las hamacas y todos los bordados que producían centenares de artesanos en Morroa, hombres, mujeres y niños, tenían que ser comercializados a través de un mismo intermediario, que era también uno de los más grandes propietarios de la tierra alrededor del pueblo. Este gamonal tenía contactos con almacenes para turistas en Cartagena, tenía amigos en Artesanías de Colombia y había hecho una red comercial que conseguía monopolizar toda la producción artesanal de Morroa. Haciendo muy sencillas sumas y restas, y sabiendo Carlos Alberto que sus parroquianos, por mucho que trabajaran en sus telas, a duras penas podían llegar a fin de mes, se dio cuenta de que la mayor parte de las ganancias se quedaba en las manos de una sola persona, el intermediario local, quien era también el cacique que ponía al alcalde, a los concejales. El que compraba los votos en las elecciones nacionales y departamentales.

Al padre Carlos Alberto se le ocurrió que, usando el jeep de la parroquia, era posible vender directamente en Cartagena y en Santa Marta al menos una parte de las artesanías del pueblo. Se había puesto en contacto con varios almacenes para turistas, y, saltándose al intermediario, esos almacenes compraban más barato los artículos, pero los productores recibían mucho más. Omitiendo un eslabón de la cadena, los artesanos del pueblo salían muy favorecidos y estaban tan contentos que se habían organizado para contratar entre todos un camión para empezar a mandar sus tejidos de forma directa también a Medellín y Bogotá.

Carlos Alberto recibió una carta de advertencia que, básicamente, decía lo siguiente: «Padre, usted no es un mercachifle, no meta las narices en las cosas que nada tienen que ver con el espíritu y la religión. Limítese a lo suyo, a las cosas del más allá, si no quiere tener líos por acá». Poco después pasó que el camión que llevaba el segundo envío de telas a Medellín fue incendiado en el camino, a unos veinte kilómetros del pueblo, y tanto el camión como la mercancía se perdieron. Ningún otro transportador quiso aceptar llevar las hamacas que se hacían en el pueblo. Carlos Alberto, indignado, denunció lo ocurrido en el sermón del domingo, con la iglesia a reventar. Al otro día, lunes, recibió un mensaje en la casa cural. Una parroquiana mandaba decir que de mucha pero de mucha urgencia se tenía que confesar. A regañadientes, el padre Calderón se acomodó en el confesionario y oyó lo que sigue: «Padre, yo no me vengo a confesar, pero sí vengo a contarle una cosa, para que después no me pese en la conciencia. Se tiene que ir. Mi marido (y aquí la mujer dio el nombre del cacique y dueño del comercio exclusivo de las artesanías del pueblo) ya contrató a dos tipos para que vengan a matarlo esta misma noche. No sé cómo, pero tienen las llaves de la casa cural; se tiene que ir».

Y Carlos Alberto no tuvo más remedio que empacar sus tres mudas de ropa y salir huyendo esa misma tarde, en el jeep de la parroquia. Se refugió en Cartagena en casa de su hermano Jota Jota. Encerrado de nuevo en un asilo de bienestar que no buscaba, y durante dos meses, escondido, tuvo tal vez sus únicas vacaciones de la vida sacerdotal. Según me contó en una carta que todavía conservo, en todo ese tiempo ni ofició, ni rezó, ni bautizó ni hizo planes para mejorar la vida de nadie. Al obispo de Sincelejo, el que lo había ayudado, le tuvo que renunciar. Y una vez más quedó en el aire, sin parroquia y sin feligreses a quienes ayudar. Fue entonces cuando recibió, como mandada por la Providencia, una invitación a hacer unos talleres en Yarumal, en un seminario de misioneros, y allá siguió refugiado durante algún tiempo. Estando allí se dio cuenta de que lo mejor, para poder seguir ejerciendo su manera de entender el Evangelio y el mensaje de Jesús, era descender más, huir hacia adelante y hacia abajo, a parajes todavía más pobres y desolados que Morroa o el barrio del Corazón.

En una de las carteleras del seminario vio por casualidad (pero él decía que había sido un mensaje del padre Marianito) el aviso de unas nuevas misiones que se estaban abriendo en África, en lo más profundo de Kenia, dirigidas por los mismos padres misioneros de Yarumal donde hacía los cursillos. Para ser misionero en propiedad tenía que tomar, allí mismo, un curso especial, y así fue como el padre Calderón, de profesor que había sido tantos años, pasó a ser alumno. Fue un estudiante entregado y sobresaliente durante todo el curso, y al año su destino estaba decidido: iría al desierto de Samburu, a estar con los masáis.

En la última visita que nos hizo a la casa de Villa con San Juan, nos dijo: «Me voy para el África porque pienso que la vida tiene mucho sentido cuando uno la puede ocupar en función de los más desprotegidos del planeta. La situación en Colombia es muy dura, pero en África es aún peor y me siento muy feliz de poder gastar, invertir (en el buen sentido de la palabra) todas mis energías y toda mi fe, mi experiencia de fe, con ellos. Ahora quiero vivir al lado de los pobres de África».

Sin el más mínimo deseo de protagonismo, recién cumplidos los cuarenta años, se fue al África sin nada. Lo único que tenía era lo que había aprendido, entre otras cosas, lenguas: italiano, francés, alemán, inglés... Su propósito no era repetir en África la evangelización de hace quinientos años en América; no había en él ningún interés colonialista, pues dijo una y otra vez que no iba a enseñarles nada a los africanos, ni a convertirlos, sino a aprender de ellos y a ayudarles en lo que ellos le pidieran.

Por cartas muy espaciadas, a nosotros o a la familia o a amigos comunes, fuimos sabiendo de él y de su experiencia. Daba la impresión de que en cada carta se sentía más feliz. Celebraba su buena suerte, pues la misma noche de su llegada al remoto poblado donde se instaló había llovido después de muchos meses de sequía, por lo que las gentes del lugar lo empezaron a llamar «el que trae la lluvia», por mucho que él les dijera que había sido suerte y nada más. Como quiso vestirse igual que ellos, es decir, no vestirse, poco después le cambiaron el nombre por *Loiborocheke*, o sea, «el hombre de barriga blanca», en lengua samburu. Lo único que él quería era que en su comportamiento se pudiera notar el amor que sentía por todos aquellos que lo rodeaban. Vivía como ellos, comía como ellos, aprendía su lengua día a día. Si hacía algún ritual o si decía alguna oración cristiana, era solo para sí mismo, porque su fin no era evangelizar. Si no sabía hacer algo, luchaba por no estorbar. «Hace mucho el que no estorba», decía. Pero si era capaz de repetir algunas de las labores de ellos, las de los hombres, las de las mujeres, las de los niños, las cumplía a cabalidad.

Viviendo como ellos y para ellos, sufrió del mismo modo en que ellos sufrían. Y se enfermó de lo mismo que ellos enfermaban y morían. Llevaba una libreta con una especie de diario en la que contaba lo que iba haciendo cada día con la gente del lugar. Ir por agua, recoger leña, sembrar y cultivar, tejer, jugar con los niños, repasar con ellos la lengua, compartir algo que sabía hacer, un nudo, una sopa, un tejido. Cuando alguien enfermaba lo trasladaba (si tenía gasolina y el jeep servía) a una ciudad distante diez horas, Wamba, donde había hospital. Y traía de regreso cualquier cosa que le hubieran encargado para la aldea.

A mediados de un mes de marzo se enfermó de paludismo. Al principio, parecía poder superar la enfermedad con quietud, tomando agua, reposando en su hamaca de Morroa, una de sus pocas pertenencias, pero poco a poco se fue agravando. Las páginas de su diario se vuelven más difíciles e incoherentes a causa de la fiebre altísima. Pero el día de su muerte parece recobrar toda la lucidez y, en la última página de la última libreta de sus apuntes, escribe con mano temblorosa lo siguiente, un breve texto místico, un testamento sencillo:

Noche de luna llena en el desierto Samburu.

Las Ilakir de Enkai (que en lengua samburu significa: las estrellas son los ojos de Dios) se han escondido.

¡Bienvenida la hermana muerte!

La fiebre me sube intensamente; no hay posibilidad de ir al hospital de Wamba... Como de costumbre, nuestro Toyota está dañado.

Siento una intensidad grande, alegre ante la muerte.

He vivido apasionadamente el amor por la humanidad y por el proyecto de Jesús...

Muero plenamente feliz...

Cometí errores, hice sufrir personas... ¡Espero su perdón!

Qué bueno morir como los más pobres y marginados... Sin posibilidad de llegar al hospital... Qué bueno que nadie siga muriendo así; ¡ojalá ustedes se comprometan a esto!

¡Un abrazo intenso de amor para todos y para todas!
Carlos Alberto

Para Luis y para mí siempre fue un misterio que una persona pudiera entregarse de esa manera, y morir con tanta serenidad. Eran pocos, muy pocos, los curas como él. Nosotros no éramos capaces de ser así.

M

Joaquín me contó que un domingo al final de la tarde llegó a la casa a llevar de vuelta a los niños. Ya estaba oscuro y la casa se veía sumida en el silencio, como deshabitada. No había ninguna luz adentro que filtrara su esplendor por las ventanas; hasta el bombillo de afuera, encima de la puerta, estaba apagado. Tocó el timbre una vez, luego dos veces, después tres, dio golpes con la palma de la mano, pero no hubo respuesta. Era raro, porque no solían nunca dejar sola la casa, en principio por los ladrones, y, desde la llegada de Luis, para que no estuviera nunca sin compañía. Una de las condiciones que había puesto el cardiólogo era que debía estar siempre con alguien, y cerca de un teléfono, por si tenía una crisis o le daba un síncope (algo que ocurría con cierta frecuencia en pacientes en su estado), o por si resultaba un corazón apto para el trasplante.

¿Habrían tenido que salir de urgencia para la clínica?, se preguntó Joaquín sin alarmar a los niños, pero luego pensó que tal vez estarían dando una vuelta a la manzana, para estirar las piernas y aprovechar el aire de la tarde. El Gordo solía salir a dar paseos vespertinos con un vecino violinista, Gonzalo Ospina, buen amigo suyo, con quien tenía interminables conversaciones sobre la música de Mozart. Gonzalo siempre ha dicho que aprendió más de Mozart con Luis que con cualquier otro de sus profesores de música.

Joaquín me contó (y también me cantó) que, para que los niños no se aburrieran ni se impacientaran, les había propuesto que cantaran el canon que se venían aprendiendo desde hacía un tiempo. Era muy sencillo. Lo había compuesto un amigo músico, Andrés Posada:

La noche en que cayó la luna
no la vimos nosotros,
nosotros,
estábamos todos sentados en la sala
viendo televisión,
televisión,
televisión...

Iban ya por la tercera o cuarta vuelta del canon, los dos niños perfectamente entonados, Joaquín dirigiéndolos con las dos manos, redondeando la luna con los dedos, volviéndolos un marco para la televisión, señalando los ojos para el verbo ver, cuando del fondo de la casa, muy despacio, se vio venir una sucesión de luces que se iban prendiendo y que poco a poco hacían que aumentara la claridad de la ventana que daba a la calle.

Al fin se encendió también el bombillo del umbral y se oyó el ruido de los tres cerrojos y la caída de la tranca de madera que atravesaba la puerta. Cuando esta se abrió, en el rectángulo de luz apareció la sonrisa luminosa de Darlis, sus manos largas y expresivas, sus disculpas:

—Perdonen, estábamos en el patio de atrás y al principio no oímos el timbre.

Detrás de ella, a pasos lentos y pesados, se acercaba Córdoba, en pantuflas y con la cara congestionada, como sofocado por el esfuerzo que hacía de acercarse a la puerta con breves y afanadas zancadas que para él eran el máximo de la velocidad. Los niños corrieron a saludarlos y luego se escabulleron tras una de las puertas de las habitaciones.

Teresa no estaba, y Luis, algo solemne, invitó a Joaquín a compartir un whisky de malta de los que doña Natividad iba acumulando en la despensa. De alguna

178

manera, Joaquín, aunque estaba cansado, entendió que no podía rechazar una invitación así, en ese momento.

Aunque Luis insistió en que se lo tomara sin nada, para degustar mejor el leve sabor ahumado de la leña de Escocia y de sus aguas privilegiadas, Joaquín le pidió a Darlis dos cubos de hielo de los más grandes. Así brindaron, el Gordo en un vasito de aguardiente y Joaquín en un vaso corto con dos rocas de agua del alcalde, que, según dijo, en Medellín era tan buena como la mejor de la isla británica. Se oía a lo lejos el rumor de los niños, que jugaban su juego preferido en el cuarto —*orfanotrofio*, así le decían, en italiano—, con una fila de muñecos muy maltratados por la despiadada rectora del orfanato, doña Julia, y su sumiso asistente de penas y castigos, don Simón, que era el amigo imaginario de Jandrito.

Como Luis sabía que ese juego ponía muy nervioso a Joaquín (se sentía el causante de la supuesta orfandad de sus hijos), enmascaró sus voces poniendo un disco de piezas para flauta de Mozart. Iban en la segunda cuando dejaron a un lado las frases banales de calentamiento y el Gordo llegó al grano:

—Mira, es que hace días estaba por pedirte un favor, pero no me había atrevido, por miedo a ser malinterpretado.

—Yo no te voy a interpretar nunca mal, Luis. ¿De qué se trata?

—Resulta que hace tiempos yo me estoy imaginando el tema para una película, un largometraje de ficción, pero tal como estoy con este enredo del trasplante, no me siento capaz de escribirlo. No me concentro. Te lo quiero contar a ver si tú me puedes escribir el primer borrador de un guion.

—Yo nunca he escrito guiones, Luis, pero puedo intentarlo.

Aquí me imagino que Córdoba le haya dado un sorbo a su whisky y lo haya paladeado despacio antes de contestar lo siguiente, que tanto Joaquín como él me contaron:

—Bueno. El tema puede sonar sórdido o escandaloso, pero yo no quiero que sea eso. Debe ser una historia muy tranquila y muy natural, como algo que se va dando sin forzar nada, como fluye un río. Tiene que ver con un cura que, por algún motivo, empieza a ir a salas de masajes. En principio es solo el deseo de que alguien lo toque, lo acaricie, una experiencia de la que carece desde hace muchos años, decenios. Pero luego se encariña, digámoslo así, con una masajista, una en especial, una masajista particularmente alegre y bonita. Y esta muchacha le canta, lo acaricia, pero además le empieza a contar su vida, sus dificultades, sus pesares, casi como en una confesión, y el cura, incluso en esas circunstancias tan equívocas, no puede dejar de ser cura.

—Cuando dices que no puede dejar de ser cura, ¿a qué te refieres exactamente? —preguntó Joaquín—. ¿Eso quiere decir que no puede dejar de ser célibe de todas maneras, que el cuerpo no reacciona?

—No, no, no es eso. El cuerpo del cura reacciona como el cuerpo de cualquier hombre, y en ese sentido el cura se siente muy a gusto. Cuando digo que no puede dejar de ser cura, me refiero a que, aunque no quiere involucrarse con su masajista, al mismo tiempo la quiere ayudar. Un asunto de amor al prójimo, ¿me entiendes?

—Supongo que sí. Pero ¿cómo le ayuda?

—Primero que todo, se interesa de verdad. Le pregunta detalles y le da consejos. También le da limosnas que exceden por mucho una propina normal. Y él y la muchacha empiezan a verse por fuera; él se involucra para tratar de conseguirle una casa digna donde ella, su masajista, o si quieres su prostituta (aunque nunca se acuesta con ella), pueda vivir con una niña que tiene. Se establece una relación de ayuda. O no sé si de ayuda o de mutua conveniencia.

—Bueno, y cuál es el conflicto. ¿Qué tiene de malo que el cura le ayude a su masajista?

—Esa es la paradoja. Que el cura entra allí como quien cae en una tentación, como quien peca y transgrede una norma importante de sus votos perpetuos. Pero al mismo tiempo empieza a hacerle el bien a esa muchacha, que es negra, por más señas. Y el conflicto ocurre cuando un estudiante de Teología que vive cerca de esa sala de masajes comienza a espiar al cura, y a verlo entrar y salir de ahí, hasta que no se le ocurre nada mejor que irle con el cuento al arzobispo, y lo denuncia. Lo denuncia por ser un cura lascivo y putañero. Y el arzobispo le abre un proceso disciplinario, con lo cual el cura no solo tiene que dejar de ir a hacerse masajes, sino que también tiene que dejar de ayudar a la chica.

—¿Y qué más?

—Bueno, ella empieza a buscarlo, porque lo necesita, y porque dice que está enamorada de él. Algo así. No sé si el cura esté también enamorado de ella... puede ser, pero por ahora no sé más, Joaquín. Es solo la semilla de una historia; hay que hacer que crezca el árbol, tú tienes que regarlo con imaginación. Por eso quiero que me ayudes. Se trata de ver que en ese castigo hay una injusticia, no digamos con el cura, pero sí con la muchacha a quien él había comenzado a ayudar, y a quien ahora le prohíben terminantemente ver en cualquier circunstancia, incluso fuera de la sala de masajes.

—Puedo intentar escribir unas primeras escenas, Luis, o a lo mejor eso que ustedes los cineastas llaman un «tratamiento», a ver qué me sale y qué te parece. Dame dos semanas.

Chocaron las copas y se tomaron el último sorbo de whisky antes de despedirse.

Quince días después, Joaquín le llevó a Luis las primeras páginas del que sería el guion del cura y su masajista. Córdoba recibió las hojas pulcras, escritas a máquina con esmero y buena ortografía (aunque con bastantes faltas de puntuación, me dijo Luis), en las que un cura gordo recibía un masaje de manos de una negra bonita que en realidad, más que masajista, era prostituta. Mientras ella lo masajeaba había un niño, negro también, el hijo de la muchacha, que todo el tiempo estaba ahí de testigo del masaje y mientras tanto les contaba una película, *Paris, Texas*, de Wim Wenders. Mientras la masajista acariciaba al cura, el niño contaba que el esposo de la protagonista, interpretada por Nastassja Kinski, descubría que su esposa y madre de su hijo se prostituía y hacía estriptis en un local especial rodeado de vidrios polarizados.

Al terminar de leer el boceto de las primeras escenas del guion, Córdoba suspiró pesadamente, carraspeó y miró a Joaquín con una mezcla de tristeza, desengaño y conmiseración.

—Lo siento, Joaquín, pero esto no es cine. Esto es pura literatura. *Words, words, words*. Pura palabrería de novela. Es verdad que la construcción de las primeras películas se inspiró en la novela realista inglesa del XIX, en Dickens, tal vez en Hardy. Pero el lenguaje del cine son las imágenes y el diálogo. Las imágenes; no esta palabrería, esta retórica donde todo se explica y no se deja nada a los ojos ni a la imaginación. Te voy a dar un consejo, y no lo tomes a mal, porque te lo doy con todo mi afecto: nunca hagas guiones, no dejes nunca más que nadie te proponga un trabajo en el cine. Tú para esto no sirves. Sigue con tus palabras, con tus intentos de novela, con tus artículos, con tu publicidad, pero déjales el cine a los que de verdad saben pensar con imágenes y diálogos que precisan el movimiento. Además, eres muy explícito, te falta sutileza; esas palabras tuyas traducidas al cine serían pura pornografía, y yo, como buen cura que soy, detesto la pornografía.

A Córdoba, aquí yo lo puedo confirmar porque se lo oí decir muchas veces, no le gustaba la pornografía (que incluso habíamos visto juntos alguna vez) porque para él ver gente teniendo sexo sin amor era como ver parejas bailando, pero sin música. El baile sin música y el sexo sin amor le resultaban toscos, ridículos. Él pensaba que el amor era al sexo lo que la música al baile, pero que esta música iba por dentro y no se podía mostrar en el cine. Los dos que se aman llevan la música por dentro, y esto, tal vez, se pueda transmitir con palabras, pero muy difícilmente solo con imágenes y ruidos, decía. Tal vez la literatura, metiéndose en la cabeza de los amantes, lo podía lograr, pero si esas palabras se usaban en el cine, la película se volvía palabrera, ilustración de las palabras. Por su realismo, a la herramienta cine le quedaba mal transmitir con palabras lo que el alma lleva por dentro y casi siempre en silencio. Los grandes directores lo lograban con miradas y gestos, con situaciones, incluso con momentos de unión carnal, pero no con el tiempo largo, cargado y complejo que podían durar los coitos de dos que se aman de verdad.

Joaquín se sintió bastante decepcionado —me lo confesó a mí, ahora, muchos años después—, pero las palabras del Gordo habían sido tan sinceras, sonaban tan convincentes, incluso tan llenas de compasión, que desde entonces él —así me lo dijo— le huía al trabajo en el cine como a la misma peste.

A veces me pregunto por qué y para quién estoy escribiendo estos apuntes. Si son para Joaquín o para mí. Si escribo esto para mí o solo por el gusto de complacerlo a él. Cuanto más escribo, más me encariño con el ejercicio de rememorar o reconstruir todo lo que sé sobre mi amigo Córdoba, todo lo que me contó. Se supone que lo hacía simplemente para que Joaquín supiera detalles privados de la vida de Luis. Pero él no es muy claro y su idea ha cambiado con el tiempo. Al principio hablaba de una novela, y luego empezó a decir que lo mejor sería hacer un biografía muy bien documentada de Luis Córdoba, una biografía intelectual. Ya no sé qué creer. Lo último que me dijo fue que su único interés, en realidad, era establecer un contraste que sirviera como parábola de la vida colombiana. Nosotros vivíamos en un sitio donde reinaban la violencia, la crueldad y el ultraje; nos habíamos acostumbrado a vivir en un matadero de sicarios, ladrones, mafiosos, guerrilleros, paramilitares, políticos corruptos, soldados y policías sin hígados y sin escrúpulos. Lo único verdaderamente asombroso en esta ciudad y en este país, lo verdaderamente extraño, era la bondad, y el Gordo era un caso insólito y ejemplar de eso, de un hombre bueno en medio del horror y la maldad.

Aunque yo soy el que escribe estos apuntes, estas memorias de una vida y una enfermedad, en ocasiones es Joaquín quien me trae papeles llenos de garabatos con las averiguaciones que hace para que yo las use en mis apuntes. Es un poco absurdo, lo confieso. Se me ocurre, cuando estoy ya a punto de dormirme en la cama, que él no va a escribir nada y de manera disimulada me incita a que yo escriba todo. Tal vez él sabe que la única persona que conoció a Córdoba hasta el fondo del alma fui yo, su compañero permanente durante más de veinte años. O tal vez lo que tiene es pereza, o miedo a no ser capaz de escribir un buen libro con este tema tan incorrecto para nuestra época: un cura bueno. Joaquín sospecha que, sin ser cura, no entiende a los curas; que, sin ser médico, no entiende la enfermedad, aunque él también la padezca, al menos en parte. En su idea del libro hay otras cosas que ocurren por los lados, es cierto, pero al fin y al cabo todo el argumento es muy religioso, muy sacerdotal, y no hay nada más alejado de la vida de Joaquín que los asuntos de la religión y del más allá. No hay nadie más terrenal y menos metafísico que Joaquín. Creo que es por eso que siempre me toca seguir a mí. Me dice que él no entiende, que él no es capaz, que los curas son la cosa más rara y más absurda del mundo, pero que es ese absurdo, precisamente, lo que más le interesa leer.

Ayer me trajo, en bruto y muy desordenado, todo lo que conversó durante horas con Sara Cohen, la vieja amiga de Córdoba (y mía también, pero sobre todo de él) que se fue a vivir a Israel a finales del siglo pasado. No sé cómo hizo Joaquín para desenterrarla y, según él, pasar toda la tarde hablando con ella por internet. Son hojas y hojas de cuaderno garabateadas en caligrafía insegura y en ocasiones tan enrevesada que tengo que inventar lo que dice, completar las palabras ilegibles con mis propios recuerdos.

Me acuerdo muy bien de Sara cuando llegó a nuestra casa de Villa con San Juan. Era una muchacha del pueblo elegido que acababa de llegar a la mayoría de edad. Tenía dieciocho años y toda la frescura y toda la inteligencia de las judías askenazi que nacen, crecen y viven en un país cristiano que conocen y reconocen (sin conocerlo ni reconocerlo bien) como su propio país. Cuando llegó a nuestra casa, acompañada de Víctor Gaviria, el cineasta en ciernes, y por Esthercita Levi, otra muchacha judía, seria y dulce sin contradicción, Córdoba y yo nos pusimos felices de conocer a dos chicas del mismo pueblo de Jesús y de la Virgen María. Una de ellas, ya no recuerdo cuál, dijo:

—Jesús es el judío con más clientela de todos los tiempos. Su herejía se volvió mucho más exitosa que la religión original.

Córdoba sonrió un momento, y luego contestó:

—Eso de la clientela tal vez les guste a los de la Compañía de Jesús; a nosotros no. En cuanto al éxito, creo que fue culpa de Roma, del Imperio...

Ellas, y sobre todo Sara, se acercaban un poco intimidadas a este mundo nuestro, el de los cristianos, el de la mayoría del país donde habían nacido y crecido, pero que no conocían ni entendían del todo. Víctor había sido nombrado profesor de Literatura en el Theodoro Hertzl, el colegio hebreo de la ciudad, y había querido llevar y presentar en la casa de su maestro a sus dos alumnas judías más inquietas y brillantes.

—Las voy a llevar a que conozcan un cura, un cura encantador. No las voy a llevar para que las convierta; para eso no sirve él. Pero es el tipo que más sabe de cine y de música clásica en este país. Se llama Luis Córdoba y vive en una loma por el centro, en Villa con San Juan.

Las dos chicas de pelo rizado y largo, pecosas, de nariz de película del Holocausto, entraron tímidas y sonrientes a la casa. El mismo nerviosismo las llevó a hacer ese chiste, primero que todo, creo yo. Pero ese fue su único atrevimiento. A partir de ahí su actitud se volvió muy respetuosa, casi reverencial. No sé por qué en ese tiempo nuestra casa estaba llena de seminaristas chocoanos, negros e indígenas. Así que ellas no solo estaban conociendo a los rabinos de los católicos colombianos, que nunca se casaban, que eran célibes como monjes budistas, sino también a un montón de seminaristas de otra Colombia que también conocían mal y muy de lejos: la de los negros y los indios. Parecía que estuviera haciendo un curso de etnografía, le dijo Sara Cohen a Joaquín.

Cuando ellas aparecieron en nuestra vida, nosotros estábamos, precisamente, hablando de una tía de Córdoba, la tía Genoveva, porque habíamos tenido un problema con ella, un problema de vecindad. La tía vivía en la casa de al lado porque estaba casada con un hermano del doctor Felipe, el padre de Luis, y había venido esa mañana a preguntar qué estaba pasando en la casa de su sobrino, que ahora estaba llena de indios y de negros. ¿Nos estábamos enloqueciendo, o qué? Esa indiamenta y esa negramenta (lo había dicho así, sofocada) iba a acabar de desvalorizar el barrio, y sobre todo las dos casas familiares, que ya de hecho estaban perdiendo mucho precio. Le parecía el colmo que su sobrino permitiera algo así.

Luis, con mucha amabilidad, había hecho sentar en la sala a la tía Genoveva, le había servido un tinto y le había hablado sobre el cristianismo verdadero. Para empezar había cogido una Biblia, la había hojeado un momento, buscando algo, y luego, señalando con el dedo, le había pedido que leyera un trozo en voz alta. La tía Genoveva leyó:

> Todos, pues, sois hijos de Dios por la fe en Cristo Jesús. Porque cuantos en Cristo habéis sido bautizados, de Cristo estáis revestidos. Ya no hay judío ni griego; no hay esclavo ni libre; no hay varón ni mujer, todos sois uno en Cristo Jesús. Y si todos sois de Cristo, luego sois descendencia de Abraham, y herederos conforme a su promesa.

Cuando ella terminó de leer lo que Luis le había pedido, se encogió de hombros y estiró el labio de abajo hacia afuera. Luis le explicó que lo que Cristo había hecho al venir al mundo era desterrar las antiguas divisiones entre amos y siervos, entre esclavos y libres, entre hombres y mujeres, negros y blancos, judíos y gentiles y todo lo demás. Eso era exactamente lo que decía Pablo en su epístola a los gálatas que ella acababa de leer. Después de la venida del Señor y del bautismo cristiano, todos los pueblos eran el pueblo elegido, incluidos, obvio, los indios y los negros y los mestizos y los mulatos y cualquier otra cosa que se nos pudiera ocurrir para dividir a la gente. Desde ese momento ya todos éramos iguales, hermanos iguales ante los ojos de Dios.

Después le habló de otro novicio, Hernando Cortés, que a la tía Genoveva le encantaba porque era de piel muy blanca, zarco, buenmozo, y además le traía regalos a ella de sus viajes por el mundo. Este Hernando era el piloto de la comunidad, y llevaba víveres y traía enfermos de nuestras misiones en Urabá y en Chocó. Durante un tiempo vivió con nosotros. Pues bueno, ese ojiazul al que ella tanto apreciaba por sus regalos costosos y por el color de la piel, pese a toda su blancura, no se había portado bien.

La tía no lo sabía, pero además de sus compromisos con la comunidad, Hernando empezó a hacer vuelos más largos, hasta la Florida, con escalas en Nicaragua y en Cuba, en el avión de los cordalianos. De repente tenía amigos sandinistas, comunistas. A veces, al regresar de esos viajes, nos hablaba con entusiasmo del socialismo, de sus amigos en el ejército de esos dos países. Nos decía que él era experto en hacer vuelos a ras de las olas, donde los radares no lo detectaban. Esto lo había aprendido cuando volaba rozando las copas de los árboles de la selva del Chocó, sin chocar con ninguno. Conocía pistas clandestinas en Urabá, en La Guajira, en otras zonas del norte de Colombia. Nunca nos dijo lo que llevaba y traía en esos viajes, pero por otras personas confirmamos lo que era obvio: llevaba cocaína en bolsas plásticas; traía dólares en costales. Dejamos de recibirle sus regalos, ni siquiera los puros y las botellas de ron cubano añejo que nos rogaba que le aceptáramos, casi de rodillas.

—No, Hernando, no. Esas cosas no se hacen y siempre terminan mal.

Hubo que expulsarlo de la comunidad. La última noticia suya nos entristeció mucho: la avioneta en que llevaba su cargamento fue derribada por dos cazas de la aviación estadounidense en aguas del golfo de México, cerca de la Florida. Su última escala había sido en Managua. El cuerpo de Hernando nunca se encontró. Lo único que quedó fueron restos de la avioneta flotando entre los sargazos del Caribe. Luis y yo, compungidos, celebramos una misa por su alma y rogamos por su salvación.

La tía Genoveva no lo podía creer, un muchacho tan comedido, tan modosito y de tan buen color.

Como si no bastara esto para convencerla, Luis le sacó a relucir unas cartas, mucho más explícitas, del padre Corda, nuestro fundador, para quien no era pecado, ni mucho menos, que los blancos se casaran con esclavas negras en Brasil, sino que era algo deseable y hermoso a los ojos de Dios. Los hermanos que vivían en nuestra casa venían de la zona más pobre de Colombia, el Darién y el Chocó, y estaban haciendo en Medellín los cursos para llegar a ser diáconos, quizá sacerdotes, a lo mejor un día los primeros obispos negros o indígenas de Colombia. ¡Al fin, tía, al fin! Entonces ella, si era una cristiana verdadera, lo tenía que entender y celebrar. La tía Genoveva, pese a todo, miraba a Córdoba con mucho escepticismo. Cuando al fin se retiró, nos dimos cuenta, por lo último que dijo, de que no parecía muy convencida aún:

—Eso suena muy bonito y todo, sobrino, pero yo no entiendo por qué toda esa gente tiene que vivir aquí contigo. Es muy bondadoso de parte tuya, pero yo creo que esta mescolanza no te va a traer nada bueno. Hasta lueguito pues.

De esta reacción estábamos hablando, precisamente, cuando hicieron su entrada las dos muchachas judías, tímidas y curiosas. Les explicamos lo que estaba pasando, para empezar, y Sara confesó, ingenua y franca a la vez, que también para ella era una gran novedad conocer curas de cerca, pero más todavía conocer jóvenes negros e indios, pues ellas vivían en su burbuja del Theodoro Hertzl. Le agradecía a Víctor que al fin las sacara a ver ese otro mundo de Medellín, desconocido y fascinante para ellas, y a nosotros, por recibirlas con tanto cariño.

Después supimos que el padre de Sara, judío hasta la médula, había obligado a la muchacha a pasar un par de años en Israel, desde los quince, pues esta había cometido la desfachatez, el error, la impureza, de enamorarse de un goy. Resultó ser que ese goy del que había estado enamorada era hermano del que ahora era su profesor de Literatura, y ella había vuelto de Israel, al parecer ya curada del amor por el goy, hacía pocos meses. No estaba curada del todo, en realidad, sino que quería volver a verlo, y al volverlo a ver el amor real era mucho menos interesante que el amor que había idealizado en Israel durante veinticuatro meses de nostalgia. Al regresar, todo se fue desinflando hasta que se acabó. Sara había venido con una licencia del ejército, donde estaba prestando el servicio militar obligatorio, que en Israel es una cosa seria y larga. Pero no quiso retornar a la tierra prometida. Conoció a Luis, y por esta y muchas otras razones desertó, no quiso seguir aprendiendo a disparar las famosas Mini Uzis del ejército de su segunda patria.

Así, poco a poco, nació entre Sara y el Gordo la amistad más profunda que él tuvo nunca con una mujer. Ambos estaban fascinados el uno con el otro; ella con la cultura de Luis, con su bondad, con su serenidad a toda prueba, con sus tranquilas dotes didácticas, con el mismo hecho de que fuera un macho, por así decirlo, castrado e inofensivo, un macho goy que nunca se le iba a acercar con intenciones de besarla o de acostarse con ella, y del que solo recibía, con la sed insaciable que ella tenía de aprender, datos valiosos sobre cine, consejos de lecturas literarias, audiciones de música inolvidables, incluso de grandes compositores de origen judío, como Mendelssohn y Mahler, o de intérpretes sublimes como Itzhak Perlman. Córdoba, por su lado, desarrolló por la joven Sara un afecto fraterno y de amistad. Estaba encantado con su manera de aprender, de beber de él, con la forma impertinente y franca en que ella le hacía las preguntas más íntimas y más difíciles, por ejemplo sobre el celibato, o sobre la virginidad de María, o sobre la incomprensible Santísima Trinidad, que a ella le parecía puro politeísmo, o al menos triteísmo, disimulado. Luis le había respondido con una frase del padre de Jorge Luis Borges, el psicólogo ateo Jorge Guillermo: «Este mundo es tan extraño que todo es posible, hasta la Santísima Trinidad».

Sara, poco a poco, se fue convirtiendo en una presencia constante en nuestra casa de curas. Venía dos o tres veces por semana, al caer la tarde, y también se quedaba con nosotros el fin de semana. Lo único que no hacía era dormir acá, pero de resto, convivía tanto con nosotros que hasta iba a la misa que Luis les hacía los domingos a las monjas adoratrices. Uno de esos domingos, en el momento de la comunión, Sara había hecho la fila detrás de las monjas y se había acercado al altar a recibir la hostia consagrada, en actitud muy devota. Al llegar, había cerrado los ojos y abierto la boca y sacado la lengua, como hacían las monjitas. Estuvo unos segundos así, con la lengua afuera como Zuca, pero Luis, en lugar de darle la comunión, le había impuesto su manaza enorme sobre la cabeza, unos cuantos segundos, y la había despachado con una sonrisa condescendiente, pero sin comunión.

A Sara, esto me lo dijo varias veces en esa época, y ahora se lo había repetido a Joaquín, le fascinaba el ambiente modesto, pero muy limpio, muy ordenado y pulcro de la casa. El silencio, si no había cine ni música, el brillo de las baldosas impecables, el tenue olor a lavanda de los sanitarios, las camas tendidas que se vislumbraban detrás de la puerta de los dormitorios, las bifloras florecidas del patio, el canto de los canarios con sus ramas de alpiste, algunos cuadros sagrados, con mujeres en éxtasis o con dolorosos descendimientos de la cruz, el corazón de Jesús con la víscera expuesta a la mirada atónita de quienes no podían poner en imágenes la idea abstracta e innombrable de Dios. Como a menudo nos proponía el tema religioso, el del dualismo alma-cuerpo, y el pedazo de Biblia compartida, acordamos que yo les daría un curso para explicar lo que era el cristianismo, nuestra visión del mundo. Lo preparé bien, con apuntes de mi clase en la universidad, y venían a oírme otros pupilos de Luis, además de las dos muchachas del pueblo elegido, entre los que recuerdo a Gómez, un huérfano con los padres vivos; a Upegui, que me ponía algo nervioso con su altiva belleza y su pañuelo rojo de partisano; como siempre, Angelines, la chica Chica; a veces

Víctor Gaviria y Juan José Hoyos, que siempre se quedaba dormido porque sufría de insomnios por la noche y compensaba de día; Luis Fernando Calderón, Fernando Isaza, el Maraquero Arango, y gente así...

Después del curso de cristianismo nos dedicamos a un seminario mucho más mundano y (debo confesarlo) mucho más del gusto de Córdoba, que bostezaba un poco durante mis clases de cristianismo, envidiaba los ronquidos de Hoyos y no metía nunca la cucharada: decidimos organizar un club de gastronomía sabatino, en el cual todos, menos el Gordo, debíamos hacer un almuerzo completo cada semana, cocinando delante de los demás, explicando los ingredientes y la forma de preparar cada cosa. El club se originó después de ver una de las películas favoritas de Luis, *El festín de Babette*, y de leer el cuento en que estaba basada, de Isak Dinesen, que por ahí derecho nos ayudaba a entender la exuberancia del catolicismo romano frente a la sobria austeridad del cristianismo nórdico y reformado. Sara, de alguna manera, sentía que los judíos estaban más cerca de Roma que de Copenhague, y nos preparaba delicias aprendidas de sus abuelas de Galitzia y Ucrania: pasta rellena con salsa de cebollas caramelizadas, cordero pascual, pan ácimo de la última cena, vino tinto traído del Líbano... Para uno de sus sábados, que cayó a finales de noviembre y en plenas festividades del Hanukkah, había traído una menorah de su casa, y kipás para todos los varones, de distintos colores y texturas, y había bendecido la mesa y repartido pan de trenza y vino con palabras hebreas. Angelines, por su lado, se concentraba en los platos típicos, frisoladas y sancochos de cocción muy lenta, y los seminaristas del Chocó nos hacían cazuelas de pescado fresco traído por la avioneta de las misiones de Urabá, acompañado con patacones de plátano verde, arroz con coco y puré de chontaduro.

Cuando terminábamos la comilona, y esto formaba parte del ritual, Córdoba preguntaba si alguien quería repetir algo más, y cuando al fin los asistentes se declaraban satisfechos, él se dedicaba a terminar con todo lo que había sobrado, de sal y de dulce, de sopa y seco, de carne o de pescado. No había manera de que el Gordo dejara nada para el día siguiente. Por la noche yo pagaba sus excesos con unos ronquidos que hacían estremecer los vidrios de la casa y que alborotaban a los gansos que la tía Genoveva tenía de cuidanderos en el solar, capaces de hacer más ruido que una jauría de perros guardianes.

Después del club gastronómico vinieron, por idea de Córdoba, otros excesos, ya no de comida, sino de cine. Los llamábamos las maratones cinematográficas. Estas consistían en ver todas las películas posibles en un solo fin de semana. Ahí el Gordo estaba tan dichoso como comiendo, o tal vez más, y en su salsa. Él preparaba las películas del fin de semana y la programación, en la que alternaba la proyección con descansos y tiempo para comentarios. Dosificaba dramas con comedias, cine clásico con películas contemporáneas, italianos con rusos, gringos, alemanes, mexicanos y hasta iraníes. Hollywood con la *nouvelle vague*. No todos los asistentes, una docena de apóstoles, hombres y mujeres, eran capaces de tragarse todas las películas, que podían ser siete, o más, cada fin de semana. Solo Sara y Córdoba las veían íntegras hasta el final, y las comentaban, y se acaloraban cuando no estaban por completo de acuerdo con su calidad.

A mí me gustaba espiarlos, desde un rincón, cuando surgían desacuerdos entre ellos. La discusión me indicaba, con satisfacción, que Sara era capaz de tener independencia de criterio y oponer argumentos sólidos a su maestro. Por cuestiones de cine no alcanzaban a pelear, pero con otros temas sí llegué a presenciar verdaderos combates lógicos y retóricos, al borde de los gritos y del llanto. Sara, casi siempre, se moría de risa con los apuntes de Luis, pero había un tema que la exasperaba hasta descomponerla. Córdoba había sabido que ella se negaba rotundamente a tener hijos, que despreciaba y odiaba la maternidad, no la de las demás, pero sí la propia, y sobre todo la impuesta por las tradiciones patriarcales de todas las religiones del mundo, tanto las monoteístas como las animistas como las politeístas, todas. Luis le rogaba que tuviera un hijo, que esa era la mayor bendición que podía haber, la muestra más evidente de la superioridad de la mujer sobre el hombre, y que no se preocupara por la crianza, que él se lo ayudaba a criar.

—Sí, vos me lo ayudás a criar hasta que empiece a chillar. Empieza a llorar el angelito y ahí mismo me lo entregás. Yo me sé ese cuentico de la lactancia compartida con los hombres, cómo no, con sus pródigas tetas. Puras buenas intenciones, pura paja. Los hombres hacen dos cosas: fecundan y se van, en eso consiste la magnífica masculinidad: la seducción o la violación, la huida o el abandono, y pare de contar.

Luis le decía cosas sobre el sentido de la vida que se completaba con los niños y los hijos. Le recordaba que el mismo san José nos había enseñado el infinito amor de criar un hijo ajeno. Sara se acaloraba, le contestaba que claro, que para él era muy fácil, agazapado tras la barrera del sacerdocio, protegido por su eterna soltería, su celibato y su dedicación exclusiva a Dios Nuestro Señor. Ella sospechaba, como yo, que Luis tenía sentimientos muy contradictorios: que hubiera querido casarse, tener hijos, pero que no lo había hecho por miedo a las mujeres. Eso le dijo un día, a los gritos:

—Ese es tu mayor problema, Luis, tu miedo pánico, aterrador, primitivo, a las mujeres. Te encantan, pero tenés un terror espantoso a acercárteles, a que el poder de la mujer te destruya, te haga sufrir como un cordero degollado. Le tenés miedo a sufrir, a tu debilidad, a que una vagina dentada te devore entero, y de ahí tu coraza del celibato sacerdotal. ¡Cobarde!

Córdoba, ante esta andanada psicoanalítica, se había puesto pálido, no sé bien si de ira o por alguna cuerda secreta

194

que hubiera sido tocada en su corazón, como cuando la fresa del dentista nos taladra el nervio más doloroso de una encía. En lo que gritaba Sara, con todo su énfasis y toda su crudeza y crueldad, había algo cierto. El sacerdocio, tanto en Luis como en mí, era al mismo tiempo nuestra protección y nuestra condena, nuestra perdición y nuestra salvación, ruedo y burladero, máscara y cara verdadera.

En el año 91, el más violento de la historia de Medellín, en circunstancias oscuras e incomprensibles, el padre de Sara fue asesinado. Don Salomón Cohen no solía llegar nunca tarde a la casa, si mucho, a las cinco o seis. Cuando una noche a las siete y media la madre llamó a Sara a nuestra casa a decirle que el papá no había llegado todavía, ni había avisado nada, y que estaba preocupada, Sara regresó de inmediato a su casa, a esperar y a tratar de ayudar. A eso de las nueve, nos contó a Córdoba y a mí, comenzó a sentir un frío tremendo, incontenible.

—Mi papá tiene frío, mucho frío —le empezó a decir temblando a la mamá—. No sé por qué lo siento, pero es algo espantoso, se está muriendo de frío, entelerido, estoy segura de que tiene frío.

Al amanecer recibieron una llamada de la policía de Caldas. No era para que se preocuparan, ni mucho menos, pero debían ir a la morgue de ese pueblo para ver si reconocían un cuerpo. No era el del señor Cohen, podían estar tranquilas, pero tal vez tuviera alguna relación con su desaparición, que ellas habían reportado antes de la medianoche; quizás era un conocido de don Salomón. Era jueves, y fue con su madre a Caldas antes del mediodía. Desde lejos, al entrar en la morgue, lo reconoció por el pelo, no había duda, era él, y entonces se enloqueció, empezó a dar alaridos, la sacaron, se desmayó, volvió en sí, se puso de nuevo histérica al despertar. Desesperada, sin consuelo, sin pausa en la ira y en los gritos.

Ya era viernes cuando les entregaron el cadáver, pero los judíos no pueden enterrar a nadie en sabbat. Tuvieron que velarlo en el suelo de su casa, el cuerpo en contacto con las baldosas, cubierto apenas por los mantos sagrados, después de lavarlo y prepararlo bien. Sara vio de lejos a Luis, que había ido a acompañarla y miraba en silencio desde un rincón. Córdoba me contó que le había gustado mucho la ceremonia, sentida, sencilla y honda. Me dijo que un rabino calvo y triste, de apellido redundante, Tulio Rabinovich, había dicho algo así como: «Los judíos están pulidos con sufrimiento y abrillantados con tormentos, como guijarros en la playa. Se distingue a los judíos solo cuando mueren, como se distinguen los guijarros del resto de las piedras; cuando una mano fuerte los arroja, saltan dos o tres veces sobre la superficie del agua antes de hundirse».

Al fin, el domingo lo pudieron enterrar. La madre y la hija, enfermas de miedo ante confusas amenazas y rumores extraños, se fueron de Medellín a Bogotá, a planear la Aliyá, un posible regreso definitivo a la tierra prometida. Una huida del infierno y un regreso a Jerusalem. Al fin, cuando la madre se negó a emigrar a Israel, volvieron a Medellín, y a partir de entonces la amistad entre Sara y Luis se hizo más intensa, pero, de parte de él, un poco más paternal. Ella empezó a decirle «padre» desde entonces, y el Gordo a llamarla «hija». Sara le dijo a Joaquín que pudo superar el duelo y la locura gracias a Luis, a su cariño, a su consejo, a su madurez imperturbable, a su música y a sus películas, a su amistad casta, amorosa e incondicional. Le dijo que nunca había tenido, ni volvería a tener, un amigo tan cercano y completo, tan comprensivo y sabio como él.

Cuando a mi amigo Córdoba le dio el embeleco de irse a trabajar a la radio Deutsche Welle, en Colonia, donde le habían ofrecido un puesto, el viaje a Europa se le volvió una obsesión y no hubo manera de disuadirlo. Él había tenido un desengaño con nuestra comunidad, una desilusión que no viene a cuento aquí, y me parece que quería poner un océano de por medio entre él y los cordalianos de Medellín. Sus mejores amigos, entre ellos Sara y yo, no estábamos de acuerdo con ese viaje, con ese cambio de vida radical. Eso era como abandonar al asiduo grupo de seguidores que tenía en el mundo de la cultura de la ciudad, tanto del cine como de la música, y abandonarnos también a nosotros, abandonarme a mí.

Los meses en que él se dedicó a los preparativos del viaje produjeron un gran desbarajuste en nuestra casa. Yo estaba muy ocupado, muy triste sin decirlo, y el reglamento se alteró mucho; no todas las rutinas y horarios se cumplían ni yo era capaz, como antes, de estar pendiente de lo que pasaba. Córdoba tenía todavía menos cabeza que yo. Para empezar, él había resuelto vender la casa para tener unos fondos adicionales en Alemania, y, por lo tanto, todos los que vivíamos ahí teníamos que encontrar con mucha premura otra residencia cordaliana que nos acogiera en algún sitio de Medellín o del país. Voy a decir algo que me duele recordar: en esos meses Luis fue muy egoísta, pensaba solo en él, en su futuro en Alemania, y muy poco en nosotros. No me gusta quejarme, pero lo digo esta vez: tampoco pensaba nada en mí, que lo había acompañado siempre, en las buenas y en las malas. Solo pensaba en el conteiner que iba a venir a recoger sus cosas, sus libros, sus películas, sus equipos de sonido y de proyección, sus discos, sus recuerdos. Un día, al fin, se estacionó un camión al frente de la casa, con el conteiner vacío, que entre todos (seminaristas negros e indígenas, Conchita, Angelines, Sara Cohen y este servidor) llenamos con los libros, las películas, el escritorio, la cama, los chécheres de Luis. Córdoba no pudo ayudarnos por estar entregado a las cosas del espíritu, o sea que su corpachón estaba redactando su página de cine de esa semana.

Pero volvamos al momento del error, o a lo que yo veía, quizás influido por mi tristeza, como un error. Como no teníamos adonde ir, finalmente el provincial de los cordalianos nos ofreció a quienes íbamos a quedar en el aire, sin casa, los cinco novicios y yo, que nos fuéramos a vivir a un apartamento que la comunidad había recibido en donación en la calle Argentina. Mientras tanto, Córdoba se desentendió de los líos y desajustes que provocaba esta mudanza intempestiva. Él tenía su mente puesta en Colonia, en el majestuoso río Rhin (Córdoba me hizo prometer que no desacralizaría el nombre del Rhin escribiéndolo sin h), en su nuevo trabajo en la radio, en los contactos con los cordalianos de allá, con quienes se iría a vivir al menos en un principio, en el colorido conteiner (HAMBURG SÜD, decía en su costado) que se llevaba lo más bonito y valioso de la casa, y nada más. Luis tenía desayunos, almuerzos y cenas de despedida, todos los días, con sus amigos músicos, sus amigos cineastas, sus amigos religiosos, sus amigos literatos, sus amigos de la ópera, sus amigos glotones. Unos y otros, sin falta, lo querían despedir. Cuando al fin Córdoba se fue, diciéndonos adiós a sus compañeros con una cierta indolencia que a mí me dolió, que todavía me duele, nosotros no habíamos tenido tiempo aún de desocupar la casa de Villa con San Juan, pues antes había que hacer reformas para que cupiéramos en el apartamento de la calle Argentina.

Fue justo después cuando ocurrió algo que me mortificó tremendamente y que Córdoba, cuando se lo conté por carta, evadió por completo, pues en su respuesta ni siquiera lo mencionó. Una empleada del servicio, Esperanza, que venía a ayudarnos algunas veces a la semana con la ropa y el aseo en la casa de Villa, resultó embarazada. Esperanza era una mujer de unos treinta y cinco años nacida en Donmatías. Era blanquísima, zarca, pizpireta, muy alegre, cantarina. Hacía sus oficios cantando, silbando, medio bailando, como sin cansarse, siempre con muy buena voluntad, y a todos nos caía bien. Hasta que una tarde, muy recién ido Luis, Angelines me vino con el cuento:

—Lelo, mira, parece que Esperanza resultó embarazada, pero no dice de quién; lo único que hace es llorar en el lavadero, mirar al cielo y decir que no sabe qué hacer y que no nos puede decir de quién es. Conchita me dijo que a ella le huele que el padre es uno de los novicios.

Esta última parte me consternó aún más. Córdoba ya no estaba para pedirle consejo, y por escrito no me contestaba, como si eso ya no tuviera nada que ver con él, aunque hubiera ocurrido por el desorden y los descuidos ocasionados por los preparativos de su viaje a Alemania. Así que me tocó coger el toro por los cuernos, a mí solo, y encarar a la muchacha:

—A ver, Esperanza, cuénteme pues qué fue lo que le pasó, para ver cómo podemos ayudarle. Primero que todo dígame de quién es la criatura.

Después de mucho negarlo, después de mucho llorar y exprimir el dulceabrigo rojo mojado que tenía en las manos, después de varios días de darle muchas vueltas a la cosa, después de culpar a un mensajero y a un repartidor de Coca-Cola, lo único que soltó fue esta confesión incompleta:

—Vea, padre, lo que le puedo decir es que el papá es uno de los novicios que viven acá. No fue por la fuerza; nos pusimos a jugar con candela y nos quemamos. El caso es que yo le juré a él que nunca lo iba a contar, así que no le voy a decir quién es, porque no solo los curas tienen palabra, yo también. Sea como sea, tranquilo, que yo me pienso ocupar sola del niño o de la niña. Ni ustedes ni el papá se van a tener que hacer cargo del bebé.

Por mucho que le expliqué la importancia de saber quién era el responsable; por mucho que le dije con los argumentos más simples y más elaborados que me tenía que contar, no fui capaz de sacarle más información. En una reunión con los novicios, uno tras otro se fueron escudando en un silencio cómplice. Yo me di cuenta de que el fecundador, fuera quien fuera, y los demás, sabían muy bien quién era el responsable, pero que habían hecho un pacto de no revelar la verdad, y cada uno negaba tajantemente la paternidad y también negaba saber cuál de ellos era el culpable de la preñez de la empleada. Lo único seguro, para mí, era que en esas circunstancias yo no podía despedir a Esperanza, sino apoyarla en todo lo que necesitara. En esto estuvo también de acuerdo el provincial, y lo que hicimos como comunidad fue ayudarle a la joven a conseguir una casita propia en Hogares Corda, en un barrio que los cordalianos estaban construyendo por El Picacho.

Mientras su barriga se iba haciendo cada vez más notoria, nos llegó la sorpresa de Alemania: Córdoba no se había adaptado en absoluto a su trabajo en la Deutsche Welle y pensaba volver tan de repente como se había ido. Hasta había dado orden de que en cuanto el conteiner llegara a Hamburgo lo devolvieran a Cartagena en el primer barco disponible. Ya no era necesario seguir con la venta de la casa de Villa con San Juan y todos podíamos permanecer ahí. Los cordalianos tampoco nos tenían que entregar la residencia de la calle Argentina y la podían destinar a otros fines. La noticia me dio una sensación ambigua, entre felicidad y desquite, como cuando uno le recrimina a otro en la cara: «Te lo dije, te lo dije, te lo dije». Traté de mostrar solo la felicidad. Luego pensé que lo mejor sería esperar al regreso de Córdoba para intentar resolver el enigma de la paternidad del hijo de Esperanza. Mientras tanto, la convivencia se había deteriorado mucho entre nosotros, en parte por la ausencia de Luis, pero sobre todo por la culpa secreta de uno de los novicios y el silencio cómplice de los demás. Toda la confianza se había convertido en suspicacia.

De los cinco novicios chocoanos (o, más en general, del Darién), tres eran indígenas y dos eran negros. Dos de los indígenas eran de etnia kuna y nos los habían enviado, con muchas recomendaciones para su formación, unos misioneros españoles desde un archipiélago panameño limítrofe con Colombia donde tenían establecida su misión. Ambos, curiosamente, se llamaban igual: Alarico, por lo que nosotros les decíamos Alarico I y Alarico II; no quiero acordarme de los apellidos, que sí eran distintos. Su lengua materna no era el castellano y casi siempre, entre ellos, hablaban en su propio idioma, del que nadie en la casa entendía ni mu. El tercer seminarista indígena era emberá katío y venía de Riosucio; se llamaba Pancracio Cassama. Los tres eran, en mi modesta opinión, bastante indescifrables. Obedientes, sumisos, silenciosos, pero muy ellos mismos, si puedo decirlo así. No expresaban sus sentimientos, uno nunca sabía si estaban contentos o no, si estaban satisfechos o no con la vida religiosa. Se sometían al reglamento, al horario, les iba más o menos bien en los estudios, pero era muy difícil saber si sentían una verdadera vocación religiosa o si simplemente aprovechaban la oportunidad que les daba la orden para educarse. Para decirlo de forma más sencilla: yo no era capaz con ellos; no lograba entenderlos del todo, nunca se sinceraban y ese hermetismo me ponía de mal genio.

En cuanto a los dos novicios negros, aunque su lengua materna era el español, daba también la impresión de que acabaran de llegar del Congo. Las profundidades geográficas del Chocó producen gente así, al mismo tiempo encantadora, servicial, fascinante, pero nada fácil de entender para una mentalidad montañera como la mía. No les echo a ellos la culpa, ni mucho menos, sino a mis limitadas entendederas. Uno de los dos, Ambrosio Palacio, era alto, de piel muy tersa y brillante, y como me parecía el más apuesto y el más fiestero de todos los novicios, para mí era el primer sospechoso de haber seducido a Esperanza y engendrado a la criatura; pero mi sola sospecha no significaba nada. El otro, Patricio Pedernera, era más bajo y modesto en su apariencia, menos festivo, casi tan retraído y arisco como los mismos indígenas. Este último tenía un sentimiento y una conciencia racial muy marcadas, de modo que ante cualquier observación de parte nuestra, ante un mínimo reclamo en los mejores términos, no dudaba en acusarnos de racismo y discriminación. Total que yo no conseguía, pese a todos mis esfuerzos, encontrar la verdad. Lo que sí puedo decir con seguridad es que estos cinco novicios eran todos diez o doce años más jóvenes que Esperanza.

Casi un año después, cuando ya Esperanza había tenido al niño, un varoncito, a quien no nos había dejado conocer, ella empezó a pedirme que le ayudara a traducir del inglés unos documentos que le llegaban del consulado de Estados Unidos. Sus padres vivían en el norte, en Massachusetts, y habían adquirido la nacionalidad, por lo que ahora la estaban pidiendo a ella también. Le ayudé con mucho gusto a reunir los documentos que le exigían y al fin ella logró que le dieran la visa para irse con el niño. Ya en esas, Córdoba había vuelto de Alemania (el conteiner todavía no) y Esperanza nos invitó a los dos, y también a Angelines, a que fuéramos a una fiesta de despedida en su casita de Hogares Corda. Era una celebración bonita en la que la mujer nos quiso agradecer todo lo que habíamos hecho por ella. Al niño, eso sí, no nos lo quiso presentar. Lo tenía encerrado en la pieza y decía que no lo fuéramos a despertar, que tenía fiebre y estaba dormido.

Nos estábamos comiendo un pedazo de marialuisa cuando de pronto el bebé, desde la oscuridad del cuarto, soltó un alarido. Angelines, que siempre ha sido mucho más recursiva y avispada que nosotros, no lo dudó un instante: saltó de la silla, abrió la puerta, alzó a la criatura y salió a la salita con él en los brazos. De inmediato dejó de llorar y nos miró a todos fijamente, con una sonrisa muy bonita. No me pareció verlo por primera vez, sino reconocerlo. Sin que la cosa pasara por mi pensamiento ni por mi corazón, exclamé algo que me salió del alma:

—¡Alarico Tercero!

Sí, el bebé era la viva imagen de Alarico II, podría decirse que un clon perfecto de él en sus facciones, en el pelo, en la sonrisa, como si no hubiera sacado nada de Esperanza, salvo, quizás, una tonalidad de la piel un tris más clara que la del panameño. La evidencia era tan grande, mi grito me había salido tan de adentro, que Esperanza no pudo seguir negándolo. Tal vez aprovechó también que en pocos días se iba para siempre de Colombia, y nos confirmó, roja hasta las orejas, que así era, que había tenido un desliz con Alarico II, pero que ella le había prometido no contar nada para no perjudicar sus primeros votos, como diácono, que en esos mismos días estaba a punto de profesar. Ella no pensaba exigirle nada y ahora había resuelto criar a su niño en Estados Unidos, donde la cosa, pensaba, no sería tan difícil como aquí.

—Por fin no es un blanco el que embaraza a una indígena —comentó Angelines entre dientes, casi para sí misma—, sino un indio el que preña a una blanca. Ya era hora.

Cuando ella se fue a su nueva vida, a un pueblo puritano cerca de Boston, yo no tuve más remedio que informar de lo ocurrido al provincial y a los españoles de las misiones en el Darién. Se resolvió que lo mejor era que Alarico II volviera al archipiélago donde había nacido y que allá, quienes lo habían recomendado como un pupilo apto para llegar al sacerdocio, resolvieran de qué manera reorientar o confirmar su vocación. Tengo que decir que ninguno de estos novicios que estuvieron bajo nuestra tutela se terminó ordenando. Uno de ellos, sin embargo, llegó a ser senador de la República. Otro sacó un doctorado en la Universidad de Antioquia y es profesor en alguna ciudad del sur del país. De Alarico II supimos que montó una farmacia y tiene una familia numerosa en su archipiélago natal. Y a Esperanza no le fue mal, pues se casó con un camionero gringo que, por lo que nos contó en una de sus cartas, le ha ayudado con mucha generosidad a educar al fruto de su vientre colombiano, y lo mismo a la hija que tuvieron allá. Los dos hijos de Esperanza, según lo último que supe, terminaron con buenos resultados la universidad.

N

Joaquín me ha contado que por la noche, especialmente si se acuesta sobre el costado izquierdo, lo desvelan los latidos de su corazón, o, como él mismo dice, «el metrónomo de la música de mi vida». A veces, en el insomnio, intenta dormirse repitiendo una y otra vez los mismos versos: *Todos duermen, corazón, / todos duermen y vos non. / Todos duermen, corazón, / todos duermen y vos non.* Parece ser, sin embargo, que estas ovejas no le sirven. Duerme, o, mejor dicho, no duerme, con los ojos abiertos en la oscuridad, buscando un signo en la bolsa oscura del aire, los sentidos alerta, las orejas desplegadas, el gusto y el olfato en alarma continua, el tacto en una arteria palpitante del cuello o la muñeca. La almohada, dice, es como un amplificador de las pulsaciones, y a veces, cada cinco o seis tun-tun, tun-tun, tun-tun, nota una disonancia, como una anomalía, un clic mecánico, un traca-traca que parecería la primera señal de alarma de un motor que comienza a fallar, y ya no es rítmico. Un golpe adicional, más gruñido que latido, que él intenta captar y descifrar con toda la concentración de esa oreja hundida en la tela mullida, como si el mero hecho de sentirlo lo pudiera proteger de sus efectos nocivos. «Si me concentro en oírlo, no se puede parar», me dice. «Esa es al menos mi superstición».

El cardiólogo le mostró, cuando su problema de válvulas apenas empezaba, en un corazón de caucho flexible y desarmable que guardaba en una gaveta, el funcionamiento correcto del corazón normal: «La sangre sin oxígeno, cianótica, la sangre azul oscura, llega desde las venas cavas a la aurícula derecha; desde esta aurícula, a través de la válvula tricúspide, la sangre negruzca pasa al ventrículo derecho». El médico metía el dedo índice por las venas cavas, la que venía de la parte baja del cuerpo y la que llegaba de lo alto, del cuello y el cerebro, gran consumidor de calorías y oxígeno. Abría el corazón de goma y le mostraba las cavidades internas, las de entrada, o atriales.

En la almohada, Joaquín no sabe distinguir cuál es la sístole y cuál la diástole, en qué momento hay relajación o contracción. Lo que le da angustia y quizás incluso acelera sus pulsaciones es ese latido anómalo, adicional, sobrante, que espera con miedo, como cuando uno trata de oír los ruidos de un ladrón en el techo, las pisadas de un asesino en el pasillo, el roce de una ganzúa en la cerradura. Si se pone una mano debajo del esternón y la apoya contra las costillas al lado izquierdo, de vez en cuando los dedos sienten un tumbo, un golpe. En uno de esos tumbos anómalos latió también un perro en el patio vecino y, como se dice, el corazón le dio un vuelco, creyendo que era él mismo el que había ladrado así.

«Luego el ventrículo derecho durante la sístole (o contracción), a través de la válvula pulmonar, envía la sangre oscura a la arteria pulmonar, que se bifurca en dos, una para el pulmón derecho y otra para el izquierdo; la sangre se oxigena en las celdillas de los pulmones y por las venas pulmonares, una por cada lado, regresa ya roja, brillante, fresca y oxigenada a la aurícula izquierda; durante la diástole (corazón relajado), de la aurícula izquierda la sangre pasa al ventrículo izquierdo a través de la válvula mitral; cuando el corazón se vuelve a contraer, la sangre oxigenada sale del ventrículo izquierdo, atraviesa la válvula aórtica, y desde la aorta la sangre luminosa, a lo largo de numerosas arterias, lleva al cuerpo, incluyendo al mismo corazón a través de las coronarias, todo el oxígeno y todos los nutrientes necesarios para moverse, para pensar y vivir. Es en esa última contracción, la que saca la sangre oxigenada, luminosa, hacia la aorta, donde medimos tu FE, tu fracción de eyección».

Joaquín se ha vuelto tan obsesivo con su problema cardíaco que lee noche y día libros y artículos especializados sobre el corazón. Cuando nos vemos para hablar de mis recuerdos de Luis, en vez de concentrarse en Córdoba, se explaya contándome las cosas que ha averiguado sobre su víscera, que, me aclara, se parece al corazón de Luis, inservible, y se parece también al otro de repuesto que le iban a poner, y al de todos nosotros.

—El corazón, Lelo, siempre fue el órgano intocable por antonomasia —me adoctrina—. La medicina tradicional tenía un axioma que ningún médico ponía en duda: basta que toques el corazón, que le abras el menor orificio con un dedo, con un alfiler, para que este se detenga, y, si se detiene, estás muerto. Por este axioma, el corazón fue el músculo intocable durante milenios. Los mismos egipcios, cuando embalsamaban a sus faraones, les sacaban de la cavidad torácica todas las vísceras (hígado, tripas, pulmones, bazo, vesícula, riñones...) menos el corazón, que permanecía en su sitio, el intocable sol en la mitad del pecho, que iba a ser pesado en una báscula especial. Casi hasta la llegada del siglo XX ningún médico se había atrevido a traspasar esa frontera; se operaban el colon, los testículos, el hígado, la matriz, pero nunca el corazón. Se trepanaba el cerebro, se le extraía la piedra de la locura, pero nadie tocaba el corazón, como no fuera para matar. Aristóteles había dicho que el corazón no podía soportar que lo rozara la punta de un cuchillo; luego Galeno notó que todas las heridas de los gladiadores en el corazón eran mortales; se dio cuenta de que si se perforaba alguna de las cámaras cardíacas, los gladiadores morían en el acto, por pérdida de sangre, y más rápidamente si la lesión era en el ventrículo izquierdo. Durante siglos se consideró imposible coser un corazón palpitante.

»Todo cambió un día de verano de 1893, en Chicago, cuando a un cirujano negro le llegó un herido de veinticuatro años al que le habían dado una puñalada en el pecho en una riña de cantina. La hoja había entrado por el lado izquierdo del esternón, y el cirujano, a ciegas entre borbotones y coágulos de sangre, amplió la herida con un bisturí para explorar mejor. El médico se llamaba Daniel Hale Williams y quizá no era muy consciente de que iba a intentar lo que nadie nunca antes se había atrevido a hacer. El cuchillo había hecho un corte en el ventrículo derecho, la sangre era muy negra, venosa. El joven se estaba yendo, tenía la tensión en el suelo y la lividez de la muerte. Sin pensarlo, o pensando con las manos más que con la cabeza, el doctor Williams pidió hilo de tripa de gato, una aguja, y suturó el pericardio perforado. Cosió el músculo al mismo ritmo en que el corazón del muchacho palpitaba, como bailando con él, metiendo y sacando la aguja durante la diástole. Había otra cuchillada, otra perforación, pero esta tenía ya un buen coágulo tapando el hueco y prefirió no tocarlo. Lo maravilloso fue que el paciente, un tal Cornish, sobrevivió a la sutura, el corazón siguió latiendo y no murió de sepsis, como era lo habitual en esos días al abrir el pecho. Dos meses después salió caminando del hospital. El corazón, así, gracias a las manos de un cirujano negro en una época todavía muy racista, dejó de ser intocable, y desde entonces es posible coser un corazón. Hasta ese día se aseguraba que operar un corazón tenía la misma eficacia que los rezos; a partir de entonces, suturar un corazón empezó a ser mucho más productivo que rezar. Dicho esto último sin ofender, Lelo.

Si apoyamos la cabeza sobre el pecho de la persona amada (y este ha de ser uno de los actos humanos más antiguos), además de la agradable sensación de la piel y del calor, a pesar del aroma irrepetible que emana quien amamos, de repente se oyen esos latidos rítmicos, ese pequeño motor que es la muestra de que estamos vivos. Nadie lo recuerda, pero sin duda la primera experiencia auditiva de todos los vivíparos es esa misma palpitación grave, oscura, doble, cavernosa. En la tibia piscina del líquido amniótico, ese constante tambor de carne tiene que producir sosiego.

En estado de reposo, y si no tengo el nerviosismo de querer escribir sobre el corazón pensando en mi amigo Córdoba, o en el corazón enfermo de Joaquín, mi corazón marcha a un ritmo parejo de sesenta pulsaciones por minuto. Se dice que el minuto está dividido en sesenta segundos porque la base sesenta es cómoda. Es el primer número divisible por los primeros cinco dígitos: por uno, por dos, por tres, por cuatro y por cinco. Y además por diez, doce, quince, veinte y treinta. Pero yo creo que cuando los segundos tuvieron algún sentido para medir el tiempo (y eso solo ocurrió cuando hubo relojes muy precisos), la elección del número de segundos por minuto pudo estar influida por el ritmo natural del corazón: sin taquicardia ni bradicardia, sin arritmias. Sesenta pulsaciones por minuto es un buen punto medio, al menos si uno se mide la frecuencia cardíaca al despertarse sin ningún sobresalto.

Creo que nosotros los curas hemos estado siempre tan en contra del aborto porque muy pronto, si aplicamos una corneta o un estetoscopio al vientre de la mujer embarazada, podemos oír el corazón del bebé. Más que de un ser humano hecho y derecho, defendemos el tabú de no matar un corazón, de no pararlo a la fuerza.

—El corazón del feto —me enseñó también Joaquín— palpita casi tan rápido como el corazón de un colibrí, que late a mil pulsaciones por minuto. En cambio, el corazón de los grandes ciclistas, digamos el de Nairo o el de

Egan, es lento como el de un elefante, que con treinta latidos por minuto llega hasta la cola y hasta la punta de la trompa, y todo lo irriga. Una vez pude ver el corazón de una ballena encallada y descuartizada en las arenas del Pacífico. Era del tamaño de un Fiat Topolino. Capaz de bombear trescientos cincuenta litros de sangre por minuto.

»Y lo más increíble, Lelo: así como la Tierra se sostiene en el aire, y vista desde la Luna parece ingrávida, leve y azul, así mismo el corazón está en el agua, leve y rojo, como en un líquido amniótico, flotando siempre, sin roces ni ligaduras a nada, envuelto en papel regalo, el pericardio, como un astro que no requiere apoyos ni ataduras, como un espíritu libre.

Me parece que también Córdoba se sabía esa lección de memoria, y al oír los movimientos de su corazón casi podía verlo, acariciarlo, o al menos eso me decía. Al acostarse, en la penumbra del cuarto, se ponía la mano abierta debajo de la axila, como le había enseñado Fernando Isaza, y le parecía poder tocar su corazón crecido. Iba a aceptarle a Darlis, sí, se le ocurrió, iba a pedirle a la muchacha que le hiciera ahí, en el pecho, ese masaje que le había ofrecido, el que hacía su padre en el pueblo, y que supuestamente lo podía sanar. Un largo masaje ahí, todo el tiempo y solo ahí. Con seguridad eso, pensó ya casi dormido, hundiéndose en el sueño, eso sería un bálsamo para su corazón, para todo su cuerpo.

Teresa me contó que una tarde, al anochecer, cuando volvía a pie del colegio de los niños especiales, desde la esquina, vio una gran furgoneta blanca. ¡Una ambulancia!, pensó, y empezó a correr. Creía que Luis había tenido una crisis cardíaca o se había muerto, que ya lo iban a sacar en una camilla, inerte y cubierto con una sábana. Al acercarse se dio cuenta de que no era una ambulancia, sino un furgón de Caracol Televisión. Adentro le estaban haciendo una entrevista al Gordo. Habían movido todos los muebles de la sala y él estaba en el centro, muy tranquilo, sentado en el sillón de flores, contestando a las preguntas con toda la serenidad del mundo. Estaba rodeado de reflectores y de técnicos que hacían señas y se ponían un dedo en la boca para que nadie hablara.

Yo recuerdo haber visto esa entrevista que le hicieron a Córdoba en la casa de Laureles. El periodista era el mismo que hacía muchos años lo había contratado para hacer la página de cine en *El Colombiano*, Darío Arizmendi, que ahora tenía un programa de entrevistas en televisión. Joaquín consiguió una copia del viejo programa y me la dio para que yo la volviera a ver. Fue la última entrevista que le hicieron a Luis antes de la operación. El Gordo, para empezar, ya no estaba tan gordo, tanto que en la conversación, muy al principio, dice:

—Cuanto menos pese, mejor para mi corazón. Llegué a pesar ciento treinta y nueve kilos, ahora estoy en noventa y me siento mucho mejor. Creo que soy otro; que ahora soy el que estaba dentro de mí. Claro que todavía me gusta mucho comer con los amigos, y conversar con ellos mientras comemos. Es como ver una película juntos, algo que me gusta mucho también. Ese animal que está dentro de mí, el corazón que habita dentro del corazón, que nosotros los curas llamamos el alma...

El entrevistador lo interrumpe y le pregunta sobre la muerte y sobre el trasplante que le van a hacer. Luis suspira y responde:

—Uno piensa que es invulnerable, que no se va a enfermar. Mi problema de corazón lleva muchos años conmigo.

Uno intenta hacerse el bobo y hace planes sin tener en cuenta la muerte. Pero conviene mucho tenerla en cuenta y planearla. Desde hace tres o cuatro meses me hicieron el ofrecimiento del trasplante: es un regalo y una oportunidad de vida que me dan la ciencia y el cuerpo médico. Esperando ese corazón, en esta casa, me he sentido particularmente tranquilo. He sentido el amor, la amistad y la ayuda de los demás. No estoy centrado en mí mismo ni en mi enfermedad. Es mejor seguir disfrutando la vida: seguir oyendo música, viendo películas y conversando con la gente. Soy un enamorado de la amistad y de la conversación. Me conmueve la cercanía de mis amigos, de mis amigas, su solidaridad, su compañía constante, su cariño. Este ha sido un descubrimiento enorme, sentirme tan querido y tan rodeado de afecto. Últimamente me siento mucho mejor, compensado. Mi corazón funciona como un carro viejo, que falla a ratos, pero uno lo cuida todo lo posible mientras tiene la ocasión de conseguir otro. Duermo perfectamente y espero.

Arizmendi le pregunta sobre el donante. Sobre el hecho de que alguien muera para que él viva.

—Claro que es angustioso pensar que una persona tiene que morir para que yo pueda vivir. Por otra parte, es como un ciclo de vida que se renueva, pero no deja de angustiarme que sea fácil en esta ciudad encontrar un donante precisamente por su mayor desgracia, por ser Medellín una ciudad tan violenta. Es una cosa terrible, pero es así, es un hecho. En Europa y en Estados Unidos la mayoría de los donantes provienen de los accidentes de tránsito; aquí, de la violencia. En China son más prácticos. A los condenados a muerte les sacan el corazón al estilo azteca: con el paciente vivo. La pena de muerte y el trasplante se cumplen en dos quirófanos contiguos. Gracias a Dios aquí no es así, yo no lo aceptaría nunca. En todo caso lo mío se ha demorado porque tiene que haber coincidencia en el tipo sanguíneo y en el tamaño; como soy alto, tiene que ser una persona relativamente grande. Podría ser incluso el corazón de una mujer. Eso me agrada; ojalá fuera el corazón de una mujer.

El entrevistador insiste en las metáforas sobre el corazón y en la posibilidad de que luego, al ser trasplantado, decida cambiar, tener una nueva vida, dejar de ser sacerdote. Un poco exasperado, Córdoba vuelve a lo básico:

—El corazón es un músculo, una bomba que le dio vida a otra persona. Me sentiré muy unido a la persona que me haga ese regalo. La voy a tener en cuenta, pero no voy a saber de quién es. Es un acto de solidaridad, aunque quien lo tenga conmigo no pueda ser consciente de su regalo. El dato del donante se mantiene oculto, anónimo. No voy a ser otro. No creo en lo más mínimo en la reencarnación. Pienso que la vida continúa y que la vida se eterniza de alguna manera en las cosas más bellas que tiene. No puedo ser otro completamente distinto aunque reciba un corazón ajeno. He disfrutado mucho la vida y creo que no tengo quejas. Siempre me ha gustado lo bello, lo amable: el arte, el espíritu, el pensamiento. En este sentido, me gustaría seguir buscando lo mismo. El pasado está ahí, mi pasado de sacerdote, por ejemplo. Yo soy eso, y esto no se puede corregir ni borrar. Quisiera tener la misma vida, pero aprovecharla hasta lo último. La vida es la posibilidad de estar al lado de otros seres con amor. El amor es la base fundamental de la existencia. Las carencias de alguien hacen que otra persona tenga una vida plena, con sentido. Si no hubiera enfermos, no habría médicos. Si los niños no fueran pequeños y frágiles, no habría maternidad ni paternidad. Si todos fuéramos perfectos, nadie necesitaría a nadie. Cada carencia implica que alguien suple esa carencia y la mejora y la hace menos honda.

Arizmendi le pregunta por las cosas espirituales, ya que el señor es cura.

—No soy dualista, no creo en el espíritu separado del cuerpo. No creo en un cuerpo que sea la prisión del espíritu. El cristianismo real es siempre integral, alma y cuerpo, algo unido. Los mismos judíos han mantenido muy unido el hecho del alma al hecho del cuerpo; quizá por esto entre los judíos no hay monjes, de esos que, teóricamente, se dedican por entero al espíritu; más bien fueron los griegos los que nos encaminaron por esa otra senda, la de la separación de cuerpo y espíritu. Creo que parte de lo más grande del cristianismo es la aceptación de la vida, la aceptación del placer, de la existencia. San Francisco de Asís disfrutó de la existencia y no se estuvo quejando de que su espíritu estuviera en una cárcel. Yo he evangelizado a través de las cosas que más me gustan: la música y el cine. Esto me lo permitió el Concilio Vaticano II y el hecho de que el fundador de los cordalianos, Ángel María Corda, siempre defendió la posibilidad de evangelizar por todos los medios. Esto me dio un margen de libertad muy bueno para lo que yo pretendía, y pude llevar una vida y hacer un trabajo sacerdotal por fuera de los esquemas, y sin sobresaltos de ninguna clase. He podido compartir y comunicar lo que más me gusta del cine y de la música, que es básicamente su belleza, su indudable belleza.

El entrevistador insiste en preguntarle si va a cambiar de vida después de la operación. Si va a seguir siendo cordaliano o no, si se arrepiente de ser cura. Luis contesta:

—Y dele con la reencarnación, usted insiste con esa idea de reencarnación. Es una idea errónea porque se ilusiona con algo imposible: que está permitido corregir la vida, cambiarla, y la vida no se puede corregir. Si se pudiera, le diría a mi sobrina que no se monte en esa avioneta en la que se mató. Sabiendo el futuro, es muy fácil corregir la vida, pero la vida es bella porque es siempre un borrador, y el mismo hecho de ser cura me permitió experiencias fundamentales para mi formación. Un cura nunca deja de ser cura, aunque se salga. Gracias al sacerdocio conocí el país de mis sueños, que es Italia. Allí descubrí el cine de una manera más reflexiva, y fue maravilloso. Mi pasión esencial se convirtió también en reflexión. Allá asistí a rodajes, oí hablar a grandes directores, asistí al estreno mundial de *Teorema*, de Pasolini, que dos días después fue prohibida para todo público. Un famoso jesuita (hace poco vi que fue asesor en la película de *El nombre de la rosa*), Angelo Arpa, nos hizo conocer a un par de amigos íntimos suyos: Rossellini y Fellini. El padre Arpa tenía un cineforo en el Pio Latinoamericano al que íbamos seminaristas de todos los países (no se nos permitía ir a salas de cine comerciales). Arpa era un apasionado por el cine; produjo cine. Llevaba al director después de las proyecciones, y hablábamos con él. Gracias a su amistad con el cardenal Siri, de Génova, impidió que el Vaticano censurara *Las noches de Cabiria*, de Fellini; hizo que viera la película como algo positivo, no como una indecencia, ni como una burla, sino como una celebración de la vida. No tengo grandes anhelos ni ambiciones; a lo único que aspiro es a tener un corazón sosegado; parece poco, pero es bastante. Los que lo tienen no saben el tesoro que guardan en el pecho.

Al ver de nuevo la entrevista, sin embargo, y al notar la incomodidad con que respondía a la insistencia del entrevistador sobre el cambio de vida, yo leía en el semblante de Luis algo que no podría notar nadie que no lo conociera muy bien. Yo sí lo notaba. No, él no podía ser por completo sincero ante las cámaras de televisión, y sí había algo en él que había cambiado radicalmente en esos últimos meses, mientras esperaba esa segunda oportunidad que significaría recibir un nuevo corazón. Lo que pasa es que Luis odiaba el exhibicionismo ante las cámaras, la pornografía sentimental, y todo eso que pensaba cambiar se lo guardaba para sí.

Ñ

Hay un viejo proverbio francés que describe muy bien lo que estaba ocurriendo en la casa de Laureles: «El matrimonio es como una fortaleza sitiada. Los que están afuera quieren entrar y los que están adentro quieren salir». Joaquín había dicho una y otra vez que se aburría con Teresa, que lo agobiaba la paternidad, y que en su casa se sentía tan encarcelado como el corazón tras los barrotes de las costillas. «¿No es eso el matrimonio, una cárcel para el corazón?», se preguntaba.

No sé si esto dependa de la castidad, de la calidad, de la bondad, o del mismo hombre con el que conviví tantos años, pero debo decir que yo no me aburrí ni un solo día de mi vida con Córdoba. Los curas podemos tener matrimonios así de extraños, así de perfectos. A veces pienso que es el sexo el que todo lo baraja y complica. El sexo, por ejemplo, es un gran generador de celos. Casi todos los celos de los hombres son sexuales. Hay de otro tipo, por supuesto, pero son más tenues, no producen locura sino, si mucho, una cierta molestia fácil de controlar, una incomodidad que no crece hasta el odio por la persona amada, nunca.

Joaquín, en cambio, me ha dicho varias veces que Teresa le ofrecía una jaula de oro con rejas de seda, seguramente, o con grilletes ingrávidos y con permisos de salida muy frecuentes («libertad bajo palabra», decía él), pero que de todos modos el matrimonio, la familia eran un ambiente que, por su misma suavidad y por su tibia y monótona serenidad, lo asfixiaba. El paraíso, insistía, tan solo puede ser temporal, intermitente, porque si no se vuelve como un postre perpetuo o un eterno domingo. La vida amena amenaza todo el tiempo con empalago o con aburrimiento. Le daba hasta culpa pensarlo, pero se sentía hostigado de perfección, serenidad y dulzura. Reconocía que Teresa era poco menos que una santa, pero después concluía: «Las santas santifican».

El caso de Córdoba era muy diferente. Él, desde la lejana infancia y la primera adolescencia, no había vuelto a sentir las delicias tranquilas de la vida doméstica. Como tenía casi olvidadas la armonía conyugal de sus padres y las dulces disputas de los juegos infantiles con sus hermanas, le veía solo ventajas a su nueva vida. A los quince años había entrado al seminario del beato Corda, en Sonsón, donde había concluido con honores el bachillerato empezado con los jesuitas, y de algún modo se había acostumbrado al colchón duro de la austeridad y al cilicio simbólico de la vida religiosa. Ahora le encantaba la comida caliente que preparaban Darlis y Teresa; le fascinaban la música y las películas en compañía de las dos mujeres y sus hijos; se extasiaba en el asombro alegre de los niños cuando les enseñaba cualquier cosa, y en su infinita capacidad de creer y crear y gozar y jugar y soñar. De todo lo que estaba viviendo ahora era esto, quizá, lo que más lo embelesaba y exaltaba: la paternidad. Veía dos niñas y un niño creciendo y aprendiendo a cantar, a mirar, a dibujar, a actuar en pequeñas obras de teatro doméstico, y se daba cuenta de su apetito insaciable de saber más y más cosas, de su incansable capacidad de reír y gozar. Lo divertían hasta sus peleas, sus caprichos, la mala costumbre de Juli de dominar a Jandrito con amenazas y palmadas, o los lloriqueos y pucheros de Rosina cuando no le gustaba una comida. Sentía que se había ganado la lotería de tres niños alegres, transparentes, inquietos, insaciables, que le hablaban con franqueza y sin prejuicios de cualquier tema, incluso de su probable muerte y de su corazón.

Rosina, la hija de Darlis, lo había sorprendido un día con esa pregunta directa, curiosa, que le había lanzado mirándolo a los ojos:

—¿Verdad que te vas a morir si no te cambian el corazón?

—Sí parece, Rosina. Eso dicen los médicos —le contestó Luis.

—¿Y que están esperando a que maten a un malo para sacarle el corazón y ponértelo a ti?

Córdoba se quedó mirándola, tratando de averiguar de dónde había sacado la niña esa información. Tal vez había oído a Darlis hablando con alguien, contándole a alguna amiga sobre el huésped que había ahora en la casa donde trabajaba. Intentó matizar la información:

—A veces hay accidentes. Alguien se choca en una moto, por ejemplo, y se golpea la cabeza, no va a poder seguir viviendo porque tiene dañado el cerebro, pero el corazón funciona todavía, o los ojos, y usan esos ojos para que otra persona pueda ver.

—¿Los ojos también? ¿Los dos ojos? ¿O un ojo para un ciego y otro para otro ciego?

—No sé muy bien cómo funciona lo de los ojos, pero te lo puedo averiguar. Supongo que sería más justo un ojo por cada ciego, ¿no?

Le gustaba la lógica despiadada y piadosa de los niños. Él, para que le entendieran de qué manera esperaba su corazón de repuesto, comparaba su estado al de esas parejas estériles que están esperando a que les den un niño en adopción. Ya están decididos, los han declarado aptos, y solamente deben aguardar a que un día los llamen porque ha nacido un bebé que les pueden asignar como hijo. Luis lo decía así, que estaba esperando a su hijo adoptivo, su hijo putativo, como lo había tenido san José. «Eso es el corazón para mí: un niño que me van a dar». Yo le había dicho, además, que leyendo el libro de Ezequiel, en el capítulo 36, había encontrado que también la Biblia hablaba de trasplantes: «Un corazón nuevo te entregaré también, y pondré en ti un espíritu nuevo. Y te sacaré del cuerpo el corazón de piedra, y te daré un corazón de carne». Luis me oía feliz estos hallazgos de lector impenitente del libro sagrado.

Tal vez un día lejano, pensaba Córdoba, el dilema podía ser si trasplantar el cerebro de un cura al sicario herido o el corazón del sicario al cura. Es decir, si fuera igual de fácil. Por suerte, la mente de Rosina había pasado a otra cosa —o a la misma de otra manera— y se había concentrado en intercambiar los brazos y las piernas de una muñeca negra, la suya, con los brazos y las piernas de una muñeca blanca, de Julia.

Córdoba, tratando de adivinar lo que la niña estaba pensando mientras jugaba, si es que pensaba en algo y no simplemente jugaba a trasplantar brazos y cabezas sin saber bien por qué, volvía a una idea que lo empezó a obsesionar cuando cumplió el primer mes en la casa de Laureles: que llevaba más de tres décadas, en su medio siglo de existencia, privándose de las sensaciones más dulces de la vida. Que había optado por el sacrificio de muchas alegrías y que durante años ese sacrificio no le había pesado, quizás escondiéndolo detrás del sueño de montones de películas, tras el sereno amor platónico por las actrices, y tras la emoción auténtica (aunque vicaria) de la ópera y la música. Pero allí, en esa casa fresca y llena de risa, esperando un corazón joven, el negro corazón de un asesino o el corazón blanco de una doncella, comenzó a devanarse los sesos con la sospecha de que tal vez no quería solamente un corazón ajeno, fuera de quien fuera, para seguir viviendo como antes, sino también, quizás, un corazón ajeno para empezar una segunda vida diferente, vivida de otra manera, una segunda oportunidad más parecida a esta, una vida común y corriente, con las pequeñas molestias y las tranquilas riñas y risas de la vida doméstica, que se pareciera a la de tantos otros en cualquier lugar del mundo, en los puertos, las montañas, los hielos, las ciudades y las selvas.

Un día, hablando con amigos comunes, me di cuenta de que Córdoba nos estaba diciendo por separado algo muy parecido. En secreto, en la intimidad, pidiéndonos silencio y rogándonos prudencia, a todos sus íntimos nos revelaba sus intimidades, fingiendo que cada uno era su único confidente, cuando lo éramos varios al mismo tiempo. Este secreto repetido, ensayado, expuesto al juicio de un testigo era que, si sobrevivía al trasplante de ese corazón que tenía que llegar tarde o temprano, colgaría los hábitos de cura, pediría en Roma una dispensa a través de sus superiores y se casaría con una mujer que (según a cuál amigo se lo contara) se llamaba Bárbara, Beatriz, Laura, Darlis, Lía, Teresa o Angelina.

Decía también que si al fin —después de treinta años de dietas falsas e infructuosas— estaba bajando en realidad de peso, este buen régimen no se debía al miedo a la muerte, ni lo estaba haciendo tanto por su corazón enfermo o por la salud de su cuerpo, sino por la tranquilidad de su cabeza. Lo hacía para que la mujer con la que pensaba casarse no se fuera a impresionar con la vista excesiva, adiposa, imponente, de su masa desnuda, que toda la vida le había dado pena dejar ver.

Por Córdoba supe también que los niños, sobre todo el menor, Jandrito, seguía muy apegado a su padre. Tanto que a veces se negaba a hablar durante días, y al salir de su mudez explicaba que solamente quería hablar con el papá y con nadie más, con nadie más, porque solamente su papá era capaz de entender sus palabras. Para probarlo, cuando le rogaban que hablara, hablaba en glosolalia, con palabras inventadas, para demostrar que nadie le entendía, salvo su padre. De hecho, esos episodios de silencio prolongado, o de repeticiones incoherentes, se terminaban tan solo cuando el padre llegaba y el niño, al fin, lo recibía a los gritos y con largas retahílas de palabras, cuentos y frases complejas, pero impecables, todas muy claras e hilvanadas y con una pronunciación y una sintaxis perfectas.

Después de unas horas, o cuando el padre volvía a dejarlo en la casa tras un fin de semana juntos en el campo, en el mismo momento en que Joaquín empezaba a despedirse, el niño se aferraba a sus piernas o se le trepaba al cuello y se inventaba nuevos juegos y súbitas preguntas urgentes que prolongaban la visita. El Gordo miraba perplejo esas escenas y no podía entender que los ruegos insistentes de ese niño, que era la representación perfecta de la necesidad y la ternura, no conmovieran el acerado corazón de ese padre, que al cabo de poco tiempo se desprendía de su hijo a la fuerza, se despedía frío y sonriente, como si tuviera el corazón de piedra, y se iba tan campante.

Luis no podía haber visto, sin embargo, lo que el padre de Jandrito me contaría muchos años después. Que al despedirse él se alejaba de la casa lo más rápido que podía, dando grandes zancadas, con lágrimas que le iban llenando los ojos, y que apenas llegaba a la esquina de la Avenida Jardín, a media cuadra de la casa, se le derramaban en un llanto convulso, y lanzaba al aire unos gritos de dolor que asustaban a los transeúntes y hacían que las personas se asomaran a balcones y ventanas para averiguar lo que estaba pasando y quién era ese loco que gritaba así, sin tener heridas en el cuerpo, sin haber sido arrollado por un carro ni acuchillado por un bandido, sin motivo aparente. Y así, aullando sin parar por la calle, como un ciervo herido, llegaba hasta la Avenida Bolivariana, paraba un taxi para irse a la casa prestada de su amante millonaria y, al fin, en el camino, se iba deshaciendo del dolor y disfrazando su culpa y su tristeza tras una coraza de aparente indiferencia.

Hay sin duda dulzura y suavidad cuando se entra a formar parte de una familia; salir de ella, en cambio, es siempre una experiencia desgarradora, sobre todo cuando hay niños y cuando no hay un motivo real por el que se ha tomado la decisión de alejarse. Hace falta entusiasmo para entrar, pero tiene que sobrar valentía —a veces maquillada de indolencia y cinismo— para irse.

Cada tres o cuatro días, entre semana, yo iba a ver a Córdoba, después de celebrar la misa en el convento de las adoratrices, que era a las seis, y después de mi clase de Biblia en la universidad, de ocho a diez. Prefería ir en las horas de la mañana, cuando Teresa estaba en la escuela de los niños especiales enseñándoles a cantar canciones tristes, cuando Darlis estaba muy atareada en las labores de orden y aseo domésticos, o en el mercado de la América comprando algo que hacía falta para la comida, y cuando los tres niños estaban también en el colegio, así que la casa estaba silenciosa, casi siempre sola, y Luis y yo podíamos conversar. Aun así, nos encerrábamos en la biblioteca, para que tampoco Darlis nos pudiera oír, si no había salido, y ahí él me contaba en susurros lo que pensaba y lo que le pasaba. No era una confesión; yo no me confesé nunca con él, ni él conmigo, porque siempre he considerado que el exceso de intimidad invalida el sacramento, pero lo que hablábamos era muchas veces como una confesión, y a veces más sincero que la más meditada y franca de las confesiones.

No se me olvida una mañana en que lo encontré mucho más angustiado que de costumbre. Estaba enrojecido, como si tuviera fiebre, y hablaba de una forma tan distinta a la habitual que yo me pregunté si no estaría sufriendo un episodio de delirio o algo así. Tal vez el corazón no estuviera llevándole suficiente oxígeno al cerebro, o tal vez le estaba haciendo llegar demasiado.

Empezó contándome un sueño, como si yo, más que amigo o confidente, fuera psicoanalista. Era un sueño muy raro en el que él hacía una fiesta con todas sus amigas, y me fue diciendo el nombre de todas ellas: Martha Ligia Parra, Sonia Camargo y Laura Cannas, las tres cristianas; Sara Cohen, Esthercita Levi y Raquel Lerner, las del pueblo elegido o el terceto de Jerusalem; Ana Acosta, Bárbara Lombana y Mónica Lombana, el trío ateo. Me dijo que en el sueño las amigas estaban divididas así, por religiones, y que todas le iban mostrando partes íntimas de su cuerpo que eran como el testimonio de su pertenencia al cristianismo, al judaísmo y al ateísmo. Las cristianas se caracterizaban (no te burles, me advirtió) por tener muy poblado el monte de Venus, y le enseñaban ese centro de gravedad de sus cuerpos lleno de vellos muy negros, ensortijados y tupidos. A él le resultaba muy natural que le mostraran ese foco de atracción, y decía que los ojos se le hundían ahí como en un mullido agujero negro. Las judías eran todas calvas y las tres se quitaban pelucas de seda de distintos colores para mostrarle sus cráneos afeitados. Y las ateas tenían los pezones distintos, como si fueran estrábicas de busto: una tenía un pezón rosado y el otro café; la de al lado tenía un pezón hacia adentro, invertido, como un huequito, y el otro erguido, hacia afuera, y la tercera lo que tenía era una teta grande y otra pequeña. Él tenía que inspeccionar y verificar las diferencias de cada una. El color del vello púbico de las cristianas, de repente, dejaba de ser negro cerrado en las tres, y a una de ellas se le volvía rubio, muy rubio, y a otra pelirrojo, rojo cobre. En el sueño él no sentía atracción sexual, pero sí una gran curiosidad por explorar a fondo lo que no conocía de verdad, lo que jamás había visto en vivo y en directo, solo en sueños, y en el sueño del cine. Investigaba en ellas el misterioso cuerpo de la mujer, como si estuviera en una lección de anatomía. Estudiaba el pecho irregular de las ateas, la vulva colorida de las cristianas, los cráneos calvos de las judías. Él sabía, en el sueño, que estas últimas también tenían un tesoro escondido entre las piernas, consistente en unos montes de Venus y unos labios rasurados, tan calvos como sus cabezas, solo que su religión no les permitía tener tatuajes, esa era la explicación que le daban en el sueño, y que al no estar permitidos los tatuajes no le podían mostrar las cucas calvas ni las calvas nalgas, donde tenían tatuada una estrella de David, en la nalga izquierda, y una menorah, con sus nueve brazos, en la derecha.

Después de contarme el sueño erótico pasó a hablarme, dijo, de algo menos sintomático, pero mucho más serio. En las últimas semanas se estaba dando cuenta cada vez con más claridad de que estaba enamorado de las dos mujeres de la casa. Estaba enamorado del alma de Teresa y del cuerpo de Darlis, y lo que más quisiera sería poder combinarlas a las dos en una sola mujer. Darlis no sabía muchas cosas, pero como era muy inteligente, esa falencia suya se podía cultivar fácilmente. Él sentía que la podía educar y convertir a la religión de la ópera y del cine. Al mismo tiempo, tras el velo de todo lo que ignoraba, le inspiraba un deseo carnal irresistible. No sabía si era su piel morena, mulata, su juventud dura y apetitosa, sus nalgas prominentes debajo del uniforme de empleada doméstica, el olor especial de su sudor y de su cuerpo, que tenía algo musgoso y marino a la vez, o qué.

Lo que lo enamoraba de Teresa, en cambio, eran su belleza clásica, prerrafaelita, el perfil griego, con la línea de la nariz que parecía la prolongación de la frente, su manera de ser, su rectitud a toda prueba, la agudeza y equilibrio con que analizaba cada película que veían, su capacidad de penetrar en los sentimientos más profundos y en la psicología más compleja de cada personaje, su precisión para ver detalles técnicos de la cámara o de la composición del cuadro que a él mismo se le escapaban. Y sin embargo Teresa, aunque le parecía bellísima, como una Virgen pintada por Tiziano, no le inspiraba ningún deseo físico, como nunca se lo había inspirado ningún cuadro ni estatua de la Virgen María. Sentía por Teresa un amor asexuado, religioso, espiritual. Una elevación mística, respeto por su inteligencia y por su ordenada manera de vivir y de pensar.

Le pedí que me explicara algo mejor su amor, más platónico que físico, por Teresa. Necesitaba otros detalles para entenderlo.

Me dijo que le fascinaba su silenciosa sonrisa, esa forma de reemplazar las palabras con los dientes. Que, quizá por esa sonrisa tan dulce y blanca, su fascinación por ella se había concentrado en la boca, y en especial en la voz, en el aire, en las arias que ella sabía cantar, es decir, en lo más espiritual que hay en cualquier cuerpo, que es precisamente el sonido que sale de los pulmones, la garganta, la boca. Tal vez por lo mismo, me dijo, muchas veces al sentirla llegar la saludaba con unos versos del poeta llanero que él más citaba, Carranza: *Teresa, en cuya frente el cielo empieza... // Niña por quien el día se levanta, / por quien la noche se levanta y canta... // Teresa, en fin, por quien ausente vivo, / por quien con mano enamorada escribo, / por quien de nuevo existe el corazón.* O, al oírla cantar, con esta variación: *Teresa, en cuya boca el canto empieza.*

Le gustaba también, y mucho, la forma en que educaba a sus hijos, de nuevo con pocas palabras, en italiano, pero todas muy claras y esenciales, más concentrada en estimular lo que estaba bien que en censurar lo que no le gustaba. Le intrigaba su manera intensa y concentrada de oír ópera o de ver las películas que él le proponía, además de sus comentarios breves y atinados al final, tan lacónicos como precisos. No le sobraban ni faltaban palabras para notar lo esencial, de modo que él incluso le pedía permiso para publicar alguna frase suya, sin comillas, en la página de crítica de los domingos. Había estudiado Pedagogía, en Florencia, y esto se le notaba en cada gesto y cada actividad que emprendía con los niños, que con ella aprendían cosas todo el tiempo, sin dejar de jugar. Nada había más divertido que aprender de esa forma y Luis sentía envidia de esa infancia y deseos de conocer el futuro adulto de esos niños. Se figuraba en Jandrito un pintor o un arquitecto, por su forma apasionada de dibujarlo todo y pensarlo todo en imágenes y espacios; se imaginaba en Julia, quizás, una actriz o una directora de actores por su alegría de comediante y su pasión por el melodrama. Esta educación alcanzaba también a derramarse en Rosina, que ya le respondía también en italiano, como sus hijos, en quien veía una mente futura más racional, de cardiocirujana o de ingeniera.

Darlis, en cambio, era como la Magdalena, pura carne, y además vivía ungiéndole los pies y últimamente también el cuerpo entero. Su olor, sobre todo su olor y el aroma de su pelo, de la piel, del sudor cuando se cansaba de tanto sobarlo con sus manos fuertes, y la forma de esas manos, largas y estilizadas, bellísimas, lo abultado de los labios, la blancura de los dientes cuando entreabría los labios, el modo en que le brillaba la piel del cuello y de las piernas, todo lo enloquecía. Se pasaba las horas ansioso, arrecho, como un adolescente, cuando estaba cerca de ella; y cuando estaba cerca de Teresa estaba embelesado con su belleza, su sensibilidad y su inteligencia, pero al mismo tiempo sumergido en la paz de los sentidos. ¿Recordaba yo a Platón? ¿Recordaba el amor vulgar, terrenal, y el amor celestial, los dos tipos de amor humano? Pues Darlis era Pandémica y Teresa era Celeste. Tal vez esto era algo que correspondía a los dos hemisferios cerebrales; con el izquierdo estaba enamorado de Darlis, y con el derecho, de Teresa. O si el amor residía en el corazón, amaba a Teresa con las tranquilas aurículas y a Darlis con los ventrículos arrebatados, algo así.

Como era incapaz de contener la corriente de sus pensamientos, sin mirarme siquiera, hablaba sin parar, dando rodeos sobre lo mismo, o añadiendo detalles a sus percepciones. Darlis, me explicaba, tenía un perfume salvaje, de bosque húmedo tropical, lleno de orquídeas raras, de musgo y de flores negras y matas silvestres fosforescentes en la noche y aterciopeladas a la luz del sol. El sudor de su piel era rocío, decía sofocado, olas marinas, profundidades de coral, ya en los límites de la cursilería, y el brillo de sus pechos era luz luminosa del verano.

—*Once you try black, you never go back* —le dije, según un viejo refrán que le había oído hacía tiempos a una amiga gringa, y muy blanca, de Iowa.

Córdoba sonrió un momento, pero siguió con su dicotomía entre la rubia y la morena:

Teresa, por su lado, era todos los perfumes más sofisticados y complejos de Europa, pura obra cultural con mezclas de aromas ensayados una y otra vez durante siglos por los más refinados perfumeros del orbe. Además me entiende cuando yo le hablo de Platón, de los recuerdos con que nuestra alma viene al mundo, por lo que aprender, en realidad, consiste en recordar. Pero me entiende también si le digo que yo no soy dualista, que el cuerpo y la mente son la misma cosa, y que quien ama solo con la mente se queda a mitad de camino, igual que quien ama solo el cuerpo está condenado a que su amor no dure en la vejez.

Ahora, sin embargo, estaba surgiendo y avivándose un problema al que no le había prestado ninguna atención al principio y que en esos días le preocupaba. Las dos mujeres, por culpa suya, compitiendo por la atención o por el amor de él, después de haber sido amigas y compinches, más que señora y empleada, se empezaban a mirar con desconfianza, con enemistad, casi con odio. Se enseñaban los colmillos, gruñían entre dientes, se lanzaban dardos permanentemente y en los últimos días casi ni se dirigían la palabra, para evitar trifulcas, y se decían solo lo necesario. Se vigilaban, se celaban la una a la otra, criticaban en público los platos o la higiene, sin decir los nombres, con cualquier pretexto, una salsa muy clara en la cocina, el aseo del baño de Luis, la plaga de pulgón en una planta, una hoja seca, un libro en desorden, una mota de polvo, unas medias en el lugar equivocado. Cualquier cosa era un buen pretexto para lanzar una cuchillada al cuerpo de la otra, un balde de agua fría, un escupitajo mal disimulado.

Teresa, incluso, había ya insinuado que tenía ganas de despedir a Darlis, que era muy terca y hacía solamente lo que le daba la bendita gana, y Darlis hablaba de renunciar, porque no soportaba los caprichos absurdos de su patrona, que no le pedía que hiciera ningún oficio, sino malabarismos y milagros. Córdoba se veía a gatas para calmarlas a las dos, para hacerlas desistir de una u otra locura. En los últimos días, el hogar armonioso de las primeras semanas se les estaba volviendo un enredo al estar ambas, sin decírselo, compitiendo por él. ¿Te das cuenta?, me preguntaba, se están peleando por un cura gordo y moribundo que ni siquiera se acuesta con ellas. Más que pecar con ellas, estoy sintiendo que mi pecado es la discordia que, sin querer, siembro entre las dos.

Este combate, sin embargo, también lo divertía, lo halagaba. Él siempre había tenido un cierto poder de seducción con sus alumnas, incluso con sus amigas de la ópera o el cine, pero este nunca había llegado a extremos como el que experimentaba en su nueva casa. Contaba el conflicto con cara circunspecta, preocupada, pero al dar un detalle no podía evitar la risa, la diversión. Incluso las había obligado a reconciliarse un par de veces («se me dan un abrazo ahora mismo, niñas»), y a cada una por su lado le hacía halagos y le daba seguridad.

Su conclusión me cogió por sorpresa: si sobrevivía a la operación, me dijo bajando la voz, quería salirse de cura y casarse con una de las dos, primero con una y después con la otra, o, si fuera posible, con las dos al mismo tiempo, para seguir viviendo como ahora, en la plenitud de esas dos mitades que, sumadas, representaban el amor completo.

—Ahora resulta que no solo te quieres casar, Córdoba —le dije yo—, no solo quieres tener una casa de familia, ser padre de los hijos de dos mujeres, sino que pretendes ser bígamo de una vez. A este paso, como el corazón tiene cuatro cámaras, querrás tener cuatro esposas, como los mahometanos.

Córdoba se rio. Me dijo que era casi eso, que era su manera de recobrar el tiempo perdido. Que quería seguir viviendo así, como estaba viviendo, casado con dos mujeres, una blanca y una morena, y tener hijos blancos y negros, como los de esas dos mujeres que lo estaban enloqueciendo y al mismo tiempo lo estaban sanando, una con caricias y deseos, y otra con sonrisas, conversación y pensamientos. Estuvo un momento más en silencio y luego me dijo, mirándome fijamente:

—Si san Agustín llegó a pedirle al Señor: «Hazme casto, pero todavía no», déjame a mí decirle: «Jesús mío, ya he sido casto medio siglo por ti, permíteme no serlo lo que me quede de vida».

A ratos se le humedecían los ojos, como si se entristeciera, y a ratos soltaba una risa rara, que no era ni alegre ni irónica, sino una risa muy extraña, honda, operática, una risa como de otro planeta, mefistofélica sin llegar a ser diabólica, con la boca muy abierta, que casi me dejaba ver sus entrañas, pues alcanzaba a vislumbrar, más allá de las amalgamas de sus muelas obturadas, el paladar, y, detrás de la lengua, la úvula, las amígdalas y, si no estoy mal, hasta las cuerdas vocales, que vibraban tensas como las de una guitarra bien templada.

—No te estoy pidiendo que me perdones, Lelo —me insistía—, no te cuento esto en busca de absolución, ni siquiera de acuerdo, tampoco de consejo. Solo te estoy pidiendo que me oigas y, si puedes, que me entiendas, y si me entiendes, que me expliques qué es lo que me está pasando.

—Nada menos eso me pides; eso nada más..., una bobada —le contestaba yo.

Veía en el brillo de la mirada de Luis, en su ansiedad teñida de alegría, que ahora, además del cine y la ópera y la comida, había descubierto a dos mujeres, es decir, dos motivos más para seguir viviendo, y se había pasado a vivir a su propia película romántica. Todo esto para mí, y creo que para cualquier ser humano con una mínima experiencia de la vida, era muy claro: estaba feliz porque estaba locamente enamorado de dos mujeres al mismo tiempo, pero esas cosas no se pueden explicar, así que me limité a decirle de memoria el famoso poema de Lope definiendo el amor:

Desmayarse, atreverse, estar furioso,
áspero, tierno, liberal, esquivo,
alentado, mortal, difunto, vivo,
leal, traidor, cobarde y animoso;

no hallar fuera del bien centro y reposo,
mostrarse alegre, triste, humilde, altivo,
enojado, valiente, fugitivo,
satisfecho, ofendido, receloso;

hüir el rostro al claro desengaño,
beber veneno por licor süave,
olvidar el provecho, amar el daño;

creer que un cielo en un infierno cabe,
dar la vida y el alma a un desengaño;
esto es amor, quien lo probó lo sabe.

O

—Ni me imagino lo que puede ser la vigilia de alguien a quien le van a trasplantar un corazón —me dijo una tarde Joaquín—. Yo sé que la víspera del día en que a uno le programan una ecocardiografía transesofágica o una prueba de esfuerzo con electro y, al final, un cateterismo, la sensación que se tiene es la misma que cuando uno iba a presentar los exámenes de Estado al final del bachillerato.

Y siguió hablando, recordando y pensando al mismo tiempo:

—Sin que nada te tiemble, todo el cuerpo parece estar temblando, como si un motor interno impidiera el sosiego. Pareces encendido, conectado a la corriente, y ronroneas como un gato, pero no con el placer sereno de los gatos sino con un zumbido eléctrico, nervioso, de nevera en la mitad de la noche. Algo así debían de sentir los gladiadores romanos cuando iban a salir al circo a enfrentarse con los leones. La sensación no es de miedo, sino de algo que está por encima y por debajo del miedo, algo para lo cual no encuentro la palabra en castellano.

Y siguió, tras una pausa:

—Solo que en este caso la fiera es tu propio corazón, y el emperador y los dignatarios, que te observan atentos desde la tribuna (*Ave, Caesar, morituri te salutant!*), son la cardióloga y las enfermeras, que te miran a ti y miran los aparatos, los sensores y agujas que deben decidir quién gana, si las fieras o tú. Pasas una noche de perros y al amanecer te duele la cabeza. Estás convencido de tener la tensión arterial por las nubes y eso no hace más que empeorar el pronóstico de esas pruebas en las que te dirán si puedes seguir llevando las riendas de tu vida o si, más bien, en adelante, la vida que te reste quedará en manos ajenas. Otros decidirán por ti lo que puedes hacer, lo que puedes comer, beber, correr, tus viajes y tus gustos, tu forma de dormir, de trasnochar o madrugar, de hacer esto y aquello o de abstenerte. Las pastillas que te vas a tomar al despertar, al irte a la cama, al mediodía. Y todo por esa maldita bomba que ha perdido casi por completo su halo de misterio, de nobleza. Antes te declaraban muerto cuando se te paraba el corazón; ya ni siquiera eso, uno puede estar muerto y el corazón seguir latiendo, o uno puede estar vivo y no tener pulso ni respirar, que es lo que te pasa cuando te cambian una válvula con el corazón quieto, los pulmones colapsados, y tu sangre circula por el cuerpo en flujo continuo, sin siquiera pulsar. El más ilustre de los huéspedes del cuerpo, el más venerado y citado y oído, el Sol para Harvey y para los indígenas precolombinos, que lo sabían sacar del pecho, todavía palpitante, tras cortar de un tajo el tórax de una doncella con un cuchillo de obsidiana, dejó de ser el órgano sublime que brindaba a todo el cuerpo su calor, para convertirse en una simple bestia de carga que trabaja sin descanso, sin rechistar, de noche y de día, durante más de ochenta años, hasta completar el número secreto de sus latidos contados (porque uno no tiene contados los polvos, Lelo, sino los latidos), que en ti y en mí y en cualquier persona llegan a ser, poco más o menos, unos dos mil millones, si la vida es larga, o un poco más de la mitad, si es corta, como la de tantos enfermos del corazón. Hace poco leí que dos gemelos idénticos de ochenta y tres años murieron exactamente el mismo día, a una hora de distancia, de un parto cardíaco, digo, de un paro.

Yo notaba que quería explicarme todo con claridad, para animarme a escribir cómo esperaba Córdoba su trasplante, cómo había vivido esas semanas y meses de expectativa. Seguía hablando, casi sin puntuación:

—Tras el examen del bachillerato quizá le digan a uno a qué carreras puede aspirar y a cuáles no, si puedes ser médico o físico o albañil o electricista o carpintero. Pero en los exámenes del corazón lo que está en juego es todo tu futuro, la vida que te queda. Así como en las pruebas de final del bachillerato te dicen si has estudiado bien o no en lo que llevas de primaria y secundaria, o si has perdido el tiempo, en los exámenes cardíacos te dicen, en la mitad del camino de la vida, si la has vivido bien o si has comido demasiada sal o demasiada grasa o demasiada azúcar, si has hecho suficiente ejercicio, cuánto fumaste, si te has dejado dominar por el estrés, si tu conciencia te ha dejado dormir tranquilo en el último medio siglo, o si todo ha sido un error, si tuviste mala suerte en la lotería de los virus y los genes, y por lo mismo todo esto se refleja en tus propios latidos. Ahí están ellos, mirando por dentro y por fuera el corazón, leyendo la misteriosa cordillera irregular del electrocardiograma, midiendo la delgadez o el grosor de sus paredes, calibrando cada uno de sus impulsos eléctricos, de sus diástoles y contracciones y gradientes, de su capacidad de llevar la sangre hasta la última neurona de la cabeza y la última uña del dedo chiquito del pie. Y es como si esa máquina, esa mula incansable que es la primera que empieza a trabajar en nuestro cuerpo y la última que se detiene, revelara los secretos de todo lo que eres, de lo que has sufrido y gozado, de lo que te has cuidado o descuidado, de tus excesos de ambición o de tu falta de metas, de si eres voluntarioso o pusilánime, de las penas que te lo descompensaron y las alegrías que te lo llenaron de ánimo y esperanzas. Les muestra a los jueces, en la pantalla, cómo late, cómo sopla, cómo regurgita, cómo la sangre pasa serena o turbulenta, cómo esta va a oxigenarse en los pulmones y cómo sale del ventrículo izquierdo disparada por la aorta a repartir el oxígeno hasta el último rincón de la mente, hasta el pene para que se levante, hasta el hígado para que secrete bilis y la nutra, hasta los intestinos para que se muevan, hasta los riñones para que la filtren, hasta el mismo corazón para que nunca deje de bombear, hasta las neuronas para que nos den la sólida ilusión de que tenemos un alma, voluntad, la sensación de ser lo que somos, la quimera del libre albedrío, una memoria vaga de lo que fuimos, una intensa ansiedad por no saber lo que somos o lo que no somos, y unos anhelos insensatos de lo que seremos.

Cuando Luis estaba todavía en la Clínica León XIII compartía el cuarto con un jovencito campesino del Carmen de Viboral que tenía un problema cardíaco incluso más grave que el suyo y esperaba él también un trasplante de corazón. Se habían hecho amigos poco a poco porque el muchacho estaba fascinado con esa mezcla extraña que veía en su compañero de cuarto. Ese cura que oía música clásica a toda hora, o que veía películas raras en la pantalla, no se parecía en nada a ningún sacerdote que él hubiera conocido en su vida en el pueblo. Rezaba muy poco, no le daba sermones, se reía mucho, contaba chistes sin parar y casi todos los días recibía visitas de mujeres hermosas que le llevaban comida, frutas, helados, lo mimaban, le acariciaban el pelo, le embadurnaban el cuello con lociones, le declaraban su admiración y su cariño y lo estaban animando todo el tiempo diciéndole que seguro muy pronto se iba a recuperar.

—¿Usted de dónde saca esas amigas tan bonitas, padre? —le preguntaba una y otra vez.

Córdoba simplemente se reía y le explicaba que eran alumnas de sus cursos de ópera y de cine. Entonces el muchacho, que se llamaba Albeiro Henao, le pedía que le enseñara a entender cuál era la gracia de la ópera, de esos tipos y tipas que daban alaridos con la aaaa, con la iiiiii, con la uuuuu... Cuando volviera al pueblo, le decía, se iba a levantar muchas novias si les podía enseñar él también las maravillas de esos cantantes italianos. Luis, poco a poco, le dio a Albeiro un curso de historia de la ópera, y le ponía las arias más famosas, le explicaba las tramas de las obras, le decía los nombres de los compositores y libretistas más importantes, de los tenores y sopranos que daban las mejores notas, y cada día el muchacho lo disfrutaba más.

Ambos debían dar breves y lentos paseos por los corredores de la clínica, pegados a sus aparatos, que los seguían como una sombra colgados de parapetos con rueditas. La gente se burlaba un poco de esa pareja dispareja, del hombre grande y gordo, cincuentón, y del muchachito esmirriado, flaco como un fideo, y con unas piernas tan delgadas y secas que, le decían, parecía parado en las arterias. Y mientras el Gordo exhibía sus dos troncos de abedul hinchados que cojeaban un poco desde sus pies planos, Albeiro movía sus piernitas como un par de bejucos temblorosos e inseguros.

Por las piernas tan feas que tenían ambos, los vecinos de cuarto, también pacientes cardíacos a la espera de un corazón de recambio, se reían del par de amigos inseparables y decían que ellos no estaban esperando un trasplante de corazón, sino de piernas, y que estaban aguardando a que se muriera, para poder aspirar a ellas, la cardióloga costeña, Alexis Candela, la que los visitaba a diario con unas minifaldas que veían en el techo en los ratos de insomnio, y que exhibía un par de columnas (¿dóricas, jónicas?) maravillosamente torneadas que se contoneaban con gran coquetería bajo su andar meneado, y el estetoscopio que pendulaba como un señuelo en la mitad de sus dos tetas de talla extra large.

A Albeiro le había impresionado mucho, también, que un día al final de la tarde hubiera habido un gran revuelo en los pasillos del hospital, y que entre cortesanos y guardaespaldas hubiera llegado al cuarto de los dos el mismísimo gobernador de Antioquia, Álvaro Uribe Vélez, bajito y tieso como un cura estricto y amargado, y la ministra de Educación Nacional, otra mujer bonita, elegante y sonriente, María Emma Mejía. Algo debía saber el Gordo, aunque no se lo había dicho, pues esa tarde, en lugar de quedarse en piyama de rayas como siempre, se había afeitado meticulosamente y se había vestido con pantalones, zapatos y una camisa limpia y recién planchada que Angelines le había traído de la casa de Villa con San Juan.

El gobernador había recibido de un secretario una cajita roja forrada en terciopelo, había sacado de ella una medalla y se la había chantado a Córdoba en el bolsillo de la camisa, con un breve discurso leído sobre las virtudes del reverendo padre y sus denodados esfuerzos en bien de la cultura del departamento. A continuación, la ministra Mejía, con palabras más sentidas y ojos brillantes, le había hecho entrega del doctorado *honoris causa* en Ciencias de la Comunicación concedido por la Universidad de Antioquia, lo cual se consignaba en un lustroso pergamino pergeñado a mano con una caligrafía gótica tan tupida que nadie fue capaz de descifrar. Cuando ambos dignatarios habían salido, un grupo de amigos (y sobre todo amigas) del Gordo llegamos a celebrar, yo entre ellos, con dos botellas de cava catalán. Recuerdo que el único comentario que hizo Luis, mirando con cierta melancolía el abstruso diploma y la opaca medalla, fueron estas palabras:

—Ahora sí creo que me voy a morir. Estas caricias solo se las dan a los que ya casi estamos en la hoya.

—Entonces mejor no hubiera recibido ese premio, padre —le dijo Albeiro con cierta lúcida ingenuidad.

Y Luis le contestó:

—Es que con los honores no hay nada que hacer. Uno queda mal si los recibe, y queda mucho peor si no los recibe. Y yo prefiero parecer bobo que arrogante.

Córdoba le había cogido mucho cariño a Albeiro, a la sencilla conversación cotidiana con él, y cuando al fin lo dejaron ir para la casa de Teresa, al despedirse, le había dejado de regalo cinco discos de ópera: uno de Verdi, otro de Mozart, dos de Donizetti y una antología de zarzuela española. Para asombro de los demás pacientes, se habían despedido con un largo abrazo e incluso, de parte de Luis, con un gran beso paternal, una absoluta anomalía entre dos hombres antioqueños. Albeiro, para colmo, se había quedado llorando y diciendo que nunca volvería a tener un padre como el padre Luis.

Cuando ya Córdoba llevaba semanas en la casa de Laureles, se enteró por Angelines de que había resultado un órgano compatible con el cuerpo menudo de Albeiro, y que había superado con éxito su trasplante de corazón. La misma Ángela lo había visitado cuando lo trasladaron a una habitación, después de varios días en cuidados intensivos, y desde la alegría de su nueva víscera, con la plena ilusión de una vida renovada, Albeiro le había escrito a mano esta carta a su maestro y compañero de habitación:

Marzo 27/96

¡Hola! Luis: no tengo ni que preguntarte cómo estás pues sé que muy bien.

Amigo, te he extrañado mucho. Lo de la operación fue un poquito duro, para qué negarlo, pero hay que seguir para adelante con esta gran oportunidad. Saber que pronto estarás en las mismas me anima más, y me hace muy feliz. Sería bonito, ojalá, que llegara tu corazón mientras yo estoy aquí recuperándome y que nos viéramos aquí los dos trasplantados, otra vez en la misma pieza.

Le cuento que el corazón que estoy estrenando es el de una muchacha de pueblo como yo, aunque no me quisieron decir de qué pueblo. Solo me dijeron que del suroeste. Una pobre muchacha que se fue de para atrás en una escalera y perdió el cerebro por una hemorragia y le declararon muerte cerebral. Yo me siento muy contento y respirando mejor con este corazón ajeno al que sé que le debo

239

la vida de hoy en adelante. Y ¿sabe qué? Me siento bueno como esa muchacha que seguro era muy buena.

Confío en que te llegue pronto también tu corazón para que podamos tomarnos un vino juntos y oír la música que nos gustaba oír. No te digo que vengas a visitarme porque no es el momento de que salgas por ahí. Pero cuando yo me pueda parar y caminar bien, voy a ir a verte en tu nueva casa, que me dice Ángela que es muy bonita y está llena de niños.

Quien te espera y aprecia y quiere,

Albeiro

La carta había conmovido mucho al Gordo, que la sacó del bolsillo y me la mostró cuando fui a visitarlo a Laureles esa misma semana. Ese día hablamos de un tema que casi nunca tocábamos porque nos concernía a ambos íntimamente. Aunque él me hablara de Albeiro y no de mí, el asunto era también el nuestro, pues era sobre el amor que existe en la amistad, en la camaradería que se desarrolla cuando dos hombres comparten un espacio, una casa, un cuarto, una enfermedad, una creencia, una aventura.

Decía que su camino común con Albeiro, la insuficiencia cardíaca, lo unía a él como nos habían unido a nosotros la religión y el destino del sacerdocio. Albeiro era un joven muy sencillo, que había estudiado apenas lo básico en su pueblo, y que había vivido con muchas limitaciones por su problema congénito de corazón. Y que, aunque el muchacho creía haber recibido muchas lecciones de él, era más bien Córdoba quien había aprendido del joven, pues este mantenía una actitud alegre y optimista a prueba de cualquier sufrimiento y de todos los desmentidos de la realidad. Albeiro le había infundido una confianza en el futuro que él no tenía, y le había hecho ver lo privilegiado que era por tener tantos amigos y amigas jóvenes, inteligentes. A Albeiro no lo visitaba nadie, pero era capaz de una felicidad mayor que la del mismo Gordo.

Dos días después, Córdoba supo que había resultado alguna complicación con el trasplante de Albeiro, y que el corazón de la muchacha campesina que le habían puesto también había dejado de latir. Me llamó conmocionado, como si la muerte de su compañero de cuarto fuera de verdad la muerte de un hermano, y me pidió que fuera a acompañarlo, porque en un momento así lo único que se le ocurría era ponerse a rezar.

Yo fui esa misma tarde y, aunque muy pocas veces hablábamos él y yo de religión, sin saber muy bien cómo, la conversación derivó hacia el misticismo católico. Primero me recordó que, en su casa de niño, había un cuadro inmenso del Sagrado Corazón de Jesús. No era un cuadro bonito, me dijo:

—Es más, era un cuadro como ese que describe Gonzalo Arango en la crónica sobre Cochise Rodríguez, el ciclista. ¿Te acuerdas? El fundador del nadaísmo decía que el Corazón de Jesús más feo del mundo estaba en la sala de Martín Emilio, el primer campeón mundial de Colombia. Que la llamarada en el pecho amenazaba con quemar toda la casa, y la propia melena de Nuestro Señor. Pero no, Lelo, te aseguro que el Corazón de Jesús de mi casa era más feo y más miedoso todavía que el de Cochise. ¿Sabes por qué?

Le dije que no, que nunca me lo había contado. Entonces él me dijo que el cuadro de su casa era una imagen extraña porque específicamente la parte del corazón no estaba pintada, sino que parecía un corazón de verdad. Abullonado, en relieve, de un material entre tela y goma, de un rojo deslumbrante. Doña Margarita, su mamá, que era una mujer muy piadosa, mantenía al pie del cuadro un acerico lleno de alfileres con cabecitas redondas de colores. Y cada vez que el Gordo cometía alguna falta, digamos que decía una pequeña mentira, o se comía sin permiso una galleta, o le contestaba de un modo displicente al papá o a una de las hermanas, entonces la madre lo llevaba de la mano ante la santa imagen y lo obligaba a clavarle uno de esos alfileres al Sagrado Corazón de Jesús, mientras le iba diciendo: «Imagínate cómo le duele ese pecado tuyo al corazón del Señor. Cada vez que haces algo mal, se lo haces doler, se lo haces sangrar. Clávalo, clávaselo bien hondo para que sientas el dolor que Él siente». Después el alfiler se quedaba ahí varios días, hasta que al fin, después de muchos ruegos y penitencias, la madre lo perdonaba y accedía a sacar el alfiler.

La muerte de Albeiro le había dado una punzada en el corazón y le había recordado esa pequeña tortura de su infancia. Es más, ahora toda su memoria revoloteaba alrededor de historias de corazones que había leído en los libros sagrados y profanos.

Me recordó la visión de santa Teresa de Ávila, que él había vuelto a leer en *La vida*, ese libro que estaba ahí, en la biblioteca de Joaquín. Se levantó por él y rápidamente encontró lo que quería, que era el episodio de cuando ella entra en éxtasis y tiene visiones. Me lo leyó en voz alta:

> Quiso el Señor que viese aquí algunas veces esta visión: vía un ángel cabe mí hacia el lado izquierdo en forma corporal, lo que no suelo ver sino por maravilla. Anque muchas veces se me representan ángeles, es sin verlos, sino como la visión pasada, que dije primero. Esta visión quiso el Señor le viese ansí. No era grande, sino pequeño, hermoso mucho, el rostro tan encendido que parecía de los ángeles muy subidos, que parecen todos se abrasan. Deben ser los que llaman cherubines, que los nombres no me los dicen; mas bien veo que en el cielo hay tanta diferencia de unos ángeles a otros, y de otros a otros, que no lo sabría decir. Víale en las manos un dardo de oro largo, y al fin de el hierro me parecía tener un poco de fuego. Este me parecía meter por el corazón algunas veces, y que me llegaba a las entrañas. Al sacarle, me parecía las llevaba consigo,

y me dejaba toda abrasada de amor grande de Dios. Era tan grande el dolor, que me hacía dar aquellos quejidos, y tan ecesiva la suavidad que me pone este grandísimo dolor, que no hay que desear que se quite, ni se contenta el alma con menos que Dios. No es dolor corporal, sino espiritual, aunque no deja de participar el cuerpo algo, y aun harto. Es un requiebro tan suave que pasa entre el alma y Dios, que suplico yo a su bondad lo dé a gustar a quien pensare que miento. Los días que duraba esto, andaba como embobada; no quisiera ver, ni hablar, sino abrazarme con mi pena, que para mí era mayor gloria que cuantas hay en todo lo criado.

—Esa es la famosa transverberación de los místicos —le dije a Luis—, una de las más gloriosas experiencias de nuestra amada religión católica, que no está reservada a todos, sino a unas pocas, casi siempre mujeres, que sienten traspasado su cuerpo o su corazón por un fuego sobrenatural.

Ahí me acordé de aquella santa de la que tanto me habían hablado en el seminario de La Linda, santa Catalina de Siena, que se había dedicado a curar a los enfermos de las pestes más contagiosas que nadie más quería socorrer y solo ella los acudía. Le conté a Luis dos episodios, el primero el de la pústula de una de sus hermanas en el monasterio, sor Andrea, a quien le había salido una llaga gangrenosa y purulenta en un seno, y a quien ninguna otra monja se acercaba por miedo al contagio y por la hediondez insoportable que emanaba de la herida. Solo Catalina se ocupaba de ella, y llegó un día en que la llaga se hinchó de pus tan desmesuradamente que santa Catalina, para castigarse por el asco que había sentido al drenar en ese momento el absceso de su hermana, recogió todo el pus en una escudilla y después de persignarse se lo tomó hasta la última gota, y —como ella misma se lo contó a fray Tommaso Caffarini— nunca en su vida había probado una bebida tan dulce y tan deliciosa.

Aquí Córdoba hizo una mueca de disgusto y únicamente dijo una palabra en alemán que en ese momento no le entendí: *Liebfraumilch*. Luego pareció recapacitar, se puso serio y dijo algo paradojal:

—Es extraña la belleza que, en el Medioevo, podían llegar a ver en el asco, en la fealdad y en el sacrificio. Ahora no es así, aunque a veces ocurre en algunas películas que no me gustan.

No quise decir nada a favor de esta época ni en contra de aquella, así que pasé de inmediato al otro episodio, que, dadas las circunstancias, pensé que podía involucrar a Luis de un modo más íntimo y más cercano a su experiencia del momento.

Se trataba de una visión que tuvo santa Catalina en la iglesia de Santo Domingo de su mismo convento, cuando apoyada en uno de los pilares octogonales del templo entró en éxtasis y vio cómo Jesús se le acercó envuelto en una nube de oro, le abrió el costado izquierdo, le extrajo el corazón con la mano y se quedó con él durante varios días hasta que, otra vez apoyada en la misma columna octogonal, regresó Jesús circundado de luz y de nuevo le abrió el pecho, pero ya no le puso en él el corazón de ella, que se le había llevado, sino el mismísimo corazón de Jesús, mientras le decía, en perfecto latín: «Aquí tienes, carísima hija mía, y puesto que el otro día extraje tu corazón, así mismo ahora te dono el mío para que en adelante tú siempre vivas por él».

—Ni más ni menos que un trasplante místico —sonrió Córdoba, no sin cierto escepticismo que yo no le quise contradecir.

Luego, como acordándose del motivo por el que estábamos juntos, un poco arrepentido de sus recuerdos y los míos, me dijo que le pidiéramos a santa Catalina, a santa Teresa de Ávila y al Sagrado Corazón de Jesús por el alma de Albeiro, que era pura y se merecía la recompensa de la vida eterna. Y repetimos mil y una veces, «Sagrado Corazón de Jesús, en vos confío, Sagrado Corazón de Jesús, en vos confío, Sagrado Corazón de Jesús, en vos confío», hasta quedar afónicos y mareados con el mantra de ese sonsonete monótono y sedante.

Una noche después del conticinio, cuando todos en la casa estaban dormidos, todos menos Córdoba, que daba vueltas en la cama e intentaba dormir sobre el costado derecho, el teléfono de la sala y el teléfono de la cocina empezaron a sonar en estéreo. Luis no sabía si levantarse, porque era muy consciente del tiempo que le tomaría sentarse, ponerse las pantuflas y caminar hasta el aparato. Cuando apenas se estaba incorporando para sentarse en el borde de la cama oyó que el timbre se interrumpió. La casa volvió a quedar en silencio sin que antes se hubiera encendido ninguna luz, pero pasaron pocos segundos y el teléfono volvió a sonar. Luis oyó que se abría la puerta de Teresa, notó que se encendía una línea iluminada debajo de la suya, y oyó unos pasos que se apresuraban a la sala, y la voz armoniosa y somnolienta de su amiga, que, confundida tal vez con el sueño, contestó en italiano:

—Pronto —pero en seguida se corrigió—: Aló, aló.

Luis caminó despacio hacia la puerta, la abrió y vio que Teresa asentía con énfasis y aseguraba que todo estaba listo, una y otra vez. Cuando colgó, el Gordo estaba frente a ella y la miraba con ansiedad. Teresa lo miró con los ojos muy abiertos, y luego con una sonrisa esperanzada y aprensiva:

—Parece que hay un donante en Santa Rosa de Osos. Mide uno con setenta y nueve, tiene tu tipo de sangre y en este momento lo están trasladando en ambulancia a

Medellín. Dicen que es casi de tu tamaño y que probablemente tiene muerte cerebral. Hay que empacar la maleta, ayunar y preparar todo para el amanecer. Apenas todo esté confirmado nos avisan, en unas dos o tres horas, y debemos correr en taxi a la Clínica Cardiovascular, a eso de las cinco o seis. Te operarían hoy mismo.

Córdoba se quedó mudo, atónito. Sentía como si una moneda de plata estuviera dando vueltas y vueltas en el aire de la sala. Oía dentro del pecho su propio corazón, ese viejo amigo, el manso buey que había trabajado medio siglo en su cuerpo, al que en pocas horas tirarían a la basura envuelto en gasas y guantes desechables. Sabía que no había mucho que pensar porque la decisión ya estaba tomada desde hacía meses. Le dieron ganas de rezar algo allí mismo, en voz alta, pero se contuvo. Más bien dijo:

—¿Me ayudas? Ahí tengo el maletín y hay muy poco que empacar.

En ese momento se asomó también Darlis en bata de dormir. Parecía un hada negra vestida de blanco. Había oído lo último y se ofreció a ayudarle a don Luis para que doña Teresa pudiera dormir.

—Aquí, fuera de los niños, nadie va a poder dormir —dijo Teresa—. Vamos los tres.

Luis preguntó si no sería mejor darse una ducha rápida y vestirse. A las mujeres les pareció buena idea, aunque de inmediato Teresa recapacitó.

—No creo que tengamos que salir de aquí antes de las cuatro o cinco. Yo pienso que es mejor que te recuestes y estés muy tranquilo. Relájate. Nosotras te empacamos mientras tanto. La ducha puede esperar un rato. Tienes que recordar, además, que no es una ducha cualquiera, es la ducha especial que nos explicaron, con el jabón antiséptico que te recetaron en la clínica y que está en la gaveta.

Hicieron lo que Teresa decía. Fueron al cuarto del Gordo y este se echó en la cama, bajo las sábanas, con los brazos detrás de la nuca. Darlis, con una manivela, subió la parte alta de la cama de enfermo. Sonreía al darle vueltas a la manivela mientras iba susurrando una especie de cantinela:

—Dentro de la casa, un cuarto; dentro del cuarto, una cama; dentro de la cama, un cuerpo; dentro del cuerpo, un corazón; dentro del corazón, una corazonada. Dentro de la corazonada... solo don Luis lo sabe.

Luis miraba al techo y oía a Darlis. Teresa, al mismo tiempo, trajinaba con sus cosas y las iba enumerando: una piyama, la levantadora, las pantuflas, la bolsa con las pastillas, el dentífrico y el cepillo de dientes, la maquinita de afeitar, el desodorante, la loción, un par de camisas limpias, un par de pantalones, dos pares de medias, los zapatones negros. Un suéter y una cobija por si le daba frío. No se le ocurría qué más empacar. ¿Haría falta algo? ¿Un libro tal vez? ¿Cuál le gustaría a Luis? Córdoba le dijo que cualquier novela larga estaría bien, para distraerse, o por si se desvelaba. Darlis fue a la biblioteca donde reposaban los libros de Joaquín y escogió tres libros gruesos al azar mientras murmuraba, «dentro del libro, una historia». Resultaron ser *Guerra y paz, La montaña mágica* y *Los miserables*. El Gordo pidió que le empacaran el segundo, porque la historia tenía que ver con sanatorios y enfermos. Teresa y Darlis trajeron dos taburetes del comedor y se sentaron al borde de la cama de Luis, una a cada lado. Lo miraban mirar al techo y esperaron a que él hablara.

—Es muy raro. Siento como una gran paz —les dijo sin mirarlas—. Estoy muy agradecido con ustedes dos. He pasado en esta casa apenas nueve semanas y media, poco más de dos meses, pero a mí me parece mucho más tiempo, como si fueran cuatro o cinco meses. Fueron semanas muy felices, muy buenas, muy tranquilas. Tan tranquilas que yo pensaba que ya me estaba aliviando del corazón, que ya no habría necesidad de trasplante ni de nada, que bastaban las atenciones de ustedes para que yo me curara y para que este aparato se compusiera solo.

Ahora resulta que de todos modos me lo tienen que sacar, cambiar por otro. Es muy raro, ahora que lo siento sano.

Las dos mujeres lo miraban con una sonrisa casi devota. Darlis se inclinó para cogerle una mano. Córdoba siguió hablando:

—A veces me dan ganas de llamar a decir que ya no me quiero trasplantar, que prefiero morirme con mi propio corazón. Pero no sé. No es sensato —hizo una pausa larga. Luego añadió, cambiando de tema—: De todos modos, antes de irme, me gustaría despertar a los niños para despedirme de ellos. No quiero que mañana se levanten y pregunten por mí y sepan que me fui sin decirles adiós.

—Pero después vuelves, Luis, o te los llevamos a la clínica cuando ya estés mejor, en unos días —dijo Teresa.

—Uno nunca sabe y yo me quiero despedir. Si prefieres que no los despierte les doy un besito a cada uno y ya está. A Rosina también, por supuesto. Ustedes les cuentan que sí me despedí sin despertarlos.

—Lo que tú quieras, Luis —dijo Teresa.

El perro de los vecinos empezó a ladrar sin descanso, como si estuviera oyendo un ruido raro o como si pudiera sentir la tensión en el aire. Darlis llevó el maletín hasta la puerta que daba a la calle, para tenerlo todo listo. Preguntó quién iba a acompañar a don Luis a la clínica; se ofreció a hacerlo, pero Teresa le dijo que mejor ella se ocupara de los niños y los despachara para el colegio. La muchacha asintió con un gesto de obediencia, pero no parecía muy convencida y buscó en los ojos de Luis un apoyo que no encontró porque él seguía mirando al techo. Había pasado apenas una media hora desde la llamada por teléfono. Era una espera impaciente, incómoda, en la que ninguno de los tres sabía muy bien qué hacer con el tiempo. Darlis se ofreció a darle allí mismo un último masaje en los pies y en las piernas, para que llegara bien tranquilo y deshinchado al hospital. Sin esperar respuesta corrió a su cuarto por los aceites y al lavadero por una toalla limpia. Regresó vestida de uniforme y con la cara lavada. Teresa dijo que se iba a recostar un rato en su habitación, sin dormir, mientras volvían a llamar del hospital a darles el horario exacto de la operación. Le recordó a Luis que no podía tomar nada, ni siquiera agua, y que debía bañarse bien, con el jabón especial que le habían recetado.

Darlis apagó la luz del cuarto y dejó abierta la puerta del baño para que desde allí entrara solo el tenue resplandor que venía desde el frente del espejo. Luis, en realidad, hubiera querido más rezar o conversar que recibir un masaje, pero no dijo nada, y cuando Darlis empezó a frotarle con sus dedos suaves y largos el primer dedo chiquito del pie, pensó que era Darlis, y no él, la que tenía razón. Era mejor no hablar, no pensar, y solamente recibir. Sentir un contacto, sentir que los dedos hablaban mejor que la boca. Todo en esa habitación tenía algo irreal, la luz, el aire, las paredes, los dedos de Darlis.

Rezó en voz baja el magníficat, una y otra vez, la oración preferida de su madre: *Magnificat anima mea Dominum, et exultavit spiritus meus in Deo salutari meo, quia respexit humilitatem ancillae suae. Ecce enim ex hoc beatam me dicent omnes generationes, quia fecit mihi magna qui potens est, et sanctum nomen eius, et misericordia eius a progenie in progenies...*

Cuando la había repetido varias veces, Darlis le dijo:

—No entiendo nada de lo que está diciendo, don Luis, pero suena bonito.

—Es una oración en latín, Darlis. Te la voy a decir como la decía mi mamá, en español. Mira, es así: *Glorifica mi alma al Señor, y se alegra mi espíritu en Dios, mi salvador; porque ha puesto sus ojos en esta humilde sierva suya, y por eso desde ahora todas las generaciones me llamarán bienaventurada, porque el poderoso ha hecho obras grandes en mí, y su nombre es santo, y concede su misericordia de generación en generación.* Si quieres te la enseño. Se llama el magníficat, y fue lo que María le dijo a su prima santa Isabel cuando esta descubrió, con solo oírle la voz, que la Virgen estaba embarazada.

—Sí, por favor, enséñemela, don Luis.

Y mientras Darlis le iba masajeando los pies y las piernas, repitieron el magníficat frase por frase muchas veces. Luis no tenía que pensar para repetir las frases, así que mientras las decía en realidad tenía la mente en otra cosa: en el pecho abierto por el que iban a sacarle su propio corazón y por el que iban a instalarle un corazón ajeno. ¿Qué harían con el despojo del suyo? Tenía que preguntar si lo tiraban simplemente a la basura, como un cáncer, como un tumor maligno recién extirpado. Cuando Darlis ya casi podía repetir sola el magníficat, completo y de memoria, los sobresaltó el timbre del teléfono, que volvió a sonar, y el galope descalzo de Teresa, que corría a la sala desde el cuarto.

—Bueno, está bien —se oía que contestaba Teresa—. Yo le digo a Luis. Por supuesto que sí, esas cosas pasan.

Después colgó y se acercó al cuarto donde el Gordo y Darlis la miraban expectantes. La cara de Teresa no era buena.

—Parece ser que el donante tuvo una crisis en la ambulancia, recién salidos de Santa Rosa. «Se murió el muerto», me dijeron. Los enfermeros hicieron de todo para revivirlo, pero no lo lograron. Cuando llegaron con él a la cardiovascular había pasado mucho tiempo; hubo que descartarlo, ya era muy tarde; el corazón se degrada muy pronto. Ya no sirve y no se puede trasplantar. Que lo sienten mucho. Falsa alarma, pura ilusión.

Teresa se acercó a la cama y abrazó al Gordo. Después de dudarlo, apoyó un momento la oreja contra su pecho, tristemente, pero la levantó casi de inmediato al oír unas pulsaciones rápidas que no pretendía oír. Luis suspiró profundo. Volvió a mirar al techo largamente. Después de un rato, dijo:

—Tal vez mejor así. Me gané la lotería y me la quitaron. Quiere decir que no me convenía ser rico.

Las mujeres volvieron a sus cuartos e intentaron dormir. Córdoba en la penumbra cerró los ojos. Al alba, con la primera claridad del día, los tres se encontraron en la cocina y compartieron un café caliente. Casi al unísono reconocieron que ninguno había podido dormir. Desde el solar los pájaros cantaban y su canto les daba a los tres algo del ánimo que les faltaba.

P

Yo, Lelo-Cura, como me dicen los amigos más queridos, aprendí a desconfiar de la felicidad por una serie de coincidencias trágicas que le ocurrieron a mi amigo Córdoba. A desconfiar de la suerte, que parece diseñada para traicionarnos en el momento que más la necesitamos. Él no, él no era como yo. Impermeable a desdichas y tragedias, él siempre siguió con su optimismo panglossiano, confiando siempre en el futuro y en la felicidad, a pesar de todo. Creo que su esperanza y su fe eran más firmes que las mías; la suya era una fe como la de Job, inmune a las desgracias y a las penas más hondas, a las pruebas que Dios le enviaba.

Nunca olvidaré la homilía que dijo en las exequias de su hermana Emilia, la menor de las hijas, la segunda en morir, la única que le quedaba. Fue en la iglesia de El Poblado y su mensaje consistía, básicamente, en que la vida era un regalo, y que los regalos se aceptaban y se gozaban con intensidad. Llegó a decir algo más drástico, que a mí, cura más tradicional en esa época, casi me escandalizó, porque era algo muy distinto a todo lo que nos habían enseñado en el seminario y en la carrera de Teología. Dijo, enfático, y subiendo la voz, que «el único pecado mortal que podemos cometer», y recalcó dos veces, «el único, es la infelicidad».

Y todo esto pese a que los mejores momentos de su vida, los más felices, los más significativos y más emocionantes, habían venido siempre acompañados de lo contrario: de mala suerte, de pérdida y dolor. Era como si Dios le quisiera mandar un mensaje, me parecía a mí, siempre el mismo mensaje: no confíes en la vida feliz, no pienses que estás en la Tierra para gozar, porque al lado de la dicha aquí pasan siempre cosas que te recordarán que esto no es ya el Jardín del Edén sino un valle de lágrimas, un planeta dejado de la mano de Dios, un purgatorio, un sitio en el que la alegría, cuando llega, se tiñe casi siempre de tristeza y horror. Como decía una de sus arias preferidas, en *La flauta mágica*, «*weil Rosen stets bei Dornen sein*», es decir, que «rosas y espinas van unidas». Y sin embargo Luis, siempre, siempre, parecía ver y sentir solamente los pétalos, y olvidar o pasar por alto las espinas, incluso si se veía los dedos sangrando.

Lo que quiero contar, en todo caso, tiene que ver con mi desconfianza en la felicidad y no con la terca esperanza de Córdoba en esta. A la gente se le llena la boca con esa palabra, pero a mí me parece que la felicidad es una sensación que, quizá por todas mis experiencias en una larga vida, y más aún por las experiencias trágicas de mi amigo Luis, he acabado por considerar sobrevalorada.

Hubo un momento (antes del último, el postrero, el que más tristeza me dio a mí) en que la felicidad de Luis se tiñó de pronto de pesar. Ocurrió por una serie de acontecimientos injustos, desgraciados y casi inevitables. Y coincidió exactamente con los días en que iba a estrenar, con mucha ilusión y alguna esperanza de éxito, la segunda y última película que dirigió, *El niño invisible*.

La película se iba a presentar al público un viernes, en El Subterráneo, ese cine de arte que quedaba por la plaza de El Poblado, y ya teníamos contratado a Pacho, el mesero, y comprada una caja de botellas de champaña, y copas altas alquiladas, para brindar al final de la proyección. Pues bien, lo que sigue fue lo que pasó el martes, el miércoles y el jueves anteriores al estreno.

La sobrina predilecta de Luis, Margarita, la hija de Lina, más preferida aún después de quedar huérfana de madre, estaba obviamente invitada al estreno, como primera en la lista, y había confirmado su asistencia el viernes en El Subterráneo. Margarita se había casado el año anterior con Carlos Esteban Botero, un compañero de ella en la Universidad Eafit, y todo anunciaba en ellos un matrimonio prolífico y feliz. Precisamente Margarita, cuando el Gordo llamó a invitarla, le había dicho a su tío que esa misma semana le había salido positiva la prueba de embarazo y que ella y su marido esperaban el primer hijo. Estaban saliendo a celebrarlo en la laguna de la Cocha, en el sur, pero iba a disponer todo para volver el viernes por la mañana y poder acompañarlo esa misma noche en la premier.

El suegro de Margarita, es decir, el padre de Carlos Esteban, era un empresario del transporte de carga, Raúl Botero Rodríguez. Los Botero Rodríguez habían heredado un emporio de camiones que existe todavía, Botero Soto, especialistas en distribuir mercancías por toda Colombia. Además de su boyante empresa de transporte, Raúl Botero había colonizado, con otros antioqueños amantes de la naturaleza, un paraíso perdido en el norte del país, la ciénaga de Ayapel. Esta ciénaga, ya muy cerca del mar Caribe, se irrigaba con las aguas del delta de algunos ríos, entre ellos el Nechí y el Cauca, que formaban el Cañobarro, y poco más abajo desembocaban en el Magdalena. Era un sitio maravilloso para practicar los deportes que los apasionaban a él y a sus amigos: la caza, la pesca y el avistamiento de aves. En esa época Ayapel era un lugar escondido e inaccesible, donde antes de la llegada de los colonos paisas vivía solamente una pequeña comunidad de negros cimarrones que se habían mezclado con los últimos restos de una tribu nativa. No había carreteras que llevaran a Ayapel, y a la ciénaga se podía acceder solo por agua, a través de los ríos y un laberinto de caños, o un tiempo después por aire, cuando se construyeron pistas de aterrizaje de arenisca en algunos de los islotes donde los colonos hicieron sus casas de recreo.

Allí Raúl Botero, uno de los colonos fundadores, tenía su casa y su pista de aterrizaje. Para volar hasta el lugar había sacado licencia de piloto y se había comprado un Cessna 185, el jeep de las avionetas. La cola del Cessna de Raúl llevaba pintado un gran dibujo de Condorito, ya que a él mismo, flaco, alto y narizón, le decían Condorito, como el famoso protagonista de la tira cómica chilena. Condorito le decían también a su Cessna, el todoterreno de los aires. A veces don Raúl, cansado del trabajo de oficina, sacaba un día libre en la semana y madrugaba al aeropuerto Olaya Herrera, en la mitad del valle de Medellín, para irse a primera hora a su casa de Ayapel. Su Cessna sobrevolaba las cimas de la cordillera Central y llegaba en menos de dos horas a las llanuras de la costa norte; aterrizaba en su pista de Ayapel, cazaba patos, pescaba barbudos, hacía siesta en una hamaca a la sombra de los castaños de Indias, y volvía a Medellín con la última luz de la tarde, antes de que cerraran el aeropuerto, a las seis, cargado de pesca y cacería frescas, para cenar.

Ese lunes por la noche, de cielo estrellado, Raúl Botero llamó a Artemio, su asistente en el aeropuerto, para que le alistara a Condorito al amanecer. Artemio era un mago para acondicionar avionetas a la perfección, llenar su tanque de gasolina, revisar los niveles de aceite y ajustar lo que hubiera que ajustar; era un mecánico curtido y confiable como pocos. El martes, Raúl madrugó al aeropuerto y vio con satisfacción su Cessna, que resplandecía con el primer sol de la mañana, alistada por Artemio, negro y descalzo, vestido con su overol caqui manchado de grasa. Cuando ya estaba a punto de montarse en la avioneta, Artemio le dijo a su patrón, señalando a un hombre apartado y sentado en una caja de herramientas cerca del hangar:

—Don Raúl, ahí hay un señor, amigo de don Payo Mejía, que va para la zona. Él me pregunta si usted no lo pudiera llevar. Usted lo deja en Ayapel y ya él se las arregla después para llegar adonde va.

El suegro de Margarita, persona amable y servicial, no dudó en llevar al hombre en su avión, y lo invitó a subir. El viaje fue muy tranquilo, pero cuando ya se acercaban a Ayapel, sobre las llanuras de Córdoba, el invitado le propuso que sobrevolaran una zona cercana a la ciénaga donde, le decía, se estaban construyendo muchas pistas de aterrizaje, apenas disimuladas entre la manigua. El piloto accedió y lo único que le pareció raro fue que, mientras sobrevolaban esas pistas que él no había visto nunca, el hombre sacó una cámara y les estuvo tomando fotos a los pequeños aeropuertos. Su único comentario fue que esas eran pistas secretas, clandestinas. El dibujo de la cola del Cessna de Raúl Botero se podía distinguir muy bien desde tierra: ahí se veía nítido a Condorito, que era casi como gritar su propio nombre y exhibir su propio retrato.

Poco después aterrizaron en la pista de la familia Botero, en Ayapel, y el hombre contrató una canoa con motor para salir a tierra firme y seguir camino de Montería. Al menos eso fue lo que dijo. Don Raúl tuvo ese día una pesca muy buena, una caza escasa, porque no había en la época muchos patos, una siesta profunda y reparadora, y aterrizó de regreso en Medellín cuando no eran más de las cinco y media de la tarde. Apenas llegó al hangar donde guardaba el Cessna, e incluso antes de que apagara el único motor del Condorito, Artemio se acercó a la ventanilla y le dijo que había un par de tipos que preguntaban por él y lo estaban esperando desde las tres de la tarde. Añadió que la cara y la actitud de los manes no le gustaban nada, que tuviera cuidado. «El que nada debe nada teme», le había contestado Raúl, y había encarado a los dos hombres a ver qué necesitaban.

Estos le habían hecho una especie de interrogatorio. Primero que todo querían saber con quién exactamente había viajado a Ayapel. Don Raúl les contestó la verdad, que no lo sabía con precisión, y que lo único que recordaba era que, al presentarse, el hombre se había identificado como Quique, por lo que era probable que se llamara Enrique. Eso era todo lo que sabía de él. Luego le preguntaron a qué se debía que él y su acompañante no hubieran ido directamente a Ayapel y en cambio hubieran sobrevolado las haciendas de un amigo de ellos, o más en concreto de su patrón. Esto preocupó un poco más a don Raúl y contestó que simplemente habían hecho un rodeo por la llanura para admirar el paisaje, ya que el tal Quique había dicho que era la primera vez que iba por allá y quería conocer mejor. Esta información no convenció a los dos tipos, que le contestaron, ya subiendo la voz, que no se hiciera el pendejo o que si acaso les había visto cara de güevones. Aquí don Raúl, que no soportaba la grosería, se había disculpado, había dicho que no iba a seguir hablando porque se le dañaba el pescado, había cogido la nevera con hielo y se había ido de inmediato, abordando con cierto nerviosismo su BMW 323, en el que se fue, según Artemio, a tal velocidad que parecía una avioneta a punto de despegar. Los dos tipos se habían ido en la misma moto en la que habían venido, echando chispas por los ojos y lanzando hijueputazos a diestra y siniestra.

Esa noche, el pescado al horno que preparó Victoria, su mujer, estaba delicioso. Lo había hecho con una receta que a Raúl le encantaba, la Príncipe Alberto, que llevaba una salsa de pasas, tomates, cebollas y alcaparras. Pese al pescado fresco y a que el plato le había quedado mejor que nunca a su esposa, don Raúl no había querido casi ni probarlo. Estuvo hablando largo, por teléfono, con sus mejores amigos de Ayapel, los Escobar de la Fundición Escobar, los Londoño de Eduardoño, los Ochoa de Bernardo y Augusto, los Ángel de Caribú... Ellos le contaron que esas pistas que había sobrevolado eran clandestinas y las usaban los de la mafia para sacar droga a Estados Unidos. Le dijeron los nombres de los dueños, que tenían los mismos apellidos de las familias ricas de Medellín: Escobar, Londoño, Ángel, Ochoa. Pero de inmediato aclaraban que esos eran de otros Escobar, de otros Ochoa, de otros Londoño y de otros Ángel. No era nada bueno lo que le había pasado, pensaban, y debía cuidarse. Sería mejor que dejara de ir a la finca de Ayapel por un tiempo, mientras se le mandaba razón a esa gente y se calmaban las aguas.

El miércoles temprano, antes de las ocho y después de desayunar lo de siempre, café negro con arepa y queso fresco, Raúl Botero había sacado el carro del garaje y se había ido para la empresa Botero Soto a trabajar, por el camino habitual. Salió de su casa cerca del Club Campestre, tomó la Avenida El Poblado, cogió a la izquierda hacia la glorieta de La Aguacatala, después de la cual iría por la autopista norte, casi hasta la calle Barranquilla, cerca de la Universidad de Antioquia, donde quedaba la sede principal de la empresa de transporte de su familia. El caso es que al llegar a la glorieta de La Aguacatala una camioneta Toyota se le atravesó por delante, impidiéndole el paso, y lo rodearon dos motos, con dos hombres cada una. De las dos motos se bajaron los cuatro, con armas de alto calibre, y lo acribillaron dentro del puesto del conductor. Le dieron más de quince tiros en todo el cuerpo, y antes de irse se cercioraron de que alguna bala se hubiera alojado en su cerebro y en su corazón. Cuando un taxista se apiadó de él, y paró al lado del BMW con el parabrisas y las ventanillas destrozados por las balas, no le costó más que pocos segundos comprobar que era inútil llevar ese cuerpo inerte a ningún hospital. El padre del esposo de Margarita estaba muerto.

Córdoba y yo oímos por radio la noticia del asesinato del suegro de su sobrina, y la desgracia nos dejó decaídos y tristes. Luis intentó comunicarse con Margarita, pero no hubo manera de hablar con ella. Le confirmaron lo que ya sabía, que estaba en el sur de Colombia, cerca de Pasto, en la laguna de la Cocha, con Carlos Esteban, su marido, el hijo de don Raúl, el muerto. Los hermanos de Raúl, en la empresa, tenían contactos por todo el país, pero no hubo manera de comunicarse con Carlos Esteban para darle la mala noticia. Carlos y Margarita estaban con amigos de la universidad, los Vásquez Luna, cafeteros de Nariño, con Juancho Maya, con otros, pero se habían ido a una finca muy alejada, cerca de la frontera con Ecuador, donde no había teléfono. Pasó el miércoles sin que pudieran darles la mala noticia, que Carlos Esteban y Margarita vinieron a oír tan solo el jueves por la mañana, no de una voz amiga, sino por una breve nota de sangre al final del noticiero de televisión. Al fin Carlos pudo hablar con la mamá y con los tíos Botero, saber otros detalles, y enterarse, entre gritos y llanto, de que la misa y el entierro estaban programados para ese mismo jueves por la tarde, a las cinco, en la capilla del Colegio San Ignacio, donde Raúl había estudiado el bachillerato.

Como Carlos Esteban sabía que su padre era de la Patrulla Aérea Colombiana, se comunicó con uno de los pilotos amigos, y estos, solidarios y conmovidos con la noticia de don Raúl, organizaron una avioneta en Bogotá que viajaría a Pasto a recogerlo, de modo que el hijo pudiera llegar a tiempo a la misa y al entierro, aterrizando en el Olaya Herrera en las horas de la tarde. El aeropuerto de Pasto es uno de los más peligrosos del mundo, porque no solo hay que aterrizar en un estrecho altiplano rodeado de picos montañosos, sino que el sentido del aterrizaje es siempre el mismo, y al revés de lo recomendado, porque en ese sitio sopla un viento de cola traicionero. La avioneta que iba a llevarlos a Medellín tuvo que hacer dos intentos fallidos antes de poder tocar tierra, pero al fin lo logró.

Las conversaciones de ese viaje quedaron grabadas en una caja negra de la avioneta que, algunos meses después, Luis pudo oír, en un incomprensible arranque de masoquismo, al menos para mí. El error más grave ocurrió desde el principio, y el peor consejero fueron la premura y las ansias de llegar. Primero hubo una discusión sobre el peso, pues el piloto no sabía que el hijo de don Raúl estaba también con la esposa. El piloto le dijo a Carlos que, en principio, el vuelo estaba planeado solo para dos personas. Después de hablarlo un rato, el piloto accedió a llevar a Margarita, a cambio de dejar en tierra todo el equipaje de los dos. Ya en el aire, y al poco rato de haber despegado, el piloto le dijo a Carlos Esteban que sería necesario hacer una parada técnica en el camino, bien fuera en Popayán, Cali o Pereira, para echar gasolina, pues iban con lo justo, y más ahora que el peso era mayor al previsto. Aquí ocurrió la segunda discusión. Margarita insistía en que aterrizaran a llenar el tanque; Carlos Esteban decía que si hacían esa escala llegarían tarde al entierro; el piloto insistía en que eso era lo conveniente, pero se lavaba las manos y decía que si seguían adelante lo haría por tratarse del hijo de don Raúl, pero que Carlos corría el riesgo y tenía la responsabilidad de la decisión. Córdoba contaba que durante casi una hora no habían vuelto a hablar, que el piloto simplemente se iba reportando en los aeropuertos que sobrevolaban, y a veces comentaba en un murmullo los litros de combustible que quedaban. También Carlos Esteban, que había piloteado muchas veces el Condorito de su padre, sabía volar.

Después de sobrepasar el Alto de Minas y al empezar el descenso hacia Caldas, el piloto bajó al máximo la velocidad para ahorrar gasolina, y dijo entre dientes que creía que llegaban. Margarita en ese momento se atrevió a hablar un par de veces y a darles ánimos a sus dos héroes pilotos. Poco después la avioneta se reportó al aeropuerto Olaya Herrera y dijo que estaban sobrevolando la población de Caldas, y pedía prioridad absoluta para aterrizar por contar con muy poca reserva de combustible. La prioridad le fue asignada. Eran casi las cuatro y media de la tarde.

A esa hora, Luis y yo acabábamos de llegar a la capilla del Colegio San Ignacio. Aunque faltaba más de media hora para que comenzaran las exequias, la iglesia estaba atiborrada de gente. Poco después llegó el carro mortuorio de la Funeraria Betancur, que estacionó frente al atrio. Empezaron a entrar los familiares del señor Botero. Córdoba saludó con efusividad al padre de Margarita, don Jaime Mora, que había venido, muy compungido, a despedir a su consuegro. Don Jaime le dijo a Luis que Margarita venía de Pasto y estaba por llegar. Veinte minutos después nos sorprendieron unos murmullos y movimientos extraños entre los asistentes. Evidentemente algo muy grave acababa de pasar, aunque nosotros no sabíamos qué.

Poco después de pasar por encima de Sabaneta, la avioneta tosió. Los pilotos aficionados conocen este viejo precepto: «Cuando una avioneta tose, busque dónde caer». La hélice siguió girando medio minuto más, tal vez con el aroma de la gasolina. Volvió a toser, el motor se apagó, el piloto soltó una maldición, Margarita invocó a la Virgen y su marido le dijo al piloto que no les quedaba más remedio que planear y buscar algún claro en el valle para aterrizar de emergencia. La avioneta planeaba bien, con estabilidad. Carlos Esteban y el piloto manifestaban una calma admirable y la voz de Margarita se oía solo de vez en cuando, con un murmullo de avemaría. El piloto dijo que se apretaran firmemente los cinturones.

Carlos Esteban le señaló un claro y unas canchas de fútbol, cerca del río, antes de Envigado. El piloto dirigió la avioneta, que seguía planeando bien, hacia el lugar. Iban descendiendo despacio, apuntando al claro, que se veía plano y despejado. De repente Carlos Esteban pegó un grito: «¡Cuidado, ahí hay unas primarias!». «Putos alambres», alcanzó a decir el piloto. «Bendito sea el fruto...», se oyó la voz de Margarita. En ese momento, dicen quienes la vieron desde tierra, el piloto debió jalar el timón, porque la avioneta levantó la nariz y estuvo a punto de pasar por encima de los cables de electricidad. Y sí, la nariz los evitó, pero la cola no. El golpe contra la parte trasera hizo que la avioneta diera una vuelta campana completa hacia atrás, y luego, de nariz, se clavó a los pies de los cables que traen energía a altísimo voltaje desde la hidroeléctrica de Guatapé. Los tres murieron en el acto, por el golpe, aunque la avioneta no se incendió por no tener ni gota de combustible. Ese mismo día, poco antes de la medianoche, a Córdoba le tocó reconocer el cadáver de su sobrina en la morgue de Envigado. Tenía golpes y fracturas por todo el cuerpo, dijo, pero su hermosa cara estaba intacta. Las manos unidas le cubrían el vientre, contó, como si lo quisiera proteger. El entierro en el Colegio San Ignacio se había suspendido. Al día siguiente, en vez de un carro mortuorio, llegaron tres camionetas largas y negras, ya no a la capilla sino al coliseo del colegio. Ante tres ataúdes se dijo la misa por los tres fallecidos. Padre, hijo, nuera y un proyecto de vida más del que nunca se habló.

Fue así como yo aprendí a desconfiar de la felicidad, por las pruebas que Dios le mandaba a mi amigo Córdoba. También a mí me las ha mandado, pero de esas no voy a hablar.

Su segunda película, la única que hizo de ficción, *El niño invisible*, no se estrenó ese viernes ni nunca jamás. La vieron algunos amigos, en pantallas pequeñas, pero Córdoba decía que eso no importaba, que al fin y al cabo la película no era tan buena y la había hecho solo para divertirse. Él nunca me lo dijo, pero yo creo que como la asociaba siempre con la muerte de su sobrina, le perdió todo afecto e incluso la olvidó.

Joaquín, en este aspecto, no está de acuerdo conmigo. Para él el corto de Luis es un hermoso ejercicio sobre la amistad y la pérdida, tal como ocurre en la mente de un niño. El juego de la invisibilidad se convierte en algo perfectamente tangible cuando el amigo del niño protagonista tiene un accidente y se mata. Tal vez tenga razón Joaquín; Córdoba, para mí, a veces lo he pensado, no ha sido otra cosa que mi secreto amigo invisible.

Realizar los diez minutos y pocos segundos de *El niño invisible*, de todas maneras, tuvo un efecto muy claro sobre Luis: lo convirtió en un crítico más compasivo. Cinco días de rodaje, una cantidad limitada de película y de presupuesto, el equipo técnico disponible (en aparatos y en personas) y, sobre todo, la diferencia entre la película soñada y la película posible le dieron una comprensión más viva de los límites y las dificultades del oficio de dirigir una película.

El resultado no era el que había querido, sino el que había podido alcanzar, y todo pese a que dos jóvenes amigos, que llegarían a ser cineastas más que competentes, Víctor Gaviria y Sergio Cabrera, lo habían acompañado durante todo el proceso de rodaje y edición, Cabrera como fotógrafo y camarógrafo y Víctor como subdirector. También el hermano de Carlos Alberto Calderón, Luis Fernando, había sido asistente de dirección. Semanas y meses de sueños y desvelos, las dificultades para conseguir el dinero, las limitaciones y errores de actores y técnicos, lo imposible de conseguir con los recursos existentes, todo esto hizo que se volviera más humilde y comprensivo con aquellos que hacían cine. No todos los desastres y desaciertos eran culpa de un director, pues, salvo aquellos que disponían de un *budget* casi ilimitado en el cine más comercial, todos los demás rodaban en el mundo de lo posible y no en el mundo ideal.

Q

Después de la fallida donación del corazón para Luis, una tarde en que Darlis había logrado convencerlo de que la dejara masajearle también el torso y la espalda, la muchacha interrumpió su canto de boca cerrada y empezó, con muy buena memoria, a decir el magníficat. *Glorifica mi alma al Señor, y se alegra mi espíritu en Dios, mi sanador; porque ha puesto sus ojos en esta humilde sierva suya, y por eso desde ahora todas las generaciones me llamarán bienaventurada...* Luis, que tenía el rostro vuelto contra la pared, porque le daba pena mirar en dirección de ella mientras lo tocaba, comenzó a girar la cabeza para felicitarla:

—¡Muy bien, Darlis! Veo que no se te ha olvidado el magníficat, que sí te lo aprendiste bien. Creo que es «salvador», en vez de «sanador», aunque el original en latín... Cada vez que lo reces...

Y como Darlis repetía la oración como un mantra mientras le hacía el masaje linfático en las piernas hinchadas de Luis, el Gordo, casi sin darse cuenta, se fue quedando dormido y empezó a ver visiones. Dormido, sí, pero mientras dormía seguía oyendo la voz armoniosa de Darlis y soñando con ella. Oyó, o soñó que oía a la muchacha decir:

—Yo pensaba que todos los curas olían maluco, y en cambio usted huele rico, Luis.

Al oírla se despertó o creyó despertarse. Entreabrió los párpados, él no sabía decirme si en la realidad o en el sueño, y sus ojos vieron lo que jamás se hubieran esperado y su boca no pudo decir la respuesta que quería darle. Primero la cara dulce y amable de Darlis, sus ojos muy abiertos, sus dientes blanquísimos, como en un gran close-up de película, con un zoom tan detallado que veía su piel como si la tuviera a diez centímetros de distancia. Pero al bajar de los ojos expresivos de Darlis a su sonrisa limpia y abierta de dientes parejos, al largo cuello aristocrático, a los hombros torneados, a las clavículas rectas y marcadas, vio que la piel y la desnudez de la muchacha seguían cuerpo abajo, y antes de poder siquiera pensar en nada contempló un par de senos simétricos y armónicos, como dos gacelas mellizas, con los morenos pezones erguidos, y un vientre liso y terso, y un ombligo perfectamente elíptico, y un pubis oscurecido por unos vellos negrísimos, brillantes y ensortijados, y unos muslos firmes y tan bien torneados que parecían pintados a lápiz. Los ojos de Córdoba no parpadearon, la cámara firme de su fantasía no tembló, pero su respiración y sus pulsaciones se agitaron de repente y su garganta solo pudo atinar a dejar salir un suspiro largo que sonó casi como un quejido de dolor:

—¡Aaaahjjj! —su misma fantasía lo había despertado. ¿Había visto de verdad aquello que había visto? Córdoba, al contármelo, no me definía bien si era visión o realidad.

Darlis seguía su sobijo, ahora por la espalda del Gordo, con un poco más de fuerza, y seguía repitiendo las mismas palabras que ya había dicho centenares de veces: *Glorifica mi alma al Señor, y se alegra mi espíritu en Dios, mi sanador, digo, mi salvador; porque ha puesto sus ojos en esta humilde sierva suya, y por eso desde ahora todas las generaciones me llamarán bienaventurada...* Luego repitió una sola parte: *porque ha puesto sus ojos en esta humilde sierva suya, porque ha puesto sus ojos en esta humilde sierva suya, porque ha puesto sus ojos en esta humilde sierva suya.*

Según me dijo Córdoba, él volvió a caer en una especie de duermevela, de estupor, de sopor. Cerró los ojos, y con los ojos cerrados pudo ver a Darlis completamente desnuda. En el sueño o en este mundo material, me juraba y volvía a jurar que no lo sabía, dijo o creyó decir lo siguiente:

—No... lo... puedo... creer. —Fueron cuatro palabras separadas por aire que entraba y salía de su boca, cada una más temblorosa que la otra. Volvió a suspirar, y consiguió añadir, despacio—: Es lo más bonito... que mis ojos han visto en la vida.

Darlis dejó de rezar y le acarició con un cariño infinito la cabeza mientras le decía:

—El otro día usted dijo, don Luis, cuando se iba a ir para el trasplante en el hospital, que creía que ya se estaba aliviando del corazón. Yo creo lo mismo. Creo que cada día está mejor. Y creo algo más: creo que lo único que a usted le falta para acabar de aliviarse es un poco de felicidad.

—¿De felicidad? Pues si se trata de eso, yo estoy feliz mirándola, Darlis. Creo que nunca antes, ni siquiera cuando me ordené en Alemania, había estado tan feliz. —Todo esto lo decía con los ojos cerrados, completamente cerrados, y además detrás del antifaz que Darlis le ponía para que se calmara y la luz no le doliera en las pupilas.

—¿Sabe cómo decimos en Cereté cuando un hombre se emociona, cuando a un hombre se le nota en la mitad del cuerpo que está emocionado? Decimos que está feliz. Y yo quiero que usted también esté feliz así, así como le digo.

Córdoba abrió un momento los ojos, detrás de la penumbra del antifaz, e intentó ser consciente de todas las sensaciones y reacciones de su cuerpo. Luego los volvió a cerrar y dijo:

—Sí, Darlis, en ese sentido también estoy feliz. Incluso creo que estoy muy feliz.

Luis sentía una somnolencia imposible de dominar. Era como si le hubieran dado una droga, un somnífero. Como si estuviera cayendo en ese pozo que se anuncia al principio de la anestesia general. La muchacha, en ese estado intermedio entre la vigilia y el sueño, le cogía la mano al Gordo, sus dedos grandes y gruesos, y sin soltársela se daba la vuelta con lentitud y ponía ante los ojos de Córdoba un par de nalgas redondas, de una perfección y una dureza que él ni se esperaba ni había visto jamás, ni siquiera en las películas más bellas que hubiera en su memoria. *Porque ha puesto sus ojos en esta humilde sierva suya, porque ha puesto sus ojos en esta humilde sierva suya*. Y la mano delgada y larga de Darlis, sus dedos hábiles y tersos hacían que la mano del Gordo se apoyara en su cintura y fuera resbalando hacia ese par de frutos maduros, grandes y perfectos. Córdoba las tocó muy suavemente, y volvió a decir, en el sueño, creía él, porque sus palabras no se oyeron en el cuarto de Darlis, o tal vez sí:

—No lo puedo creer. Esto sí que lo puedo creer todavía menos que lo que acabo de ver.

Todo el cuerpo, me contó, le empezó a temblar como si le estuviera dando un ataque de fiebre. Darlis, al verlo así, como una rama frágil, le preguntó:

—¿Tiene miedo?

Córdoba estaba otra vez despierto cuando le contestó:

—Tal vez sí —y respiró, suspiró—. Tengo miedo de lo que el presente, cuando sea pasado, me hará en el futuro.

Darlis le dijo:

—El pasado no existe y el futuro es ya. Todo es presente.

Córdoba dejó de temblar y se fue incorporando hasta quedar sentado en la cama, detrás de Darlis, que seguía de pie y de espaldas, y sus dos manos comenzaron a acariciar despacio, muy despacio, como con miedo a romper un hechizo o un objeto muy frágil, de cristal, la espalda, la nuca, los hombros, la columna vertebral, las nalgas y las piernas de Darlis, arriba y abajo, una y otra vez, una y otra vez, extasiado en la suavidad y maravilla de esa piel tersa, brillante, sana, en la firmeza de esas carnes, en la perfección simétrica y ordenada de las formas, en ese instrumento cuya música él quisiera saber provocar. Mientras la acariciaba, sin saber bien por qué, empezó a decir los nombres de todas las mujeres que se le vinieron a la cabeza y con quienes, tal vez, se había acostado muchas veces en la imaginación: Romy, Brigitte, Shirley, Marilyn, María, Ingrid, Nina, Greta, Zuca, Nastassja... todas las divas de su vida musical y cinematográfica.

Darlis entonces volvió a darse la vuelta y se mostró de frente. *Porque ha puesto sus ojos en esta humilde sierva suya, porque ha puesto sus ojos en esta humilde sierva suya,* y Córdoba estiró una mano para tocarle el seno izquierdo, pero en ese mismo momento sintió una punzada en el corazón, luego una especie de sudor frío que le brotaba en la frente, un dolor en los dos brazos, en el hombro, y tuvo que dejarse caer de nuevo sobre la cama. Las tablas o los resortes o las patas, todo traqueó como a punto de quebrarse.

Sin saber si había perdido el conocimiento o se había despertado, Córdoba se quitó el antifaz, miró aterrado el uniforme blanco de Darlis, sus manos embadurnadas de aceite, su sonrisa, oyó otra vez su mantra, que ella no paraba de decir, *porque ha puesto sus ojos en esta humilde sierva suya, porque ha puesto sus ojos en esta humilde sierva suya.*

—Me quieres matar, ¿no cierto, Darlis? En una de estas me muero. Tengo el corazón a mil pulsaciones por minuto. Creo que esto es demasiado para mí. —Sonrió un instante y añadió—: Bueno, me moriría feliz, eso sí.

Darlis no le hizo caso. Soltó una risa festiva y se atrevió a decir, cambiando la risa por una súbita expresión de seriedad:

—Don Luis, perdóneme que le haga esta pregunta personal: ¿usted es virgen?

Se hizo un silencio raro, hondo, insondable. Un sonido de iglesia vacía al amanecer, me dijo Córdoba. Se oyó el canto de un pájaro trinando en el solar, quizá llamando a su pareja, un canto sin respuesta. La voz de Luis, de barítono, salió sincera y gruesa del pecho. Parecía el recitativo de una ópera sacra:

—Más virgen que la Virgen María, Dar —contestó al fin, y no lo dijo con un largo suspiro, sino más bien con un último aliento. Lo que antes era agobio, o tristeza, se había vuelto una frase sencilla.

Darlis volvió a esbozar una sonrisa tierna, casi alegre. Le dijo al cura que se quedara así, bocarriba, que respirara hondo, despacio. Luego se embadurnó las manos con mucho más aceite, y empezó a frotarle el pecho con toda la energía de que era capaz, arriba y abajo, arriba y abajo; después en círculos concéntricos, e incluso, al final, con palmadas sonoras que daba con las manos abiertas y cóncavas, para que formaran un pequeño toque de tambor rítmico, profundo y sereno.

—Don Luis, yo no solo no lo voy a dejar morir, sino que lo voy a curar. Cierre los ojos. Cierre los ojos y déjeme hacer a mí. Respire profundo, inhale... exhale. Inhale... exhale. Hágalo exactamente al ritmo que yo le diga.

Y al tiempo que tocaba tambor en su pecho, sobre el sitio que para Darlis era el del sol del cuerpo, y lo hacía respirar a un ritmo que ella escogía, le decía que pensara solo en la respiración, que no pensara en ella, ni en sus manos, ni en su cuerpo, mucho menos en el corazón que le latía en desorden en el pecho, que simplemente pensara en el aire que entraba y salía de su cuerpo.

Luego le fue susurrando cosas en las que debía pensar, o más que pensar, figurárselas en la mente con una imagen muy clara: un lago oculto en las montañas con unas peñas escarpadas al fondo; una mesa de carpintero vieja y trabajada, muy lisa; una choza vacía, en tierra caliente, con techo de palma y piso de tierra y un taburete en el centro como único mueble; una llamarada en la plaza, hecha con helechos secos, en la que arde un marrano entero; un río tan ancho que no se ve la otra orilla; una bandada de pelícanos en formación; el color rosa de los flamencos en una laguna; una telaraña perfecta a contraluz en el amanecer; unos zapatos viejos, negros, como los del Tuerto López que usted nos recita; un invento que nadie ha inventado todavía para curar corazones, fabricado con corazones de vacas sagradas de la India...

Así, poco a poco, el corazón de Córdoba volvió a serenarse, fue recobrando su ritmo normal, su trote sin compás, sus latidos pesados de corazón grande, sin abrir los ojos, sin recordar más que vagamente las maravillas que acababa de ver y de tocar, en el entresueño, quizás en la realidad, él nunca me lo aclaró, hasta que la muchacha vio que la felicidad del hombre dejaba de ser tan notoria, que el cuerpo recuperaba su lánguida y exhausta forma habitual, y que Luis de nuevo dejaba de ser un hombre para volver a ser el cura que había sido prácticamente toda la vida, desde cuando había entrado en el seminario menor de Sonsón a los dieciséis años, o a los quince, hasta que había entrado, muy enfermo ya y casi moribundo, a la casa amarilla y verde de Teresa y Joaquín, de Darlis y los tres niños, en Laureles.

R

Joaquín me dijo varias veces que no se había ido de la casa por desamor, tampoco por indiferencia o desapego, mucho menos por rabia o desconfianza, sino por algo mucho más banal y venal: aburrimiento y ganas de ganar plata. Llevaba once años viviendo con Teresa, que era una persona encantadora, de una bondad y una dulzura sin límites, de una serenidad y tolerancia que lindaban con la perfección, una madre ideal, buena cocinera, trabajadora incansable en el colegio de niños especiales, en fin, una mujer que había renunciado a su país por él, a su profesión de maestra en Italia por él, a muchas ambiciones de su vida por él y por el par de hijos que habían tenido juntos. Joaquín decía que no tenía de ella ninguna queja, que no podía pedirle que cambiara nada, que no le veía defectos importantes, que educaba a sus hijos como a él le gustaba que los educaran, que era limpia, bonita, amable, prudente, tranquila, justa, austera, impecable en el trato con los demás, amorosa y caliente en la cama, animada en los viajes, entusiasta en la vida diaria, culta, inteligente, sensible, y no sabía ya qué más virtudes reconocerle completas, y que sin embargo se aburría con ella, se aburría infinitamente con la perfecta casada, con la mujer ideal.

—La quería mucho, pero no me daba lo que la otra me podía dar: sufrimiento, palpitaciones, celos, traiciones, sexo desesperado y exaltante a la vez, ambición, ambición económica también. Sí, en últimas, yo necesitaba sufrimiento, cálculo, mezquindad y sensaciones negativas para poder crecer como hombre, incluso para reconocer la dulzura de los sentimientos contrarios. Desconfianza en ella y confianza en mí, ansiedad de esforzarme, ambición alimentada por la desigualdad, la seguridad que dan las dudas, si es que me hago entender, y también la seguridad que da el éxito económico, la idiotez esa que llamamos estatus, que para Camila era lo más importante, y que Teresa detestaba.

—Esa no es la historia que yo me sé, Joaquín —lo interrumpí yo—. O no exactamente. En los tiempos de Luis, Teresa me contó que te habías ido con una muchacha quince años menor que tú, esa tal Camila de apellido Ángel, o Ángeles, o Arcángeles... a quienes todos pintaban de un modo muy poco angelical, y que los motivos eran puramente, ¿cómo decírtelo?, de cama. Recuerdo una de sus frases: «A Joaquín lo embrujaron, lo encoñaron».

—Ah, ¿eso les contó Teresa? —respondió Joaquín—. En parte es verdad. Eso pasó también. La juventud de Camila era importante, pero no fue lo que más influyó en mi decisión de irme. Lo triste, lo que habla más mal de mí, es que lo que más me sedujo fue la plata, la riqueza de ella, de su familia, que eran industriales, dueños de grandes empresas, y tenían casas por todos lados, en el mar, en la montaña, en Estados Unidos, en Europa. Ella, con sus contactos familiares, me consiguió un trabajo en una compañía de publicidad muy grande, y yo empecé a ganar, inventándome frases pegajosas, lo que nunca me había ganado con mis artículos, con mis cuentos, con mis reseñas. Me podía dar ciertos lujos; caí en la trampa frívola de tener muchas cosas, ropa, un carro nuevo por primera vez en la vida, el lujoso apartamento de ella en El Poblado, que yo creía mío. Anulé en mí la inteligencia, el análisis, y me dediqué a ser ingenioso, en mi oficio de copy, y dejé de escribir, dejé de leer tanto como leía antes, hasta dejé los libros abandonados en la casa de Laureles, huérfanos, tan huérfanos como mis hijos. Pensé que el ingenio podría reemplazar lo profundo y lo serio, que un buen video sobre detergentes era tan importante como un poema, como una novela, que daba lo mismo el papel higiénico que el papel para escribir porque era más urgente. Durante muchos años dejé de pensar para no tener que cuestionarme esa vida.

Me siguió contando que, aunque había cosas de Camila que no le gustaban, su vanidad, sus gustos carísimos y superficiales, sus amigas tontas, la espiral de operaciones estéticas en la que fue cayendo hasta arruinar su belleza natural, aunque intentó por todos los medios sacársela de encima, dejar de necesitarla, dejar de estar comprado por el bienestar, abandonarla, lo que fuera, se hundió poco a poco en su ritmo de vida, en sus millones, también en su coño, sí, pero más en sus casas lujosas, en los viajes por el mundo pagados por su familia, en los platos exóticos con ingredientes raros, caros, en los vinos, en las lámparas y los muebles firmados por diseñadores importantes, en los cuadros de artistas a la moda, en los viajes transoceánicos en primera clase, en todos los idiomas que sabía a medias, para adornarse en esos mismos viajes, y por todas esas tonterías juntas había abandonado la casa, dejado el hogar de sus hijos, había olvidado la literatura, se había apartado de todo lo bueno que había aprendido durante su otra vida, y le clavó a Teresa, a esa mujer a la que todavía admiraba y quería, un puñal traicionero en la mitad del esternón, ahí, por donde te abren para operarte el corazón. Él mismo no se explicaba cómo no la había matado de dolor y desprecio.

Esto que él me contaba como una confesión no era una confesión en el sentido del sacramento religioso. Pero sí era culpa, también arrepentimiento, aunque muy tardío. Joaquín es ateo, no cree en vidas después de la muerte, no cree en premios ni castigos en el más allá, cree en las malas acciones, pero no en el pecado, se burla de la resurrección de la carne, le cae bien Jesús, por sus sermones, por el de la Montaña, sobre todo, pero no piensa que sea Dios... Y si algo no practica es lo que Jesús dice en el Sermón de la Montaña. Me contó estas cosas con un ron, después con otro ron en la mano, sonriente y al mismo tiempo muy arrepentido, condolido, con remordimiento genuino (o eso me parecía), pero advirtiéndome, eso sí, que si le volviera a pasar lo volvería a hacer, porque él con Teresa estaba en una especie de bañera tibia, perfumada, amable, sedante, pura agua de rosas, clase media, pequeña burguesía, pero que en esa dorada medianía sentía que no avanzaba, que se estaba pudriendo de tranquilidad, que se ahogaba de abulia y se sentía muy solo en la monotonía del paraíso terrenal, con querubines en las paredes y valses vieneses en los parlantes, y que se sentía atraído por algo que, si fuera creyente, podría definir como demoníaco o luciferino. Quería otra vida, una vida arriesgada, aventurera, peligrosa, incierta, una vida en la que todo se lo pudiera apostar a un abismo, a la oscuridad, a la banalidad, a la venalidad, y tal vez hundirse, o tal vez caer hondo para después volver a levantarse, resucitar de entre los ricos y volver a escribir antes de que fuera demasiado tarde. Ese era el plan que tenía ahora, dejar la publicidad y volver a escribir una novela, una novela seria, quizás una novela sobre un cura marica como yo, de origen humilde, que se sabía la Biblia de memoria, eso me decía.

¿Lo habría absuelto yo si esto que me decía fuera una confesión? Estaba arrepentido, sí, sin duda, desde el mismo momento en que le clavó el puñal a Teresa estaba arrepentido, estaba arrepentido mientras se lo hundía en el pecho, muy arrepentido, le dolía toda el alma y toda la conciencia al hacerle eso, y sin embargo, repetía, lo volvería a hacer, lo volvería a hacer. Estaba arrepentido y al mismo tiempo sabía que no podía haber en su vida propósito de enmienda porque sin esa ruptura dolorosa y brutal, sin la mentira y la traición y el abandono, no habría madurado nunca, ni habría llegado adonde había llegado, a ser el publicista más o menos famoso que ahora era. La única manera de no sucumbir a las tentaciones es caer en ellas, citaba. Si uno no se atreve a cambiar, se queda toda la vida pensando que no vivió su vida, sino una vida impuesta, postiza, ajena. Nos arrepentimos, sobre todo, de los pecados que no cometemos, recalcaba borracho. Sabía que toda la culpa era suya y que no había persona más inocente, más víctima que Teresa, y sin embargo lo había hecho, lo había hecho, y, lo que es más grave, lo volvería a hacer.

No, yo podía oírlo, podía no recriminarlo, podía incluso entenderlo en parte, porque el ser humano es insondable, pero no lo podía absolver, como cura que soy no habría podido perdonarlo. Lo que él había hecho había sucedido en este mundo, y en todos los mundos posibles que Joaquín pudiera crear o imaginar, así que pensé, de un modo más luterano que católico, que ese pobre hombre no percibía en él la gracia, ni sería uno de los que se salvan, sino uno de los abandonados de la mano de Dios. Uno que, sabiendo que así se condenaba, que así se vendía a lo más superficial y estúpido, no podía no hacerlo, porque se sentía de antemano condenado, hundido en el abismo, destinado al infierno de la vida, pues durante años lo único que le había interesado era la comodidad.

Me constaba, sin embargo, que no era tan mal padre como decía. Sabía también que Teresa, mientras había vivido con él, no tenía demasiadas quejas sobre su manera de ser. Si ella lo había amado tanto había sido porque él era, en el primer sentido de la palabra, amable. Con él había gozado mucho, de cuerpo y alma; juntos habían aprendido de libros, de arte, de ciencia. Gracias a él había conocido a Luis, de quien se había levemente enamorado con solo vivir unos meses con él. Con Joaquín había empezado a dudar de la existencia de Dios (eso, para ellos dos, era un logro) y había caído en esa especie de tranquilo agnosticismo en el que ella vivía. Y aun después de la puñalada que había recibido, tenía que reconocer que su trato con ella había sido correcto, siempre puntual con las cuotas de alimentos, nunca ausente o descuidado con los dos hijos. Amoroso con ellos, que también lo querían, aunque a veces su amor pareciera comprado con regalos y viajes y beneficios. Había en Joaquín un lado angelical y un lado de ángel caído. Tenía al mismo tiempo una gracia genuina y un oscuro encanto bajo, materialista, mefistofélico. ¿Era eso, tal vez, lo que veían las mujeres en él? Era curioso, pero sin ser un donjuán, sin tener mucha plata (la que llegó a tener siempre le pareció ajena, y poca, al lado de la fortuna de su moza millonaria), ni poder, ni prestigio, vivía rodeado de mujeres que lo querían, lo mimaban, lo cuidaban, aunque fuera borrachín y cada vez pareciera más vacío, más ausente y perdido. Él se sentía mucho más a gusto con las mujeres que con los hombres. Había una dulzura en su trato, acompañada de cierta picardía, de ciertas insinuaciones nunca explícitas, que resultaban muy seductoras. Y una cortesía, una atención real a sus palabras, que resultaban encantadoras para muchas de ellas, porque tenía o al menos parecía tener oídos para oírlas. Unas cuantas lo odiaban, también, especialmente alguna que hubiera sido rechazada o repudiada por él, o no correspondida en sus insinuaciones, pues eran también mujeres sus peores enemigas, sobre todo en su mundo, el de la publicidad, el de las modelos, el de la frivolidad.

A Córdoba, que evitaba juzgar a las personas, le caía bien Joaquín, incluso después de que abandonara a Teresa. Me decía que se le parecía, de algún modo, a algunos personajes alados y superficiales de Truffaut, con ese sutil encanto de la levedad y la melancolía. Su sustancia era una especie de tristeza ligera, aérea, intrascendente. No era siquiera un hombre muy inteligente, ni muy culto, me decía Luis, pero tenía un barniz de cultura en todos los temas, y era capaz de hablar de cualquier cosa con cierta gracia y humildad, sin imponerse. No hablaba mal de nadie, tampoco, y esa era una extraña virtud, aunque fuera curioso y no despreciara las indiscreciones. No tendía a medir ni a condenar a los otros. Si contaba un chisme de alguien, lo hacía con compasión, sin burlarse, tratando de entenderlo. Se combinaban en él la ingenuidad, cierto aire de sincera inocencia, pero a la vez un gran cinismo, mucha indolencia, un arribismo irónico. Eso, era eso: podía hacer daño con indolencia, totalmente ajeno a la conmiseración, y subir en la escala social, pero con displicencia y sin apego a ninguna conquista. También podía ser generoso, sí, pero ególatra al mismo tiempo, narcisista, pues sentía que el mundo giraba a su alrededor. Lo salvaba que el mundo no le importaba tanto, por mucho que girara en torno a él. Lo que más impresionaba a Luis era que Teresa, que había sufrido como una mártir por las infamias que Joaquín le había hecho, que era consciente de que su exmarido se había portado como el peor canalla, que maleducaba a los hijos atendiendo sus caprichos más tontos con cosas y más cosas, decía que de todas formas, si él se lo propusiera, volvería a su lado sin dudarlo, y no solo lo aceptaría otra vez, sino que creía que eso sería, para ella, como el regreso de la felicidad.

S

Mientras duró, me gustaba mucho la rutina de visitar a Luis en su nuevo barrio. Por un lado, era testigo de las transformaciones de mi amigo moribundo, o en el umbral de una muerte probable. Por el otro, Laureles, el barrio, era bonito, lleno de árboles y de avenidas circulares, de casas espaciosas (sin ser grandes) y frescas. Las mañanas entre semana, en la casa vacía quedaba solo Darlis, que se la pasaba cantando en la cocina, y se acercaba de vez en cuando a ofrecernos una fruta, un tinto, un juguito de alguna cosa que nos gustara, que si de lulo, que si de guanábana, que si de mango, que si de zapote. Era dulce y discreta, y, con el pasar de las semanas, sobre todo hacia el final, yo notaba que Córdoba la trataba cada vez con más cariño y más familiaridad. Estaba totalmente embelesado con ella, él mismo me lo decía, y Darlis lo notaba, estaba segura de su encanto y de su poder sobre él.

Reconozco que a mí casi me daban celos al notar la alegría de Córdoba en esa casa. Nosotros, pensaba yo, también habíamos vivido bien, en armonía, en nuestro muy peculiar matrimonio célibe de compañeros curas. Faltaban los hijos, por supuesto, pero en vacaciones de diciembre y Semana Santa yo mismo le llevaba a mis sobrinas, para que él pudiera ejercer lo que siempre repitió que era la mayor privación que nos imponía el sacerdocio: la renuncia a la paternidad. Eso le pesaba mucho más que la renuncia a las relaciones sexuales, decía él. Le encantaban los niños, se entendía con ellos a la perfección; los trataba como si fueran grandes, y eso los niños lo agradecían sin decirlo. Les ponía películas maravillosas, la música que sabía que les iba a gustar, les enseñaba a dibujar, a hacer versos con rimas, a descifrar adivinanzas, les leía cuentos, les contaba chistes bobos, siempre los mismos. «Unas naranjas, con un ventarrón, se cayeron al suelo alrededor de un naranjo. Y las naranjas que quedaron en las ramas se empezaron a burlar y a reír de las naranjas caídas. Entonces las caídas, desde el suelo, les gritaron a las de los gajos: "¡Inmaduras!"». Él mismo se celebraba a las carcajadas sus chistes flojos.

Les proponía obras de teatro y se las filmaba con una camarita de cine que tenía Teresa. Después veían el resultado y les daba indicaciones de actuación. Eso lo había hecho también con mis sobrinas, a las que además les daba clases de solfeo, pero ahora Córdoba parecía estar más a gusto en su nueva casa que en la nuestra de Villa con San Juan. Me le quejaba:

—Te veo tan bien aquí que creo que ya nunca vas a querer volver conmigo, con nosotros.

Él disimulaba su conformidad:

—Qué va, cuando consigan la casa sin escaleras que estamos buscando por Conquistadores, regreso con ustedes. Esta es solo una solución temporal.

—Aquí te ves más feliz. Y no creo que sea solo por los niños. Están tus dos mujeres: una europea, blanca, y una costeña, mulata.

Aunque yo ya sabía sus preferencias, le preguntaba:

—Estás entre la rubia y la morena, ¿al fin cuál te gusta más?

Córdoba sonreía y me reclamaba. Me decía que no fuera celoso. La blanca le gustaba porque era dulce y culta; sabía de música, cantaba muy bien y le gustaban las mismas películas que a él. La morena le gustaba por su obsesión docente, porque la podía formar: le estaba enseñando de todo. Veían ópera, veían películas. Le daba libros para que empezara a leer por la noche; después los comentaban. Habían visto juntos *My Fair Lady*, y él le decía que ella era Audrey Hepburn, y él, Pigmalión. Le enseñaba que no se decía «dama de casa», sino «ama de casa»; que los calzones cortos no eran «mermudas», aunque etimológicamente le gustaba la expresión, sino «bermudas»; que no era «burling» lo que le hacían a Rosina en el colegio, por mucho que sonara más lógico en español, sino «bullying». Y había otra cosa, la más íntima y quizá la más importante: Darlis lo tocaba. Lo había visto en ropa interior, hasta sin ropa interior, y él ya no tenía pena de que lo viera desnudo. Eso era quitarse un gran peso de encima, con lo inseguro que él había sido siempre con su cuerpo. Con Darlis tenía una relación a la que había renunciado siempre: una relación de contacto, de cariño físico, que por primera vez él no veía como pecaminoso. A nosotros nos habían acostumbrado a predicar el amor abstracto, el amor sin caricias, incorpóreo, espiritual, el amor de los eunucos para el reino de los cielos. Ese amor nuestro que es como música silenciosa, como música callada. Ni Dios ni los santos ni la Virgen nos tocan. Y no, Darlis no lo tocaba como yo estaba pensando. O no del todo o no tan solo. Simplemente acariciaba su cuerpo como no lo había hecho nadie, sin omitir parte alguna, despacio y con cariño, sin despreciar sus pies deformes y maltrechos, su dedo mutilado, su gordura, su piel pálida que llevaba años sin recibir un rayo de sol. Y mientras lo sobaba le hablaba, y si se le acababa el tema le cantaba melopeas con la boca cerrada, y terminaba siempre con un masaje en el pecho mientras le aseguraba que con sus solas manos le podía sanar el corazón. Así no fuera verdad, a Córdoba ese masaje sanador lo sanaba por un rato y le servía mucho más que, digamos, un electrocardiograma o un cateterismo.

—Un día tienes que probar esto, Lelo —me decía—. La Iglesia nos ha obligado a renunciar a algo necesario, fundamental. ¿Recuerdas que María de Magdala le lavó los pies a Nuestro Señor, y lo ungió de perfumes? No hay en los Evangelios condena alguna a esta amabilidad, a esta muestra de cariño, a esta cortesía. Recuerdas que ella le secó los pies, pues se le habían mojado de lágrimas, de lágrimas derramadas por ella, y se los secó con el pelo y luego se los perfumó, ¿no?

—Bueno, no es seguro que haya sido María Magdalena. El Evangelio de Lucas dice que fue una mujer pecadora, pero no da el nombre. Y después Juan habla de otra mujer que le echa perfume a Jesús, pero no en los pies, sino en la cabeza. Lo cierto es que no hay ahí condenas. Antes Jesús le agradece y le perdona sus pecados. Y en los apócrifos, en el de santo Tomás, si recuerdo bien, se llega más lejos porque Jesús se duerme reclinado sobre el pecho de María Magdalena, y ambos se besan, y los apóstoles se ponen tan celosos como ahora dices tú que me pongo yo.

—Tú sabes mucho más de los Evangelios que yo, Lelo, y yo no recuerdo bien. Pero era algo así. Si no estoy mal ella recibe muy bien al Señor en su propia casa, ¿no era la de Lázaro, antes de resucitarlo? Y María de Betania se sienta a sus pies y lo oye predicar embelesada. Bueno, pues como María de Betania me trata Darlis a mí en esta casa. Se sienta a mis pies y me les echa aceites perfumados. Una vez, no lo vas a creer, se inclinó largo rato sobre mí, su nariz a milímetros de distancia de mi nariz, y estuvo respirando mi respiración, y yo la suya. Nos tragábamos el aire de cada uno y no sabes lo bonito que eso puede ser. No nos besábamos, no, simplemente nos respirábamos mucho tiempo, sin parar, como si ella fuera mi aire y yo su inspiración. Darlis tuvo soltera una hija, es verdad, a la linda Rosina, pero para mí no es una mujer pecadora. Es una víctima, no más, de los hombres, de los millones de hombres de este continente que abandonan a sus hijos y son una porquería. Y a pesar de todo a mí me unge los pies, y me los lava, y me los seca, aunque no con su pelo, porque lo tiene corto, sino con una toalla. ¿Crees que hace mal o que yo hago mal? Ella me dice que yo no huelo a cura sino a bueno. Que los curas en general huelen a rancio. No sabes lo bien que me siento cuando me lo dice, y lo bueno, también lo bueno que me siento cuando Darlis me unge y me soba y me seca. Me siento bueno porque me siento querido.

—No, no creo que haya nada malo en eso —le dije yo—. Siempre y cuando no vaya mucho más allá.

—Ay, Lelo. ¿Y qué sería más allá? ¿No ves que me estoy muriendo y que le quiero arrancar un mínimo gusto al tiempo que me quede?

—Todos nos estamos muriendo cada día, Córdoba. Si fuera por eso, entonces, todos nos deberíamos dedicar al placer por el simple hecho de que nos vamos a morir. Y no es eso lo que nos han enseñado.

—¿Y qué nos han enseñado, entonces? ¿Que debemos sufrir? Pues yo ya he sufrido suficiente, y sigo sufriendo, déjame al menos gozar un poco. No quiero recordarte que también tú...

—No me lo tienes que recordar. Lo tengo muy presente. Es un dilema que ni tú ni yo podemos resolver. Tú mismo te habrás dado cuenta de que las veces que has gozado mucho, que estás a punto de ser feliz, lo has pagado siempre con sufrimiento, con una caída.

—Puede que haya sido así; pero no tiene por qué ser siempre así. Ya me cansé de sufrir, Lelo. ¿Y sabes qué? Si llego a sobrevivir al trasplante, si me salvo, me voy a salir de cura y me voy a casar. Creo que ya te lo había dicho, pero ya que estamos, te lo repito y te lo confirmo. Ya lo resolví.

—¿Casarte? ¿Y con quién, si se puede saber? —le pregunté yo después de un momento de fingido estupor, porque sabía la respuesta.

—Con Darlis, con Teresa, con la que sea. Con la primera mujer que pase frente a la puerta y me diga que sí. No creas que un gordo enfermo y sin plata tenga mucho de donde escoger. Pero es que tú no sabes la maravilla que es esta vida. Nunca me había dado cuenta de que la verdadera dicha es una familia, vivir en familia. La Iglesia nos prohíbe experimentar una familia, precisamente porque sabe que no hay nada más maravilloso que esto, nada tan fuerte, nada que cree lazos más estrechos, costumbres más firmes, apegos más sólidos. Con los rabinos no es así, entre los judíos ni siquiera hay monjes; en la iglesia oriental no obligan a sus sacerdotes a estos sacrificios; los pastores protestantes se casan si quieren, los ayatolas ni se diga, con varias mujeres. La comida juntos, los juegos, la hora de acostarse, los ruidos al despertar, el desayuno tibio, las despedidas por unas cuantas horas, los regresos diarios. No sabes. Yo al único que no entiendo es al que se fue, a Joaquín. ¿A quién se le ocurre renunciar a esta vida? Está loco ese tipo, loco de atar. Pero le agradezco que, sin pretenderlo, me haya cedido el puesto de padre y esposo a mí. Era algo muy importante que me faltaba por experimentar.

T

La Semana Santa de ese año volvieron mis sobrinas de Bogotá, y Córdoba se inventó, en su casa de paso, un «Festival de cine infantil», tanto para ellas como para los niños con quienes ahora vivía. Él ya había hecho uno, años antes, con la gente del Subterráneo, Pocholo y Barberoff, los gestores de la única sala de cine de arte que había en Medellín. A pesar del éxito que tuvieron, fue el primero y el último festival de cine infantil que ha habido en nuestra ciudad. Y sin Luis presente, y con las plataformas perpetuas de ahora, ya no creo que a nadie se le vuelva a ocurrir algo así, porque ya no se está creando y educando un público para el futuro del cine en salas. Es uno de esos placeres que parecen en vía de extinción: la oscuridad, el silencio y la expectación maravillosa de una sala llena de personas que ven la misma historia al mismo tiempo y reaccionan a ella de distintas maneras.

Habló con Pocholo y con otros amigos y consiguió las cintas y los permisos que quería. Todos los días de esa Semana Santa, en el patio de la casa de Laureles, en una gran pantalla que yo le llevé, y con el viejo proyector que Córdoba tenía en la casa de Villa con San Juan, unos doce niños pudieron ver las diez películas que Luis les preparó. Con una pausa de media hora para tomar algo, se proyectaban dos al día. Él hacía una introducción y le entregaba a cada niño la fotocopia con la ficha técnica de los films. Teresa hizo con sus propias manos un pequeño cartel para invitar a los amigos de sus niños y a los vecinos de la cuadra. Yo todavía conservo uno y puedo ver la lista de las películas que el Gordo les presentó:

1. *Adiós, muchachos* (*Au revoir les enfants*), de Louis Malle, con Gaspard Manesse
2. *El libro de la selva* (*The Jungle Book*), de Disney
3. *El pequeño salvaje* (*L'enfant sauvage*), de Truffaut, con el mismo director en el papel del protagonista
4. *Luna de papel* (*Paper Moon*), de Peter Bogdanovich, con Ryan O'Neal y Tatum O'Neal
5. *El temible burlón* (*The Crimson Pirate*), de Robert Siodmak, con Burt Lancaster
6. *La princesa prometida* (*The Princess Bride*), de Rob Reiner, con Mandy Patinkin
7. *El navegante* (*The Navigator*), de Buster Keaton
8. *Mi planta de naranja lima* (*Meu pé de laranja lima*), de Aurélio Teixeira
9. *La guerra de los botones* (*La guerre des boutons*), de Yves Robert
10. *Tiempos modernos* (*Modern Times*), de Charles Chaplin

De ñapa, el Domingo de Resurrección, les puso una ópera: *La flauta mágica*, en la versión cinematográfica de Bergman. También en este caso, Luis iba traduciendo el guion del alemán, y los niños seguían fascinados lo que iba pasando, sin saber bien si la Reina de la Noche era buena o mala, porque al fin y al cabo, si era la mala, también, curiosamente, era la que cantaba las arias más impresionantes.

A Julia le producía terror el aria en la que la Reina de la Noche entraba en el cuarto de su hija y le entregaba un puñal con el que le ordenaba matar a su padre, Sarastro. Pensaba que si su mamá le dijera que tenía que matar a Joaquín, ella no iba a ser capaz de obedecerle. Luis les traducía lo más importante, y había en su mirada un cierto goce sádico al ver el terror que se dibujaba en los ojos de la niña de nueve años. El aria más hermosa, musicalmente, pero la más terrible en su mandato de muerte, cantada por la Reina de la Noche, dice así:

Der Hölle Rache kocht in meinem Herzen;
Tod und Verzweiflung flammet um mich her!
Fühlt nicht durch dich Sarastro Todesschmerzen,
So bist du meine Tochter nimmermehr!
Verstossen sei auf ewig, verlassen sei auf ewig,
Zertrümmert sei'n auf ewig alle Bande der Natur
Wenn nicht durch dich Sarastro wird erblassen!
Hört! Hört! Hört, Rachegötter!, Hört der Mutter
Schwur!

Y Luis, con voz de barítono, la iba traduciendo así: *La venganza del infierno hierve en mi corazón, / ¡la muerte y la desesperación lanzan llamas a mi alrededor! / Si Sarastro por ti no siente el dolor de la muerte, / no volverás a ser mi hija nunca más. / Serás despedida para siempre. / Abandonada serás para siempre. / Destruirás para siempre / todos los lazos de la naturaleza. / Si por ti Sarastro no alcanza la palidez (de la muerte), / oye a los dioses de la venganza, / ¡oye el juramento de una madre!*

Al terminar esa Semana Santa inundada de niños en la casa, quizá la más alegre y concurrida que hubo nunca en Laureles, sin procesiones pero con mucho cine y mucha música, Darlis se atrevió a decirle a Luis algo para lo que tuvo que superar sus veintinueve años de timidez y de consignas ancestrales por el estilo de «el hombre propone y la mujer dispone»:

—A usted le fascina ser padre, pero de familia —le dijo, y él me lo contó—. Si quiere yo le ofrezco a Rosina para que me ayude a criarla y a educarla. Yo soy muy simple y a duras penas terminé el bachillerato, pero con usted aprenderíamos muchas cosas bonitas ella y yo. Muchas cosas como las que aprendimos esta semana. ¿Nos acepta? Adóptela a ella; mejor dicho: adóptenos a las dos. Diga que sí, no sea miedoso. Usted no hace sino decir que el corazón que está esperando es como cuando una pareja espera un bebé en adopción; aproveche y adopte tres cosas de una vez: un corazón, Rosina y yo.

U

El hombre había nacido en Minas Gerais, Brasil, pero se había especializado en varios templos de la cirugía torácica mundial, Toronto, Cleveland, y al parecer tenía todos los títulos y pergaminos del gran cirujano cardiovascular. Tenía cuarenta y ocho años, dos menos que Luis. Poco a poco, como también tenía el arte de saber venderse, se había convertido en una especie de celebridad mundial. Había salido en las listas de personalidades importantes de la revista *Life* y era considerado uno de los grandes cardiocirujanos de Latinoamérica. Había hecho pasantías en universidades y clínicas de Estados Unidos, Canadá, Inglaterra y Francia. Cuando le ofreció a su colega y amigo, el doctor Villegas, fundador de la Clínica Cardiovascular y pionero de los trasplantes en Colombia, que fuera a verlo operar en Curitiba, el doctor Villegas no lo dudó, y fue al Brasil con otro cirujano local. En Curitiba se concretó una visita del brasileño a Medellín, para verlo operar en la clínica y aprender de él, pues al fin y al cabo en nuestra ciudad tenían una larga lista de espera de trasplantes en pacientes con cardiopatía dilatada. Había materia prima para su experimento.

Estaban ansiosos de recibir a una eminencia que tal vez podría enseñarles algo nuevo. El cirujano había estado hacía pocos meses nada menos que en Harvard, donde exhibió su nueva técnica quirúrgica. Apuesto, alto y carismático, le gustaba aparecer en sus conferencias de prensa con un trozo de miocardio flotando en el formol de un frasco transparente. Era la cuña de ventrículo izquierdo que le había cortado a alguno de sus pacientes. El pedazo de músculo parecía un pequeño escudo. Su nombre, Randas Batista, aparecía a veces al lado del de otro gran cirujano latinoamericano, el argentino René Favaloro, un verdadero médico humanista que había revolucionado los procedimientos de bypass coronario.

El «procedimiento Batista» era bastante arriesgado y audaz, pero tenía fundamentos fisiológicos y físicos. Según la ley de Laplace, «cuanto mayor sea el radio de un vaso, mayor es la tensión de la pared para soportar una determinada presión interna del fluido». Siguiendo esta ley, Batista propuso reducir el estrés en las paredes del ventrículo izquierdo (el que provoca que el corazón a la larga se dilate), según el razonamiento de que esta tensión se puede reducir, simplemente, si se disminuye el radio del mismo ventrículo. Para lograrlo, su procedimiento parecía sencillo: recortaba un trozo de ventrículo para normalizar la FE, la fracción de eyección, es decir, la relación entre el volumen del ventrículo y la cantidad de sangre expulsada. Al mismo tiempo le devolvía al corazón su forma más eficiente, menos esférica y más elíptica, lo que por elementales leyes físicas disminuía también el esfuerzo del músculo cardíaco.

La imperturbable seguridad corporal y retórica del cirujano, su competencia al enunciar las leyes físicas en que se basaba, sumadas a su capacidad de seducción, hicieron que su cirugía se pusiera brevemente de moda hacia mediados de los años noventa del siglo pasado. Como la Clínica Cardiovascular de Medellín era una de las más prestigiosas de Hispanoamérica, una de las que más trasplantes de corazón hacía en todo el continente, al doctor Batista le halagaba hacer en esta ciudad una demostración pública de su procedimiento, frente a los más connotados colegas colombianos. De aquí volvería a su Brasil natal, en donde había abundancia de pacientes con cardiopatía dilatada después de haber padecido, sin tratamiento alguno, la enfermedad de Chagas en la selva; una de las secuelas más comunes de esta enfermedad endémica entre los negros e indígenas del Brasil era la de producir la dilatación del corazón, y era con ellos con quienes practicaba y con quienes, supuestamente, había perfeccionado su procedimiento hasta lograr que muchos sobrevivieran un tiempo. ¿Cuántos y por cuánto tiempo? Esa información no estaba disponible para el público. Batista decía que, a los dos años, sobrevivía el sesenta por ciento de los operados. Otras fuentes aseguraban que solo el quince por ciento, pero Batista sostenía impertérrito que esas cifras eran calumnias de sus detractores.

Para la demostración de Medellín se escogieron siete enfermos que estaban en capilla para trasplante de corazón. Desde luego, no se les obligó a someterse a este ensayo, sino que les fue propuesto con cariño y cautela, bien envuelto en palabras de ánimo y esperanza. El doctor Casanova llamó a Luis una mañana, el 13 de mayo, el día de la Virgen, y dijo que le tenía muy buenas noticias:

—Va a venir a Medellín uno de los más afamados cirujanos del mundo, el doctor Randas Batista, que ha estado haciendo demostraciones de su cirugía en Harvard y en Cleveland. Como no hemos tenido éxito en el hallazgo de un corazón compatible con su tamaño y su tipo sanguíneo, padre, este procedimiento nos parece el indicado para alguien como usted, con una insuficiencia tan grave. El cirujano Batista nos informó que una persona relativamente joven, con cardiopatía dilatada, es el tipo de paciente ideal para su cirugía, la PLV, y por eso se la queremos proponer con entusiasmo. Estaría usted en manos de uno de los mejores cirujanos del mundo.

Córdoba, como es obvio, no sabía lo que se escondía detrás de esas tres letras, PLV, y aunque quiso preguntar, le faltó el ánimo, pues ni siquiera había oído bien si el doctor Casanova había dicho BLB, PLB, PLP, o qué exactamente. Aunque se lo hubiera hecho explicar, de todos modos la respuesta, *Partial Left Ventriculectomy*, no habría sido de mucha utilidad. Luis se repitió por dentro, en silencio, aquel viejo aforismo de Jardiel Poncela que dice: «La medicina es el arte de acompañar con palabras griegas y latinas al sepulcro». La moda griega y latina era cosa del pasado, ahora era con palabras o con siglas inglesas. Sin saber qué decir, su respuesta fue que se lo dejaran pensar un par de días. El doctor Casanova le dijo que no se preocupara, que tenía una semana entera para pensarlo, pues el célebre Batista apenas llegaría a Medellín el día 19. En todo caso, le dijo antes de despedirse, si lo habían escogido a él como uno de los pocos que podían hacerse la cirugía, debía ver esto como un privilegio y una oportunidad.

Luis, lo puedo ver, no arrastró sus pies metidos en pantuflas, sino que los movió con cierta agilidad, algo muy raro en él, y se dirigió a la cocina, donde encontró a Darlis sentada a la mesa de mármol blanco, tomándose un café con leche.

—Huele delicioso ese café, Darlis.

—¿Quiere que le prepare uno, padre?

—Si no es mucha molestia... pero negro, por favor. Y no me digas padre, dime Luis.

—Ya mismo se lo hago, entonces, Luis.

Darlis se había levantado como un resorte y en menos de cinco minutos la moca borboteaba encima de las llamas azules del fogón de gas. Estuvieron frente a frente, en silencio, mirándose con una sonrisa serena mientras saboreaban su taza de café. Al fin, el Gordo rompió el silencio y le contó a la muchacha la conversación que acababa de tener con el doctor Casanova. Darlis meneó la cabeza a lado y lado, escéptica, y midió bien sus palabras al decir:

—A mí me parece que esos experimentos es mejor que los hagan con ovejas, con chivos, con marranos, pero no con usted. Yo a usted lo veo ahora muchísimo mejor que cuando llegó. Creo que si algo le hacía falta era cariño, y aquí lo estamos curando con mucho amor.

—Eso puede ser verdad, Darlis, pero no es científico. Uno cree que el corazón es como el alma, que se cura con paz, caricias y palabras, pero el corazón no es el alma, es una bomba nada más, una máquina. Es la mula de trabajo del cuerpo, que no para ni de noche ni de día, y que empieza a latir en el vientre de las madres, cuando uno mide apenas un meñique de largo, o menos. El primero que vive y el último que deja de vivir.

—No será científico, pero yo lo puedo ver, lo puedo tocar: usted está mejor del cuerpo, y si se lo pudiera tocar, le diría que también está mucho mejor del corazón. Está más delgado, camina mejor, respira mejor. Es que usted ya ni se acuerda del señor gordo y lento que entró a esta casa hace cinco meses, oliendo a hospital y a sacristía, pero yo sí me acuerdo perfectamente. Usted ya es otro, Luis. Y el corazón no es una máquina, no diga eso. Su noble corazón ha respondido con amor desde que llegó aquí. Óigase su corazón y créale, Luis. Hay un refrán que repetimos mucho en Cereté: «El cerebro es embustero. El corazón, verdadero».

—Yo reconozco que me siento mejor, Darlis. En eso tiene razón. Mejor del ánimo, de la mente y de lo que muchos dicen que es el corazón. Es más, me siento tan contento como no me sentía desde hace muchos años. Y le voy a decir algo muy importante...

En ese momento, como para darle más solemnidad a lo que iba a decir, Luis se puso de pie y apoyó las manos en el borde de la mesa antes de pronunciar, muy despacio y mirando a Darlis a los ojos:

—Si salgo bien de la operación, me salgo de cura, adopto a Rosina y la adopto a usted también. Mejor dicho, me caso con usted. Bueno, claro, si usted me acepta... —terminó, mirando al suelo, sorprendido y avergonzado de lo que acababa de decir.

Darlis no se esperaba este final abrupto e intempestivo. Ni siquiera Córdoba, en realidad, lo había planeado antes y fue algo que se le salió en ese momento, me contó unas cuantas horas después. «Me salió de ahí», me dijo, «de esa parte que no voy a mencionar ahora, porque sería muy ridículo. Tal vez me lo dictó el mismo miedo a la operación». En cuanto a Darlis, a través de su piel morena, me contó Luis, podía verse que se había sonrojado hasta las orejas. Tras un momento de exaltada felicidad, de sonrisa abierta, sin embargo, la acosó una duda y preguntó casi con brusquedad, y con la voz oscura:

—¿Y le va a decir lo mismo a doña Teresa, que si no se muere se casa con ella?

Luis sonrió y se quedó pensativo un momento. Luego dijo, hablando despacio y como subrayando cada palabra:

—Si se pudiera, sí, Darlis, si se pudiera el matrimonio con dos, me casaría con las dos, con ustedes dos, el mismo día y con una a cada lado, en la misma iglesia. Pero esto no está permitido ni es práctico ni practicable. Lo he pensado muy bien, y si tengo que escoger, o mejor, como tengo que escoger, la escojo a usted. Te escojo a ti. Y a Rosina. Hasta le voy a pedir a Teresa que sea la madrina de nuestro matrimonio, después de la operación.

Córdoba se detuvo. Pensó —me dijo que había pensado— que se sentía viviendo el guion de una película, más bien una telenovela con final feliz en la que el hombre blanco y alto se casa con la empleada del servicio morena y pobre. Se sintió triste y ridículo de repente. Si su vida fuera una película, le parecería pésima, y él odiaba el mal cine. Si esto fuera un guion, en este mismo momento él le diría al guionista que era absolutamente necesario que el cura se muriera en la operación. Quizá fue por eso mismo que se apresuró a tomar otra decisión radical, que también le comunicó a Darlis:

—Pero mejor no hagamos estas escenas melodramáticas. Voy a aceptar antes la operación con este médico vanguardista brasileño, y después, cuando salga de la clínica, le decimos a Teresa y a todo el mundo lo que pensamos hacer, sin muchas ceremonias. Sea como sea, lo primero es esta operación con el tal doctor Batista. Está decidido, me opero con él.

—Pues yo creo, Luis, que si se opera no nos vamos a casar nunca. Usted me dijo que le van a sacar un pedazo de corazón... Pues sepa y entienda que yo creo que el pedazo de corazón que le van a quitar es precisamente el pedazo donde me tiene a mí. No sé por qué lo pienso, y será una bobada, pero lo pienso así. Si al menos fuera un trasplante, un corazón entero, tal vez lo aceptaría, pero eso de que le quiten una tajada como si fuera de verdad un mango, no me gusta. Un corazón no se debe partir ni repartir. Mejor casémonos antes de que le quiten ese trozo, y así al menos le queda en la conciencia. Juremos aquí, ante Dios, con estas paredes como testigos, y ya después se verá si nos podemos casar más en serio cuando usted salga de la operación. Seguro don Lelo nos casa, con o sin permiso del obispo.

En ese momento, Córdoba se acordó de la escena en el segundo acto de *Lucia di Lammermoor* en que Lucia y Edgardo se casan, sin casarse, y se juran amor eterno. Le dijo a Darlis que sí, que bueno, que hicieran eso, pero que iba a traer una música para que celebraran con ella el matrimonio. En una ópera que él le iba a traducir, una pareja se casaba de la misma manera que ella le proponía, pues el hombre tenía que emprender, antes del matrimonio oficial, un arriesgado viaje al extranjero, a una batalla de vida o muerte. Si a ella le parecía bien, podían poner el trozo de esa ópera en su cuarto, y casarse con ella.

Córdoba me contó que fue a la biblioteca por la grabadora y que volvió al cuarto de Darlis con ella después de buscar en el casete la parte que quería que oyeran juntos, para casarse ante Dios. No había nadie en la casa; Teresa en su colegio de niños especiales, los niños en su otra escuela, los pajaritos en el solar, la tortuga Rayo enterrada en algún rincón. No cerraron la puerta, se recostaron en la cama de Darlis; Darlis comenzó a rascarle la espalda arriba y abajo, con las uñas, y por los parlantes empezó a sonar la voz de un hombre, Edgardo, que decía, según le iba traduciendo Luis: *M'odi, e trema,* óyeme y tiembla, *sulla tomba che rinserra il tradito genitore,* sobre la tumba que encierra a mi padre traicionado, *al tuo sangue eterna guerra io giurai nel mio furore,* a tu sangre eterna guerra yo juré en mi furor. Y Lucia solo atina a decir *Ah!* Edgardo sigue: *Ma ti vidi... e in cor mi nacque altro affetto, e l'ira tacque...* Mas te vi... y nació en mi corazón otro afecto, y la ira acalló... Pero continúa: *Pur quel voto non è infranto... io potrei, sì potrei compirlo ancor!* Sin embargo, el juramento no he infringido... y ¡yo podría todavía cumplirlo! Lucia trata de calmarlo: «Ven, aplácate, ven, frénate. ¿No te basta mi pena? ¿Quieres que me muera de miedo? Deja de sentir cualquier otra cosa, que solo el amor te inflame el pecho, un voto más noble, más santo que cualquier juramento es un puro amor, ah, solo el amor. Cede, cede a mí, cede, cede al amor». Pero Edgardo insiste. «No he infringido el juramento y yo podría todavía cumplirlo». Lo dice una y otra vez: *io potrei compirlo ancor!* De repente, antes de marcharse, le pide que se casen: *Qui di sposa eterna fede, qui mi giura al cielo innante. Dio ci ascolta, Dio ci vede... tempio ed ara è un core amante,* es decir, le canta: «Dame aquí fe de esposa eterna, júrame aquí ante el cielo. Dios nos oye, Dios nos ve... templo y altar es un corazón que ama». Y le pone un anillo en el dedo a Lucia, diciéndole: *al tuo fato unisco il mio, son tuo sposo,* o sea, «uno tu destino al mío, soy tu esposo». Entonces Lucia se quita un anillo suyo y se lo pone a Edgardo, diciéndole: *E tua son io,* es decir, «y yo tuya soy». Ambos cantan entonces: *Ah!, soltanto il nostro foco spegnerà di morte il gel!,* que «¡solamente nuestro fuego lo apagará el hielo de la muerte!». Luego resuelven que se van a separar, y ante la palabra *despedida,* Lucia exclama: *Oh, parola a me funesta! Il mio cor con te ne viene,* que quiere decir: «¡Oh, esa palabra funesta para mí! Mi corazón se va contigo». Y Edgardo le responde: *Il mio cor con te qui resta,* que es: «Mi corazón aquí queda contigo».

Y entonces viene el aria de despedida, que es la que quiero que oigas con más cuidado, Darlis, pero no dejes de acariciarme la espalda, sigue, sigue. Primero la canta Lucia, y dice así:

Verranno a te sull'aure	Te llegarán con el viento
i miei sospiri ardenti,	mis ardientes suspiros,
udrai nel mar che mormora	oirás el mar que murmura
l'eco de' miei lamenti...	el eco de mis lamentos...
Pensando ch'io di gemiti	Y pensarás que yo de gemidos
mi pasco e di dolor.	me nutro y de dolor.
Spargi un'amara lagrima	Deja caer una amarga lágrima
su questo pegno allor,	sobre esta prenda que te doy
ah, su questo pegno allor!	¡sobre esta prenda que te doy!

Y luego Edgardo la repite tal cual, como en un eco:

Verranno a te sull'aure...

Y, al final, la cantan juntos antes de decirse adiós definitivamente. Contra el parecer de Lucia, Edgardo parte en un barco, deja Escocia y se dirige a Francia. Lucia no sabe si volverá. Él tampoco. Y no te voy a decir, Darlis, si él vuelve de su destino o no. Eso se sabrá después. En todo caso nuestro destino, cualquier destino que tengamos, lo debemos encarar con valentía, con amor y con valentía, porque la vida es así. La ópera, tal vez, es una exageración de la vida, una hipérbole dramática, pero no una mentira. El corazón humano y nuestro entendimiento son duros. Por eso se necesita exagerar para que entiendan, por eso existe esa hipérbole que es la ópera.

Joaquín fue a visitarlo el lunes, tres días antes de la operación, al atardecer, y desde su llegada pudo oír, todavía desde afuera, que había música en la casa. Él mismo me lo dijo. La reconoció por su belleza, pero no le gustó por aquello que parecía anunciar: era, no cabía duda, el *Réquiem* de Mozart. Cuando Darlis le abrió la puerta vio que Teresa y los tres niños estaban apiñados alrededor de Luis, mirando un libro con retratos y notas sobre Mozart al tiempo que los cantos del *Réquiem* salían solemnes y rituales por los parlantes del equipo de música en la sala.

El Gordo les estaba diciendo que ese genio absoluto de la música medía apenas un metro con cincuenta y dos centímetros, y que a pesar de haber vivido solamente treinta y cinco años, diez meses y nueve días, en su corta existencia había dejado obras tan maravillosas como esa *Flauta mágica* que habían visto en el festival de cine infantil, y después otras tres veces con los niños (en la película de Bergman), o como lo que estaban oyendo, el *Réquiem*, que Mozart escribió en su último año de vida y dejó inconcluso cuando ya estaba muy enfermo y casi agonizante.

Les contaba también que Mozart había ensayado una parte del *Réquiem* con los amigos, estando ya en la cama muy débil, apenas incorporado porque no era capaz de levantarse, y que cantaba la parte de la contralto, pero que al llegar a un segmento que se llama «Lacrimosa», que iban a oír, se había puesto a llorar tanto que habían tenido que interrumpir el ensayo. Y Mozart entonces les había dicho que no soportaba más la tristeza, pues «tenía en la lengua el sabor de la muerte», y que, aunque siempre «el llanto es canto en mi boca», no se sentía ya capaz de seguir cantando como antes y se iba a callar, en breve, para siempre, porque sabía que se estaba muriendo.

El niño, Jandrito, al ver a Joaquín, se había alejado de las frases tristes que decía el Gordo y, por no entenderlas o por no quererlas entender, se acercó a abrazar a su padre y empezó a repetirle el largo nombre del compositor, que había oído hacía un rato por primera vez y se había aprendido de memoria: Joannes Chrysostomus Wolfgangus Theophilus Mozart. Joannes Chrysostomus por el santo del día de su nacimiento, Juan Crisóstomo; Wolfgangus, o Wolfgang, por el abuelo; Theophilus en griego, que quiere decir «amado por los dioses»; y el apellido, Mozart.

Ahí Juli se acercó también a su padre e interrumpió al hermano para aclarar, muy erudita, e informarle a Joaquín que Mozart se había cambiado esa parte final del nombre y lo había traducido al latín, porque tenía un sonido más musical: en vez de Theophilus, Amadeus. «Los dos nombres quieren decir lo mismo, papi, por si no lo sabes: el que ama a Dios». Pero aclaraba que en la casa no le decían con ese nombre tan bonito, sino que le decían *Wolfgangerl*. Y los dos niños se reían al repetir una y otra vez, *Wolfgangerl, Wolfgangerl, Wolfgangerl*...

Ahí Córdoba les había llamado la atención a todos para que dejaran de hablar y oyeran la parte en que Mozart enfermo se había puesto a llorar:

—Ojo, niños, que aquí viene la «Lacrimosa». Es triste, pero muy bonita. Vamos a escucharla en silencio. Uno, doooos, tres:

Todos habían callado en ese momento. Teresa y Luis, incluso, cerraron los ojos. Darlis y Rosina estaban de pie, un poco alejadas. Ninguno de los niños se movió, pero miraban a los adultos con una mezcla de miedo y asombro que los hacía soltar risitas nerviosas. Para Joaquín este había sido el momento más intenso de la audición del *Réquiem*, porque después se habían permitido, otra vez, más comentarios y distracciones. Al terminar la pieza, Luis les había pedido todavía un momento de atención para leerles algo que un poeta mexicano había escrito sobre el músico genial al que habían estado oyendo:

La corriente de Mozart tiene la plenitud del mar y, como él, justifica el mundo. Contra el naufragio y contra el caos que somos se abre paso en ondas concéntricas el placer de la perfección, el goce absoluto de la belleza incomparable que no requiere idiomas ni espacios. Su delicada fuerza habla de todo a todos. Entra en el mundo y lo hace luz resonante. A través de Mozart y en Mozart habla la música: nuestra única manera de escuchar el caudal y el rumor del tiempo.

Esto los niños ya no lo habían podido oír, porque se habían ido al patio a buscar a Rayo, la tortuga, para darle lechuga, pero para los adultos ahí presentes había sido la conclusión perfecta de la música celestial que acababan de escuchar. Cuando Luis terminó de leer esto, Darlis quiso saber por qué el músico se había muerto tan joven:

—¿Qué tenía, pues? ¿Estaba también enfermo del corazón?

—Algunos piensan que lo envenenaron —contestó Luis—. Pero yo no creo. Por mucho que lo odiaran Salieri y algunos masones, su ira no daba para tanto. Además, él había tenido muchos achaques desde niño, desde muy joven: viruela, abscesos dentales, dolores varios, fiebres, infecciones. La medicina del momento no era propiamente científica: lo trataban con brebajes inmundos hechos con ojos de sapo y gusanos molidos, o con sangrías. En ese tiempo lo mejor era no consultar a los médicos y dejar que la naturaleza actuara.

—La medicina de la época de Mozart era tan efectiva como los rezos —comentó Joaquín.

Luis, como si no hubiera oído, siguió diciendo que, según el consenso de los médicos más serios que había leído, la enfermedad final de Mozart no era ni cardíaca ni pulmonar, sino una infección o insuficiencia renales. Algunos decían, sin embargo, que, por haber tenido fiebres reumáticas, su muerte podía haber sido por una insuficiencia cardíaca originada en las infecciones de garganta y amigdalitis de las que padeció muchas veces en la vida. En todo caso, según él, Mozart se había muerto de fecha, por haber nacido en 1756 y fallecido en 1791. Un siglo y medio más tarde, casi con seguridad, habría vivido muchas sonatas, conciertos y sinfonías más, que es lo que uno lamenta, de esos años que no tuvo. Fuera como fuera, en su corta vida, había producido la música que, para Córdoba, era la más alegre y hermosa que existía. Llena de hondura, pero también de humor y levedad, de alegría de vivir. Sin evadir, tampoco, en los momentos graves, una tristeza tan llena de belleza que superaba el sufrimiento con un tipo de conmoción que no era posible siquiera definir con palabras.

En ese momento, los niños volvieron corriendo del patio, gritando y persiguiéndose, contando que la tortuga le había ganado una carrera al conejo de peluche. Luis supo cómo conseguir otra vez su atención.

—¿Saben qué decía Mozart para dormirse todas las noches? —les preguntó.

—Ni idea —contestó Julia.

—Una oración —dijo Rosina.

—Qué —preguntó Jandrito, más concreto siempre.

—Decía esto, que no quiere decir nada, pero que le daba mucha risa y mucha calma: *oraña figata fa, marina gamina fa...* A ver, repitan conmigo: *oraña figata fa, marina gamina fa, oraña figata fa, marina gamina fa.*

Y los niños repitieron la frase una y otra vez, riéndose con el Gordo, antes de regresar al patio y a sus juegos.

Viendo todo esto Joaquín pensaba, también él me lo contó, que Luis era un padre mucho mejor que él. Que les enseñaba cosas al tiempo interesantes y graciosas; que sabía llegarles con una mezcla de juego y educación, y que sus hijos se divertían con él, sin aburrirse y sin hartarse, en una medida muy precisa que sabía mezclar la información con la diversión, el arte con la risa. Para Joaquín, y también para mí, el espíritu de Mozart seducía mucho a Luis, le fascinaba, porque se parecían mucho: eran alegres, muy trabajadores, creativos, enamorados de la vida como un don invaluable que había que aprovechar con acción y alegría, disfrutando cada minuto como si fuera el primero o el último, con todo el entusiasmo posible, incluso si se acercaba el último trance o la última apuesta médica por la vida. En su lecho de muerte, todavía, la gracia leve de Mozart, sin pesadez ni drama, producía belleza.

Lo que Córdoba no sabía en ese momento, tal vez, era que, así como la medicina del siglo XVIII había contribuido más a la muerte que a la salud de Mozart, también la de su muy científico siglo XX lo arrastraba más a la derrota que a la victoria. Mozart y Luis confiaron demasiado en la medicina y la ciencia de su tiempo, y se acercaron caminando tranquilos y optimistas a su propio matadero.

V

Voy en un bus destartalado y ruidoso camino de Marinilla. El chofer pone reguetón a todo volumen y maneja a toda velocidad, como un loco. Si sobrevivo, en una hora debo estar en el pueblo. A veces con Córdoba y con su par de amigas judías, Esthercita Levi y Sara Cohen, íbamos a este pueblo en Semana Santa, por un bonito festival de música sacra que se hace ahí por esas mismas fechas. Nos quedábamos en un hotelito modesto pero limpio, e íbamos a comer conejo a las finas hierbas y mejillones al vino blanco en un pequeño restaurante que tenía un belga, Maurice Grodos. El Gordo, con su glotonería alegre e insaciable, se terminaba los platos de todos nosotros, y el pan, y el postre que dejábamos sin terminar en los platos. Se reía, nos contaba anécdotas y detalles sobre la música que íbamos a oír, y al fin nos dábamos cuenta de que todo el restaurante estaba en silencio, oyéndolo a él, solo a él, con mucha más devoción que en una prédica de misa dominical.

Ahora voy a Marinilla por un motivo menos alegre, menos culinario y menos musical. Joaquín dice que es necesario conocer, sea como sea, la historia clínica de Luis. Y que en la Clínica Cardiovascular le dijeron que la única persona autorizada por el padre Córdoba para ver o retirar esa historia soy yo. No lo sabía, o ya no me acordaba. ¿Qué importan los detalles médicos de la evolución de la enfermedad de Luis? ¿Qué importa saber exactamente cómo se murió, si ya se murió hace tiempos y si yo llevo cargando años con su ausencia? Bueno, lo hago por Joaquín, aunque no sé si se merece tanto esfuerzo de mi parte. Lo hago por estos apuntes a los que he acabado por cogerles cariño.

La Clínica Cardiovascular queda por Robledo, en Medellín, donde siempre ha quedado desde su fundación, si no estoy mal, y tiene esa entrada melancólica de un túnel de guadua, un hermoso túnel vegetal, oscuro como el túnel que dicen ver algunos que regresan de la muerte, el mismo túnel que yo vi cuando entré con Córdoba a acompañarlo allá a su última noche, la vigilia de su operación, el 22 de mayo de 1996, exactamente el mismo día en que Julia cumplía diez años. Cuando él se despidió de Julia, la niña le dijo:

—Luis, hoy no vamos a hacer mi refresco de cumpleaños. Mi mamá dice que mejor hacemos una fiesta cuando vuelvas de la clínica con el corazón nuevo. Aquí te espero y celebramos las dos cosas.

Luis le contestó, feliz, que él le traería un kilo de helado de vainilla, para que se lo comieran juntos. Después le dio un gran beso en la cabeza y se subió al carro conmigo. Tenía los ojos brillantes y no podía hablar. Desde la puerta, las dos mujeres, la italiana y la costeña, le decían adiós con la mano. Tampoco ellas podían hablar y trataban de disimular la emoción. Rosina y Jandrito se escondían entre las piernas de sus madres, y movían los dedos de una mano, como tocando piano en el aire.

Cuando llego al archivo de la clínica en Marinilla, un galpón desangelado, con estanterías metálicas que suben hasta el techo repletas de carpetas de cartón, pienso que el sitio es el perfecto espacio para un incendio. Papeles y papeles sin fin de gente enferma del corazón, muchos de ellos muertos, algunos seguramente ya trasplantados, algunos salvados, operados, desahuciados, tal vez uno que otro vivo todavía. Historias y más historias médicas, con el drama privado de miles y miles de personas que lucharon contra la muerte y ganaron la batalla o perdieron la guerra. En la Clínica Cardiovascular se hizo el primer trasplante de corazón en Colombia, en 1985, y el tercero de América Latina. Primero hubo que cambiar la legislación. Antes solo se declaraba la muerte cuando a las personas se les paraba el corazón; había que cambiar ese concepto y decidir que había muertos, muertos cerebrales, a los que el corazón les seguía latiendo todavía. Sin ese cambio en el concepto de muerte, los trasplantes de órganos serían imposibles. En el Japón estuvo prohibido el trasplante de corazón hasta finales del siglo pasado por eso mismo. En su concepción de la vida, la muerte solo llegaba con la quietud del corazón. Hasta había un chiste entre los cardiólogos japoneses, que decía: «No se preocupe por su corazón; este le va a durar toda la vida». Los chinos, en cambio, siempre fueron prácticos en esto del trasplante. Ellos llevan a los condenados a muerte al quirófano, y así, vivitos y coleando, les van sacando los órganos frescos y en perfecto estado, entre ellos el corazón. En esto se parecen un poco a los romanos, que, cuando un personaje moría asesinado en una obra de teatro, conducían al escenario a un condenado a muerte y lo mataban frente al público, en una muestra de realismo extremo.

Saco mi cédula y pido la historia clínica del enfermo Luis Córdoba Uribe. Llevo también su cédula en mis manos, encima de la mía, pues siempre la he guardado en la tiniebla del cajón de mi mesita de noche. Número 3.267.090, expedida en Sonsón, Antioquia, en 1966, al cumplir la mayoría de edad, los veintiún años, mientras estaba allá, en el seminario mayor. De profesión religioso, dice el documento, 1,88 metros de estatura, de tez trigueña y nacido en Medellín el 21 de junio de 1945, poco antes de terminar la Segunda Guerra Mundial. Esto último no está en la cédula, lo pienso yo, y también se lo digo a la señorita, que me mira un poco asombrada y me pide que espere. No tarda tanto. Comprueba que yo soy la persona autorizada para retirar la historia; me entrega un fólder de cartón. Las hojas no están tan amarillas como yo pensaba. La letra es de distintos médicos, algunos con caligrafía más clara, otros más afanados. También hay páginas escritas a máquina, o tal vez ya en computador.

Fotocopio la historia cerca de allí y regreso al galpón a devolver el original del archivo. Vuelvo a la terminal de transporte y espero otro bus de regreso a Medellín. Sentado en una ventanilla empiezo a leer el legajo. No es toda la historia, pues esta solo comienza en el año 95, el 8 de agosto. «Ingreso en segundo piso. Paciente de 50 años. Sacerdote. 1) Cardiomiopatía dilatada idiopática hace 7 años». Me pregunto qué es «idiopática». Me suena, pero no lo recuerdo. O nunca lo supe. Miro en el teléfono, y la RAE me responde de inmediato: 1. *adj. Med. Dicho de una enfermedad: De causa desconocida.*

Sigo: «Siete años de evolución. Exfumador hasta hace 17 años». Recuerdo que cuando nos fuimos a vivir a la casa de Villa con San Juan Córdoba se fumaba todavía dos paquetes diarios de Marlboro. Cuando al fin lo dejó, gracias a las burlas de Fernando Isaza, se mejoró bastante de los pulmones, pero engordó todavía más. La ansiedad del cigarrillo la descargaba comiendo. Busco el valor que sé más importante, el que me aprendí desde el principio mismo de la enfermedad de mi amigo, el de la FE, la fe de los enfermos del corazón, la fe del cuerpo, no la del alma, la fracción de eyección. En agosto del 95 la tenía en treinta por ciento, que es la mitad de lo normal. «El paciente reporta un mareo hace un mes, estando sentado. Palpitaciones sin sudoración, no síncope. Revisado por doctor Casanova ordena Holter que muestra T. V. Ingresa a EEF». Yo también siento mareo, no sé si por leer esta primera página o por las curvas de la carretera. No sé qué es T. V. y tampoco EEF. Supongo que T. V. no es televisión. Y eso de EEF pareciera una sigla como la TFP de los fanáticos religiosos. Cada profesión tiene su lengua secreta, su jerga de iniciados. Que lo averigüe Joaquín si tanto le interesa.

Dejo de leer y cierro los ojos. Me adormezco y me sorprende que de un momento a otro ya estamos en Medellín.

Joaquín viene a la residencia a ver la historia clínica y la leemos juntos. Me explica que T. V. significa «taquicardia ventricular», y que eso lo muestra el Holter, ese examen en el que uno está conectado veinticuatro horas a un aparato que te monitorea la tensión arterial y la actividad eléctrica del corazón. Joaquín también descifra lo de EEF: quiere decir que lo remiten a un especialista en electrofisiología. Seguimos leyendo. En septiembre Luis se declara «deprimido». Ha tenido un síncope. Yo recuerdo muy bien ese desmayo, que por suerte lo cogió sentado, en la casa, y no duró mucho. Esta vez le cambian su viejo marcapasos por uno mucho más pequeño y moderno. Un mes después, en octubre, Córdoba se declara asintomático y tranquilo. En noviembre y diciembre, en cambio, anotan que tiene «arritmias ventriculares malignas». Es ahí cuando permanece ingresado en la otra clínica, la del Seguro Social, para, dice la historia, «hacer el estudio pretrasplante». Estando hospitalizado en la Clínica León XIII, se dice que «tolera la deambulación diurna sin fatiga». Lo dan de alta a principios del año siguiente, y el 8 de enero se le permite salir del hospital. Es en ese momento cuando se va a vivir a la casa de los cuatro cuartos en Laureles, la de Teresa, que ahora vive en Italia, en Verona, dicen que muy tranquila. Canta en un coro y les enseña música a los niños de varias escuelas. Quien canta su mal espanta. La tensión arterial, al dejar el hospital, es perfecta: 110/70.

Vemos que hay más controles en febrero. Reportan que ha bajado de peso y que ya no hay edema en las piernas. La historia no dice que esto se debe a la buena dieta en la casa de Teresa ni a los repetidos masajes linfáticos de Darlis. En marzo se registra que sigue bajando de peso, pero no notan mejoría en los síntomas del corazón. Las arritmias supraventriculares persisten. Le reprograman el marcapasos y mejora bastante. Registran, sin embargo, episodios de hipotensión sintomática.

A veces se ve que lo atienden otros médicos, lo cual es evidente por los cambios en la caligrafía. Algunos incluso hablan de sus pies, del dedo que le falta, y de que tiene en ambos los «dedos en gatillo». Es triste, pienso yo. Como los zapatos no le servían, y como no quería que sus padres incurrieran en más gastos, se acostumbró a vivir con los pies engatillados, como una doncella china luchando con el tamaño, hasta acabar teniendo los problemas que tuvo. Él siempre me decía que comenzó a engordar más cuando no fue capaz de caminar tanto como antes, y no por el cansancio, sino por el dolor en los pies. Bien decían los médicos tradicionales que uno siempre se empieza a morir por los pies.

A principios de abril dicen que sus condiciones generales son aceptables, que está hidratado, sin dificultad respiratoria y estable. Sin embargo se aprecian, dice la historia, «múltiples extrasístoles, ritmo de galope ventricular, murmullo vesicular disminuido». De nuevo hablan de sus extremidades sin edema. El plan es el «control de la falla izquierda».

Joaquín me dice que no quiere que sigamos leyendo la historia. Le está doliendo mucho el corazón. Cuanto más leemos, más le duele, y se siente mareado, le da miedo desmayarse. A él ahora también le dan síncopes y anginas, por su estenosis aórtica. Lo dejamos ahí y yo le entrego los papeles para que se los lleve; está pálido y muy afectado. Sin embargo camina bien, no tiene el paso pesado que tenía Córdoba en los últimos meses.

—Perdona, Lelo —me dice Joaquín—, pero es que cuando leo la historia de Luis me parece que estoy leyendo también la mía. Me confundo y siento que ya voy a llegar a la parte en que me muero. Aunque yo soy yo, me siento que soy él y que tengo que correr a hacer muchas cosas antes de que el tiempo se acabe. Es una sensación muy melancólica, como de futuro que no existe. Estoy en un estado mental bastante raro, un poco alterado, y por eso mismo prefiero irme en este momento.

Cuando se va me quedo pensando en que Joaquín es un hipocondríaco de esos que sufren antes de sufrir. Pero también es cierto que los médicos le han dicho que pronto le deben hacer su operación a corazón abierto y tiene miedo de que le toquen lo intocable. Él dice que sí, que se va a operar, pero que antes tiene que escribir, como yo, sobre el Gordo, y que, para poder siquiera empezar, primero yo tengo que terminar con mi relato, que será la materia prima, en bruto, de la historia que él pretende contar. Yo debo narrar los hechos, sin poesía, todo lo que recuerde, y él se va a concentrar en darle una forma literaria, evocadora, poética. Lo he estado haciendo, le he cumplido, ya no me falta mucho para llegar al final. Al fin y al cabo, cuando a Córdoba le llegue la hora de la verdad, cuando al fin lo tengan que internar y meterlo en un quirófano, esta historia llegará a su desenlace natural. Y a Luis, nos guste o no, esto le tiene que ocurrir muy pronto, si no queremos que se muera dormido en la casa de Laureles, o en el final feliz de un masaje de Darlis, esperando un milagro que no va a llegar.

Creo que es un deber de honestidad, por molesto que me resulte, que yo registre también aquí mis muy insatisfactorias conversaciones teológicas con Joaquín, y su obstinada manera de negar la religión, mi religión y la de Luis, o de burlarse de ella. Aquí no pienso consignar mis respuestas, porque ya creo haberlas esparcido a lo largo de este recuento de la vida de mi amigo Córdoba.

Para Joaquín la religión no es nada más que una especie de superstición sofisticada, una superstición sustentada en libros sagrados. Supuestamente sagrados, dice él, que al parecer no cree en lo sagrado. Dice que está construida por personas que ven signos y mensajes del más allá en las cosas sencillas de la Tierra, en cada coincidencia, en una casualidad, en la caída de las flores y en el color de los frutos maduros. «Un poco más complejo —me dice— pero del mismo cuño de lo que pasaba con mi hermana Inés cuando se le caía un tomate de las manos y decía, "Me están pensando por T. ¿Será Tomás, será Tiberio, será Tito?"».

Después equipara la religión, mi religión y la de Luis, al mito: «¿Qué son los mitos si no religiones olvidadas, derrotadas? Todo lo que vos decís, Lelo, pertenece a una religión hoy derrotada que se va convirtiendo, ante nuestros ojos, en mito. Y yo siento una gran simpatía por la derrota, por los que pierden la batalla, por Héctor, que cae muerto ante Aquiles, un semidiós a quien él se opuso con miedo, pero sin dudarlo. Ahora que está siendo derrotada, ahora que el catolicismo se derrumba ante nuestros ojos, hundida en asquerosos escándalos de pederastia, la religión de ustedes me cae bien como mito antiguo, como fábula, aunque me siga molestando su práctica absurda que se revuelca en lo abyecto. Todo eso en lo que vos, y el Gordo, creyeron de un modo limpio y puro, día tras día se acerca más a un mito: el mito de la cruz, el de la Trinidad, el del celibato, el del monótono Dios de los monoteístas, el de la creación del mundo en siete días, el de las Tablas de la Ley, el mito adánico, la herejía judaica que son los Evangelios, la herejía platónica de las cartas de Pablo. Una mitología que por unos cuantos siglos recibió el pomposo nombre de teología, pero que hoy vuelve al barro y a sus verdaderas dimensiones: mito, mito, mito. Como dice el título de la película de Nanni Moretti, *La messa è finita*, o mejor dicho, se les acabó la misa, Lelo».

Lo meditaba un momento más y luego me decía, con cierta condescendencia mal disimulada: «Lo que no tiene sentido a estas alturas, Lelo, es hablar mal de los curas. Estos ya están caídos, jodidos, y no tienen cómo defenderse. ¿Al caído caerle? Jamás. Hasta un ateo como yo puede sentir compasión y nostalgia por la fe y por los curas. Yo los respeto a ustedes, Lelo, y respeto la fe, por mi mamá, que veneraba a los curas y tenía mucha fe, sin ser bruta. Últimamente los curas, y hasta el Papa, no hacen otra cosa que pedir perdón con humildad por todos los errores de la Iglesia en la historia, y cuanto más perdón piden, más los atacan y desprecian. Hay un síntoma: ya hasta los periodistas escriben Papa con minúsculas, como si fuera un tubérculo. Ahora resulta que todos ustedes, todos sin excepción, son unos abusadores de niños, unos pervertidos, unos seres asquerosos y lascivos, malolientes y sucios. Y no es así, no. Al menos vos y el Gordo nunca han sido así. Yo permití que mis propios niños convivieran con Luis, y estoy seguro de que nunca hizo nada malo con ellos, al contrario, tanto Julia como Alejandro todavía sueñan con esa especie de padre temporal que perdieron. Sueñan, literalmente, y sueños muy bonitos, que me han contado. Ahora a los curas, además de caídos, odiados y derrotados, les piden que se entierren con sus propias manos. Víctimas de los mitos de la Iglesia, ustedes dos, sin duda, y de esa locura del celibato obligatorio, también, pero pervertidos no, perversos, jamás. Yo por ti y por el Gordo no siento sino cariño y compasión, solidaridad y un poco de tristeza por esa vida tan dura y tan absurda que les impusieron de un modo tan brutal».

Joaquín me mira un rato a los ojos y concluye: «Te veo a vos, Lelo, tan querido conmigo, tan buena persona, tan capaz incluso de escribirme el libro que yo quisiera escribir, y ya no me atrevo a juzgar a los curas. Por culpa tuya, como por culpa de Luis hace veinticinco años, o del padre Gabriel Díaz, que también fue amigo mío, siento cierto respeto y cariño por el catolicismo, aunque no crea en él. Ahora que veo cómo se va desmoronando la religión de ustedes, Lelo, ya empiezo a tener nostalgia. Cuando finalmente se estaban reformando, modernizando, ahora que el Papa, con mayúsculas, dice incluso que él no es nadie para juzgar mal a los homosexuales, que pide perdón por la quema de herejes, por el juicio a Galileo, por el salvaje adoctrinamiento a los indios, ahora que abren al fin los ojos, se extinguen. Uno entra a una iglesia y no hay más que seis beatas y dos ancianos. De vez en cuando un enamorado lloroso pidiendo un milagrito. Se les acaban los fieles. Porque los fieles no quieren luz, sino oscuridad, no quieren sentir compasión, sino miedo, no quieren que los comprendan, sino que los amenacen, regañen y castiguen. O si no explícame por qué los devotos que se les escapan a ustedes van a dar en las garras de los pastores evangélicos. Mira, Lelo, yo oigo lo que dicen esos cristianos evangélicos y siento una gran añoranza por los curas católicos, por ustedes los cordalianos, por los jesuitas, que suelen ser cultos e inteligentes, por los benedictinos, que no le hacen mal a nadie con sus salmos y sus cantos gregorianos. Me da rabia conmigo mismo, que fui tan ridículamente anticlerical cuando iba a la universidad o cuando conocí a Luis. Ustedes, a estas alturas de su decadencia y caída, lo único que me inspiran es una infinita, una tierna y cristiana compasión».

W

No creo que en ninguna otra parte llueva como aquí. La lluvia en las montañas del trópico en los Andes es una lluvia al mismo tiempo dura, plácida y constante, agua purísima que cae en cortinas parejas como duchas paralelas que quisieran lavar toda la tierra. Era una lluvia así la que caía dos noches antes de la operación de Luis. Sara había ido por Córdoba a la casa amarilla y verde de Laureles, al caer la tarde, y se lo había llevado en su carro a comerse algo que no había comido en cinco meses de dieta rigurosa: pizza. Fueron donde Angelo, el siciliano que hacía pizzas mejor que nadie en Medellín por una loma de El Poblado. Y al final de la pizza con cerveza, también una ración abundante de tiramisú, su postre preferido, que no había probado tampoco en los últimos meses. El Gordo había dudado un rato si comer postre o no, pero Sara lo había convencido de que no se privara de nada, ya volvería a hacer dieta al salir de la clínica.

El aguacero se había desatado al dejar la pizzería. Sara y Córdoba habían llegado justo a tiempo a refugiarse dentro de la pequeña fortaleza, un Renault-4 de color mostaza, de la familia de Sara. Luis acababa de sentarse, de derramarse más bien sobre la silla, muy agitado, exhausto por el solo hecho de haber apretado el paso un poco para guarecerse de las primeras cortinas de agua.

—No arranques todavía, Sara, te quiero decir algo —había dicho Córdoba.

La lluvia arreciaba, producía ruido blanco sobre el techo y el parabrisas del carro, así me lo imagino. Por dentro, los vidrios se empezaban a empañar. Lluvia, oscuridad, silencio, y ese carro cerrado que en su hermetismo de confesionario parecía predisponer a las palabras sinceras y a las confidencias. Sara no abrió la boca, y durante varios minutos, nunca se supo cuántos, Luis le habló:

—Me han pasado muchas cosas bonitas en estos meses, Sara. He estado viviendo en una familia real, en una familia completa con tres niños y dos mujeres, tú los has conocido en las visitas que me has hecho. No lo tomes a mal, pero en este tiempo es como si Teresa y Darlis hubieran sido esposas mías, y esos niños, mis hijos. Perdona que te vuelva con esta cantaleta de los niños, de los hijos, no lo digo por ti, si no quieres no los tengas, pero te digo que esa compañía ha sido buena parte si no de mi recuperación, al menos de mi bienestar en estos meses. Los juegos de esos niños, la dulzura serena de Teresa, su modo tan prudente de existir, que parece invisible, y la belleza alegre y desinhibida de Darlis, la costeña. Todo esto, Sara, todo esto tan simple me ha cambiado por dentro. Hace años me dijiste, con razón, que yo les tenía miedo a las mujeres. Era verdad, por completo cierto, diste en un clavo muy hondo y muy certero de mi forma de ser. Pero a estas mujeres de mi nueva casa, ¿sabes?, era imposible temerles, imposible tenerles miedo, por su dulzura, por su frescura, por su espontánea y natural bondad, por el amor con que me han tratado todo este tiempo. No son intelectuales como tú; no son calculadoras ni prevenidas y astutas como tú; no son tan inteligentes como tú, pero son profundamente buenas, buenas y naturales y sinceras. Francas y transparentes, en ellas no existe la doblez ni el retorcimiento. No tengo que dudar cuando me hablan, no hay suspicacias. Nunca han necesitado ser hipócritas; no aparentan ser más ni menos de lo que son. Son como son, y ya. Muy pronto me sentí entre mujeres a las que no les temía, entre mujeres que de repente me recordaban a mis dos hermanas, a Lina y a Emilia, e incluso a mi mamá, a Margarita, a las tres mujeres con las que crecí. Con los días, las semanas y los meses, estos últimos meses, me convencí de algo que hace mucho crecía en mí como una enredadera que se me trepaba por el cuerpo: yo debo permitirme una nueva vida. Sí, algo así como una segunda oportunidad sobre la tierra, lo contrario de lo que dice ese gran libro al final. Lo nuestro, el sacerdocio tal como lo concibe desde hace siglos la Iglesia, es un sacrificio horrendo y antinatural. Creo que los que quieran deberían poder ser curas y ser célibes; los que así lo decidan, los que se sientan capaces de ser así y de ser felices siendo así. Pero es una injusticia y una regla absurda, una regla dañina, perniciosa, hacer obligatorio que todos los curas tengamos que ser célibes. Eso debe dejarse tan solo a quienes tengan vocación, psicología y naturaleza de monjes. Porque no, eso no es bueno para la mayoría de nosotros, es una norma feroz, dañina, una obligación perturbadora que nos desbarata psicológicamente si la cumplimos, y nos destruye de culpa si no la cumplimos. Algunos incluso, por ansia de caricias, por buscar un poco de ternura y calor, hacen cosas horrendas, asquerosas, como aprovecharse de los que con mayor facilidad se pueden aprovechar, niños y niñas, una monstruosidad. Yo no he sido de esos, nunca he deseado tocar a un niño ni que me toque; tampoco he tenido deseos por otros hombres. Toda la vida me encantaron las mujeres, las actrices, las cantantes, las alumnas, las primas, las compañeras; pero toda la vida, también, como tú bien me lo dijiste, les temí. El sacerdocio fue mi refugio para no enfrentarme a esos seres misteriosos y distintos, naturales como árboles o piedras, que eran las mujeres para mí. Han sido años y años conteniéndome, reprimiéndome, disimulando un impulso que era una tortura sentir sin poderlo satisfacer, y que yo escondía detrás de mis otras pasiones, la comida, ante todo, que en parte es lo que me ha enfermado, o esta locura del cine, que ha sido como otro matrimonio para mí, o la ópera, la música, que siempre me ha servido de escondite y de sublimación, de consuelo y de agua para apagar tanto fuego interior. Casado con el cine y con la ópera de amante, así he vivido. La enfermedad misma creo que me ha transformado; la evidente cercanía de la muerte me ha hecho pensar en mi medio siglo de vida como hombre virgen y célibe, y entonces, tal vez, me ha nacido la esperanza, quizá, de una segunda mitad de la vida que no sea así. Yo creo que pasado mañana, cuando me operen, voy a sobrevivir. Estoy casi seguro de no morirme. Presiento, tengo casi la certeza de que no me voy a morir. El mismo nombre del cirujano brasileño, Batista, me anuncia un segundo bautismo, una segunda oportunidad, la posibilidad de vivir una vida distinta, una vida más plena, una vida que incluya mi cuerpo, la carne, mi sexualidad, pero sin el tormento del miedo, de la culpa o del pecado. A ti te lo puedo decir así, abiertamente. Solo Lelo, fuera de ti, lo sabe también, pues a veces con él me he sincerado. Lo sabe también una mujer, Darlis. No me abras los ojos, sí, Darlis. Cuando me despierte con el corazón remendado, cuando ya pueda volver a correr bajo la lluvia, voy a pedir la dispensa en Roma y me voy a salir. Uno sigue siendo cura hasta la muerte, sí, y yo no dejaré de serlo, porque amo y creo profundamente en mi religión, pero no la voy a vivir como me lo han impuesto unas normas despiadadas de concilios antiguos que ya no puedo soportar, que no comparto en la teoría y que me voy a dedicar a combatir en la práctica, si sobrevivo, aun fuera del sacerdocio, con esa dispensa con la que me pienso salir y casar y formar al fin esa familia con la que siempre soñé. Es raro que algo tan tradicional, una familia, sea una revolución para mí, y una liberación, no un lazo ni un nudo más. De hecho, yo ya he formado, con Aurelio, una familia atípica, una familia de célibes que convivió en calma y armonía durante veinte años. Pero ahora no es eso lo que quiero, sino una familia de las otras, una familia como la que tal vez un día tú vas a tener con Guillermo, tu novio, o con quien quieras. Voy a tener una hija adoptiva, para empezar, Rosina, y puede que tenga también un hijo o una hija mía. Es raro eso, raro que yo, el cura virgen, el reprimido, quiera ahora también fecundar. Pero lo quiero, lo quiero con toda el alma, todo el cuerpo y todo el corazón. El corazón, creo, es ese sitio en el que confluyen el cuerpo y el alma. Y es irónico, pero tan solo el corazón me lo impide en este momento, aunque, si logran reparármelo, si me lo bautizan de nuevo al abrírmelo, me abriré yo también a esta vida distinta, la de ser un esposo y un padre total. Era esto lo que te quería decir, Sara, porque eres mi mejor amiga y te mereces toda mi confianza y toda mi sinceridad. No te estoy pidiendo apoyo ni permiso. Simplemente te lo quería contar, y ahora, si quieres, nos podemos ir, que todavía me quedan muchas cosas que preparar para pasado mañana, el día señalado de mi vida nueva, de mi transformación, de mi segunda oportunidad.

Sara estaba segura, o al menos así lo recordaba y se lo había dicho a Joaquín, de que en ese momento, tan abruptamente como había llegado, la lluvia había cesado de repente, y que ella había conducido despacio y en silencio hasta la casa amarilla y verde de Laureles, donde Teresa y Darlis esperaban, llenas de ansiedad, a su amado marido imaginario, a su querido cura, a Luis.

X

Después de informarle al doctor Casanova que aceptaba hacerse la operación con el cirujano brasileño, Luis se dedicó a llamar a sus amigos a consultarles, a pedirles que le ayudaran a tomar una decisión que en realidad ya había tomado. No sé si buscaba un camino tortuoso por el cual poder arrepentirse a tiempo de un error. Tal vez esperaba oír algún argumento muy sólido y bien fundamentado para cambiar de opinión y llamar sin culpa a cancelar a última hora la cirugía. A mí también me pidió consejo cuando fui a verlo, y yo se lo di, animándolo a operarse y asegurándole que le iba a ir muy bien.

—No seas tan previsible, Lelo —me dijo Córdoba—, todo el mundo me dice lo mismo, que me va a ir muy bien, pero nadie tiene ni la menor idea de cómo me va a ir. Ni el médico lo sabe, ni yo lo sé, ni nadie lo sabe. Tal vez el único que me dice la verdad es Fernando Isaza; él dice que es como tirar una moneda.

—Lo mío era una manera de animarte y de decirte que no tengas miedo, Luis —le respondí yo—. No sé nada de medicina y prefiero confiar en los que saben más.

—Yo miedo no tengo. Todos nos vamos a morir tarde o temprano y no le temo a la muerte. Otra cosa es que no tenga ganas de morirme. Todavía no, por lo menos. En este momento preferiría seguir vivo y sacarle otros gustos a la vida. Sobre todo querer y que me quieran.

Después de esta breve conversación con Córdoba, me precipité a llamar yo también a nuestro amigo médico, Fernando Isaza, para preguntarle a él lo que pensaba, a él que era anestesiólogo y sabía mucho más que nosotros. Le dije que Luis me había contado lo de la moneda. Que si era así, cincuenta y cincuenta de probabilidad. Su franqueza, todavía lo recuerdo vívidamente, fue casi cruel:

—A Luis le dije lo de la moneda para animarlo. Es menos que una moneda; es un dado de diez caras y el Gordo gana con una sola. Es casi seguro que se muera en la operación, o en los días siguientes. Si le va muy bien, un año después. Esa es la verdad —me dijo.

—¿Y entonces por qué le aconsejaste que se operara?

—Porque un corazón que le sirva a él, un corazón para el trasplante suyo, es muy difícil de encontrar. No hay nada más que hacer. Si sigue esperando se va a morir de repente en cualquier momento, hoy o mañana o en dos semanas o en seis meses. Él está al borde de un abismo que se llama muerte súbita.

Recuerdo que nunca había colgado un teléfono con un desconsuelo así. Colgar el teléfono como cortar una vida, como callar una voz, como resignarse a morir. Nuestro amigo Isaza lo decía con dureza, pero también con la sinceridad del cariño y la amistad. Y yo, fatalista, oí sus palabras en silencio y resignado; nunca tuve la fuerza de la rabia o de la indignación.

Tal vez lo que más le gustaba a Luis de la operación que le ofrecían, el tal «procedimiento Batista», un método revolucionario, era que nadie tuviera que morir para que él viviera. «Juego mi vida, cambio mi vida, de todos modos la llevo perdida», solía repetir. En las últimas semanas esperando el corazón, me decía que lo atormentaba la imaginación de unos padres que tenían que aceptar la muerte de un hijo o de una hija que, aunque pareciera vivo, aunque estuviera caliente y sus pulmones se inflaran, aunque su corazón latiera con firmeza y regularidad en su pecho (era ese palpitar fuerte y sano, precisamente, lo que lo hacía más valioso como cadáver), fuera declarado muerto, con muerte cerebral.

Para la Iglesia la vida no estaba en el cerebro, tampoco en el corazón, la vida era algo intangible y muy difícil de definir porque no era corporal, sino espiritual. La vida era un espíritu que se alimentaba con cada inspiración de aire, y en el aire estaba el espíritu, que sopla donde quiera (o mejor, por doquier), que está en todas partes, y mantiene viva la vida. La vida era eso que animaba a la materia inerte, al cuerpo inerte, y lo dotaba de movimiento, de voluntad, de ansias, de dolores, incluso de mente y pensamiento. Pero en nuestra época, incapaz de demostrar la existencia del espíritu, o del alma, que no se ve ni se percibe con ningún aparato, ya la definición de la vida o de la muerte ha dejado de ser monopolio de la religión, de nosotros los curas; la vida y la muerte la definen ahora los que curan, es decir, los médicos, la ciencia médica, los nuevos sumos sacerdotes que dicen quién sigue vivo y quién se muere. Sin embargo, en la mente más primitiva y antigua de Luis, y aunque le conviniera mucho creer más en la ciencia que en la metafísica, seguían persistiendo los escrúpulos de conciencia. ¿Hasta qué punto estaba muerto el muerto al que iban a descuartizar? ¿Hasta qué punto el alma —si es que todavía creíamos en el alma y en el espíritu— había abandonado ya ese cuerpo? ¿Estaba de verdad muerto el muerto que le iba a regalar la vida?

Está bien, se mataban vacas, cerdos y caballos para sacarles tejidos, membranas, pericardios con los cuales fabricar válvulas y prótesis biológicas. Las entrañas de los animales se usaban para salvar humanos. Eso lo podía entender y perdonar, él, que era carnívoro sin culpa y con muy poca compasión. Pero ¿usar los cuerpos humanos como si fueran un depósito de órganos al que se le iban sustrayendo piezas, despresando presas, que servían como recambios en otros organismos? Era así, así era. Recordaba a una de sus amigas, Piedad, a la que los médicos le iban preguntando parte por parte, órgano por órgano, pieza por pieza de su hijo, si lo donaba o no en un hospital americano. ¿La piel? *Yes.* ¿Los ojos? *Yes.* ¿Los riñones? *Yes.* ¿Los pulmones? *Yes.* ¿El corazón? *Yes, yes, yes,* también el corazón, también el corazón. Pero esa donación órgano por órgano y parte por parte había acabado de romperla a ella para siempre, sin que fuera mucho consuelo que otros ahora vivieran con trozos sobrevivientes de su joven hijo. Le gustaría conocer a esa persona que caminaba y amaba con el corazón de su hijo, sí, pero dudaba mucho de que eso —que era imposible y estaba prohibido— la consolara verdaderamente, por poco corazón y mucha cabeza que le pusiera.

Y

Joaquín me contó que había visto en la historia clínica de Luis los nombres de los cirujanos que estuvieron presentes en la Clínica Cardiovascular cuando operaron a Córdoba. La cirugía fue un jueves, el 23 de mayo del 96, y yo sé que lo entraron al quirófano temprano porque estuve con él en su habitación hasta el último momento. Al amanecer, en el solar de al lado del hospital, donde quedaba un asilo de ancianos, pasaron en procesión unas cabritas en hilera perfecta. Cuando alguna balaba, Luis cerraba los ojos, suspiraba como ellas y decía que, aunque desafinaran, venían a desearle buena suerte. Los enfermeros llegaron con una camilla a llevárselo del cuarto a las siete en punto. Recuerdo haber mirado el reloj de pared, mi reloj y también el reloj de Luis, apoyado en la mesita de noche. Hasta los enfermeros miraron el reloj. Demasiados relojes para tan poco tiempo. Nuestra despedida fue optimista, sonriente y sin abrazos. Sin lágrimas, sin patetismo, sin ojos húmedos de llanto. Un adiós de valientes. Nunca perdimos nuestra casta costumbre de jamás tocarnos. Una amistad sin roces, decía yo. La noche anterior habían venido a visitarlo algunas amigas de Luis, creo que más de cinco, pero yo solo recuerdo a Teresa, a Angelita Chica, a María Helena Zapata y a Sara Cohen. Darlis no había venido, pero había llamado por teléfono; estaba en la casa cuidando a los tres niños. Cuando ella llamó, yo me salí del cuarto y no sé lo que hablaron.

Entre el lunes y el miércoles, Batista había operado ya a cuatro pacientes con la misma falla de Luis, cardiomiopatía dilatada. Los cuatro habían sobrevivido a la operación y los habían trasladado a la unidad de cuidados intensivos. Dos de ellos, un hombre y una mujer, habían muerto en la UCI, a pocas horas de la cirugía revolucionaria. Ambos eran más jóvenes que Córdoba. De su fallecimiento, al menos a Luis y a mí, no nos dijeron nada en el momento, seguramente para no desanimarnos. Solo nos dijeron que había varios operados ya, que habían salido vivos de la cirugía y que estaban en recuperación.

El plan de Batista era operar a dos pacientes ese jueves, primero a Luis, por la mañana, y por la tarde a otro señor que también estaba en capilla en un cuarto cercano. Nos habían dicho que el procedimiento sería largo, de unas cinco o seis horas, así que cuando se llevaron a Luis me fui a celebrar misa al convento de las adoratrices y a pedir por la salud de mi amigo durante la eucaristía. Todas las monjas, de rodillas, se unieron a mis plegarias. Los religiosos no sabemos renunciar a los rezos porque sin rezos nos sentimos desnudos y sin voz. Nos han convencido de que somos unos intermediarios privilegiados con el más allá, que tenemos línea directa con la Trinidad, así a veces yo sienta que nadie nos oye, o que en las alturas oyen más a otros que nadie conoce.

Lo que ocurrió en esas horas se puede reconstruir por la historia clínica que reclamé en Marinilla y por lo que le contó a Joaquín un cirujano que estuvo como espectador del procedimiento Batista aquel día. Joaquín me entregó los apuntes de lo que había hablado con él, un hombre muy joven entonces, que hacía sus primeros pinitos en cardiocirugía y estaba ansioso por aprender algo nuevo. Es increíble que ese cirujano, un cuarto de siglo después, todavía recordara con tantos detalles lo ocurrido durante la operación. Para él había sido un día dramático, inolvidable.

Todos los cirujanos sentían mucha curiosidad y tenían ganas de aprender de esa eminencia venida del Brasil. El doctor Villegas, el fundador y jefe de la clínica, era el más entusiasta con el visitante. Villegas siempre fue una persona a la que le gustaba estar en la vanguardia de todo lo que tuviera que ver con la enfermedad cardíaca. Era cirujano, amaba su profesión, y era muy consciente de los aportes que la cirugía le había dado a la supervivencia y a la calidad de vida de miles de pacientes con problemas de corazón. En este sentido, su consigna de que «una operación no se le niega a nadie», que podía parecer un poco temeraria, era también optimista y generosa, fruto de la confianza y el amor por su oficio. Sin esa fe en el bisturí nunca habría conseguido que su clínica llegara adonde había llegado. Incluso si el porcentaje de supervivencia de una cirugía era solo del diez por ciento, él no lo dudaba, daba la orden de proceder, diciendo «adelante, que de algo nos tenemos que morir; hay que romper muchos huevos para hacer una tortilla». Si se morían en el quirófano, o poco después, en recuperación, la cosa lo entristecía, pero no lo desanimaba. Es la curva lo que cuenta, la curva que va mejorando con el aprendizaje del nuevo procedimiento, que poco a poco se puede pulir. Mártires que caen en el altar de la ciencia. Con Batista fue igual. Había un puñado de pacientes, en términos vulgares, con el corazón grande, para los que no se había encontrado el órgano compatible para el trasplante; si el procedimiento inventado por Batista ofrecía una esperanza de vida, así fuera pequeña, había que intentarlo. Sin trasplante o sin cirugía, esos enfermos se morirían en cuestión de semanas, de meses.

Batista era un tipo desabrochado. Trabajaba rápido y sin agüeros, dicen los apuntes que Joaquín tomó durante su charla con el cirujano. Regañaba a los que operaban con él; les decía «brutos», «animales», «bestias», porque según su criterio había cosas que no debían hacerse como ellos las habían hecho siempre. Cada hospital y cada cirujano tiene sus costumbres, sus mañas, incluso sus caprichos. Pero Batista hacía las críticas con un tono fastidioso, de superioridad; a la perfusionista (la encargada de hacer y vigilar la circulación extracorpórea) también la trataba a las patadas. Le decía que su perfusionista en Curitiba no era enfermero profesional sino el mayordomo de su finca, un campesino intuitivo que lo hacía mucho mejor que ella, porque lo hacía sin miedo, con la misma decisión con que espoleaba su mula con una sola espuela, la izquierda. Así mismo hay que espolear un corazón para que ande, para que no se quede quieto, para que no se rinda. Hay que meterle espuela al ventrículo izquierdo, señores.

Poco antes de que el cirujano le «metiera espuela» al ventrículo de Luis, hubo un brevísimo encuentro entre el brasileño y Córdoba, extendido ya este sobre la mesa de cirugía, con su turbante, su bata verde abierta por el pecho, los haces de luz helada dirigidos al esternón, y ya vestido aquel con su gorrito, sus manos mojadas entreabiertas a la altura del rostro, que parecían orar entre gotas de agua, y su mascarilla de apestado. Me contó una enfermera, aquel mismo día por la noche, que el padre le había sonreído al cirujano que lo miraba fijamente desde arriba; que el padre se había despedido de la conciencia sonriéndole. Todavía recuerdo lo que pensé cuando la enfermera me describió esa última sonrisa de Luis: que aquello era como darle una propina al verdugo que te va a degollar.

Córdoba, entonces, le sonrió a Batista, y pidió un instante más para rezar en voz alta. Lo que dijo, me contó uno de los médicos, lo había dicho todavía sonriendo, varias veces, y parecía en latín o en italiano. Terminaba, me dijo, en algo como «anima fa» (¿el alma hace?). Yo supe por instinto de amistad lo que él había dicho: *Oraña figata fa, marina gamina fa.* Luego, la cirugía empezó. Tras los pasos seguros de la anestesia, el doctor Villegas tuvo el honor de hacer la primera incisión con el bisturí, señalando el camino a la sierra que haría la sección longitudinal del esternón. En la primera herida de Luis, la sangre encontró su salida. Luego algún asistente fue acomodando los sensores vitales que dan los datos de tensión arterial, frecuencia cardíaca, oxigenación, las cánulas que se van conectando a la aorta, a las venas cavas, a sitios que no sé, arañas en el cuello, catéteres, sondas, perfusión, tubería de plástico transparente que reemplaza la tubería venosa del cuerpo para conectarlo a la máquina que hará las veces de pulmones y de corazón mientras este último es tocado, cortado, intervenido, vuelto a coser. Por ahora palpita con un ritmo que parece correcto, ahí está, a la vista de todos los presentes, grande y brillante en la mitad del pecho, el Sol del microcosmos, el Sol que alumbró la vida de Córdoba, y la nuestra, durante medio siglo luminoso.

En la Cardiovascular, el delicado momento en que se detiene el corazón se hacía con mucho cuidado, despacio, con un respeto casi ceremonial por protocolos bien establecidos. Se usaba una fórmula costosa, pero muy bien probada, helada, que se introducía poco a poco por una cánula a través de la aorta. Para la cardioplejia (la solución que se administra para detener el corazón), Batista tenía su propia fórmula, brusca y desabrochada como él mismo, muy diferente a la de la clínica. Las soluciones preparadas le parecían un método de meninas, de chiquillas, así dijo con aire de superioridad. Lo suyo era coger una jeringa enorme y disparar directamente dentro del mango un chorro de potasio, a toda marcha, sin hígados. Algo tan brutal, según el protocolo de la clínica, podía hacer que algunas partes o células del corazón estuvieran en sístole al pararse, es decir, contraídas, y eso las dejaría congeladas ahí, duras, en corazón de piedra, de piedra para siempre, sin posibilidad de reiniciar con fluidez cuando llegara el instante de volverlo a arrancar. Pero nadie se atrevía a cuestionar a Batista, ese portento venido de Curitiba, nadie, ni siquiera el doctor Villegas. En ese momento, Batista era el maestro de quien debían aprender y había que respetar incluso sus barrabasadas, sus imprudencias, su brusquedad.

Ahí estaba, pues, mi amigo Córdoba, anestesiado, los brazos en cruz, abierto en canal, aserrado por la mitad, de arriba abajo. Ese era, y en parte sigue siendo, el procedimiento canónico para una cirugía a corazón abierto. El interior se vuelve exterior, como en un hombre recién confesado. La historia clínica lo decía de un modo más técnico y exacto: «Se realiza una esternotomía mediana primaria y se procede a hacer la canulación del paciente así: cánula arterial en la aorta ascendente, cánula para la vena cava superior y otra para la vena cava inferior. Se ha iniciado la circulación extracorpórea y se procede a realizar en primer término una ventriculoplastia del ventrículo derecho, colocando una sutura de la cara anterior para de esta forma disminuir el tamaño de este... Luego se procede a realizar la resección de la pared del ventrículo izquierdo, lo suficiente para disminuir el tamaño de este ventrículo y extirpar todo el tejido anormal o sobrante. Se extraen aproximadamente unos 200 gramos de tejido miocárdico».

Con lo anterior yo entiendo que después de pararle el corazón bruscamente, con la jeringa Batista (la historia clínica no describe el tipo de cardioplejia preferido por él), luego de colapsar los pulmones y conectar la circulación a la máquina, el brasileño cogía el bisturí, cercenaba su cuña, su trozo de miocardio en forma de escudo, lo que sobraba de ventrículo izquierdo, y volvía a coser con una aguja enorme, que él mismo había diseñado, curva y larga, para que pudiera atravesar sin problemas las paredes dilatadas, gruesas, duras, típicas del corazón crecido. La historia lo dice con más elegancia: «Se procede al cierre de dicha ventriculotomía con una sutura continua de prolene 2-0 con puntos profundos y luego una sutura más superficial con prolene 3-0». Luego viene el momento más importante: se empieza a moderar la circulación extracorpórea y se observa de qué manera arranca el corazón que se ha abierto y cerrado.

—No hay nada más parecido a la muerte, Lelo —me dijo Joaquín—. El corazón está quieto y frío, muy frío, para que sus células no se degraden. Lo que más daña un órgano es el calor. El hombre tampoco respira, pues los pulmones están colapsados. En esos años, además, se bajaba la temperatura del paciente a poco más de treinta grados, con la intención de proteger las demás células del cuerpo. La sangre en el cerebro, oxigenada en la máquina, no circula con pulsaciones, como está acostumbrado nuestro cuerpo durante toda la vida, sino que el flujo es continuo, porque la máquina no palpita, simplemente bombea. La anestesia produce un sueño muchísimo más profundo que el sueño profundo, del cual, a los que sobreviven, no les queda ni percepción del tiempo transcurrido ni recuerdo alguno. Es la nada total, la nada de la muerte. Salvo que haya un espíritu escondido, Lelo, un alma que aún no se ha desprendido del cuerpo, pero no veo cómo, tal vez lo veas tú.

Yo prefiero no hablar de ese misterio, del que no estoy seguro y que tampoco sabría descifrar ni explicar con palabras. Mi corazón, no, mi razón cree que existe esa alma; el corazón de Joaquín y su cabeza no la sienten ni la ven. Aquí yo y allá él.

Al entrar en la clínica el día anterior, los signos vitales de Luis no eran malos. Dice la historia clínica que se programa cardioplastia para el jueves siguiente; que el religioso está consciente, afebril, sin dificultad respiratoria, con una presión arterial de 114/70, una frecuencia cardíaca de 70, corazón rítmico, sin soplos, con los pulmones bien ventilados, sin edema en las extremidades, asintomático a pesar de la «miocardiopatía hipertensiva en fase dilatada». Algo sorprendente es su peso: en los meses que ha pasado en la casa de Laureles Luis ha perdido más de veinte kilos, pues ahora pesa noventa y dos. El problema es su FE, su fracción de eyección, que ha empeorado hasta un quince por ciento.

—Mi problema es de fe, mi problema es de fe, definitivamente hay que tener más fe —bromeaba siempre Córdoba, incluso la noche anterior a la operación.

A quienes le preguntan cómo se siente, les contesta lo mismo casi siempre:

—Salvo mi corazón, todo está bien.

Cuando salgo a dar mi misa veo que una fila de curas, monjas y novicios serpentea en las afueras de la clínica. Todos han ido a donar sangre por Luis. Los saludo al pasar. Entre ellos también hay amigos, amigas, periodistas, actrices, directores de cine, amantes de la música clásica, forofos de la ópera que no se han perdido su programa de radio durante años. Todos sueñan con que su sangre empiece a circular por el cuerpo del cura bueno a quien acaban de entrar a la sala de cirugía. Un periodista de radio transmite en directo las novedades de la operación, alzando la voz, como si estuviera narrando un partido de fútbol y el equipo local hubiera sido reforzado con un delantero estrella del Brasil, el doctor Batista, gran goleador. Joaquín y Teresa están en la misma cola, pero ellos saben que su sangre irá a otro paciente, porque son de otro grupo sanguíneo diferente al de Luis. Yo ahora no recuerdo si doné sangre o no. Me parece que no. Creo que a Angelines tampoco la dejaron donar porque había tenido hepatitis una vez. Darlis sí donó, más tarde, pero yo no la vi.

Repaso la historia clínica por última vez. El señor Luis Córdoba, de cincuenta años, de profesión sacerdote, ingresa al quirófano el día 23 del mes cinco. Van a operar Arturo González (ayudante), Randas Batista y Alberto Villegas como cirujanos principales. Se menciona, sin dar los nombres, que a la operación asiste un grupo de cirujanos que quieren ver y aprender del procedimiento ofrecido.

Hora de comienzo de la cirugía: 8:00 a. m. Hora de finalización: 7:30 p. m. Once horas y media estuvo, pues, el Gordo, que ya no estaba tan gordo, en el quirófano. Al final de la hoja hay dos recuadros frente a las palabras «Estado del paciente». En uno dice VIVO, en otro dice MUERTO. El médico debe poner una X en uno de los dos recuadros. En el espacio que dice «Complicaciones durante el procedimiento», el ayudante (doctor González) escribe: «No fue posible sacarlo de bomba. Se colocó también balón de contrapulsación».

Al intentar desconectarlo de la circulación extracorpórea (se quitan las cánulas, se hace una «cuidadosa hemostasia», es decir, que se suprime cualquier hemorragia), la historia relata la crisis que sobreviene, así: «Cuando ya se pensaba que el paciente estaba en muy buenas condiciones, a punto de empezar a cerrarlo, se empieza a presentar un aumento de la presión en la arteria pulmonar. Al ser palpada esta, la aurícula izquierda presenta presiones muy bajas; se sospecha hipertensión pulmonar importante. Se procede entonces a hacer manejo farmacológico severo de la hipertensión pulmonar».

En los apuntes de Joaquín, según su entrevista con el cirujano presente en la sala, se lee: «Le luchamos todo el día. La hipertensión pulmonar es una complicación muy grave luego de una cirugía cardíaca porque no deja que la sangre pase por la circulación pulmonar y además el ventrículo derecho se embomba, como si se inflara, y así comprime el ventrículo izquierdo y tampoco lo deja trabajar como tiene que ser. Es una tormenta de eventos que se desencadenan en cascada y muy probablemente terminan en un fracaso».

Así lo describe la historia: «Tras el tratamiento farmacológico hay una cierta mejoría en el estado del paciente. Al cabo de unos minutos, pese a la carga farmacológica severa, vuelve a deteriorarse, por lo que se procede a canularlo nuevamente y el doctor Randas Batista resuelve hacer más resección ventricular, para tratar de esta manera de mejorar más todavía la función del ventrículo izquierdo y así bajar un poco la hipertensión pulmonar. Para proceder a resecar más ventrículo izquierdo es necesario extirpar los músculos papilares y, por lo tanto, la válvula mitral; se decide entonces reemplazar la válvula mitral por una prótesis mecánica tipo St-Jude Nr. 31, la cual se coloca por vía ventricular con puntos separados de Ethibond 2.0. Luego se termina de hacer la resección más amplia de la pared ventricular izquierda y se vuelve a cerrar el ventrículo en la misma forma previamente indicada después de la primera resección».

Yo ya había vuelto de la misa y de una mediamañana frugal —mojicón con jugo de mandarina— donde las monjas adoratrices. Angelines y yo estamos sentados en la sala de espera de cirugía. Dos o tres veces han salido, por turnos, el doctor Jaramillo o el doctor Isaza (que están entre el público admitido para ver la operación) a decirnos cómo van las cosas. El primer informe, después de cuatro horas, no fue malo. A Angelines le dijeron que ya iban a quitarlo de la máquina de circulación extracorpórea, lo cual era muy buena señal. Yo ya estoy ahí cuando el doctor Jaramillo sale a decir que las cosas se han complicado y van a volver a abrir el corazón, porque algo no marcha bien.

Poco después llega, muy alegre, sonriente, con un enorme ramo de flores blancas y rojas, la esposa del gobernador. Se llama doña Lina, y la conozco porque alguna vez estuvo en uno de los cursos de cine de Luis. Sentimos decepcionarla y lamentamos decirle que las cosas no van tan bien como ella piensa. Nos dice que había oído en la radio que la operación había sido un éxito. Avergonzada, deja el ramo de flores en el suelo, nos pide excusas y se marcha en silencio. Angelines y yo nos miramos sin hablar. Los claveles en el suelo, blancos y rojos, me evocan una cornada, una mala corrida, un cementerio después del Día de Muertos.

La tarde va pasando, la luz va menguando, el calor también. Cada hora sale alguno de los médicos, o una enfermera, y con cara de consternación nos dicen siempre más o menos lo mismo. Que le están luchando, pero que el corazón, por algún motivo, parece no responder como debiera. Los rostros sudados, enrojecidos, con la consternación del cansancio y el fracaso, nos van quitando primero la esperanza y después la fe.

Leo en la historia lo que en aquel momento no sabía que estaba pasando detrás de aquellas paredes herméticas, silenciosas, asépticas: «Después de coser el ventrículo, el paciente no tiene mayor mejoría tras el procedimiento y se inicia entonces alto soporte farmacológico, Adrenalina, Amrinone, Isuprel, Nitroprusiato, etc., sin respuesta adecuada. Se hacen múltiples intentos para tratar de sacar al paciente de bomba. Por un momento se consigue sacarlo durante media hora, incluso se le empieza a administrar la Protamina, pero el paciente vuelve a deteriorarse, y es necesario volver a administrarle Heparina y volverlo a conectar a la bomba. En ese momento está en disfunción ventricular derecha e izquierda. Está soportado bien por circulación extracorpórea con rodillo y se le ayuda un poco más con balón de contrapulsación aórtico, el cual se coloca por la arteria femoral derecha. Con el balón hay mejoría importante del estado hemodinámico del paciente, pero hay dificultad del balón para censar el ritmo cardíaco, porque presenta múltiples arritmias. El marcapasos definitivo del enfermo interfiere bastante con la formulación del balón. Han pasado así ocho, nueve, diez horas de cirugía y no se logra ninguna estabilización del paciente. Al revés, sigue deteriorándose cada vez más. Sigue el manejo farmacológico, el manejo del balón de contrapulsación. Cuando ya se han completado casi once horas de cirugía y, como último recurso, se procede a colocar la bomba centrífuga como asistencia ventricular izquierda».

El cirujano entrevistado por Joaquín le asegura que no se ahorraron esfuerzos por revivir al padre Córdoba. Hay que reconocerlo, la Clínica Cardiovascular era, y sigue siendo, la mejor en cirugía cardíaca de Medellín y una de las mejores de Suramérica. El método no era propio, sino importado de Curitiba con cierta imprudencia y novelería. Ganas de estar siempre a la última moda. Además sabían que había mucha prensa afuera, pendiente del resultado de la cirugía de un cura muy querido por la gente de la cultura en la ciudad.

Recuerda que le implantaron el balón de contrapulsación, una medida extrema; en la época era lo único que se podía hacer, ahora hay más recursos, dice. «Yo conocía al padre y lo apreciaba mucho, él había manejado el cineforo de mi colegio, el San Ignacio, y sus charlas eran inolvidables. Es de esos pacientes que duelen el resto de la vida; yo lo había visto el día anterior, y era muy jovial, estaba muy optimista, convencido de que se iba a salvar. Batista ya no pudo operar más ese día. Siguió con otros pacientes el viernes y el sábado. El padre fue el único que no salió vivo del quirófano. De los siete que operaron, dos sobrevivieron unos meses, hasta que los pudieron trasplantar, y luego vivieron más tiempo. El procedimiento Batista, en su caso, fue solo un puente para el trasplante. Aunque aprendimos a hacerlo, no lo llegamos a practicar ni una sola vez. Si se le mencionaba el asunto al doctor Villegas, este guardaba un discreto silencio o cambiaba de tema».

Aunque no quiero, no me queda más remedio que terminar de copiar lo que dice la historia clínica. Me duele hacerlo y sé que a Joaquín también le dolerá leerlo. Él insiste en que le duele, físicamente, el corazón cada vez que la lee. «Se procede entonces a colocar una cánula en la aurícula izquierda para drenarla y que la bomba centrífuga le impulse hacia la aorta ascendente a través de la cánula por la cual se está haciendo circulación extracorpórea con la bomba de rodillo. Se inicia asistencia ventricular izquierda y efectivamente esta funciona, pero al momento la cánula empieza a llenarse de aire ya que no hay suficiente precarga porque definitivamente hay algo que interfiere con el paso de la sangre del ventrículo derecho a la aurícula izquierda. Probablemente algún tipo de hiperreactividad pulmonar, hipertensión pulmonar u otra patología. Se trata de reorganizar todo el sistema, pero definitivamente esto falla. Se realizan múltiples desfibrilaciones (más de cincuenta). Ya el paciente está desconectado de la bomba de circulación extracorpórea, y el paciente fallece». El médico pone una X muy tenue, sin ganas, en el recuadro que dice MUERTO. Las enfermeras se encargan de cerrar el pecho de Córdoba, porque incluso a los muertos hay que coserlos, no los van a dejar así, con lo interior expuesto al exterior. En ese momento, seguramente, sin pensar en absoluto en Poncio Pilatos, el cirujano Batista se estaría lavando las manos, limpiándose los restos de sangre de Luis que pudieran haberse colado entre los dedos o en los antebrazos, a pesar de los guantes.

El doctor Jaramillo al lado del doctor Isaza (testigos distantes de la cirugía) salen poco después, cabizbajos. Les han dado el encargo de ser los mensajeros. ¿Estas son horas para dar la noticia de tu muerte?, me pregunto en silencio. Oigo, casi sin poner atención, lo que ya sé que me van a decir porque sus caras ya me lo dijeron. Son pocas palabras en un murmullo que no parece español, sino algo que se dice con unos sonidos que entendería cualquiera que hable cualquier otra lengua. Una película muda, de terror, con gestos que sabría leer un japonés, un mongol, un malayo, yo mismo, que he dejado de entender cualquier idioma. Ya está oscuro, es de noche, son más de las siete y media, y no hay nada que hacer ni nada que pensar ni que decir. Ya no sirve de nada ni siquiera rezar. Angelines y yo nos abrazamos sin llorar. Al menos creo que, de los dos, yo no lloro. Es un abrazo quieto y seco; es un abrazo de huesos entre dos esqueletos. Tal vez Angelines sí llora un poco, pero en silencio, sin sollozos, con lágrimas que no suenan al rodar de sus ojos y que no alcanzan a mojar mi camisa. No recuerdo mucho más. O sí, algo extraño: que yo sentía más miedo que tristeza. Vamos a tomar algo en la cafetería mientras preparan al «paciente» (le siguen diciendo así después de muerto), como si aún hubiera paciencia de su parte, sí, una paciencia infinita, una paciencia eterna, pienso yo, al tiempo que lo arreglan para llevarlo a la morgue del hospital. Allí, si queremos, podemos ir a verlo. Mientras me fuerzo a pasar por la garganta una aguapanela con limón, trato de recordar, inútilmente, un poema de Vallejo.

Sé que empieza, y así se lo digo murmurando a Angelines, *Hay golpes en la vida, tan fuertes... Yo no sé! / Golpes como del odio de Dios; como si ante ellos, / la resaca de todo lo sufrido / se empozara en el alma... Yo no sé!* Sí sé que sigue con algo que habla de zanjas que se abren, ¿en el alma, en el rostro, en el cuerpo? Ya no sé dónde se abren esas zanjas, tal vez porque en mí las siento abriéndose por todas partes. Le digo a Angelines que yo también siento una zanja en el pecho, al fin siento algo, como si a mí también me hubieran aserrado el esternón y se les hubiera olvidado, qué más da, cerrarlo. Angelines solo dice: *Son los heraldos negros que nos manda la muerte.*

Ahí recuerdo lo que sigue, claro, y vuelve a mi memoria a borbotones: *Son las caídas hondas de los Cristos del alma, / de alguna fe adorable que el Destino blasfema. / Esos golpes sangrientos son las crepitaciones...* Y me vuelvo a bloquear en el olvido. Ya no recuerdo lo que sigue, y Angelines menos, así que nos quedamos callados, soportando ese golpe en cada uno de los segundos y de los minutos que empiezan a correr para convertirse en las horas, en los días y en los años en que ya nunca más pudimos volver a conversar con Córdoba, para mí; con Luis, para Angelines; con el Gordo, para casi todos los otros que eran sus amigos.

Hay algo en las historias clínicas que no consigue captar lo que es la muerte. Quizás esta haya que contarla *toda ciencia trascendiendo* y desde el lugar de los vivos, desde su corazón palpitante y golpeado, no desde el lugar del muerto, que, sobre todo si está anestesiado, sin sensaciones ni mente, es quien menos habrá podido tener la experiencia de su fallecimiento. El lenguaje técnico que la describe, aunque con suma precisión, no expresa ni de lejos lo que es morir, morirse. El motivo principal de esto es que la muerte no le ocurre a quien se muere, que ni cuenta se da, sino a quienes quedamos vivos. La muerte es un asunto de los vivos y no de los muertos porque solo los vivos la sentimos y padecemos. Pero ¿cómo expresar eso que sentimos? La prosa técnica y precisa tiene una frialdad de quirófano, de mesa operatoria, blanca, dura, marmórea, quizá con alguna salpicadura de sangre sobre las sábanas desinfectadas, pero nada ahí genera la ilusión de la vida, que es la que nos aterra de la muerte. Todo se sitúa en un territorio que no nos compete, que está fuera del mundo natural, y convierte a cada ser humano en una máquina que responde o no a los esfuerzos físicos y químicos por repararlo. Luis, en ese momento, inerte, frío, sin pálpitos ni respiración, parece un automóvil en un taller al que le han abierto el capó para ajustar una parte del motor. La sangre podría ser gasolina o aceite, las válvulas pueden ser bujías o bobinas, las arterias, alambres, la cárcel de las costillas, un chasis, un guardabarros o un radiador. ¿Y el corazón? El corazón no alcanza siquiera la estatura del carburador (este se parece más a los pulmones). Una bomba de distribución sin la cual el auto, aunque esté intacto, perfecto en todos los demás componentes, no anda, está varado, no sirve. Pero tampoco se pudre por muy quieto que esté. Al menos no en pocas horas o en pocos días.

Sí, lo que describe la historia clínica también es, sin duda, la muerte. Así se puede hablar de la muerte. Pero cuando es la muerte de una hija, de un amigo, del hermano con quien has convivido media vida, las palabras ahí leídas no son satisfactorias. ¿Vivir era ese pulso? Lo que se apaga con la muerte no es tan solo un motor. Vivir era su música, su voz y sus películas. Vivir era el amor (la risa, la alegría, la tristeza) con que veía, escuchaba y hablaba. La hipertensión pulmonar puede explicar muchas cosas (como una fuga de aceite en un avión), pero nuestro cerebro es primitivo y no entiende nada si le dicen hipertensión pulmonar. Es como saber que a un carro se le recalentó el radiador, y ver el humo. En la hipertensión pulmonar ni siquiera vemos el vapor.

Tampoco lo que se pierde se limita a la mente, al aire que se exhala (otros le decimos espíritu) y vibra en la garganta para formar palabras que transmiten ideas compuestas en las neuronas. Hay algo más que es el ademán, la sonrisa, la mirada, la caricia, el recuerdo compartido, así tampoco la vida se reduzca al gesto, a la mirada, a la sonrisa, a la caricia, al recuerdo compartido. Faltan cosas. La muerte es todo aquello que se trunca y no podrá ser. La muerte es no poder imaginar un futuro de amor o de dolor. Lo que se muere no es la vida vivida, que ya es imborrable, sino la vida nueva que Luis anhelaba empezar otra vez si el burdo mecánico, Batista, ponía a palpitar de nuevo con fuerza y sin dolor su corazón. Su corazón, digo, la arena cansada de un reloj atascado. Lo que se muere no es ese cuerpo inerte en el quirófano. La muerte es las películas que ya no vio ni verá, la música que no volverá a emocionarlo en sus oídos ni a estremecerlo con una sensación de dicha o de tristeza que no se pueden transmitir sino con esa misma música intraducible a ningún otro lenguaje. La muerte es no tener al único con quien uno podía conversar de ciertas cosas. Es una manera que no volverá a existir de entender y analizar una película, una interpretación musical, un ritmo, un encuadre. Es perder la mirada de entendimiento que no requería nada más para saber que ahí había una instantánea y compartida comprensión de lo humano, de lo inhumano, de lo triste o alegre o ridículo o despreciable. Se muere el consejo único y sincero que tan solo cierta persona te podía dar. No recibir la hostia consagrada de su conversación. Su forma de regañar, de perdonar, de permitir o prohibir (en realidad nunca prohibía nada, lo desaconsejaba), de corregir o aprobar. Una forma de querer, de gozar y de partir el pan que solo era posible, de esa manera, con el muerto, y se nos muere con él. Quisiera tener el consuelo de creer en la resurrección, pero, aquí entre nos, no siempre creo en ella. Hay días en que sí y noches en que no.

La historia clínica tan solo habla del cuerpo, y con ese cuerpo, los que quedamos vivos, con ese cuerpo abierto en dos, cosido a las carreras, con ese corazón quieto y esos pulmones sin aire y ese rostro pálido y sufrido y esos pies fríos, secos y deformes, con esas manos inexpresivas e inertes, con esos ojos sin brillo que ya nunca nos volverán a ver, con esa boca muda, con esa lengua sin sed y esos oídos sordos y esa barriga sin hambre, con ese bulto estorboso y pesado ya no sabemos qué hacer. Por eso Angelines y yo, sin siquiera consultarlo con las sobrinas que vinieron a verlo en la morgue del hospital, que no quisieron quitarle la mortaja que le cubría el rostro para no llevarse un mal recuerdo de él, por eso, digo, por todo lo anterior, Angelines y yo lo mandamos quemar. Cremar es que se dice, pero es la misma cosa. Y lo cremaron, no en una pira de madera de sándalo, al lado del sagrado río Ganges, sino en un horno de gas metano, o en un horno eléctrico, no sé, que al cabo de unas cuantas horas de alta combustión nos entregó al amigo gigante convertido en una bolsa de cenizas grises, con fragmentos negruzcos, menos pesada que el corazón que Batista le cercenó para acabarlo de matar, que no fue otra cosa lo que hizo al intentar salvarlo, al intentar probarle al mundo que los demás no sabían nada pero él sí, que todos los otros cardiocirujanos eran muy brutos, unos animales, menos él, esa eminencia que pasará a la historia como pasó, qué sé yo, el médico de Bach que le operó los ojos para que viera bien y lo infectó, lo dejó ciego y lo mató, pero no a Bach, qué va, sino a una mente capaz de producir una música tan honda y tan hermosa que los creyentes decimos que se la dictó Dios, y solo él tenía oídos para escuchar ese mensaje particular, esa específica voz de Dios, expresada en notas, melodías armónicas y ritmo. O como el médico de las sangrías a Mozart, o las trepanaciones a... a este otro músico de por allá, a ese que trepanaron y ya no recuerdo, también para salvarlo, y lo salvaron tan bien que la vida se le fue por el mismo agujero que le abrieron en el cráneo para sacarle la piedra no de la locura, sino de la vida.

Z

—Yo me quería ir y él se quería quedar —me dijo Joaquín después de las exequias—, pero los dos, en el fondo, queríamos lo mismo: empezar una nueva vida. Yo, lejos del matrimonio convencional, y él, lejos del sacerdocio y dentro de una familia corriente, con mujer e hijos. Me sentí culpable, entonces, de no ocupar el puesto que él quería para sí, porque si él lo quería ocupar con tantas ganas e ilusiones, evidentemente no era un mal puesto. Tal vez a ustedes los curas se les pide demasiado, Lelo, y hacen tantos sacrificios que hasta las cadenas del matrimonio les parecen cojines. No sé.

Yo lo había visto desde el altar, mientras concelebrábamos la misa de difuntos por Luis. A Teresa la veía también de lejos, sentada en las últimas filas, con su niña, Julia, y también con Darlis y Rosina. Lloraban como dos viudas simultáneas, dos Magdalenas unidas en la pena. Bueno, en esa misa había muchas viudas que lloraban desconsoladas: Martha Ligia, que editaba con Luis la revista, *Kinetoscopio*, al lado de Paul Bardwell y de otros cinéfilos. Nuestra amiga, más huérfana que viuda, Sara Cohen, que no creía en ninguna enfermedad y por lo mismo no había previsto que esto pudiera pasar. Angelines, la chica Chica, que ya no lloraba porque las lágrimas se le habían acabado entre la morgue del hospital y la casa de Villa con San Juan. Varias de ellas, al acercarse después de la ceremonia, habían comentado más o menos lo mismo: la impresión que les daba que el gran tamaño del Gordo, su enorme presencia, estuviera reducida ahora a una cajita diminuta que no pesaba nada, frente a nosotros.

Víctor Gaviria, con los ojos rojos, al ver tantas mujeres bellas y compungidas, sonreía diciendo que ese entierro se le parecía al de *El hombre que amaba a las mujeres*, de Truffaut, una película que al Gordo le encantaba. Yo no la había visto ni tampoco conocía a la mayoría de las mujeres que se acercaban y le dejaban una flor, una nota, una caricia en la caja o al pie del retrato que habíamos puesto al lado, apoyado en la madera que encerraba sus cenizas.

De los médicos que lo habían atendido en su enfermedad, como el éxito tiene mil padres pero el fracaso es huérfano, el único que estaba era Fernando Isaza, el primero en hacerle el diagnóstico, y el más honesto en el pronóstico de la operación. Estaba en una de las primeras filas y le cogía la mano a su nuevo novio costeño, Eduardo, sin disimular. Me lo había presentado al entrar. Yo en la homilía los miraba con envidia por el valor que tenían al demostrar su amor de manera abierta ante un montón de feligreses que los juzgaban con escándalo. En esos años no era bien visto esto, ni estaba permitido el matrimonio gay, ni mucho menos, pero Fernando se sentía bien, soportado y menos triste, si se tomaba de la mano de Eduardo, una mano que siempre lo sostuvo. Los miré fijamente cuando en el sermón empecé a hablar de los nuevos tipos de familia que mi amigo Luis nos había ayudado a vislumbrar con su vida: la familia entre dos hombres, que era la que habíamos conformado él y yo en la casa de Villa con San Juan; la familia con dos mujeres, la de Teresa y Darlis y Córdoba, que era la que lo había acogido al final de su vida, en cinco meses que para él representaban precisamente eso: el descubrimiento de la vida sencilla, familiar, con esos niños que estaban ahí presentes también, Rosina, Julia, Alejandro, y de los cuales Luis había querido ser padre durante ese tiempo, y lo seguiría siendo, si hubiera sobrevivido.

Alcé la voz para decir que a todas esas familias que parecían raras pero estaban unidas por el amor las bendecía Jesús exactamente con el mismo amor que siempre demostró. Bendecía incluso a las familias rotas, pero no sin amor, que seguían vivas a pesar de las rupturas, y aquí miré a Joaquín, pero Joaquín no me estaba prestando atención. Luego añadí las frases más heréticas que he dicho en mi vida en una misa, pero que al parecer nadie, por fortuna, notó: «Recuerden que todo, hasta la muerte de un amigo muy querido, puede ser el comienzo de una nueva religión. Una religión mucho más amable que la más amable de las religiones. Una religión reformada en la que no se juzga a los demás por el tipo de familia que quieran construir».

No creo que Joaquín me haya oído esta herejía, pero Fernando Isaza, el médico, sí me oyó, y me sonrió desde las filas de adelante, una sonrisa triste y comprensiva. Creo que Víctor Gaviria también me oyó, porque asentía visiblemente, con la cara congestionada. Seguro me oyeron los hermanos Calderón, y no me juzgaron mal, porque al final de la misa me dijeron que esas mismas palabras las podría haber dicho su hermano muerto en África, si estuviera vivo. Sara Cohen no entendió que eso era ir muy lejos en lo aceptado por una Iglesia a la que ella no pertenecía. Los chicos de *Kinetoscopio* parecían pensar en otra cosa; tal vez les hubiera gustado un sermón en el que el cine estuviera más presente que la familia. Los de los grupos musicales de Luis se concentraban en revisar las partituras de la pieza siguiente. Tocaron de un modo formidable, dirigidos por el primer violín de la filarmónica, Gonzalo Ospina, que se secaba con un pañuelo el agua que rodaba por su cara, agua salada, no sabría decir si más lágrimas o más sudor.

Joaquín estaba distraído, y digo que no creo que oyera lo que yo decía porque estaba ocupado en otra cosa. No estaba al lado de Teresa y de Darlis, sino en uno de los pasillos, detrás de su hijo, vigilándolo con la mirada. Jandrito no había parado de jugar durante toda la misa con un carrito. Era él, tal vez, el que mejor percibía las dimensiones de lo que pasaba, y prefería convertirlas en un juego. Su padre lo dejaba jugar, pero vigilaba que no fuera a hacer ruido ni a molestar a nadie. Creo que a Luis le hubiera encantado ver que en su entierro un niño jugaba con un carrito, concentrado y tranquilo en el ir y venir de las cuatro ruedas sobre una carrocería roja. No hacía ruido, solo lo empujaba hacia adelante y hacia atrás, en el suelo, mientras su padre lo miraba atentamente, como si el juego del niño fuera su sermón. Alejandro había pintado y llevado a la iglesia el retrato de Córdoba que habíamos puesto al lado de la caja de las cenizas, una pequeña pintura al óleo, al mismo tiempo hermosa e infantil, que el niño, al final de la misa, me regaló y todavía conservo. Lo había firmado con el nombre de su amigo imaginario, Simón:

Mi homilía, a veces interrumpida por silencios porque la conmoción me obligaba a detenerme de vez en cuando, siguió siendo una defensa de las personas que se juntan a vivir amorosamente bajo un mismo techo. «Nuestras casas, las casas en que Luis vivió, nunca fueron tumbas ni cárceles para nosotros, así como el cuerpo no es la cárcel del alma y ni siquiera la cárcel del corazón. El propósito de estas uniones que se dan bajo un mismo techo es disminuir la soledad y el dolor, asistir en la tristeza o en la enfermedad, esos desafíos a los que estamos expuestos todos los seres humanos. Cuando se comparten en un mismo grupo pequeño, que en general llamamos familia, las necesidades y las habilidades, la alegría y las carencias, la indudable fragilidad de todos nosotros se hace más llevadera. Para eso nos juntamos; por eso somos seres sociales, no para sufrir, sino para disminuir el sufrimiento y, si se puede, aumentar la felicidad. Cualquiera que haya vivido con Luis sabe que a su lado, con sus películas, su música y su alegría de vivir, los sufrimientos inevitables se notaban mucho menos, no pesaban tanto.

»El sufrimiento disminuye y la soledad se puede vivir en las dosis que cada cual tolere o desee. Para que esta unión familiar entre hombres, entre mujeres, entre hombres y mujeres, entre jóvenes, viejos y niños funcione bien, lo único que se necesita es un lazo. Pero no cualquier lazo, sino el más firme que existe y también el más cristiano: el amor. Les voy a recordar las palabras de Pablo: "El amor es paciente, es servicial; el amor no es envidioso, no hace alarde, no se envanece, no procede con bajeza, no busca su propio interés, no se irrita, no tiene en cuenta el mal recibido, no se alegra de la injusticia, sino que se regocija con la verdad. El amor todo lo disculpa, todo lo cree, todo lo espera, todo lo soporta. El amor no pasará jamás. Las profecías acabarán, el don de lenguas terminará, la ciencia desaparecerá; porque nuestra ciencia es imperfecta y nuestras profecías, limitadas. Si no tengo amor, no soy nada".

Juzgar los lazos de ese amor según las viejas costumbres y prejuicios, o según lo que ocurra bajo ese techo, o bajo las sábanas incluso, no tiene ningún sentido si todo eso que ocurre lo deciden adultos libres y responsables. Dejemos de ser jueces de los demás; dejemos de juzgar lo que es moral o inmoral en este campo de la vida íntima de cada cual. Lo moral es aquello que incluya amor por los demás, generosidad, mutua ayuda y respeto, libertad recíproca, y nada más.

»Esto fue lo que Luis nos enseñó a través de las herramientas más sofisticadas y válidas que existen: a través de la música y del cine, es decir, a través de la belleza y el arte. El suyo fue un mensaje constante a favor de la apertura mental, la alegría, la tolerancia y el amor en todas sus manifestaciones, no con una mente inquisidora ni moralista, sino con una mente libre y abierta a todas las inclinaciones, a todos los sentimientos humanos que existen y no se pueden negar. Luis nos dijo una vez, en otras exequias, que, como la vida es un regalo, el único pecado que se puede cometer es el de no recibir y honrar ese regalo, es decir, el de no ser felices en la vida, con la vida, y que ser felices consiste en no apartarse nunca de lo que amamos. De las personas, de la música, de las películas, de los lugares, las plantas, las palabras, los números, las pinturas que amamos. Debemos ser leales a lo que cada uno decida o le parezca que es su amor. El corazón enfermo y grande de Luis pensaba que eso era suficiente, o por lo menos que eso era lo más importante. Yo, por mi parte, trataré de vivir según estas enseñanzas del padre Luis Córdoba, y los invito a ustedes a vivir también de acuerdo con este tipo de vida que él nos enseñó».

Pude haber terminado ahí, pero según los apuntes que todavía conservo, añadí algo más: «Seguir su ejemplo es, sin embargo, apenas un consuelo parcial. Parcial porque no sería sincero si negara la gravedad de su muerte, el dolor de su muerte, es decir, lo que la muerte nos quita. Al morir Luis, amigas y amigos, lo que se nos ha muerto es su exquisita forma de existir. Lo que no se oye ahora ni se oirá jamás es esa sabia voz que consolaba, aconsejaba, comentaba como muy pocos la música y el cine. Lo que se ha detenido, más que su corazón, es su manera de ser buen amigo, buen compañero y también buen cura capaz de curar lo incurable sin hacer alarde de ningún milagro. Su corazón latía en todo aquello que era vida y alegría. Su entusiasmo y su ánimo contagiaban a los decaídos, levantaban a los malheridos por las derrotas del amor o de la vida. Sin cocinar, tenía la receta para transmitirnos serenidad y calma, aceptación de todo sin caer en el cinismo o la desilusión. Luis, con su actitud y sus palabras, nos daba esperanza, confianza en que al final las fuerzas de la vida se impondrían, terminarían ganando las fuerzas del amor o, si quieren, las fuerzas de eso que los creyentes llamamos con una palabra que los hebreos prefieren nunca pronunciar para que nadie se espante.

»Luis nos inspiraba con su sola existencia. Se respiraba bien tan solo con saber que él respiraba. Por eso les digo, les sugiero, les suplico, que no dejemos que a Córdoba se lo robe el olvido, que lo tengamos vivo en nuestros pensamientos y en nuestra alegría, como protege un niño con sus manos la lumbre de una vela amenazada por el viento. Recuerden que por la voz de Luis supimos lo que no sabíamos, entendimos claramente lo que era apenas una idea confusa, conseguimos ver todo aquello a lo que éramos ciegos, logramos escuchar por encima de nuestra sordera, aprendimos a comprender lo que nuestra poquedad nos negaba y, sobre todo, hermanos cordalianos, a perdonar y a dejar ser lo que nuestra rigidez y nuestro dogmatismo nos llevaban a juzgar y a condenar.

»Y ahora una última cosa, que es casi una advertencia: si Luis quería seguir viviendo y ser feliz después de su operación, no es porque no lo fuera ya, sino porque quería ser feliz aún más plenamente, con todo su cuerpo y toda su alma, que son la misma cosa. Pero si anhelaba ser más feliz, no era por la satisfacción en sí, sino porque sabía que la felicidad a todos nos hace ser más buenos, pues es la felicidad la que nos lleva a comprender mejor el regalo que es la vida. Por eso, cada vez que cumplamos el sueño de ser buenos y felices (con la música, el cine, la naturaleza, la ciencia, el arte o el amor) estaremos siendo fieles al ejemplo de vida de nuestro amigo muerto».

Cuando acabé el sermón volví a sentarme. Supongo que me puse de pie y volví a sentarme, mecánicamente, otras veces. Casi sin darme cuenta, la ceremonia, al fin, terminó, y yo fui a quitarme los ornamentos. Al salir al atrio casi nadie se había ido y muchas personas se acercaron a abrazarme y a darme el pésame como a un viudo más. Recuerdo, sobre todo, a las amigas de Luis que se me acercaron, mis colegas en el dolor, tan llorosas, tristes y viudas como yo. Ahí estaban Sara, Darlis, Teresa, Laura, Angelines, Marito, Bárbara, Mónica y muchas más. Pensé que Córdoba había amado mucho y que por eso mismo ahora tanta gente mostraba lo que lo quería. Hombres, mujeres, jóvenes, viejos, artistas, actrices, cineastas, cinéfilos, judías, fotógrafos, directores, monjas, prostitutas... Todos éramos de repente iguales en la tristeza, pero también en la alegría de haberlo conocido. Era eso lo que más nos unía: la belleza de haberlo conocido. Ahora que lo pienso, y ya al final de estos apuntes míos, me doy cuenta de que es eso mismo lo que nos sigue uniendo al cabo de los años: la presencia del Gordo, su recuerdo permanente y vivo en quienes lo conocimos y en quienes él derramó su comprensión, su enseñanza, su ternura, su manera de ser sincera y sabia y sensible.

Cuando Luis y yo decíamos una palabra al mismo tiempo, cualquier palabra, por ejemplo *limón* o *pascua* o *milagro*, él no decía, como todo el mundo, «matamos un diablo», sino «pasó un ángel: pide un deseo». Recuerdo que una vez, cuando él ya vivía en la casa de Laureles y yo me sentía muy solo en la casa de Villa con San Juan, matamos un diablo con la palabra más obvia, la que en esos días estaba más presente en nuestras conversaciones: *corazón*. Y él me dijo lo de siempre, «el ángel: pide un deseo». Yo, sin cerrar los ojos y mirando el cielo azul por la ventana del cuarto, lo pedí. Lo pedí con el mismo fervor con que rezaba de niño, y convencido de que un día se me iba a cumplir. No puedo decir cuál era porque los deseos, para que se cumplan, nunca se pueden contar. Lo que sí puedo escribir aquí, para terminar, es que ese deseo que pedí, aunque nunca lo dije, no se me cumplió. Bueno, como no me he muerto, hay días en que me despierto con la vaga sensación soñadora de que aún puede cumplirse y de que estamos a punto de que se cumpla. Como cura que soy, aún tengo fe.

Coda

Los papeles que acaban de leer me fueron entregados a mí, Joaquín Restrepo, en un sobre de manila sellado, directamente de las manos del padre Aurelio Sánchez, poco antes de que resolviera enclaustrarse para siempre en el Yermo Camaldulense de la Santa Cruz, en los Llanos de Cuivá. En una breve nota de remisión que venía en el mismo sobre, Lelo me rogaba que no le preguntara nada más sobre el padre Luis Córdoba, que no le pidiera aclaraciones, que él había terminado lo que yo le había pedido, que estaba harto y cansado del tema, exprimido hasta la última gota, y no era capaz de agregar ni de quitar siquiera un punto o una coma. Su vida, en adelante, sería el silencio, el retiro, la penitencia, y nada más. Ahora, más que cura, quería volverse monje.

Los originales están escritos a mano, en una caligrafía nítida y pareja, de cura bien educado, aunque en hojas sueltas de distinto tipo y tamaño. El relato es menos cuidadoso que la letra. Se ve que algunos días Lelo estaba más concentrado y más comprometido con la escritura que otros. Los papeles no se publican exactamente en el mismo orden en que me fueron entregados, ante todo porque las hojas no venían numeradas y una vez, empezando apenas su transcripción, se me cayeron y desordenaron. Como no siempre guardaban una cronología ni una secuencia clara, y como a veces saltaban de un tema a otro según el capricho o la memoria del padre Sánchez, intenté disponerlos lo mejor que pude.

Mi pereza, o mi incompetencia, me impidieron tratarlos como simple materia prima para acometer el libro que alguna vez quise escribir, novela o biografía que fuera. Me limité, entonces, a darles un orden a los papeles del alelado Aurelio, y a introducir (tomados de sus mismos apuntes) algunos descansos reflexivos entre las escenas, como en una especie de montaje cinematográfico. Puedo asegurar que, salvo unas pocas correcciones ortográficas o gramaticales, no intervine el texto. Creo poder decir que simplemente lo pasé en limpio.

Nota bene ☞ Si alguien llegara a sospechar que esta historia se basa libremente en la vida de Luis Alberto Álvarez, un sacerdote extraordinario, un cura bueno de quien fui amigo, estaría en lo cierto.

HAF

Agradecimientos

Durante la escritura de este libro he tenido resonando en mi cabeza, además de mis pocos recuerdos y mis muchas obsesiones, las voces y las palabras de innumerables personas. Mi método no consistió en repetir fielmente lo que oí o me dijeron, sino en dejarlo filtrar por mi esquiva memoria, que es la única fantasía que conozco. Quisiera mencionar a todas estas personas, pero con seguridad olvidaré algunas.

No puedo olvidar a Aurelio Sánchez, que me regaló trozos fundamentales de su vida privada y de su vida en común con el protagonista de esta novela que, sin Aurelio, no habría podido vivirse ni escribirse. La Casa Estudio Cien Años de Soledad, en Ciudad de México, y la Fundación para las Letras Mexicanas me dieron un lugar fantástico para avanzar en la escritura de este libro al amparo del fantasma que nos dio a los colombianos el más grande ejemplo de una vida dedicada a escribir y a contar: Gabriel García Márquez. Esta generosa beca se la debo a dos amigos: Juan Villoro y Miguel Limón.

Ángela María Chica me abrió su museo de recuerdos, películas y documentos. Julio Jaime y Luis Fernando Calderón me ayudaron a reconstruir la historia de su hermano, Carlos Alberto, y de su relación con el Gordo. Fernando, Cristina y David Trueba me animaron a no abandonar esta historia cuando yo estaba a punto de rendirme. Víctor Gaviria, Sergio Cabrera y Martha Ligia Parra me compartieron parte de su memoria sentimental y profesional con el Gordo. Lía Master me dio el material de varias anécdotas y conversaciones que tuvo durante su larga amistad con Luis. Sergio Estrada, un proyecto truncado de jesuita, me contó con detalles todo un capítulo de esta novela. Otro capítulo, no menos levítico, me fue narrado por un filósofo, mayordomo y peluquero del barrio de Chueca en Madrid, Guillermo Zapata. Fernando Isaza me regaló, generosamente, recuerdos médicos y cinematográficos, primero en presencia de Eduardo y luego en su ausencia definitiva por la peste de estos años. Esta ausencia le partió también el corazón a Fernando, por los mismos días en que le puse punto final a este libro. Andrea Katich, Carlos Mario Aguirre, José Adrián Zuluaga y Santiago Andrés Gómez me compartieron pensamientos y documentos interesantes. Le debo a Jorge Volpi, gran experto en el tema, valiosos consejos operísticos. A Ana Bernal, documentos familiares invaluables, entre ellos fotos, historias y cartas privadas. Juan Gabriel Vásquez me ayudó mucho con lo que menos se imagina: sus preguntas. También fueron muy importantes los apuntes de lectura de mi querida agente literaria, Nicole Witt. Bárbara Lombana me compartió imágenes de la casa de Laureles donde un cura bueno pasó las últimas semanas de su vida. Darlys Blandón (con ye) me prestó su nombre y yo le inventé aventuras pasadas y futuras. Daniela y Simón Abad me regalaron recuerdos y un retrato.

Mientras escribía esta novela me enfermé yo también del corazón, como el cura protagonista de esta historia ficticia, y por tal motivo estuve en manos de una cardióloga y un cardiocirujano: Luz Adriana Ocampo y Juan Camilo Rendón. Antes de ellos me atendió también un electricista del cor, Eduardo Medina. Estos tres médicos, al lado de mi anestesiólogo, Juan Espinal, me enseñaron lo poco que sé sobre el corazón. Mi propio corazón me sirvió de maestro de esta historia, y le agradezco que siga latiendo aunque lo hayan abierto, tocado y remendado. Alguien que presenció varias veces la cirugía de Batista, llevadas a cabo por su mismo inventor, me las contó con detalle: el cardiocirujano Juan Camilo Jaramillo. En esta tarea de entender nuestra víscera llena de metáforas, también me sirvieron mucho varios libros que se ocupan ampliamente del corazón. Estos son sus autores: Haider Warraich, Gail Godwin, Sherwin B. Nuland, Maylis de Kerangal y Sandeep Jauhar. Las letras de la palabra corazón son un préstamo de Juan Vicente Piqueras. De otros poetas, Eduardo Carranza, León de Greiff, Carlos Marzal, Jaime Gil de Biedma, Yehuda Amijai, César Vallejo, Fernando Pessoa, y quizás otros más que no recuerdo, tomé prestados poemas, versos y palabras.

Una vez terminada la novela, cinco editores me ayudaron a componerla y remendarla: Alexandra; Mario y Pilar; Carolina del norte y Carolina del sur.

Un amigo entrañable, Albert Bensoussan, me hizo el mayor homenaje que pueda hacer un lector: en cuanto terminó de leer el borrador de este libro, lo tradujo al francés.

Y por último, le agradezco a Sebastián Estrada de rodillas los tres errores garrafales de los que me libró. ¿Cuántos más no habrá? Pido que me perdonen todos los demás.